Um verão inesquecível

SARA GOODMAN CONFINO
TRADUÇÃO CARLOS SZLAK

Um verão inesquecível

COPYRIGHT © FARO EDITORIAL, 2024
DON´T FORGET TO WRITE COPYRIGHT 2023 BY SARA GOODMAN CONFINO
THIS EDITION IS MADE POSSIBLE UNDER A LICENSE ARRANGEMENT ORIGINATING WITH
AMAZON PUBLISHING, WWW.APUB.COM, IN COLLABORATION WITH SANDRA BRUNA
AGENCIA LITERARIA.

Todos os direitos reservados.
Nenhuma parte deste livro pode ser reproduzida sob quaisquer meios existentes sem autorização por escrito do editor.

Diretor editorial **PEDRO ALMEIDA**
Coordenação editorial **CARLA SACRATO**
Assistente editorial **LETÍCIA CANEVER**
Tradução **CARLOS SZLAK**
Preparação **DANIELA TOLEDO**
Revisão **ANA SANTOS e BÁRBARA PARENTE**
Ilustração de capa e miolo **@1EMONKEY @NATALIA | ADOBE STOCK**
Capa e diagramação **VANESSA S. MARINE**

Dados Internacionais de Catalogação na Publicação (CIP)
Jéssica de Oliveira Molinari CRB-8/9852

Confino, Sara Goodman
  Um verão inesquecível / Sara Goodman Confino ; tradução de Carlos Szlak. -- São Paulo : Faro Editorial, 2024.
  288 p. : il.

  ISBN 978-65-5957-632-6
  Título original: Don't Forget to write

  1. Ficção norte-americana I. Título II. Szlak, Carlos

  24-3052   CDD 813

Índices para catálogo sistemático:
1. Ficção norte-americana

1ª edição brasileira: 2024
Direitos de edição em língua portuguesa, para o Brasil, adquiridos por FARO EDITORIAL.
Avenida Andrômeda, 885 - Sala 310
Alphaville — Barueri — SP — Brasil
CEP: 06473-000
www.faroeditorial.com.br

Para os meus pais, que nunca me exilaram em Nova Jersey (mesmo quando Bruce estava tocando lá e eu quis que eles tivessem feito isso).

1

— Pare já com isso — o meu pai sussurrou irritado ao me ver mexer a perna sem parar.

Até tento não revirar os olhos, mas os sermões do rabino Schwartz eram tão chatos quanto as notícias sobre a campanha presidencial, ainda que o tal do Kennedy *fosse* um cara bem atraente. Não me importava em ouvir a respeito dele.

Mas esse sermão sobre dever e honra?

Sorte do meu pai que era só a minha perna que estava se mexendo.

Mesmo assim, ao percorrer o salão de orações com os olhos, pensei que Daniel, o filho do rabino, pelo menos me serviria como distração. Mal tinha reparado nele quando estávamos na escola. (Não que tivéssemos estudado na mesma turma. O meu pai surtaria se eu frequentasse uma turma mista, mesmo durante a faculdade.) Mas agora que o aparelho para os dentes havia sumido, e o cabelo já não tinha um corte ridículo que parecia que a sua mãe fazia na pia da cozinha, valia a pena dar uma olhada nele.

Em geral, eu ficaria bem longe de qualquer pessoa relacionada ao velhote que falava a respeito de um bode no deserto. Mas ele tinha piscado para mim no sábado passado, enquanto o meu pai conversava com o dele após o serviço religioso. E eu gostava de um desafio.

Claro que não tínhamos o lugar de honra na fileira da frente que a família de Daniel tinha, mas estávamos perto: apenas duas fileiras atrás e alguns assentos ao lado. Examinei o perfil dele e comecei a contar. Se Daniel se virasse para trás antes que eu chegasse a vinte, ele seria um alvo legítimo. Caso contrário, interpretaria isso como um sinal para eu me comportar.

Ao chegar a dezessete, Daniel começou a mover a cabeça, e no dezoito, fixou os olhos azuis nos meus.

Sorri devagar e ele retribuiu o sorriso. Inclinei a cabeça em direção à porta, depois me virei e sussurrei no ouvido do meu pai que precisava ir ao banheiro.

Dava para sentir os olhos de Daniel em mim enquanto saía, tão recatada quanto possível, em meu vestido tubinho com gola Peter Pan. Já tinha passado da idade para usar esse estilo de roupa, mas para a sinagoga, era melhor não discutir. Eu já estava tendo que pisar em ovos com os meus pais. Não fazia nem uma semana que eu estava em casa e o diretor da faculdade ligou para o meu pai, dizendo que eu precisava me concentrar mais nos estudos e menos nos garotos quando voltasse no outono.

O que era de um absurdo total porque o meu pai só me mandou para a faculdade para achar um bom marido.

E só concordei em ir porque o meu pai não estaria lá, e eu poderia fazer o que quisesse.

Me apoiei na parede do saguão, bem ao lado das portas do salão de orações, e voltei a contar. Daniel não me faria esperar se soubesse o que era bom para ele.

Dessa vez, só contei até onze.

Ele fechou a porta de leve, procurando por mim, e eu dei um tapinha no ombro dele.

— Oi — Daniel disse, baixinho.

— Quanto tempo vai levar para os seus pais perceberem que você sumiu? — perguntei, dando um sorriso sedutor.

Daniel deu de ombros.

— Meu pai não vai nem notar. Ele nunca levanta os olhos durante os sermões.

Deixei escapar uma risadinha e ele me fez um sinal para ficar quieta.

— Ele deve ser divertido na mesa de jantar — sussurrei. — Você passa mais tempo aqui do que eu. Onde a gente pode ir para ter uma conversa de verdade?

— Não seria melhor a gente ficar aqui? Em um lugar público?

Fiz um gesto negativo com a cabeça e observei uma batalha entre o bem e o mal ser travada em sua fisionomia. Mas não durou muito tempo.

— Não tem ninguém no escritório do meu pai — Daniel disse devagar.

— Mostre o caminho — eu disse, entrelaçando o braço no dele.

O escritório do rabino Schwartz estava uma bagunça, e me perguntei se eu era a primeira mulher a pôr os pés nesse lugar sacratíssimo. A Beth Shalom era uma sinagoga que estava associada ao movimento do judaísmo conservador, o que era algo relativamente novo e um pouco traumático para os membros mais tradicionais da comunidade, já que modernizava algumas práticas religiosas habituais. Os homens e as mulheres se sentavam juntos, e os serviços religiosos não eram tão longos quanto os das sinagogas ortodoxas e sem graça. Mesmo assim, eram longos demais para o meu gosto. Porém, quando eu estava em casa de férias da faculdade, aquelas manhãs de sábado eram inegociáveis, não importava o que eu tivesse feito na sexta à noite.

Os papéis e os livros ocupavam quase todas as superfícies disponíveis, incluindo as cadeiras de frente para a gigantesca escrivaninha de cerejeira. Notei que nem mesmo os livros estavam livres da bagunça, já que havia papéis enfiados entre as páginas. Não era assim que eu imaginava o trabalho daquele homem extremamente severo. Mas eu não queria pensar nele. Daniel tinha pegado a minha mão e estava traçando o contorno dela com um dedo, provocando um arrepio em minha espinha.

O único espaço livre era uma mesinha na frente de um vitral que parecia com o que ficava na parte de trás da arca sagrada onde as Torás eram guardadas. Me sentei na mesinha e cruzei as pernas de uma maneira que ele pudesse ver a liga.

— Você tem namorada? — perguntei.

— Não — ele respondeu, nervoso. — Você tem namorado?

— Eu estaria sozinha aqui com você se tivesse? — respondi e um sorriso lento foi se espalhando pelo meu rosto.

— Você quem me diz isso. — Daniel se aproximou.

Joguei a cabeça para trás e dei uma risada.

— Minha nossa, Daniel! Eu sou quase um anjo. Não consegue me ver flutuando no céu com asas e uma harpa?

Ele estava ainda mais perto.

— Os judeus não acreditam nisso.

— Tudo bem. Deve ser por isso que eu não teria permissão para estar ali.

— Não parece ser muito divertido — ele concordou. Inclinei a minha cabeça para alcançar os seus lábios, e Daniel me beijou com delicadeza. — Assim está bom?

Fiz que sim e estendi a mão, agarrando a sua gravata e o puxando para me beijar de novo, o que ele fez de maneira menos delicada, pressionando as minhas costas contra o vitral, ao mesmo tempo em que suas mãos percorriam as minhas laterais, subindo até o meu cabelo e então...

Algo estalou bem alto e de repente estávamos caindo para trás.

Quando dei por mim, percebi que nós dois tínhamos desabado dentro da arca aberta, com estilhaços de vidro colorido espalhados ao nosso redor. A congregação, atônita, ficou olhando destroços do que tinha sido a parte de trás do receptáculo que continha as Torás. Pelo jeito, o vitral no escritório do rabino era o fundo daquele que era visível quando os textos sagrados eram retirados. Dei uma olhada em Daniel, que estava com rosto manchado de vermelho pelo meu batom, e depois voltei a olhar para o salão de rezas. Todos estavam de pé, como era o costume quando as Torás eram carregadas e apresentadas à congregação para que as pessoas pudessem tocá-las com os seus livros ou xales de oração.

— Podia ter sido pior — sussurrei para Daniel. Se as Torás estivessem na arca e nós as tivéssemos derrubado no chão, todas as pessoas presentes teriam que jejuar durante um mês.

— Marilyn Susan Kleinman! — A voz de meu pai ressoou pelo santuário, enquanto a minha mãe afundava em seu assento, com a sua amiga, a sra. Singer, abanando-a com um livro de orações.

— Está piorando — Daniel sussurrou de volta, vendo o seu pai se aproximar da arca às pressas, com o pobre *chazan*, o cantor, vindo logo atrás e carregando uma Torá, que balançava precariamente em sua mão.

Olhei para baixo e vi sangue no vestido. Me examinei, procurando a origem. Odiaria morrer por causa de um ferimento causado por estilhaços de vidro colorido depois de trocar alguns beijos no escritório do rabino no *Shabat*. Porém, uma rápida olhada na expressão agora furiosa do meu pai me disse que havia jeitos piores de morrer.

Ao não encontrar nenhum ferimento, olhei para Daniel, que havia ficado mais pálido que o manto que o seu pai usava, com sangue jorrando da mão esquerda. Agarrei a primeira coisa que encontrei, que era a peça de tecido que cobria a arca, arranquei-a e a envolvi ao redor da mão de Daniel. Enquanto isso, todos, exceto os nossos dois pais, observavam com expressões de espanto estranhamente idênticas.

Papai foi o primeiro a me alcançar, me puxando até a *bimah,* a plataforma elevada situada no centro da área de oração, e ordenando que eu saísse. Todo mundo ainda estava me olhando e, então, desvencilhei o braço direito da sua mão e acenei para os fiéis.

— Obrigada, Templo Beth Shalom — disse em voz alta. — Vejo vocês na semana que vem!

Com raiva, o meu pai agarrou o meu outro braço e me arrastou para fora dali, com o seu rosto ficando da cor de um pimentão.

2

AFASTEI O COBERTOR, IRRITADA POR TER SIDO MANDADA PARA O QUARTO como se fosse uma criança. Eu tinha vinte anos, caramba!

E, pensando bem, estava na hora de redecorar o quarto. O papel de parede e a roupa de cama cor-de-rosa haviam sido fofos quando eu tinha nove anos, mas agora me sentia aprisionada dentro de um pedaço de algodão-doce de Coney Island.

Mas ainda dava para ouvir o meu pai reclamando em voz alta no andar de baixo, e não havia nenhum barulho da preparação do almoço. Atravessei o quarto até o banco junto à janela, completo com almofadas cor-de-rosa, e olhei pela janela para a rua da nossa casa de pedra avermelhada.

Quando eu era pequena, costumava sonhar acordada que era uma princesa presa numa torre, esperando pela chegada de um príncipe para me libertar. Como toda menininha fazia, imagino.

Mas agora? Os príncipes eram superestimados. Olhe só para aquele garoto de onze anos, orelhudo como o Dumbo, que estava destinado a se tornar o rei da Inglaterra. E se nos casássemos com um príncipe, é claro que ganharíamos joias bonitas, mas nunca mais teríamos a própria vida. Não, valeu. Eu preferiria muito mais me libertar por conta própria.

O que era mais fácil falar do que fazer em 1960.

Suspirando, me dirigi ao armário e vesti uma calça cigarrete e um suéter de manga curta.

Por fim, os gritos do meu pai diminuíram, e ouvi os barulhos característicos do almoço sendo preparado. Não sabia se eu seria chamada ou deixada ali em cima, morrendo de fome. Até que poderia provocar um incêndio ao estilo de Bertha Mason[1] se não me alimentassem. Isso já devia deixar na cara que eu preferia essa personagem a Jane Eyre.

Mas não chegaria a esse ponto. Já tinha me metido em encrencas demais para saber que logo ouviria a minha mãe se aproximando com passos leves e

---

1 Nota da editora: Bertha Antoinetta Rochester (nascida Mason) é uma personagem do romance de 1847 de Charlotte Brontë, *Jane Eyre*. Ela é considerada louca e descrita como a primeira esposa de Edward Rochester, que a mudou para Thornfield Hall e a trancou em um quarto no terceiro andar.

colocando um prato de comida do outro lado da minha porta. As mães judias não deixam os filhos passarem fome, não importa o que tenham feito.

Verdade seja dita, essa foi uma das minhas maiores transgressões, mas só alguns momentos depois, ouvi esses sons familiares no corredor. Esperei até ela ir embora para pegar o sanduíche de duas fatias grossas de *chalá* entremeadas com o peito bovino da noite passada. O almoço do *Shabat* sempre se resumia às sobras do jantar de sexta-feira.

Com o estômago cheio, me deitei e logo adormeci, indiferente a qualquer tipo de remorso derivado do meu mau comportamento.

* * *

Acordei com o som da campainha e das vozes abafadas no andar de baixo. O despertador na minha mesa de cabeceira indicava que eram quase cinco da tarde. Eu tinha dormido mais de três horas.

Então, o meu pai gritou o meu nome.

O que foi agora?

Pensei em não ir, mas isso só pioraria as coisas. A melhor maneira de lidar com o meu pai era fingir que eu estava arrependida e depois voltar a fazer o que quisesse quando ele não estivesse prestando atenção.

— Já vou, papai — gritei depois de entreabrir a porta.

Então, fui ao banheiro no final do corredor para fazer xixi e passar um pouco de batom. Seria mais fácil domar quem quer que estivesse lá embaixo se eu estivesse preparada.

Desci correndo a escada e parei de repente na entrada da sala. O rabino Schwartz estava sentado no sofá branco, que eu ainda não tinha permissão para me sentar aos vinte anos a menos que os meus pais me dissessem que alguém tinha morrido. Daniel estava ao lado do pai, com uma bandagem bem apertada ao redor da mão, e a sra. Schwartz estava do outro lado.

Avaliei as minhas opções. Poderia fugir e me tornar uma nômade, mas tendas não faziam lá o meu estilo. E me juntar a um circo acarretaria no mesmo problema das tendas, além de eu não conseguir andar na corda bamba ou deixar crescer uma barba para salvar a própria pele.

— Sente-se — o meu pai ordenou num tom que insinuava que a morte da qual eu estava prestes a tomar conhecimento naquele sofá era a minha própria. Obedeci à ordem, me sentando no sofá de dois lugares em frente aos Schwartz.

— Olha, ele me beijou... — comecei a falar. — Posso até ter dito que não havia problema, mas quando um não quer...

As sobrancelhas do meu pai quase se uniram no meio da testa. Pelo jeito, acusar o filho do rabino de mau comportamento não melhorava a situação. Fiquei de boca fechada e juntei as mãos de maneira recatada no colo.

— Sem dúvida, isso é um escândalo para ambas as famílias — o rabino Schwartz disse, sério. — Assim como para toda a congregação.

Que maravilha. Arruinei toda a sinagoga agora. Cogitei ir com tudo e dizer ao rabino que se o sermão dele não tivesse sido tão chato, não estaríamos nessa situação. Por outro lado, não tinha certeza se um pé de cabra seria capaz de separar as sobrancelhas do meu pai. Então, permaneci calada.

— Por sorte, Daniel concordou com uma solução. — O rabino Schwartz cutucou o filho, que olhou primeiro para a mãe e depois para o pai.

Quando nenhum deles se moveu, Daniel ficou de pé e se ajoelhou diante de mim.

— Então, hum... — ele sussurrou e engoliu em seco, parecendo muito menos atraente do que quando estava nervoso no escritório do pai. — Eles acham, quer dizer, eu acho. — Ele pigarreou. — Quem sabe a gente não deveria se casar?

Por um bom tempo, fiquei encarando.

— Você está brincando. — Ele olhou para o chão. — Me diz que está brincando.

— Eu... hum... isso resolveria a situação. — Daniel levantou a cabeça e olhou para mim. — E você é uma garota legal. Gosto de você.

— Você *gosta* de mim? Você nem me conhece! Nunca beijou outra garota antes, não?

— Marilyn! — Minha mãe parecia chocada.

— Mamãe, sério, não foi um beijo *tão* bom assim...

— MARILYN!

— Olha, compreendo que todos vocês queiram manter as aparências, mas estamos em 1960, não em 1860. Não vou me casar com ele só porque fomos pegos nos beijando.

— Você vai se casar com ele, sim — o meu pai esbravejou.

Fiquei de pé, com as mãos na cintura.

— Eu *não* vou, não. Mal o conheço. E, se algum dia eu me casar, quero amar o meu marido, e não só gostar. Além disso, não fizemos nada que pudesse me engravidar...

Houve um baque suave atrás de mim. Me virei e vi a minha mãe desacordada no chão. Ao que tudo indicava, isso foi além do aceitável diante do rabino.

Grace, a nossa empregada, entrou correndo e começou a abanar a minha mãe, confirmando a minha suspeita de que ela esteve escutando atrás das portas. Ela batia no pulso da patroa com urgência.

— Sra. Kleinman! Sra. Kleinman!

Olhei para Daniel, que agora estava de pé, acanhado, sem saber o que fazer com a sua futura sogra desmaiada.

— Sei que você tem boas intenções e tudo o mais, mas convide uma garota para sair se você gosta dela.

3

Por uma hora inteira, fiquei zanzando no quarto depois de ter sido mandada de volta para o andar de cima. Os Schwartz foram embora ofendidos e bufando de raiva. Após readquirir a consciência, a minha mãe se queixou que nunca mais poderíamos dar as caras na sinagoga. E, pelo visto, a minha sugestão de que o meu pai doasse uma nova arca — de preferência uma com a parte de trás mais resistente — foi tão mal recebida quanto a proposta de Daniel.

Eles não *podiam* me obrigar a me casar com ele, mas podiam me renegar. A única família que eu conhecia que tinha feito *shivá* por uma filha, ou seja, tinha guardado luto por ela, fez isso quando a garota havia fugido com um rapaz protestante. Mas eles eram ortodoxos, e até o meu pai disse que tinha sido uma atitude drástica demais. Só que ele disse isso com um aviso de que era melhor eu não ter ideias semelhantes. Acho que papai não entendia que eu não tinha a intenção de me casar tão cedo. Os meus pais não eram capazes de compreender que o mundo havia mudado. Quando eles se casaram, ainda havia a Grande Depressão, e eles estavam preocupados com o início da guerra. Agora nos preocupávamos com os soviéticos, mas isso não era motivo para correr para o altar. Eu não queria estar casada aos vinte e um anos e ser mãe aos vinte e dois.

O pensamento me arrepiou. Eu queria aproveitar a vida primeiro.

O jantar foi um prato deixado no corredor do lado de fora do meu quarto. Mas por volta das oito horas, a minha mãe bateu à porta.

Eu a abri, com o prato na mão, supondo que ela estivesse lavando a louça e tivesse se lembrado de que estava faltando um. Por um instante, ela olhou para ele sem qualquer expressão.

— O seu pai quer falar com você.

— Mamãe, você precisa acalmá-lo. Foram só uns beijinhos. Até você deve ter beijado alguém antes do papai...

Ela ergueu a mão.

— Lá embaixo.

A minha mãe sempre esteve do meu lado. Eu era a garotinha do papai quando era mais nova. Qual menina não era? Porém, o meu pai não tinha muita tolerância para o meu lado rebelde. E ela sempre o acalmava quando eu quebrava as regras.

Me preparando mentalmente para a bronca, suspirei e segui a minha mãe escada abaixo.

Porém, essa não seria uma conversa para a sala. Em vez disso, o meu pai estava em seu escritório, sentado atrás da escrivaninha de mogno que ele jurava ter pertencido a um dos primos pobres dos Rockefeller. Ele inclinou a cabeça indicando a cadeira na frente dele. Eu me sentei, ao mesmo tempo em que a minha mãe se dirigiu para trás da escrivaninha e se apoiou no braço da cadeira dele. Ele detestava quando ela fazia isso, mas não fez nenhum comentário nem a afastou.

— Você foi longe demais desta vez — ele disse. — E agora sou obrigado a dar um ultimato. Se ele ainda a quiser, você vai se casar com o filho do rabino Schwartz.

Se ele ainda me quiser. Ah, que piada! Mas não. Isso não ia acontecer.

— Ou?

As sobrancelhas do meu pai voltaram a se juntar.

— Faça as suas malas — ele disse, ameaçador. — Você partirá pela manhã.

— Partir? Papai, acabei de voltar para casa. Faltam mais de três meses para as aulas recomeçarem.

Ele apontou o dedo para mim.

— Você não vai voltar para essa faculdade. Não vou gastar mais um tostão para você aprender a ser promíscua. Eu disse à sua mãe que não fazia sentido mandar você para a faculdade, mas *ela* achava que você encontraria um marido melhor lá. Você não vai encontrar ninguém melhor do que o filho do rabino.

— Você é médico — retruquei. — Está dizendo que a mamãe poderia ter encontrado alguém melhor do que você?

O rosto do meu pai mais uma vez começou a ficar da cor de um pimentão, mas a minha mãe colocou uma mão tranquilizadora no braço dele. Ele começou a gaguejar.

— Você vai para a casa da sua tia-avó Ada, na Filadélfia.

— A minha... quem?

— A minha tia — mamãe respondeu.

— Nunca ouvi falar dela.

— Já sim. E você a conheceu no... — Ela pensou. — Walter, ela estava no *bar mitzvá* do Harold?

— Eu tinha oito anos no *bar mitzvá* do Harold.

O meu irmão tinha cinco anos a mais do que eu e não fazia nada de errado, apesar de ter seguido os passos do meu pai como médico, em vez de ingressar no clero, que, pelo visto, agora era a profissão preferida; pelo menos, no que dizia respeito ao meu futuro.

— De qualquer maneira, você vai.

— Você não pode me mandar para a Filadélfia para passar o verão inteiro com alguém que nem conheço. Mamãe, por favor.

— Você não vai ficar na Filadélfia o verão todo. Ada vai para a praia na maior parte do tempo.

— Em Hamptons? — Tudo bem, isso não seria tão ruim, afinal. Claro, eu teria que driblar uma mulher idosa, mas dava para fazer isso sem esforço algum.

— Não, em Nova Jersey.

— Mamãe! — Olhei para ela, suplicante. — Você não pode me exilar em *Nova Jersey*, por favor! Eu não vou!

— Você vai — o meu pai disse. — Ou não vai voltar para esta casa.

Com cautela, eu o observei, procurando por qualquer sinal de fraqueza. Mas não encontrei nenhum.

— O que vou *fazer* lá o verão todo?

— Se endireitar — a minha mãe respondeu. — Ada é durona. Ela não vai tolerar mau comportamento.

— Mamãe, eu vou me comportar. Foi um erro eu ter feito isso hoje. Não dá para me mandar embora desse jeito.

— Já está decidido — meu pai disse. — E Ada concordou em receber você. A assistente dela vai ter que se ausentar durante o verão.

— Assistente?

Minha mãe confirmou.

— Ada é uma casamenteira. Lillian, a assistente, é mais do que uma parceira. Ada não tem mais a mesma vitalidade de antes e precisa de ajuda às vezes. A mãe de Lillian está doente.

— Uma *casamenteira*?

Os olhos de meu pai brilharam, foi o primeiro sinal de alegria que vi nele durante todo o dia.

— Dissemos para Ada que ela vai ter muito trabalho para achar alguém para você, mas ela está pronta para o desafio.

* * *

Enquanto eu voltava a zanzar pelo quarto, minha mãe tirava algumas roupas das minhas gavetas e as colocava em meu baú.

— Mamãe, estou falando sério, nunca mais farei uma coisa dessas. Juro. — Cruzei a mão sobre o peito.

— Não deixe o seu pai ver você fazendo isso — ela disse, distraída. — Vai estar muito mais fresco lá na praia. A Filadélfia é ainda mais quente do que Nova York no verão.

— Eu não vou pegar o trem.

Ela se virou para mim.

— Vai, sim. E eu vou passar o verão tentando convencer o seu pai a mandar você de volta para a faculdade. Mas isso significa que você precisa se comportar muito bem. Ada é... rígida. Se você não levar em consideração o que ela diz, ela vai mandar você de volta rapidinho. E se isso acontecer, pode dizer adeus à faculdade.

Que maravilha. Uma velha *malvada*. Que iria tentar me casar com um cara chamado Herbert, careca e com a língua presa.

— Não vou deixar que brinquem de cupido à minha custa.

A minha mãe abriu um sorriso severo.

— Ada não é de brincadeira. — Em seguida, fez um gesto negativo com a cabeça. — Além disso, ela pode encontrar um rapaz bom para você. Ela é a melhor casamenteira de toda a Filadélfia.

— É como ser o motorista de táxi mais seguro de Nova York.

— Pode ser. Mas é melhor do que ser o pior taxista. E você vai gostar da praia. Passei um verão lá quando era menina.

— Se você tivesse gostado tanto assim, teria voltado — resmunguei.

Porém, a realidade era que, por mais rígida que minha mãe achasse que essa Ada era, eu conseguiria me safar dela. Além disso, pelo menos me tiraria de casa e me levaria para longe de um casamento forçado com Daniel Schwartz.

Praguejei contra aquele vitral frágil e, de má vontade, tirei um monte de roupas íntimas da gaveta.

4

Na Filadélfia, o calor foi a primeira coisa que me chamou a atenção. A segunda foi que eu tinha acabado de voltar no tempo. A Filadélfia não era uma cidade; era uma cápsula do tempo. Havia mais bondes — que tinham parado de circular em Nova York três anos antes — do que carros. Poucos prédios exigiam que eu esticasse o pescoço para o céu, ao contrário do que acontecia em casa. Exceto pelas roupas e alguns poucos carros modernos, parecia muito mais como eu imaginava Nova York décadas atrás.

Com impaciência, fiquei batendo o pé, esperando um carregador trazer o meu baú. Ao mesmo tempo, fazia uma contagem mental para ter uma ideia de quanto tempo essa misteriosa Ada levaria para chegar, torcendo feito louca para que não estivéssemos prestes a tentar acomodar minhas coisas num bonde.

Um jovem se aproximou de mim e tirou o chapéu, com o seu rosto moreno reluzindo sob o calor do sol.

— Srta. Kleinman?

Com desconfiança, olhei para ele, como qualquer nova-iorquina faz quando um estranho sabe o seu nome.

— Quem sabe.

Ele sorriu.

— Você se parece muito com a sua tia Ada. — Ele estendeu a mão. — Thomas.

Apertei a mão dele e fiz um gesto negativo com a cabeça.

— Espero que não. Ela não é uma velhinha?

— Melhor você não dizer isso perto dela. — Então, o carregador chegou com o meu baú e a minha caixa de chapéu. Thomas lhe agradeceu e assumiu o controle da situação, pegando a valise da minha mão e a colocando com cuidado em cima da outra bagagem. — Ainda bem que eu trouxe uma corda. Senão teríamos que mandar isso depois.

Eu o imaginei amarrando o meu baú com a corda na parte de trás de uma carruagem puxada por cavalo. No que eu tinha me metido?

— O carro está logo ali — ele disse, apontando para uma fileira do outro lado da rua. Thomas começou a andar, mas se virou ao perceber que eu não o estava seguindo. — Senhorita?

— Como posso ter certeza de que você veio me buscar?

— Perdão?

— Eu não tenho a menor ideia de quem você seja. E a minha mãe me disse que a Ada viria me buscar.

— A sra. Ada está ali no carro — ele disse, devagar, como se estivesse explicando a uma criança. — Não é razoável esperar que ela suba as escadas carregando o seu baú.

— Então você é motorista dela?

Rindo, Thomas fez um gesto negativo com a cabeça.

— Não sou, não. A sra. Ada não deixa que ninguém mais dirija o carro dela. Eu estudo medicina na Universidade da Pensilvânia. Só dou uma mãozinha quando ela precisa.

Bem feito por fazer suposições!

— Peço mil desculpas.

Thomas abriu um sorriso largo.

— Palavras que você não vai ouvir da sua tia. Vamos lá. Vamos logo antes que ela venha atrás da gente.

Dessa vez, eu o segui. Mesmo se ele me sequestrasse, poderia ser um destino melhor. Além disso, Thomas era bem bonito. Mas eu já sabia. Se o meu pai teve um chilique por causa do filho do rabino, nem imagino o que aconteceria se eu fosse pega tendo um caso com ele, mesmo que Thomas *fosse* se tornar médico.

Ele parou junto a um Cadillac conversível azul-claro. O carro estava com a capota abaixada e o sol refletia nos cromados ofuscantes. Uma mulher estava ao volante, com parte do cabelo loiro platinado à mostra sob um lenço Hermès azul-bebê. Ela usava luvas para dirigir que combinavam com o lenço, com uma das mãos no volante, tamborilando com impaciência nele, enquanto segurava um cigarro aceso na outra, levando-o de vez em quando à boca. Vista de trás, ela poderia ser confundida com a Marilyn Monroe.

Vi pelo espelho retrovisor ela abaixar os óculos de sol de gatinho, uma teia de rugas finas ao redor dos seus olhos castanho-escuros dissipava a sua imagem jovial.

— Minha nossa, quanta coisa você trouxe? — ela perguntou sem se virar. — Thomas, talvez tenhamos que enviar o baú mais tarde.

— Eu vim preparado — Thomas afirmou, abrindo o porta-malas do carro e tirando um pedaço de corda. — Se ela é da sua família, não viaja com pouca bagagem.

— Seu atrevido! — ela exclamou, mas havia um tom de risada na voz. — Você é o único que eu deixo falar assim comigo.

— Sei disso muito bem — ele disse, erguendo a minha bagagem com um resmungo leve. — Temos pedras aqui na Filadélfia, sabia? Você não precisava trazer as suas pedras chiques de Nova York.

— Não temos pedras em Nova York. Temos arranha-céus e táxis.

— E mau comportamento — Ada afirmou, finalmente virando a cabeça e tirando os óculos para me encarar com um olhar severo. Ela me analisou de cima a baixo. — O vestido está bom — afirmou, observando o meu vestido xadrez preto e branco, com cinto na cintura e depois se alargando sobre uma anágua. — Mas esse batom deixa você com uma aparência muito vulgar. — Ada estendeu uma mão enluvada. — Me permita dar uma olhada.

— Como?

— O batom — ela repetiu, movendo os dedos para indicar que ela esperava que eu o mostrasse. Resisti ao impulso de segurar a bolsa junto ao peito para protegê-la. Em vez disso, abri o fecho, encontrei o batom ofensivo e o entreguei para ela. — Muito melhor. Viu, Thomas? Ela não é tão terrível quanto a mãe dela disse. — Ada deixou o batom cair dentro da própria bolsa.

— Não, Thomas — retruquei. — Sou muito pior. — O canto da boca de Ada se curvou para baixo. Por fim, estendi a mão para a minha tia-avó. — Ainda não fomos devidamente apresentadas. Sou a Marilyn.

— Ora, quem mais você poderia ser? — Ada perguntou, ignorando por completo a minha mão. — Thomas, a bagagem não vai caber.

Abaixei a mão.

— Com todo o respeito, sra. Ada — ele disse, terminando de dar um nó. — A senhora pode dirigir como se estivesse sendo perseguida pelo próprio diabo, mas essa bagagem não vai se mexer.

— É uma pena — Ada afirmou. — Entre no carro, garota, não temos o dia todo.

Abri a porta e fui me sentar no banco da frente, mas Ada me impediu.

— O banco de trás. Thomas vai na frente.

— Não tem problema eu me sentar atrás... — Thomas começou, mas Ada o interrompeu com um olhar. Sem falar nada, me acomodei no banco de trás.

Thomas mal tinha fechado a porta e Ada já foi arrancando em alta velocidade, pegando a rua sem nem olhar. Me inclinei para a frente para ser ouvida por cima do ruído do vento que acossava o conversível.

— Como devo chamá-la?

— Que tipo de pergunta é essa? — Ela se virou para mim.

— Bem, é comprido demais chamá-la de tia-avó Ada.

— Não ouse colocar a palavra "avó" na frente do meu nome. Também não precisa usar a palavra "tia". Me chame simplesmente de *Ada*.

Por um momento a mais, fiquei olhando para ela e, em seguida, dei de ombros, também querendo ter um lenço para cabeça. O meu cabelo ia ficar uma bagunça emaranhada pelo fato de eu estar sentada atrás, ainda mais por causa do jeito que ela dirigia.

Paramos em um semáforo, e Ada pegou o meu batom Guerlain Rouge Diabolique da bolsa, franziu os lábios, olhando para o espelho retrovisor, aplicou-o e depois o recolocou na bolsa. Voltei a me inclinar para a frente.

— O que houve com aquela ideia de parecer muito vulgar?
— Em você, fica muito vulgar. Eu posso usar qualquer coisa.

Esse verão prometia ser bem longo.

5

ADA CONDUZIU O CARRO PELAS RUAS DA CIDADE, DERRAPANDO NAS CURVAS e evitando por pouco tanto os pedestres como os bondes que vinham em sentido contrário. Acho que vi apenas duas dezenas de outros carros e nenhum táxi. Thomas deu a impressão de estar tranquilo, mas percebi que a sua mão direita segurava a porta do carro com mais força do que a sua postura indicava ser indispensável. E eu me perguntei o quanto disso era teatro por minha causa. Será que Ada era mesmo o tipo de mulher que faria a própria sobrinha se sentar atrás para que um homem de raça diferente pudesse se sentar na frente? Ou ela estava só me dando uma lição? Tendia a acreditar que era esta última, com base na xenofobia inerente que tinha visto nas pessoas mais velhas da minha cidade natal. Porém, nenhum dos septuagenários que eu conhecia se parecia ou agia de maneira semelhante à Ada. Então talvez não fosse teatro.

Por fim, ela freou de repente, parando em frente a um casarão de dois andares em um bairro cheio de casarões iguais.

— Eu disse que a corda ia segurar.

— Retiro o que disse — Ada afirmou, sorrindo para Thomas. E por um momento, achei que ela estava flertando. — Você se importa de levar a bagagem para cima, para o quarto de hóspedes, querido?

Querido. Interessante.

— Não, senhora, nem um pouco.

Ela agradeceu e, em seguida, virou-se para mim.

— Vamos ter que estabelecer algumas regras antes de você se acomodar demais.

Pois é. A minha mãe bem que me avisou que ela seria rígida.

— Regra número um: você vai fazer o que eu mandar. Não tenho tempo para disciplinar crianças rebeldes.

— Eu não sou uma cri...

Ada ergueu um dedo, me calando.

— Como eu disse, não tenho tempo para disciplinar você. Então, você vai se comportar ou vai voltar direto por aquele trem. E pelo que fiquei sabendo, você não quer isso, e os seus pais também não querem.

Emburrada, cruzei os braços, mas a deixei continuar.

— Regra número dois: nada de homens. A minha reputação nesta comunidade é o meu sustento, e não pretendo deixar algo como o seu incidente na sinagoga afetar isso. Estamos entendidas?

Concordei, fervendo por dentro, mas não deixaria essa bruxa perceber, de jeito nenhum.

— Regra número três: ninguém entra na minha casa sem a minha permissão. Não me interessa quem são as suas amizades. Não confio nelas perto das minhas coisas. Regra número quatro: você não vai tocar em nada sem a minha permissão. Nada de "pegar emprestado" sem permissão. E não vou dar permissão.

— Então não faz mal roubar o meu batom, mas se eu pegar algo seu, estou ferrada?

Ada sorri.

— Agora você está entendendo.

Mamãe, o que foi que você fez comigo?

— E regra número cinco: nada de mentiras. Não importa o quanto a verdade seja feia. E eu notei esse beicinho, menina. Sei que está achando que pode me enganar. Não pode. Não é difícil de desvendar. Nunca se esqueça disso. — Thomas voltou depois de ter levado o baú para dentro e agora pegou a minha valise e a minha caixa de chapéu. — Ele está fora de cogitação — Ada disse, seguindo o meu olhar.

— Por quê? Está a fim dele? — perguntei, sarcástica.

— Não seja indelicada.

— Alguma outra regra?

— Sim. Mas hoje vamos começar com as primeiras cinco. — Thomas voltou para junto do carro. — Entre, vou levar você para casa.

— Obrigado, mas não me importo de pegar o bonde. Preciso passar na loja do meu pai.

— Posso levar você até lá.

Thomas acenou com a cabeça em minha direção.

— Parece que você já está ocupada o suficiente.

— Como sempre, não é mesmo? — Ada disse. — Por que a minha família acha que estou administrando uma casa para todas essas garotas rebeldes, é um mistério para mim. — Tirou as suas luvas e estendeu a mão para Thomas, que a apertou com ternura. — Mande lembranças para os seus pais por mim.

— Farei isso, senhora.

— E pela milionésima vez, pare com essa história de *senhora*. É Ada. Só Ada.

Thomas sorriu, exibindo dentes brancos perfeitos.

— Sim, senhora — ele disse, depois virou-se para mim e acenou com a cabeça. — Srta. Kleinman.

Após ele ir embora, Ada fez um gesto negativo com a cabeça, tirou a chave da ignição e saiu do carro.

— Vamos, ninguém nunca se deu bem sendo lerda.

Saí pelo lado do passageiro, disposta a dizer que eu não era uma "garota rebelde", quando algo me ocorreu.

— Ada, quem mais a família enviou para você?

— Enviou o quê?

— Você disse que a sua casa não é um abrigo para todas as garotas rebeldes. Quem mais a família enviou para você?

Ao pé da escada, Ada se virou na direção da porta do lado direito do casarão, com um sorriso malicioso se espalhando pelo seu rosto.

— Você acha que é a única menina má? A sua mãe também passou um verão comigo, mocinha. E veja no que ela se tornou.

Arregalei os olhos, mas Ada já havia chegado ao meio da escada. Minha mãe... aqui? Ela disse que tinha passado um verão na praia e que Ada era rígida, mas jamais havia dado pistas a respeito de um passado tortuoso. Eu não era tão ingênua a ponto de acreditar que ela havia surgido de repente toda certinha e não tinha feito nada até se casar com o meu pai careta. Porém, também nunca me passou pela cabeça que o motivo pelo qual ela ficou do meu lado tantas vezes era porque ela também havia se metido em encrenca. E eu estava determinada a arrancar essa história de Ada, mesmo que levasse o verão inteiro para isso. O que será que mamãe tinha feito?

Ada abriu a pesada porta de carvalho, e uma bolinha cinzenta de pelos se acercou dela, latindo estridente.

— Meu bebê — Ada sussurrou, pegando o terrier. — Também senti saudades de você, querida. Mamãe está em casa agora. — Ela olhou para mim. — Feche a porta. Você não vai querer que a Sally escape, vai?

— Sally?

Ela estendeu o cachorro na minha direção, e a criaturinha mostrou os dentes, rosnando.

— Ela julga muito bem o caráter das pessoas — Ada afirmou, abraçando-a junto ao peito. — Você reconhece um problema quando vê um, não é, querida?

— Que criatura adorável — murmurei. Estendi a mão até o focinho de Sally, esperando não levar uma mordida. — Sou amiga. Juro.

Sally rangeu os dentes como se fosse um pastor alemão.

— Pedigree de campeão. — Ada colocou Sally no chão. A cachorra correu até uma caminha na sala, logo abaixo de uma janela, onde se deitou e ficou me olhando com desconfiança. Ada tirou o lenço, pendurou-o no cabideiro ao lado da porta, ajeitou o cabelo diante do espelho próximo, franzindo um pouco os lábios para admirar o meu batom.

Percorri com os olhos a minha nova casa. Era mobiliada com bom gosto, em estilo moderno, com ênfase no minimalismo escandinavo, apesar dos pisos antigos de tacos de madeira e da marcenaria ornamentada nos corrimões. Nada parecido com o que eu tinha imaginado para uma solteirona casamenteira. Esperava o visual e o cheiro de uma bolsa de avó, e não essas linhas limpas e realçadas com toques brilhantes de cor. Sem dúvida, Ada tinha dinheiro e, se o seu carro e o seu lenço serviam de indicação, ela se preocupava com moda e aparências.

— Deve ser lucrativo ser casamenteira — eu disse.

— É indelicado falar sobre as finanças de uma pessoa. Venha, vou mostrar o seu quarto. O jantar é às seis em ponto. Às sete, fazemos a nossa caminhada noturna.

— E às oito, direto para a cama, suponho.

— Não seja boba. O programa do Ed Sullivan começa às oito.

— Claro. Bobagem minha.

Enquanto eu a acompanhava escada acima, Ada olhou para mim com uma expressão séria.

— A insolência também não será tolerada.

— Entendido. — Em seguida, me mantive calada, percorrendo o corredor longo e estreito. Havia uma pequena escada no final, que achei que levava aos aposentos dos empregados. Com a minha sorte, era onde eu acabaria.

Em vez disso, Ada parou diante da última porta à direita e girou a maçaneta. O quarto era austero, com uma cama com estrutura de latão coberta com uma colcha de algodão branco com bordados vazados, uma penteadeira, uma mesa de cabeceira e um guarda-roupa independente em vez de um armário embutido. O espaço tinha um leve cheiro de naftalina e desuso.

— Lar, doce lar — disse com o máximo de entusiasmo falso que consegui demonstrar.

— O banheiro fica logo ao lado. O meu quarto fica no final do corredor. O quarto da Lillian é vizinho ao meu. Você não deve abrir as portas fechadas.

— Lillian?

— A minha assistente.

— Ah, a minha mãe disse que ela teve que ir para casa. A mãe dela está doente ou algo assim?

— "A mãe dela está doente ou algo assim" — Ada me imitou. — A mãe dela está morrendo. Um pouco de compaixão faz diferença.

— Meus sentimentos pela iminente perda dela.

— Você vai assumir alguns dos deveres da Lillian até ela voltar — Ada disse secamente.

— E isso envolve…? — Se Ada tinha a intenção de que eu cozinhasse, estava prestes a ficar muito decepcionada. Eu mal conseguia fazer torradas.

— Obedecer às ordens.

— Sim, claro.

— Vou deixar você desfazer a bagagem. Tenho trabalho a fazer.

E ela se foi, fechando a porta da minha nova cela. Me sentei na cama, que rangeu. Nada de rádio. Nada de livros. E embora eu soubesse que Ada tinha as duas coisas lá embaixo, não podia tocar em nada.

— Daniel Schwartz *não* valia tudo isso — disse para mim mesma. Então, fiquei de pé, peguei a chave na bolsa e abri o meu baú.

Ao começar a guardar as minhas roupas íntimas, um pedaço de papel no fundo de uma gaveta chamou a minha atenção. Após espiar por cima do ombro para ter certeza de que não era um teste e que Ada não estava me observando de algum retrato na parede com buracos nos olhos, peguei a página. Mas não era um pedaço de papel; era uma fotografia. Duas mulheres estavam em um calçadão, com o Steel Pier de Atlantic City ao fundo. A mais jovem estava abraçando a mais velha e dando um beijo no rosto dela. Claramente, a mais velha era Ada, que, mais nova, com o cabelo mais escuro, estava sorridente e animada, com um braço erguido numa pose de comemoração. E a mais jovem… apertei os olhos. Era difícil identificar pelo perfil, mas eu tinha quase certeza de que era a minha mãe. Virei a fotografia e, de fato, na caligrafia da minha mãe estavam escritas as palavras "Rose e Ada, agosto de 1932".

Voltei a olhar para a porta. Será que ela colocou a fotografia ali de propósito? Ou será que a minha mãe foi a última pessoa a ficar nesse quarto? Observando de novo a imagem, eu a examinei com mais atenção, imaginando uma história acerca das circunstâncias que poderiam ter levado ela a chegar nesse quarto. E como diabos ela parecia tão feliz com Ada? Será que toda a felicidade foi sugada da minha tia-avó nos últimos vinte e oito anos por causa da idade ou de alguma tragédia?

Não, mamãe disse que Ada era rígida. Então, nada daquilo fazia sentido. E a minha mãe tinha dezenove anos quando a fotografia foi tirada. Um ano antes de ela se casar com o meu pai. Três anos antes do nascimento de Harold. Será que Ada arranjou o casamento deles?

Deixei as roupas em cima da penteadeira e vasculhei o meu baú em busca de caneta e papel. Havia uma cadeirinha junto à penteadeira e me sentei, já escrevendo a carta.

Mamãe,
Por que você não me disse por que passou um verão aqui?
O que você fez? Foi escandaloso?

Fiquei encarando a página. Ela nunca responderia essa pergunta, ainda mais por escrito. Mas isso não significava que eu não perguntaria.

Ada é rígida, como você disse. E ela disse que não posso pegar emprestado nada dela. Você pode me mandar o meu rádio e alguns livros? Caso contrário, acho que vou morrer de tédio. E embora o papai talvez não se importe com isso, sei que você terá pena da sua única filha.
Com amor,
Marilyn

P.S.: Ela roubou o meu batom! Você poderia passar na Saks e me comprar outro? Não sei se temos lojas de verdade aqui...

Dobrei o papel com monograma, enfiei-o dentro do envelope correspondente, lambi e lacrei, anotei o endereço e colei um selo no canto. Mas então me dei conta de que não sabia o endereço daqui. Daí, de maneira jocosa, escrevi o meu nome no canto do remetente e, abaixo dele, "Casa dos horrores da Ada".

Em seguida, voltei a desfazer a bagagem.

6

O jantar foi menos tranquilo do que eu havia imaginado. Ada me encheu de tantas perguntas que eu mal conseguia dar uma garfada antes de precisar responder a próxima. Ainda que a comida estivesse excelente, já que ela tinha uma cozinheira. Porém, Ada quis saber absolutamente tudo, desde o tamanho de vestido que eu usava até os meus livros favoritos, passando pelo que aconteceu com Daniel.

E para minha surpresa, quando contei a Ada o que eu havia dito ao ser arrastada para fora do salão de orações pelo meu pai, ela riu.

— Claro que o Walter não lidaria bem com isso. Como a sua mãe conseguiu manter a expressão séria, eu jamais saberei.

— Por que a minha mãe veio ficar aqui?

Ada fez um aceno com a mão.

— Cabe a ela contar essa história, não a mim. Eu não me meto.

— Você é uma casamenteira. Isso não é uma forma de intromissão profissional?

Isso tirou dela um sorriso discreto.

— Eu não arranjei o encontro deles. Ela encontrou o chato do seu pai por conta própria. — Ada me encarou. — Mas pelo visto não é possível suprimir a exuberância.

Tentei imaginar a palavra *exuberância* sendo usada para descrever a minha mãe. Claro, ela era mais divertida do que o meu pai, mas exuberante? Por outro lado, ela com certeza aparentava isso na foto do meu quarto.

Mas Ada não tinha acabado.

— E você não aceitou se casar com o rapaz?

— Não estamos na Idade das Trevas. Além disso, não era como se eu estivesse... — Parei de falar. Se a minha mãe tinha desmaiado quando eu disse que não estava grávida, não queria matar Ada.

— Encrencada — ela completou. — Estou de acordo.

— Você concorda? — Ada fez que sim. — Mamãe desmaiou quando eu disse isso na frente do rabino.

Gargalhando, Ada jogou a cabeça para trás.

— Ah, minha nossa. Sim, temos muito trabalho pela frente, não é mesmo? — Ela afastou o prato e, com delicadeza, limpou a boca com o guardanapo. — Vá se arrumar para a nossa caminhada. Acho que você vai se dar bem nessa parte do negócio.

— Negócio?

Ada deu uma piscadela para mim.

* * *

Não achei que precisava me arrumar de forma especial, mas Ada rejeitou as minhas três primeiras roupas.

— Não vamos só dar uma caminhada?

— Uma caminhada de trabalho.

— Não sei o que isso significa.

Ada pegou um vestido do guarda-roupa e me mostrou, fechando um olho.

— Este aqui.

— Posso ter o meu batom de volta?

— Não. — Com isso, ela saiu do quarto para que eu pudesse trocar de roupa.

Depois que me vesti de maneira adequada para uma caminhada pela Quinta Avenida de Nova York, Ada arrumou o meu cabelo e o decote.

— Você não está tentando me empurrar para alguém, está? — perguntei com cautela.

— Você? — Ela riu. — Claro que não. Você seria o fim do meu negócio.

— Então o que...?

— Vamos lá. Vamos ver o quanto você é boa.

— Boa *em quê*, exatamente? — Ela sorriu, e eu pus as mãos na cintura. — Só saio desta casa quando você me disser para onde estamos indo.

— Até o parque, querida. Sinceramente, você acha que os seus pais mandaram você aqui para fazer algo sinistro?

Eu não contei para Ada que tinha testado as portas lá em cima. Estavam todas trancadas, exceto a minha e a do banheiro. E a minha não trancava.

Começamos a percorrer o quarteirão, com os saltos de Ada ecoando alto na calçada, e o seu ritmo entregava as suas raízes nova-iorquinas enquanto ela ziguezagueava entre os pedestres mais lentos e evitava por pouco os bondes que passavam em alta velocidade.

— Você está acostumada com os bondes? — perguntei.

— Nunca me desacostumei deles.

Após quatro quarteirões, chegamos a um parque; grande pelos padrões de Nova York caso não se levasse em conta o Central Park. Minúsculo comparado a ele. Havia diversos caminhos, e Ada escolheu um à direita. Contornando um arvoredo, alcançamos uma quadra de tênis, onde um grupo de rapazes jogava, com meia dúzia de outros assistindo.

— Aqui é onde vou deixar você — Ada disse, me entregando um pequeno bloco de papel e uma caneta.

— O que devo fazer com isso?

— Consiga os nomes, os números de telefone e as idades. Consiga também as alturas. Algumas garotas são exigentes quanto a isso.

— De quem?

— Do maior número possível.

— Ada, estou confusa.

Com as mãos na cintura, ela se virou para mim.

— Misericórdia, garota. Vá lá, bata os cílios e consiga as informações deles para que eu tenha rapazes para organizar encontros para as garotas. Não é complicado.

— Mas como você sabe que eles serão bons pretendentes?

— É aí que vamos ver quão boa você é. Avalie os rapazes. De um a dez. Dez significa um bom partido. — Ela voltou a me analisar. — Um significa alguém com quem você sairia de fininho da sinagoga.

— E você mesma não vai fazer isso por que…?

— Porque eu já fiz. Mas ao verem você, vão perceber o tipo de garota que estou oferecendo. — Ada me deu um empurrãozinho. — Agora vá. Quero pelo menos seis homens.

Bem, se eu quisesse voltar para casa, uma única carta ao meu pai detalhando essa parte da minha estadia resolveria. Num piscar de olhos, ele me faria arrumar as malas e voltar para o meu quarto de infância. Mas isso sem dúvida pareceu melhor do que voltar para casa. Então, desfilei na direção da quadra, balançando os quadris e esperando ser notada por eles.

E isso teria sido muito mais fácil se eu não tivesse tropeçado numa pedra fora do lugar e caído em um arbusto com um grito.

Enquanto eu tentava desembaraçar o cabelo do galho em que tinha ficado preso, um par de mãos me alcançou e me ajudou.

— Permita-me — uma voz masculina disse.

Fiquei muito ciente de que o meu vestido tinha subido de modo significativo.

— Jeito estranho de conhecer alguém — eu disse, deixando que ele me ajudasse a levantar. O rapaz sorriu, limpei o vestido e então estendi a minha mão. — Marilyn.

— Freddy.

— Freddy, receio que eu precise de um favor seu.

— À vontade. — Seus olhos brilharam de alegria.

— Preciso que você me apresente aos seus amigos ali.

— Eu estava esperando que fosse algo mais no sentido de sairmos para jantar.

Sob circunstâncias normais, eu teria aceitado o convite. Afinal ele *tinha* me resgatado daquele arbusto. E não era um problema ele ter um metro e oitenta de altura, com um queixo que faria Gregory Peck sentir inveja. Porém, Ada disse "nada de homens", e eu não pretendia ficar na Filadélfia tempo suficiente para criar um vínculo, mesmo que fosse só por diversão.

— Quem sabe numa próxima vez.

Freddy ofereceu o braço e eu aceitei. Pelo jeito, aquele caminho era traiçoeiro. Chegamos à quadra, e ele chamou os outros rapazes.

— Ei! — Os tenistas pararam e se viraram para ele. — Esta é a Marilyn. Ela quer conhecer todos vocês. — Ele se virou para mim. — Mais alguma coisa?

E agora?, pensei enquanto todos me encaravam.

— Não é bem do jeito que eu queria fazer isso, mas vamos lá. O meu nome é Marilyn, e estou aqui para ajudá-los a encontrar a garota dos sonhos de vocês.

— Estou olhando para ela! — um deles exclamou e, em seguida, soltou um assobio de admiração.

— Obrigada, mas não estou disponível. Quer dizer, estou, mas não desse jeito. Mas eu tenho… amigas.

— Parece que você não está tão certa sobre essas amigas — o rapaz que estava com a bola de tênis disse. Com impaciência, ele fazia a bola quicar. — Está trabalhando para aquela mulher? A Ada?

— Trabalhar implica receber pagamento. Não estou recebendo nada.

— E aí?

— Olha, eu não sou o tipo de garota para casar. Não sei cozinhar, sou bagunceira e fui mandada para cá porque fui pega aos beijos com o filho do rabino durante o serviço religioso. — Alguns deles riram. — Quem dera fosse uma piada, mas não é. Teve até um vitral estilhaçado e tudo mais. Aí ele me pediu em casamento. Acho que ele nunca tinha beijado uma garota antes. Mas a Ada conhece garotas legais que vão cuidar de vocês. No final das contas, é isso que vocês querem de verdade, não é? Uma mulher que receba vocês em casa?

— Não sei, não — Freddy disse. — Você parece mais interessante.

— Olha, você me dá os seus dados e concorda em participar de três encontros. E se a Ada não encontrar a garota perfeita para você até lá, deixo você me levar para sair.

— E se nenhum de nós encontrar garotas do nosso agrado?

— Então vou ficar com uma reputação e tanto, não é? — Três deles deram risadas. — Vamos lá, pessoal, me deem uma força. Ada disse que eu preciso de seis nomes e que é melhor eu conseguir a tempo de ela voltar para casa para assistir ao programa do Ed Sullivan.

Todos consultaram os seus relógios.

— Você tem papel e caneta? — Freddy perguntou. Tirei ambos do bolso do vestido e passei para ele. — Estou dentro.

— Você é um anjo — disse e pedi para ele também anotar a sua altura. — Quem é o próximo?

Com oito folhas de dados em mãos, caminhei de volta até onde Ada estava sentada, em um banco perto dali, dando uma rápida olhada para trás, na direção dos rapazes, que estavam todos me observando enquanto eu me afastava.

— Consegui! — exclamei, mostrando os papéis para ela. — E ainda faltam vinte minutos para o Ed Sullivan.

— Dezoito — ela me corrigiu. — Está em cima da hora. De qualquer forma, boa recuperação daquele tombo.

Estava torcendo para que Ada não tivesse visto aquilo.

— Os homens adoram uma donzela em apuros. Mesmo que estejam só a salvando de um arbusto.

— Eu sei. Por isso coloquei a pedra no meio do caminho.

— Você... o quê?

— Jamais pense que eu não sei o que estou fazendo. — Ada sorriu.

7

Após assistir ao "grande show" de Ed Sullivan, voltei ao meu quarto asséptico, peguei um caderno do baú e me sentei à penteadeira. Papai sempre me disse que escrever era perda de tempo; ele queria que eu aprendesse a cozinhar, a cuidar de uma casa e a me tornar uma boa esposa. Porém, mamãe me incentiva a escrever. Foi ela também quem insistiu para eu cursar uma faculdade. Cada tempo livre, dava para vê-la com um livro na mão, muitas vezes até mesmo enquanto estava mexendo algo numa panela junto ao balcão da cozinha. Durante a última década, papai comprou três fornos diferentes, sem nunca perceber que as comidas queimadas eram resultado de ela estar concentrada numa boa história, e não devido ao mau funcionamento do fogão, ao qual ela atribuía a culpa.

Ada era... eu não sabia como descrevê-la, mas ela dava um excelente estudo de personagem. Quem era ela? Como ela conseguiu comprar uma casa tão grande? Será que a atividade de casamenteira remunerava tão bem assim? Sim, era um casarão de dois andares, mas todas as casas neste bairro também eram. Por que ela guardava tanto segredo em relação aos quartos do segundo andar? E por que ela nunca se casou?

Embora estivesse curiosa para descobrir as respostas, eu também era muito rápida em criar a minha própria história. Quando finalmente parei de escrever para aliviar a mão, o meu relógio indicava que uma hora tinha se passado.

Fechei o caderno e bocejei. Eu havia acordado em Nova York, mas ia dormir em um mundo bem diferente. E se as habilidades de arremesso de pedras de Ada fosse um indício do que estava por vir, o dia seguinte seria outra aventura inesperada.

Contendo outro bocejo, peguei a minha *nécessaire* da penteadeira e fui lavar o rosto e escovar os dentes.

***

Em casa, sempre acordava com os cheiros do café e do desjejum sendo preparados, com o sol espreitando pelas minhas cortinas e os sons incessantes da cidade do lado de fora da minha janela.

Na Filadélfia, acordei com Ada já vestida, incluindo uma cinta, arrombando a porta do meu quarto e dizendo que eu não podia dormir o dia todo.

— A clientela começa a chegar às nove em ponto — ela disse. — Vista-se. O café da manhã está na mesa.

— Que horas são? — perguntei. O colchão era mole demais, mas isso não significava que eu estava pronta para sair da cama.

— Sete e meia.

— Dispenso o café da manhã — murmurei, me virando para abraçar o travesseiro.

Mas Ada arrancou as cobertas de cima de mim.

— Eu não tolero atrasos. Levante! Agora!

Fuzilando-a com os olhos, me sentei e coloquei os pés para fora da cama.

— Já vou.

Ela ficou batendo o pé com impaciência até eu me levantar.

* * *

Uma hora e meia depois, eu estava sentada numa cadeira de encosto duro no canto do "escritório" de Ada, que, na verdade, não passava de outra sala de estar, sem a televisão da sua sala real, ao passo que Ada estava sentada de frente para uma mãe e filha, que se empoleiravam na beira de suas cadeiras com uma postura tão ereta que temi que elas se quebrassem ao meio se tentassem se sentar mais para trás.

Um bloco de notas estava em meu colo; Ada tinha me dito que o meu trabalho seria fazer anotações sobre as qualidades e preocupações da garota. Pelo visto, também era minha atribuição trazer o café e a bandeja de doces preparados pela cozinheira de Ada. Tudo isso permanecia intocado na mesa de centro, apesar de ela ter me repreendido na frente das convidadas por não ter trazido no momento certo.

— Então, Stella — Ada começou. — Me fale sobre você.

Stella abriu a boca para falar, mas a mãe a interrompeu.

— Ela é uma boa menina. Só precisa de um marido logo.

— E nós vamos cuidar disso — Ada disse suavemente. — Mas eu gostaria de ouvir da própria Stella. Quais são os seus passatempos?

— Passatempos? — Stella soltou um gritinho.

— Sim, querida. O que você faz para se divertir?

— Não incentivamos atividades fúteis — a mãe respondeu. — Ela cozinha, faz a limpeza, costura e sabe jogar *bridge*.

Ada pegou uma cigarreira dourada e ofereceu um cigarro à mãe, que recusou. Ada pegou um para si e o acendeu com um isqueiro combinando, dando uma longa tragada antes de voltar a falar. Foi o único sinal que tive de sua irritação, e se eu não tivesse observado com tanta atenção, não teria nem reparado.

— Que gênero de livros você lê? Revistas? Programas de televisão?

Stella voltou a abrir a boca, mas a mãe começou a falar. Ada a interrompeu:

— Sra. Edelman, com todo o respeito, não estou procurando um marido para a senhora. Deixe a garota falar.

A sra. Edelman fechou a boca. Porém, que estranho, não pareceu ofendida.

— Não temos televisão — Stella disse, baixinho. — Gostei do filme *Confidências à meia-noite*.

Ada abriu um sorriso largo.

— Rock Hudson. Agora estamos progredindo.

Stella sorriu de volta, acanhada.

Depois que mãe e filha saíram, Ada se virou para mim.

— Vamos ver as suas anotações. — Entreguei o bloco de notas para ela. — Vejo que você não sabe taquigrafia.

— Por que eu deveria saber?

Ada me ignorou enquanto lia o que eu tinha escrito.

— Tem razão. A sra. Edelman será um pesadelo como sogra. É melhor encontrarmos um rapaz com uma mãe igualmente terrível ou um rapaz órfão de mãe. — Ela continuou lendo. — Agora, isso não é justo. Stella será uma esposa adorável para o parceiro certo. Você não viu o sorriso dela quando ela falou a respeito dos filmes? Ela só precisa se livrar da mãe. Nenhum homem dominador para ela. Ela precisa de alguém tranquilo que a deixe florescer.

— Você chegou a isso ao falar sobre Doris Day e Rock Hudson?

Ada virou a cabeça para me olhar de soslaio.

— Sim. Você, por exemplo, precisa de alguém capaz de enfrentá-la. Você nunca vai respeitar alguém que cede com muita facilidade. E vai passar por cima de qualquer um que fique no seu caminho.

— Então, explique por que você nunca se casou — eu disse, incapaz de me conter.

— Nós reconhecemos os nossos semelhantes. — Ela sorriu. — As próximas clientes vão chegar em cinco minutos. Desta vez, não me faça pedir o café.

* * *

Quatro outras duplas de mãe e filha apareceram, assim como duas mães arrastando os filhos, com uma pausa para o almoço antes dos dois últimos atendimentos. A alta proporção de mulheres em relação aos homens explicava por que ela tinha me solicitado os dados dos rapazes.

Então, após a última reunião, Ada se virou para mim.

— Pode tirar o resto da tarde de folga.

Eu quis perguntar: "Para fazer o quê?". Mas, na verdade, eu não me importava, desde que não ficasse sentada naquela cadeira ouvindo pessoas que não viam a hora de se casar. No entanto, estava curiosa para entender como o método dela funcionava.

— O que você vai fazer agora?

— Vou encontrar os pares perfeitos para cada um.

— Mas como você faz isso?

Ela balançou o dedo para mim.

— Eu não revelo as minhas técnicas. Não quero concorrência. Vá. Está dispensada.

Após subir a escada para me arrumar antes de sair para explorar a minha nova cidade, parei no final do corredor. Ada tinha dito que os outros cômodos eram inacessíveis, mas nunca disse que eu não poderia dar uma olhada no resto da casa. Com uma espiada para trás para ter certeza de que não estava sendo observada, subi a segunda escada.

Eu tinha razão quanto ao sótão ter sido planejado como aposentos dos empregados, mas eles pareciam ser usados sobretudo como recintos para armazenamento. Dei uma espiada numa caixa e encontrei uma fotografia de colódio muito antiga de um homem e uma mulher em trajes de casamento. Eu conhecia aquela foto. Eram os avós da minha mãe. Ela mantinha uma cópia emoldurada na penteadeira. Porém, uma olhada embaixo daquela primeira fotografia revelou uma pilha inteira de fotos de família do final do século XIX.

Ouvi um barulho lá embaixo, e recoloquei às pressas a tampa da caixa. Mas eu voltaria ali. Disso eu sabia. Havia mais caixas com a palavra "fotografias" escrita nas etiquetas, junto com móveis descartados, malas e diversos guarda-roupas. Dei uma olhada dentro do guarda-roupa mais próximo da escada, esperando encontrar vestidos ao estilo melindrosa da década de 1920. Mas se Ada tinha setenta e cinco anos, significava que ela tinha nascido em 1885 e estava na casa dos trinta quando Zelda Fitzgerald estava pulando em fontes. Velha demais para as roupas que eu queria.

Pensando bem, com aquele cabelo platinado... mas não. Aquele guarda-roupa em particular tinha uma coleção impressionante de casacos de pele, capas e estolas.

Mais uma vez fiquei imaginando quanto Ada cobrava pelos serviços. Isso não tinha ficado claro nas reuniões; as mães simplesmente lhe entregavam um cheque de um valor predeterminado.

Eu nunca havia visto uma mulher administrar o próprio negócio. Sem dúvida, existiam empregadas domésticas, e eu conhecia muitas moças que ingressavam no mundo dos negócios como datilógrafas e secretárias, mas sobretudo para encontrar maridos. Nenhuma administrava uma empresa ou cuidava do próprio dinheiro. E a idade de Ada, assim como o fato de ela exercer essa profissão há quase cinquenta anos, tornava tudo ainda mais impressionante.

E, apesar de tudo, sentia inveja. Sim, eu queria amor, e paixão, e agitação. Porém, a ideia de ser independente — de fazer o que eu quisesse quando quisesse e mandar em todo mundo — era inebriante. Mas, mais do que isso, quando Ada falava, todos ouviam.

E jurei, jogando o caderno na bolsa, aprender com isso enquanto eu tivesse que ficar ali. Era o exato oposto ao que o meu pai teria desejado. Mas a minha mãe... Comecei a imaginar se em segredo ela queria que eu aprendesse essa lição desde sempre.

8

A porta do gabinete de Ada — o seu verdadeiro escritório — estava fechada. Então, não a perturbei antes de sair de casa para explorar a cidade. Comecei a percorrer a rua. Assim como muitos bairros de Nova York, logo que saíamos da rua de Ada, nos deparávamos com uma mistura de propriedades residenciais e comerciais aparentemente sem zoneamento. A diferença era que não havia prédios tapando o céu nessa parte rica da cidade, e os bondes substituíam o tráfego incessante ao qual eu estava acostumada.

Achei uma caixa de correio com facilidade e deixei a carta para a minha mãe dentro dela. Não quis correr o risco de pedir para a cozinheira fazer isso usando aquele endereço de remetente provocador. As lojas eram todas de propriedade local e, pelos nomes, estávamos em um bairro expressivamente judaico, com delicatessens espalhadas nas esquinas como placas de rua. O que também respondeu a outra pergunta que eu não tinha a intenção de fazer: como Ada sabia que os tenistas eram judeus e, portanto, aceitáveis como possíveis pretendentes? Naquele lado da cidade, pelo jeito, todos eram.

No entanto, ao atravessar uma rua, saí da Europa Oriental e entrei na Itália, com imigrantes anunciando as suas mercadorias e realizando os seus trabalhos, exibindo os seus bigodes imponentes, cercados por igrejas no lugar das duas sinagogas do bairro de Ada. Os aromas dos restaurantes ali começaram a me fazer sentir mais em casa, e eu respirei fundo, me perguntando se havia regiões onde as culturas se misturavam como na cidade em que nasci.

Perambulei por quase duas horas, observando o meu novo ambiente. Os meus pais tinham me levado para Washington e para a Flórida na infância, mas essa era a primeira vez como turista solo em qualquer lugar. Após retornar ao bairro de Ada, parei uma jovem com mais ou menos a minha idade e perguntei quão perto eu estava do Sino da Liberdade — meu único ponto de referência na Filadélfia —, mas ela riu. Pelo visto, seria preciso pegar dois bondes para chegar lá e, dessa maneira, não era viável naquele dia.

— Ninguém pega táxi por aqui?

— Por que pegariam? Os bondes são mais baratos. — Ela me observou da cabeça aos pés. — Sem dúvida, você não é daqui.

— O que me entregou?

— Tudo — ela disse, rindo de novo. — Ei, você não é a sobrinha da Ada Heller?

— Sobrinha-neta. Como sabe disso?

— Aqui não é Nova York. Todo mundo sabe da vida de todo mundo.

— Vou me lembrar disso.

— Meu nome é Shirley — ela disse, estendendo a mão.

— Marilyn.

— Vamos para a praia na próxima semana, mas a casa dos meus pais não fica longe da casa da Ada. Podemos marcar alguma coisa lá, o que acha?

Me lembrei do comentário de Ada sobre as minhas amizades e me perguntei se Shirley seria uma companheira aceitável aos olhos dela. Mas isso não importava de verdade. Uma amiga seria muito bom enquanto eu estivesse no exílio.

— Ada não disse nada sobre a praia, mas se formos, vou procurar você.

— Ah, ela vai. Ela vai todos os anos. A cidade fica vazia, e ela segue com o negócio dela. — Shirley fuçou na bolsa, tirou um pedaço de papel e escreveu um número de telefone nele. — Tenho que ir, mas me ligue. — Ela deu as costas e foi embora, com a sua saia farfalhando logo atrás.

Encontros assim não aconteceriam em Nova York. Presumíamos que todos eram potenciais assassinos. E, verdade seja dita, Shirley era alegre até demais. Quem sabe ela não seja uma? Mas guardei o pedaço de papel na bolsa e entrei depressa numa padaria para tomar um café e comer um sanduíche, pegando um jornal local na porta para folheá-lo enquanto esperava.

* * *

No quarteirão antes da casa de Ada, achei uma farmácia e comprei um batom novo. Era uma cópia barata do meu, mas era melhor do que nada. E, sendo uma marca de farmácia, a qualidade não devia ser digna de confisco por parte de Ada.

Ao voltar para casa, ouvi Sally latindo antes mesmo de subir a escada. Naquela manhã, ela tinha ficado quieta diante de cada cliente que havia entrado na casa, mas pelo visto, eu era uma invasora e nada confiável. Enquanto passava pela porta, Sally rosnou e recuou.

— Marilyn? — Ada chamou do final do corredor.

— Sou eu.

— Não grite — Ada berrou, alheia à ironia. — Venha ao meu escritório.

Fui até lá, e ela fez um gesto para que eu me sentasse. Obedeci, e Ada continuou rasgando duas folhas de papel.

— Dois dos rapazes de quem você pegou informações ontem já estão comprometidos. Você não fez perguntas?

— Depois de você quase me matar com uma pedra? Não, só perguntei o que você pediu para perguntar.

— Se você morresse só por cair num arbusto, seria merecido. O que você disse para eles, afinal? Você estava um pouco longe para ouvir.

Reprimi um sorriso. Ada não sabia de tudo, no fim das contas.

— Que eu iria para a cama com quem me desse o número.

— Cama? Achei que você preferisse profanar lugares sagrados. — Ela apontou o dedo para mim. — Só não faça promessas que não pretende cumprir. — Acenou a mão com displicência e abaixou a cabeça sobre o grande livro contábil diante de si. — Pode ir agora.

Me virei para sair, mas Ada voltou a me chamar.

— O batom.

Meus ombros caíram, enquanto ela estendia a palma da mão.

— Custou só cinquenta centavos — eu disse. — Comprei na farmácia da esquina. É muito abaixo do seu padrão.

Ada mexeu os dedos de novo, e com um suspiro, entreguei. Ela examinou o tubo e, em seguida, o deixou cair na lixeira ao lado da sua escrivaninha.

— Se você *precisar* usar algum batom, use o Guerlain. É melhor. Mas você deveria usar uma cor mais clara. Ainda não tem experiência de vida para usar o vermelho, e parece que você mexeu na maquiagem da sua mãe quando ela saiu.

— É possível *encontrar* o Guerlain neste pequeno vilarejo que você chama de cidade?

— Cuidado! — Ada exclamou, voltando a levantar o dedo. — Este "pequeno vilarejo" foi a capital do país durante dez anos. — Ela escreveu algo num pedaço de papel e depois me entregou. — Amanhã, quando encerrarmos o expediente, você pode pegar o bonde para o centro da cidade e ir a uma loja de departamentos. Vou até deixar você colocar um batom na minha conta. Só um, e desde que seja uma cor mais discreta.

Peguei o papel, checando as diversas linhas que Ada tinha anotado e me perguntando se valeria a pena por causa de um batom. Não era como se eu fosse encontrar alguém interessante ali. Porém, uma aventura era uma aventura. E eu não ia perder a chance de ver algo que se assemelhasse a um centro urbano de verdade.

Ada ficou me olhando, com a sobrancelha levantada.

— Obrigada — eu disse por fim.

Ela voltou a olhar para o seu livro contábil. Então, escapuli para o corredor. Ao chegar ao quarto, notei que um despertador estava agora colocado sobre a mesa de cabeceira, com um pedaço de papel se projetando embaixo dele. Puxei o papel e, escrito na mesma caligrafia fina das instruções de onde ficava a loja, estavam as palavras: "Não durma demais".

Desabei na cama. "Por favor, não me deixe aqui todo o verão", disse baixinho, querendo que a minha mãe me ouvisse. Então, me dando conta de que nenhuma ajuda viria se eu não tomasse providências, peguei o papel de carta e comecei a escrever uma carta ao meu pai.

> *Querido papai,*
>
> *Estou escrevendo hoje para dizer que me dei conta do erro do meu mau comportamento. Entendo por que você me mandou embora. Você tinha razão em tomar essa atitude. Mas, papai, por favor, me deixe voltar para casa. Juro me comportar e nunca mais fazer uma coisa dessas de novo.*

Mas então parei de escrever. E se, ao voltar para casa, eu tivesse que me casar com Daniel? Um verão de tortura era melhor do que toda uma vida presa a um casamento medíocre.

Amassei a carta. Não. Eu daria conta.

9

Acordei com o barulho do despertador. Dei um tapa nele e coloquei o travesseiro sobre a cabeça, mas então me lembrei do bilhete de Ada e me esforcei para sair da cama. O colchão ainda era mole demais, mas havia algo reconfortante em estar deitada nele. Como se fosse um casulo que me envolvesse. Estendi os braços, mas não eram asas. E se o meu trabalho em arrebanhar rapazes era algum indicativo do que eu estava fazendo ali, não estava evoluindo de lagarta para borboleta. Não, com certeza estava me transformando de filha rebelde em alcoviteira.

Pensei na carta amassada na lixeira do quarto. Sem dúvida, o meu pai me traria de volta para casa rapidinho se soubesse que Ada estava me usando para "cantar" clientes em potencial. Porém, ele talvez me despachasse para um convento. Melhor católica do que aliciar rapazes.

Quanto a mim? Topo abordar clientes. Era divertido quando Ada não jogava coisas em mim. Embora ela tenha se oferecido para me ajudar a tropeçar novamente.

Então, tirei o lenço da cabeça e comecei a desenrolar os bobes com os quais tinha dormido. Sabia que era melhor não chegar atrasada para o café da manhã agora.

Impecavelmente vestida e maquiada, sem batom, desci e encontrei Ada tomando café e lendo o jornal, com uma fatia de torrada sem manteiga ao lado.

— Obrigada pelo despertador — eu disse.

Ela levantou os olhos, assimilando a minha aparência.

— Quem é você e o que você fez com a Marilyn?

— Se vou ter que ficar aqui o verão todo, quero aproveitar ao máximo.

— Você não vai ficar aqui o verão todo — Ada disse, fechando o jornal.

— Não?

— Não. Vamos para a praia na próxima semana.

— Shirley me contou.

— Shirley? Shirley Goldman ou Shirley Cohen?

Todo mundo sabia da vida de todo mundo aqui.

— Hum… Aquela que tem uma casa de praia perto da sua.

Ada revirou os olhos.

— Goldman.

— Qual é o problema com a Shirley Goldman?

— Na verdade, nenhum. Mas os pais dela são dois alpinistas sociais. Ricos, mas vulgares. Sem classe.

— Isso ainda importa hoje em dia?

— No meu tipo de trabalho, importa, sim. Não há nada de errado se as pessoas têm raízes no comércio, exceto se elas tentam esconder quem são por questões de aparência. Elas só querem conhecer famílias tradicionais, e se eu apresentá-las a qualquer família tradicional, nunca mais vou trabalhar nesta cidade.

Frannie, a cozinheira, trouxe um prato com ovos, frutas e torradas e o colocou na minha frente.

— Café?

— Nunca vou recusar uma xícara de café — disse, agradecida. Ainda mais quando eu tinha que estar de pé às sete. Frannie pegou o bule do aparador e me serviu uma xícara, trazendo-a com uma pequena jarra de creme e uma tigela de açúcar. — Obrigada, Frannie.

— Você deveria tomar puro — Ada afirmou, me observando despejar metade da jarra de creme junto com uma generosa colherada de açúcar. — É melhor assim.

Olhei para o café puro dela e dei de ombros.

— Vou queimar isso depois com uma caminhada — disse, tomando um gole da doçura deliciosa. Na verdade, eu ia transpirar para me livrar disso. O dia já estava sufocante. Dava para ver por que a elite trocava a cidade pela praia, como em Nova York. — Quantos clientes vão vir hoje?

— Sete.

— Isso acontece todos os dias?

— Só existem três certezas neste mundo, Marilyn. A morte, os impostos e mães judias querendo casar os filhos.

— Por que você nunca se casou?

Ada voltou a abrir o jornal e o segurou diante do rosto.

— Porque não existiam casamenteiras tão boas quanto eu quando eu era jovem. — Ela abaixou o jornal só o suficiente para me ver por cima dele. — Alguma outra pergunta impertinente? Ou posso continuar lendo sobre a eleição? Tomara que as pessoas estejam dispostas a ignorar o fato de que Kennedy é católico. Seria bom ter alguém que não pareça um fantoche com prisão de ventre governando o país. E a mulher do Kennedy tem muita classe.

***

Pouco mais de uma hora depois, eu me vi mais uma vez na cadeira de encosto reto e com o bloco de notas no colo. Diante de Ada, estava uma jovem com a aparência mais infeliz que já tinha visto. Desajeitada e alta, ela se destacava sobre a sua mãe de estatura mediana, com um nariz grande e dentes salientes que deixariam um castor com inveja. A mãe estava sentada ali, torcendo as mãos e lamentando a aparência da filha para Ada.

— Entendo se você não puder fazer nada por ela — a mãe disse. — Mas ela já tem vinte e seis anos, e o tempo está passando.

Durante todo o tempo, a pobre garota manteve os olhos fixos no chão, com os ombros encurvados tentando esconder a sua estatura.

Ada olhou da mãe para a filha e de volta para a mãe. Então, se virou para mim.

— Marilyn, meu bem, por que você não leva a sra. Stein até a cozinha e traz um bule de café fresco?

Confusa, encarei Ada. Me mandar buscar café era uma coisa, mas levar a sra. Stein para a cozinha? Não entendi o que ela estava querendo, mas fiquei de pé e pedi para a sra. Stein me acompanhar. Ela obedeceu sem dizer uma palavra.

Ao chegarmos à cozinha, joguei fora o café ainda quente e comecei a preparar um novo bule. Era o máximo das minhas habilidades culinárias. A sra. Stein se sentou à mesa da cozinha enquanto o café era preparado. Adicionei creme fresco na jarra.

— Quem me dera ter uma filha como você — ela disse, desanimada. — Deve ter uma fila de homens querendo casar com você.

— Só um — respondi. — E é por isso que estou aqui. Eu disse não, e os meus pais me mandaram para a Ada.

— Você tem muita sorte. Com esse corpo e essa pele.

— Aparência não é tudo — disse com delicadeza. O que eu queria dizer era que ela era uma mãe terrível. Ela tinha ficado lá na sala dizendo para a minha tia-avó como a filha era uma cozinheira maravilhosa, como sabia costurar e consertar qualquer coisa, como era obediente. Caramba, eu me casaria com ela se fosse um homem. A beleza acaba para todo mundo, exceto talvez para Ada, mas alguém que saiba cozinhar, remendar meias e ouvir cada palavra idiota que a outra pessoa diz era para sempre. — Queria ter metade das habilidades domésticas dela.

— Você não precisa delas. Vai arrumar um bom partido.

Lá estava de novo. Essa suposição de que eu só existiria para gerar filhos e recolher as meias sujas de algum marido.

Precisei de todo o meu autocontrole para não descontar nela. Em vez disso, mordi o lábio (felizmente não maquiado) e fiquei quieta. Quando o café ficou pronto, deixei-o descansar por mais um momento, esperando ter dado a Ada todo o tempo de que ela precisava. Em seguida, levei a sra. Stein de volta à sala.

Ali, quase deixei cair a bandeja com o bule de café e a jarra de creme.

Tínhamos ficado na cozinha durante seis minutos. Talvez sete. Contudo, a garota diante de nós não era a mesma que havia entrado pela porta da casa arrastada pela mãe abusiva.

Sim, ela ainda tinha mais de um metro e oitenta de altura, pairando sobre todas nós, mas os seus ombros estavam aprumados agora. Ada havia ajustado o seu vestido impecavelmente na cintura quase inexistente, afastado o cabelo dos seus belos olhos castanhos chocolate e o arrumado, aplicado *blush* e batom, que, após uma inspeção mais detalhada, eram meus.

Ela jamais seria linda. Porém, com a boca fechada sobre os dentes e a postura corrigida, as maçãs do rosto se destacavam, dando-lhe uma aparência atraente apesar do nariz avantajado.

A sra. Stein ficou boquiaberta e com os olhos esbugalhados. Ada instruiu Hannah a rodopiar. Ela obedeceu.

— Como você...?

— Ela tem uma estrutura óssea maravilhosa — Ada afirmou. — Você vai levá-la até a Gimbels, na Market Street. Peça para falar com uma vendedora chamada Charlotte. Vou ligar antes. Ela vai cuidar de você. E, ainda esta semana, vou ligar para você e falar a respeito de alguns pretendentes.

— A senhora é uma verdadeira *bal shem*. — A sra. Stern suspirou.

Após a partida delas, perguntei para Ada o que significava *bal shem*.

— Milagreiro. Em iídiche. — Ela balançou a cabeça com raiva. — O verdadeiro milagre foi eu não ter dado uma bofetada naquela mulher horrível. Quem trata outro ser humano assim, ainda mais a própria filha? — Ada foi até a mesa no canto e fez uma anotação. — Mas ela vai beijar o chão que qualquer futuro marido pisar por livrá-la desse problema. Enquanto isso, a maioria dos homens da cidade teria muita sorte. — Ada voltou a olhar para mim. — Quando você for comprar um batom, me traga outro da mesma cor. Dei o seu para a Hannah.

Sorri ao perceber a verdadeira natureza de Ada, mas me virei para esconder a reação.

10

Ao ser dispensada por Ada pelo resto da tarde, tirei o papel do bolso e comecei a minha aventura no sistema de bondes da Filadélfia. Estávamos em Oxford Circle, bairro longe do centro da cidade, como explicou a mulher falante sentada ao meu lado no primeiro bonde. Eu não estava acostumada com estranhos tão educados e procurei ignorá-la a princípio, mas ela tornou isso impossível. Porém, a minha tia-avó tinha escolhido morar na comunidade onde trabalhava.

Quis perguntar a que distância a Market Street ficava do Sino da Liberdade, mas após me dar conta de que pareci uma turista ao perguntar a Shirley como chegar lá a partir da casa de Ada, decidi guardar a pergunta para mim mesma.

Demorou quase uma hora até eu chegar e ficar sob a sombra do toldo dourado da Gimbels. Levou muito mais tempo do que quando Ada dirigiu a toda velocidade entre a estação ferroviária e a sua casa. A loja ocupava um quarteirão inteiro. Claro, eu já tinha estado na filial de Nova York, mas com as suas raízes na Filadélfia e a reputação de economizar na decoração, a Gimbels não era um ícone de Nova York como a Macy's, a Saks ou a Bergdorf Goodman. Mas seria o suficiente.

Dois batons depois, eu estava de volta à Market Street, observando as pessoas ocupadas com as suas atividades diárias e imaginando para onde estavam indo e de onde tinham vindo. Na esquina, havia um menino vendendo jornais, e uma loja de eletrodomésticos com uma vitrine cheia de televisores, com um letreiro logo acima dizendo "Assista ao futuro em tempo real".

Pisei fora do meio-fio e por pouco não fui atropelada por um bonde. Estava acostumada com o trânsito de Nova York, que fluía com os carros circulando facilmente entre os pedestres com toques de buzinas, com uma chuva de palavrões por parte do motorista se o pedestre estivesse errado, ou com um dedo do meio estendido e uma chuva de palavrões por parte do pedestre se fosse o motorista. Eu levaria algum tempo para me habituar.

Mas ali, do outro lado da rua, havia uma placa com a figura de um sino nele. Sorri usando o meu batom novo.

No entanto, o sorriso desapareceu ao chegar ao Independence Hall, após percorrer a rua ladeada por árvores fora do edifício onde a Constituição foi assinada. Não havia fila, e um cartaz na porta dizia "Fechado para reformas".

— Quem reforma o Sino da Liberdade tão perto do Dia da Independência? — perguntei em voz alta, frustrada. Testei a porta, mas estava trancada, e as janelas estavam cobertas com papel para ocultar a visão do que estava acontecendo lá dentro.

Bati o pé com força no chão, amaldiçoando a cidade. Então, me virei e voltei em direção ao ponto do bonde para a longa viagem de regresso à casa de Ada.

***

Ao chegar, cansada, coberta de suor e suja após quase duas horas de viagem só para comprar dois batons, Ada estava na sala, rindo ao telefone.

Em silêncio, estendi o batom dela, e Ada fez um gesto para que eu o colocasse na mesa.

— Meu bem, Marilyn está aqui. Ligo para você do quarto — ela disse, pôs o telefone no gancho e ficou de pé.

— Quem era? — perguntei, pois se fosse a minha mãe, queria ter dito oi.

— Ninguém que você conheça — Ada respondeu. — E essa é outra pergunta impertinente.

— Você tem um namorado?

Ada se virou para me olhar.

— Duas perguntas impertinentes. Meu Deus, hoje você está bem corajosa, não é?

— Ora, você chamou uma pessoa de meu bem.

— Mas eu chamo todo mundo de meu bem, meu bem. Agora, se me der licença.

Com imponência, Ada subiu a escada, e eu ouvi a porta do seu quarto se fechando.

Olhei para o telefone na mesa. Se eu pegasse de modo bem silencioso, poderia escutar a conversa.

Esperei o tempo necessário para que Ada já tivesse discado e então retirei com cuidado o fone, mas só ouvi o som do sinal de discagem. Esperei e tentei mais duas vezes antes de Sally começar a latir. Nesse momento, desisti porque não conseguiria ouvir sem que aquela maldita criaturinha me entregasse.

Com um suspiro, fui para o andar de cima para descansar até a hora do jantar. Porém, ao passar pelo quarto de Ada, a curiosidade falou mais alto, e voltei de fininho até a porta e encostei o ouvido nela.

Não consegui entender as palavras, mas ouvi o murmúrio da voz de Ada, além de outra risada. Eu tinha sido enganada. Havia outra linha telefônica no seu quarto.

Não havia como provar, mas senti que o meu palpite estava correto. Aquela não era a risada de alguém conversando com uma pessoa amiga. Tinha um jeito de paquera.

Mais uma vez, Ada parecia estar paquerando com Thomas, que era mais de cinquenta anos mais novo do que ela. Então, o que eu sabia? Na ponta dos pés, segui para o meu quarto, fechando a porta com cuidado atrás de mim.

11

Dois dias depois, em vez de me dispensar após o trabalho matinal de casamenteira, Ada voltou a me examinar.

— Você tem um maiô?

— Claro.

— Trouxe? Ou ficou em Nova York?

— Trouxe. Mamãe disse que eu precisaria para a praia.

— Quero ver — Ada disse, se levantando e começando a subir a escada.

Hesitante, eu a segui até o quarto, onde ela se sentou na cadeira da penteadeira. Abri a gaveta onde tinha guardado o maiô e o puxei para fora.

Ada franziu os lábios.

— Não. Não vai servir de jeito nenhum.

— Por que não?

Ela ficou de pé e fez um gesto para que eu a seguisse.

— Vamos para a Gimbels.

Suspirei. Era só o que me faltava ter que usar algum traje de banho da Era Vitoriana que me cobrisse dos ombros aos joelhos. As marcas de sol seriam horríveis.

— Eu gosto do meu maiô, Ada.

— Não me lembro de ter perguntado.

— Ou de estar ouvindo — resmunguei.

— O que você disse, meu bem? Eu não estava prestando atenção.

— Nada — afirmei entre dentes cerrados.

Ada se virou e me deu uma tapinha no rosto.

— Continue assim.

Contudo, pelo menos sem Thomas por perto, fui autorizada a me sentar no banco da frente do Cadillac. Embora tenha sido um percurso mais assustador com a visão completa e desobstruída de que estávamos escapando por um triz de um acidente. Eu me perguntei se havia tão poucos carros no caminho para evitar o terror que era Ada.

Ela estacionou na rua perto da loja, deixando a capota abaixada.

— E se alguém roubar o carro? Não fica com medo?

Ada me olhou como se eu tivesse acabado de perguntar se ela tinha medo que alienígenas fossem pousar e raspar a sua cabeça.

— Aqui não é Nova York.

Ela tinha razão.

Entrar na loja com Ada foi uma experiência totalmente nova. Eu havia sido ignorada até chegar ao balcão de maquiagem na minha visita sozinha. Porém, um porteiro segurou a porta para ela, cumprimentando-a pelo nome, e uma jovem se aproximou correndo de Ada.

— Sra. Heller! Desculpe, não sabíamos que você está vindo.

— Gosto de manter vocês em alerta.

A jovem sorriu com educação, claramente desconcertada.

— Vou chamar a Charlotte. Um momento, por favor.

— Vamos encontrá-la lá em cima.

— Claro — ela disse, se afastando depressa.

Segui Ada rumo ao elevador, onde um ascensorista uniformizado estava pronto para apertar os botões. Fazia anos que não via um ascensorista.

— Olá, sra. Heller — ele disse, inclinando o chapéu.

— George — Ada disse com um aceno de cabeça. E isso foi tudo de que ele precisava. Ele sabia aonde ela estava indo.

Chegamos ao último andar da loja, onde uma jovem estava esperando.

— Ada — ela disse, se inclinando para beijar a minha tia-avó no rosto.

Ada a abraçou e depois a afastou para ela me ver.

— Charlotte, querida, esta é a minha sobrinha, Marilyn. Ela vai precisar de um guarda-roupa de praia.

— Claro. Por aqui — Charlotte disse e me examinou com atenção. — Um tamanho 38 perfeito.

Ela nos levou para uma área particular, com um espelho triplo, um provador e um sofá de dois lugares.

— Prefere café ou champanhe hoje? — ela perguntou para Ada.

— Café — Ada respondeu. — Você sempre me convence a levar coisas quando eu escolho champanhe.

— Eu? Nunca! — Charlotte exclamou, fingindo indignação, mas dando uma piscadela marota. — Vocês duas fiquem aí. Vou trazer algumas peças para a garota. — Ela começou a se afastar, mas se voltou para Ada. — E tenho algumas coisas novas para você dar uma olhada também.

— Bobagem. Estamos aqui hoje só por causa da Marilyn.

— Me permita trazer e aí você decide, tudo bem?

Ada sorriu.

— Talvez não seja o champanhe.

Nós nos sentamos, e outra jovem trouxe uma bandeja com uma cafeteira de prata, duas xícaras, creme e açúcar. Ada indicou que eu deveria servir. Entreguei uma xícara com café puro para ela, olhei desejosa para o creme e o açúcar, mas decidi tomar um gole de café sem adições. Ada não disse nada, apenas observou com aprovação.

Após o retorno de Charlotte, comecei a experimentar vestidos, calças capri e blusas leves. Nada tão empolgante quanto as compras habituais de estação com a minha mãe, mas Ada explicou que eu não precisaria de muitos trajes formais na praia. E a pilha de roupas só crescia a cada rodada.

Por fim, Charlotte apresentou os maiôs. Enquanto eu esperava, Ada se aproximou da arara e os examinou depressa. Ela tinha um gosto impecável para as roupas, mas como havia desaprovado aquele meu maiô que já era bastante recatado, eu estava em apuros.

— Este — ela disse, entregando um modelo para Charlotte, que o colocou no provador e fez um gesto para que eu me juntasse a ela.

Havia um biquíni azul-claro pendurado em um gancho do provador. No ano anterior, eu tinha desejado um, mencionando as imagens das estrelas de cinema das revistas, mas a minha mãe recusou. Papai teria tido um chilique, e ela não queria comprar aquela briga.

Olhei para Ada do provador.

— Sério?

— Experimente — ela respondeu, me enxotando de volta para o provador.

Tirei o vestido tubinho que tinha experimentado por último e a minha roupa íntima. Em seguida, vesti o traje de banho que deixava a barriga exposta. Nunca havia ficado tão publicamente despida antes, mas tinha que admitir que ele valorizava a minha forma, e a cor ficaria maravilhosa com um bronzeado.

Saí do provador e subi no pedestal diante do espelho triplo.

Ada sorriu, erguendo as sobrancelhas duas vezes.

— E você achou que não ia se divertir no verão. — Ela se virou para Charlotte. — Vamos levá-lo. — E ficou pensativa por um momento. — Pegue um segundo, mas em tom de verde.

***

De volta à rua, esperamos o porteiro trazer as sacolas para o carro.

— Não é tão selvagem como você supôs quando chegou, não é?

— A Filadélfia? Bom, não é Nova York.

— Nada se compara a Nova York — Ada disse. — Assim como nada se compara a Paris.

Nunca tinha estado lá.

— Mas acho que a Filadélfia tem o seu charme. — Fiz um gesto na direção da rua. — Tentei ver o Sino da Liberdade outro dia, mas o prédio estava fechado para reformas.

— Achei que você não fosse do tipo que se interessa por história.

Dei de ombros.

— Como dizem, em Roma, faça como os romanos... ou, neste caso, na Filadélfia, faça como...

Ada me observou com atenção.

— Também não achei que você fosse do tipo que desiste com tanta facilidade. — Ela deu uma gorjeta de um dólar para o porteiro e enlaçou o braço no meu. — Vamos lá. Vamos ver o seu sino rachado.

— Mas o prédio está fechado, Ada. A porta estava trancada e as janelas, cobertas.

— Bobagem. Nada é *tão* fechado assim. — Ela continuou andando e me levando junto. — Me acompanhe, por favor.

Caminhamos os três quarteirões de braços dados e, depois, pegamos a avenida arborizada até a entrada.

— Viu? — eu disse, mostrando o cartaz. — "Fechado para reformas."

— Ah, os de pouca fé. — Ada fez um gesto negativo com a cabeça. — Venha! — E meio que me puxou até a esquina, contornando o prédio até a entrada dos fundos, onde trabalhadores estavam cortando madeira sobre um cavalete. — Olá, rapazes — Ada disse, alegremente.

Um dos trabalhadores tirou o boné, mas outro pareceu menos satisfeito.

— A senhora não pode ficar aqui. É uma área restrita.

— Posso falar com o seu supervisor, por favor? — ela perguntou, amavelmente. — Serei breve. Prometo.

Tinha certeza de que o homem diria que era o supervisor. Ou que não iria chamar quem quer que fosse. Porém, quando Ada exibiu um sorriso, com os seus setenta e cinco anos ou não, ele se tornou mais gentil.

Um homem mais velho e robusto, que na certa não fazia nenhum trabalho manual, saiu do prédio um momento depois. Olhou para o sol e enxugou a testa com um lenço manchado antes de se dirigir a nós.

— Como posso ajudá-la hoje, senhora?

— Ada Heller — ela se apresentou, estendendo a mão. Ele a examinou por um momento antes de apertá-la. Eu não tinha certeza se deveria oferecer a minha. Ele não parecia muito limpo e estava suando demais. — A minha sobrinha aqui é de Nova York e não viu a única coisa que pode fazê-la pensar que esta nossa cidade vale a pena. — O supervisor me fuzilou com os olhos. *Valeu, Ada.* — Eu a levei até a casa de Betsy Ross. — *Mentira.* — E ao

Cemitério da Igreja de Cristo para ver o túmulo de Benjamin Franklin. — *Outra mentira.* — Até fomos lá na Declaration House. — Eu nem tinha ideia do que era aquilo. Tudo o que eu havia visto até agora era a estação de trem, a Gimbels e Oxford Circle. — E é simplesmente impossível impressioná-la — Ada se inclinou na direção do supervisor com um ar conspiratório. — Acredito que a única coisa que sem dúvida vai impressioná-la é o Sino da Liberdade. Você sabe tão bem quanto eu. Se queremos convencê-la a respeito da Filadélfia, ela precisa ver isso. — Ela voltou a pegar na mão dele. — Sei que o local não está aberto ao público, mas será que você não poderia abrir uma pequena exceção para deixar a garota ver este tesouro histórico enquanto está aqui? Caso contrário, ela talvez nunca mais volte a visitar a tia, e que tristeza isso seria.

Por um instante, o supervisor considerou o apelo, e Ada exibiu mais um daqueles sorrisos. Ele olhou em volta para ter certeza de que ninguém mais estava observando, exceto os trabalhadores, que não tinham feito absolutamente nada desde que chegamos.

— Ninguém pode ficar sabendo — o supervisor disse, baixinho. — E vocês vão ter que andar até onde eu mandar. E não tocar em nada.

Ada pôs a mão no peito.

— Pode confiar em nós. Você é uma joia verdadeira. Seremos tão discretas como ratinhos de igreja.

— Vamos lá, então — ele disse, fazendo um gesto para que entrássemos no prédio.

— Não seria tão *pobre* quanto ratinhos de igreja? — sussurrei para Ada.

— Sei lá — Ada sussurrou de volta. — Não frequento igrejas. Ou lugares com ratos, para falar a verdade.

Andaimes cobriam grande parte das paredes, mas o supervisor nos levou até uma sala escura e então pressionou o interruptor. Até aquele momento, as obras pareciam estar restritas aos recintos externos, já que esse parecia intocado. O sino repousava sobre um grande pedestal de madeira, com uma escada ao lado com balaustradas de madeira pintadas de branco, separados por uma bandeira americana impecável, com todas as cinquenta estrelas presentes, incluindo os recém-adicionados estados do Havaí e do Alasca. A icônica rachadura se estendia desde abaixo do nome de Pass, um dos fundidores do sino, até a extremidade inferior.

— O que achou? — Ada perguntou.

— É maior do que eu esperava.

— Tomara que você diga isso na sua noite de núpcias — ela disse, baixinho.

— O quê?

Ada riu.

— Posso tocar no sino? — perguntei ao supervisor.

— De jeito nenhum.

Ada tocou no braço dele.

— E se você se virasse só por um segundo? Prometo que ela não vai fazer mal a ele.

Ele olhou para a mão no braço que Ada tocava, depois de volta para o rosto dela, demorando um pouco mais do que deveria em seu decote.

— Acho que preciso verificar aquele andaime ali — o supervisor disse, ríspido.

Ada acenou para mim com a cabeça, e eu me aproximei do sino e encostei a mão na rachadura no metal. Esse patrimônio americano estava ali muito antes da chegada da minha família ao país.

— Vamos embora antes que o nosso amigo suado ali acabe encrencado — Ada disse, segurando o meu braço de novo. — Senhor? — ela chamou. — Já tomamos bastante do seu precioso tempo. E acho que conquistamos a jovem.

— Impressionada agora? — ele me perguntou.

— Considere-me convertida — respondi.

Ele sorriu.

— Vou acompanhá-las até a saída. E é melhor eu não ouvir falar sobre isso ou descobrir que vocês são jornalistas.

— Claro que não, querido. Você deu a essa garota uma lembrança preciosa, e nós duas agradecemos por isso.

Ele se despediu, inclinando o capacete para nós junto à porta e, em seguida, retirou-se para o ar mais fresco de algum escritório lá dentro quando fomos embora.

— Como foi que conseguiu fazer aquilo? — perguntei logo que estávamos em segurança de volta à frente do prédio.

Ada sorriu.

— Dá para atrair mais moscas com mel do que com vinagre. E nunca deixe ninguém dizer que somos o sexo frágil.

12

Ao voltarmos para casa, havia uma carta com a caligrafia fluente da minha mãe esperando por mim. Eu a peguei e segui direto para o quarto. Me joguei na cama e abri o envelope, sentindo o perfume que emanava da página.

> Querida Marilyn,
>
> Espero que esteja gostando da Filadélfia mais do que quando você escreveu pela primeira vez. Sei que é uma mudança, mas você vai se adaptar muito bem. O seu pai ainda está zangado, é claro, e jurando que nunca poderá voltar para a Beth Shalom. Pessoalmente, acho que ele está gostando de poder dormir até mais tarde aos sábados e ler o jornal. Mas eu estou tentando convencê-lo do contrário.
>
> Enviei vários livros direto para a casa na praia, assim como o seu rádio, e acho que você vai gostar deles. Não fazia sentido enviá-los para a casa na Filadélfia para você empacotá-los e transportá-los em alguns dias.
>
> Procure se divertir. Sei que não era assim que você queria passar o verão, mas acho que você vai descobrir que será, na verdade, um alívio muito bem-vindo assim que você se acostumar.
>
> Com amor sempre,
> Mamãe

P.S.: Se Ada pegou o seu batom, não me atrevo a substituí-lo.

Fiz careta por causa do pós-escrito. Tinha a esperança de usar a minha cor característica quando não estivesse perto da Ada. Mas pelo menos teria entretenimento confinada no quarto à noite, ao contrário de agora, quando assistia a uma hora de televisão — qualquer coisa a que Ada estivesse assistindo — após as nossas rondas noturnas em busca de homens disponíveis, e em seguida era mandada para a cama como uma criança.

Ao começar a dobrar a carta, percebi que havia um segundo pós-escrito no verso.

P.P.S.: Não deixe que a Ada veja o jeito que você escreveu o remetente. Se ela mandasse você para casa agora, não sei o que o seu pai faria.

Fazendo outra careta, enfiei a carta no envelope e peguei o meu papel de carta para enviar uma resposta em agradecimento pelos livros e pelo rádio. Animada, ainda que por nenhum outro motivo além do fato de que dali a uns dias eu teria uma distração.

***

O dia de partir para a praia pareceu um êxodo em massa. As famílias subiam e desciam escadas com malas e outras bagagens e as levavam para a rua, que agora estava repleta dos primeiros táxis que tinha visto desde que cheguei, além de carros particulares.

— Todo mundo vai para a praia no mesmo dia? — perguntei, carregando as nossas malas para o carro. Tínhamos despachado antes os baús com grande parte das nossas coisas para que não precisássemos de ajuda para descarregar quando chegássemos.

— Só as mulheres e as crianças. Os homens costumam ir nos fins de semana.

— Como fica o nosso trabalho sem a presença de homens na maior parte da semana?

— Muito mais eficiente — Ada respondeu, abaixando os óculos de sol e piscando.

Adequadamente preparadas para a viagem, com óculos de sol e lenços para a cabeça, nós duas estávamos combinando. Ada arrancou com o carro da vaga na frente do seu casarão e desviou com habilidade dos outros carros pela rua, Sally se sentou entre nós no banco da frente.

O trânsito diminuiu muito quando saímos do bairro de Ada.

— Quanto tempo dura a viagem?
— Umas duas horas. Claro que o trem é mais rápido, mas eu quero o meu carro. E o trem só vai até Atlantic City.
— Não é para onde estamos indo?
— Não. — Ela deu uma olhada em mim. — Você iria acabar gostando mais. Tem mais vida noturna. Mas não estamos indo para lá.
— Então para onde?
— Avalon — ela respondeu e eu a encarei de maneira estranha. — Vai adorar. Você reclama demais.
— Eu não disse nada — falei, calma. — O rei Arthur vai estar lá?
— Não entendi — Ada respondeu, tirando os olhos do caminho por tempo demais para o meu gosto.
— Você não leu *O único e eterno rei*? — perguntei, me dando conta de que não tinha visto um único livro em sua casa. — É um livro que foi publicado há alguns anos. Sobre o rei Arthur, os cavaleiros da Távola Redonda, a Guinevere e...
Ada levantou a mão.
— Já conheço a história. Arthur e os seus cavaleiros são mais velhos do que eu, acredite se quiser. Mas não costumo ler livros infantis.
Balancei a cabeça com sua desaprovação.
— Avalon é para onde Arthur vai no final para renascer como o futuro rei.
— Acho que os seus pais esperam que seja para a Avalon de Nova Jersey que a sua filha pródiga irá para renascer como uma boa menina que os escuta e aceita se casar com o filho do rabino.
— Eu preferiria beijar um porco.
— Podemos providenciar isso. Vamos passar por muitas fazendas pelo caminho.
Dei uma risada, com a sensação de vento e da estrada desimpedida sendo um bálsamo para a minha alma.
— Imagine a reação do papai a isso. Beijo *e* carne de porco. Ele teria um troço.
— Não iríamos querer isso. Ainda que a sua mãe pudesse ter encontrado alguém melhor.
— Você não gosta do meu pai? Você o chamou de chato antes.
Ada voltou a abaixar os óculos.
— Como você o chamaria?
Eu não tinha resposta.
— Sei lá. Ele é o meu pai.
Ela suspirou.
— Eu conheci a sua mãe antes dele. Ela era tão cheia de vida. — Ada lançou um olhar rápido para mim, e senti o peso do que ela estava insinuando. — Entendo por que ela queria a estabilidade de se casar com ele. Não me entenda mal. É o que a maioria das mulheres que trazem as suas filhas para mim querem. Mas para a Rose, eu queria mais.

— Mais?

— Amor. Paixão. Tudo isso.

— Ela ama o meu pai — eu disse, na defensiva. Não ama? O oposto era obviamente verdadeiro. Ele era apaixonado por ela, concordando em comprar aqueles fornos em vez de acreditar que poderia ser culpa dela quando o peito bovino ficava seco demais de novo. E ela era a única capaz de acalmá-lo quando ele ficava irritado. Com certeza, eu não conseguia. Tudo bem que, em geral, eu era a razão por ele ficar irritado. Porém, nunca os vi demonstrar afeto. Sempre havia atribuído isso à época em que eles cresceram. Mas o olhar de pena que Ada estava me lançando me fez pensar.

Pela próxima meia hora, ficamos em silêncio, enquanto a Filadélfia se transformava em Camden, e depois em pântanos e fazendas.

Eu queria fazer muitas perguntas, mas Ada deixou claro que não responderia a nenhuma sobre a minha mãe.

— Você gosta de sorvete? — Ada perguntou de repente, interrompendo os meus devaneios.

Consultei o meu relógio. Eram só dez da manhã.

— Gosto.

— Que bom. As duas melhores sorveterias que você vai conhecer na vida ficam na ilha.

— Achei que qualquer coisa com creme fizesse mal para você.

Ada deu uma risada.

— Vale a pena experimentar.

— Avalon é uma ilha?

— Todas as cidades litorâneas são, mas Avalon é especial. Fica quase 2 quilômetros mais afastada do que as outras. Por isso, a temperatura é sempre mais amena. — Ada se calou por um momento. — Mudou muito desde que a sua mãe esteve lá. A tempestade de 1944 destruiu boa parte do cais. Reconstruíram, é claro, mas não é a mesma coisa.

— A que distância fica de Atlantic City?

— Agora? Pouco mais de meia hora. A autoestrada Garden State construída alguns anos atrás tornou tudo mais fácil. Cape May fica a pouco menos de meia hora, na direção oposta. — Ada deu outra olhada em mim. — Não se preocupe. Vamos nos divertir muito.

Não tinha certeza se a ideia de Ada sobre diversão era igual a minha, mas pelo menos, com os homens fora da ilha por cinco dias da semana, eu deveria ter um respiro à noite para... bem, não sabia o que faria sem homens por perto. A promessa dela ainda parecia muito tediosa enquanto atravessávamos quilômetros e mais quilômetros de fazendas e pântanos. Apoiei o braço na beirada da janela e descansei a cabeça nele, deixando o vento bater no rosto, alegremente alheia do que o futuro poderia reservar.

13

Assim que saímos da autoestrada, uma curva à esquerda na Avalon Boulevard nos levou através de um terreno pantanoso com canais largos que cortavam a erva marinha, com uma casa solitária situada no pântano acessível apenas por uma estrada de terra elevada que seria perigosa de atravessar à noite. Ao contrário do vale das cinzas que atravessávamos para chegar à versão de Hamptons de Gatsby, essa terra desolada me fez pensar se seríamos as primeiras pessoas a ter acesso à ilha. E se não, talvez o rei Arthur estivesse, de fato, acomodado lá, esperando por nós.

Porém, ao alcançarmos o ponto mais alto de uma ponte recém-construída, a cidade surgiu à vista. Casas pontilhavam o horizonte, alguns prédios maiores se destacavam bem à frente, diminuindo de tamanho à medida que se expandiam para fora do centro da cidade, um cais se estendia para o mar.

Não, aquele não era o lugar onde o rei mítico estava se curando. E parecia que eu ia precisar daqueles livros para me entreter.

Ada respirou fundo, me incentivando a fazer o mesmo.

— Essa é a melhor parte do meu ano — ela disse. — Uma pena que a Lillian esteja perdendo.

— Vocês duas são próximas?

— Eu a manteria por perto se não fôssemos? — Ada olhou para a frente, pensativa, ao alcançarmos a cidade, virando à esquerda em uma avenida chamada Dune. — Claro que vou ao enterro quando acontecer. Não parece que a mãe dela vai aguentar muito mais tempo.

Pensei em minha mãe, a uns 250 quilômetros de distância, e senti um leve arrepio. As mães deveriam viver para sempre.

O que me fez lembrar... examinei o perfil de Ada, procurando por alguma semelhança entre ela e a minha avó, que tinha morrido havia uns dez anos.

— É indelicado ficar encarando — Ada disse, sem se virar. — O que há com você?

Franzi os lábios, irritada.

— Só estava pensando que você parece muito mais jovem do que a Bubbie parecia quando morreu.

Ada ajeitou as pontas do cabelo coberto pelo lenço e apontou um dedo para mim.

— É que ela teve filhos. E netos. Nada faz você envelhecer como filhos.

— Então é culpa minha que ela parecia velha?

— E da sua mãe. Por que você acha que eu não manteria nenhuma de vocês por perto por mais do que um verão? Eu valorizo a minha aparência jovem. — Na 18th Street, Ada parou o carro na entrada de uma garagem. — Chegamos.

A casa era mais imponente do que a maioria das propriedades vizinhas. Situava-se em um terreno grande com pedras em vez de gramado, contornado por conchas do mar. Tinha dois andares, com uma varanda envolvente em estilo vitoriano e paredes externas revestidas de madeira. Possuía quase mais janelas do que paredes.

— Mais alguma outra casa de dois andares? — perguntei.

— Já tenho várias dessas.

— Outras além dessa e da cidade?

Ada saiu do carro.

— É indelicado falar sobre as finanças dos outros. Mas sim, tenho. Seja gentil e traga as malas para dentro.

E, sem olhar para trás, Ada subiu os degraus até a casa de veraneio, me deixando sozinha para carregar as malas, caixas de chapéu e outras sacolas variadas que ela não confiou em enviar com antecedência.

A primeira coisa que reparei quando subi os degraus foi quão luminosa era a casa. A profusão de janelas, que Ada estava abrindo naquele momento, proporcionava luz natural por toda parte, até nos banheiros. Dificilmente seria necessário ligar uma lâmpada até escurecer, o que acontecia tarde naquela época do ano. As paredes e a mobília eram todas em tons pastel, gerando uma sensação de ar puro em toda a casa. Eu me imaginei deitada no sofá estofado, com um romance na mão, comendo frutas frescas de uma banca de fazenda. Bem diferente de Nova York, mas delicioso mesmo assim.

— Não fique aí parada — Ada disse. — Temos trabalho a fazer.

— Que trabalho? Estou aqui para relaxar.

— Relaxar exige trabalho. Vamos. Essas malas vão para o andar de cima.

— Não podemos almoçar primeiro? Estou faminta.

Ada colocou a mão na cintura.

— Eu passei pela Grande Depressão. Você vai sobreviver por mais meia hora.

— Você também estava viva no século XIX. Isso não me deixa com menos fome.

— Cuidado! — ela exclamou. — Eu era mais jovem do que você quando afundaram o *Maine*.

— Não sei o que é isso.

Fingindo indignação, Ada pôs a mão no peito.

— Você sabe sobre o rei Arthur, mas não sabe nada sobre o USS *Maine*? O que andam ensinando nessa sua faculdade chique? — Ela sorriu. — Sabe de uma coisa? Pouco importa. A menos que melhore os seus maus hábitos, você não vai voltar para lá. Agora, leve essas malas para cima. Eu também estou com fome.

* * *

Fomos almoçar em um hotel chamado Whitebrier, a alguns quarteirões de distância, com um restaurante com vista para o mar. O proprietário cumprimentou Ada com um beijo no rosto e perguntou se eu era a sua nova assistente.

— Só durante este verão. A mãe da Lillian está muito doente. Esta é a minha sobrinha, Marilyn.

— Ela poderia ser a sua irmã — o homem disse, com uma piscadela. — O seu lugar de costume lá fora?

— Por favor.

— Não gostei dele — sussurrei para Ada enquanto ele nos levava na direção do terraço.

— Sério? Eu adoro ele.

Os clientes pararam de comer para cumprimentar Ada quando ela entrou, uma rainha imperante, acenando gentilmente para os seus súditos enquanto éramos acomodadas junto a um parapeito, mais perto do mar, com as gaivotas pousadas na duna próxima à espera de uma oportunidade para atacar.

O proprietário puxou a cadeira para Ada e, em seguida, colocou os cardápios diante de nós.

— Não é necessário — Ada disse. — Vamos querer o de sempre.

— Excelente — ele afirmou, recolhendo os cardápios e se afastando.

— E se eu não gostar do "de sempre"?

— Aí você não tem bom gosto, meu bem. Experimente primeiro. Acho difícil até mesmo você reclamar.

Fiz careta para ela, mas não havia nada que eu pudesse dizer que não seria considerado uma reclamação.

— E não faça essa cara. Vai te deixar com rugas no futuro — Ada disse.

— Mais do que as crianças?

Ela deu uma piscadela.

Logo em seguida, taças de champanhe com suco de laranja foram servidas.

— A Avalon! — Ada exclamou, erguendo a taça para mim. — A joia do litoral de Jersey.

— Não sei se isso quer dizer muito.

— Calada! — Ada exclamou, tomando um gole. Fiz o mesmo, logo me dando conta de que o líquido borbulhante que atingiu a minha língua era uma mimosa. Ada estava observando a minha reação. Então, permaneci impassível.
— Eu também sobrevivi à Lei Seca — ela disse. — Saúde!

O prato de sempre era uma salada de verão com carne de caranguejo por cima; uma combinação que eu nunca teria experimentado por conta própria. A minha família não seguia a dieta *kosher*, embora evitássemos frutos do mar e carne de porco. Mas Ada tinha razão. Talvez fosse a brisa do mar, a vista ou apenas a comida em si, mas estava delicioso.

— A cidade é judaica? — perguntei enquanto o garçom recolhia os nossos pratos vazios.

— Não. Duas igrejas. Nenhuma sinagoga. Seremos duas gentias durante o verão.

Ignorei a observação de que iríamos ser "gentias". Nada tinha sido mencionado a respeito de ir a uma sinagoga no único fim de semana que passei na Filadélfia. Não caberia a mim sugerir. Ainda mais quando eu sabia o tipo de comentários que Ada faria sobre por que eu iria querer ir; embora eu não quisesse.

— Então, quem serão os seus clientes? — perguntei.

— Aqui? Todo mundo com uma filha solteira com mais de vinte e cinco anos no Condado de Cape May. E também no de Atlantic. Eles não ligam de dirigir. — Ela tomou o último gole da mimosa. — É aí que você entra. Quando os rapazes vêm visitar as famílias, nós entramos em ação.

— Você não vai me empurrar daquele cais, vai? — perguntei, apontando para o cais ao longe.

— Até que é uma boa ideia. Já elimina os que não sabem nadar.

— Lillian arrumava homens para você?

— Lillian? Jamais. Sempre contratamos uma garota para ajudar.

— Isso significa que você vai me pagar?

— Se for o caso, também vou cobrar aluguel de você.

— Tenho a sensação de que vou sair dessa situação te devendo dinheiro.

— A cavalo dado é melhor não olhar o dente. Vamos. Pago um sorvete na casquinha para você. O da Springer's é melhor, é claro, mas teríamos que pegar o carro e ir até Stone Harbor para isso. Fica para outro dia. Mas o sorvete da Avalon Freeze com certeza vale a caminhada.

— Fazemos tudo a pé aqui?

— Na maioria das vezes. Há bicicletas guardadas no galpão, se você quiser pedalar.

— Não ando de bicicleta desde que era criança.

Ada empurrou a cadeira para trás e se levantou.

— Então, não faz mais do que cinco minutos. — E ela saiu andando, me fazendo correr atrás dela.

14

Frannie apareceu misteriosamente às sete da manhã seguinte para preparar o café da manhã.

— Ela vai ficar aqui com a gente? — perguntei quando Frannie voltou para a cozinha.

— Claro que não.

Pelo jeito, eu deveria saber os arranjos domiciliares de Ada sem perguntar.

— Ela pega o trem da Filadélfia às cinco todas as manhãs?

Ada abaixou o jornal.

— É mesmo da sua conta onde Frannie mora?

Achei que não fosse, mas continuava curiosa. Ainda mais se Ada de fato pagava um salário digno a ela. Ada tinha sido bastante generosa com Hannah, a garota sem graça em busca de um pretendente, e incrivelmente generosa ao comprar um guarda-roupa de verão para mim (embora eu desconfiasse que isso tinha mais a ver com o fato de eu ser um reflexo dela do que qualquer outra coisa), mas eu continuava curiosa, ainda mais considerando o fato de que a sua ajudante vivia com ela durante todo o ano, com folgas para cuidar da mãe doente. Porém, fiquei calada, é claro, até Frannie voltar com o meu café.

— Frannie — perguntei, ignorando o olhar de advertência de Ada. — Onde você fica quando está em Avalon?

Confusa, Frannie olhou para Ada, que deu de ombros.

— Ora... a sra. Ada oferece uma casa para nós no verão. Na 9th Street.

— Quem são "nós"?

— A minha família: o meu marido e as crianças. Além da minha irmã.

— Que maravilha — eu disse, enquanto Ada voltava a ler o jornal.

— É mesmo. Jamais teríamos condições de pagar por um lugar aqui.

— Já basta, Frannie — Ada disse de trás do jornal. — E você pode folgar à noite. Vamos jantar com os Katz.

— Claro, sra. Ada. Obrigada — Frannie disse e se retirou para a cozinha.

— Quantas casas você tem, afinal? — perguntei.

— Imóveis são sempre um bom investimento. — Ada voltou a abaixar o jornal. — A propósito, o que você quer fazer?

— Fazer?

— Bem, você não parece interessada em se casar. E embora *haja* possibilidade de lucro no tipo de aventuras que trouxe você aqui, não imagino que seja uma carreira que o seu "papai" aprovaria. — Por um instante, fiquei em silêncio, vislumbrando um sorriso de satisfação em Ada. — Minha nossa. Será que eu consegui deixar você sem palavras? Pensei que você tinha uma resposta para tudo.

— Bem típico de você.

— E eu disse para você não fazer essa cara se não quiser ter rugas. Acho que você está destinada a ter filhos. Vai parecer mais velha do que eu dentro de cinco anos.

Senti a minha testa franzir e tentei relaxar.

— Não sou *contra* casamento — disse por fim. — Só não quero ser forçada a isso. Se eu me casar, será por amor.

— O amor desaparece — Ada disse, voltando a erguer o jornal e virando a página. — Nesse ponto, é melhor se casar por compatibilidade.

— Você já se apaixonou?

Ela manteve o rosto escondido atrás do jornal.

— Estamos falando a seu respeito. E você está fugindo da pergunta.

— Não sei ao certo. Imagino que vou precisar de um emprego se eu não me casar.

— Isso acabou de te ocorrer?

Joguei as mãos para o alto.

— Talvez seja *você* quem vai me deixar com rugas.

Ada abaixou o jornal o suficiente para me olhar nos olhos.

— Pode me chamar de Dorian Gray.

Nós duas ficamos em silêncio e Ada voltou à leitura.

— Eu gosto de escrever — eu disse, baixinho. Ela não respondeu. — Mas não dá para ganhar muito dinheiro com isso se não for um gênio literário. E eu não sou nenhum F. Scott Fitzgerald.

— Uma coisa melhor do que você imagina. Scott era um desastre.

— Você não vai me dizer que conheceu o Scott Fitzgerald, vai?

— Eu não diria que cheguei a *conhecer*. Mas já cruzei com ele. — Olhei para ela, boquiaberta. — Feche a boca. Vai acabar engolindo moscas. — Pensei sobre isso, tentando imaginar em que circunstâncias cruzou com ele. — Seu pai deve achar que escrever é perda de tempo.

— Exato, mas a minha mãe não acha.

— A sua mãe vivia com o nariz enfiado num livro. Imagino que seja uma fuga do tédio agora.

— A vida dela não é tediosa.
Ada dobrou o jornal e o deixou na mesa, ficando de pé.
— Então por que você não quer algo parecido?
E sem dizer mais nada, ela saiu da sala.

* * *

Na manhã seguinte, as reuniões com os clientes começaram às nove em ponto. Fiquei me perguntando quando Ada as agendava, mas então me dei conta de que provavelmente isso acontecia quando ela me dispensava durante as tardes. Ou talvez fosse o trabalho de Lillian.

Eu aprendia com facilidade e havia melhorado muito em tomar notas, ao ponto de conseguir um gesto de aprovação de Ada quando ela as revisava. Ela levantou uma sobrancelha quando sugeri que a nossa segunda cliente seria uma boa opção para um rapaz que tínhamos conhecido na semana anterior.

— E por qual motivo?
— Bem, os dois gostam de música e pinturas. Ela é mais baixa do que ele. Eles são igualmente atraentes. E nenhuma das mães deles parecia terrível. Acho que os dois se dariam bem.
— Ótima avaliação. Vamos tentar e ver como você se saiu.

De repente, fiquei preocupada.
— E se eles se odiarem? Você vai me culpar.
— É um risco que você deve estar disposta a correr se vai fazer sugestões.
— Então devo ficar de boca fechada?
— Você é capaz disso? Além do mais, se tiver razão, está garantindo duas vidas de felicidade.
— Felicidade ou tédio?

Ada deu de ombros.
— Depois de chegarem ao altar, isso é com eles. Só dá para a gente ensinar os dois a pescar. Não dá para ensinar a cozinhar, mastigar e engolir.

15

Paramos para o almoço e então Ada me informou que não tínhamos atividades durante a tarde. Levantei as sobrancelhas, me perguntando se era o resultado de poucas famílias estarem na cidade ou se era porque ela de fato encarava o tempo em Avalon como uma espécie de férias. Mas seguindo o seu provérbio a respeito de cavalo dado e dentes, não questionei a minha boa sorte.

Em vez disso, subi correndo a escada e coloquei o meu novo biquíni azul, me admirando no espelho do banheiro. Em seguida, vesti uma túnica e arrumei uma bolsa com uma toalha e um dos livros enviados pela minha mãe. Então, avisei Ada que eu estava indo para a praia.

— Não vá se queimar — ela disse. — Ninguém vai querer dar o número do telefone para um camarão.

— Estou levando o meu bronzeador.

— Um guarda-sol também não é má ideia.

Revirei os olhos.

— Vou levar isso em consideração.

A casa de Ada não ficava junto à praia, mas se situava a apenas dois lotes das dunas. Ela disse que era mais seguro em caso de tempestades e não tinha a intenção de perder a casa para o mar. Porém, tinha uma vista desimpedida do segundo andar, onde ficava o meu quarto. E a caminhada até as dunas levava apenas alguns minutos. As dunas em si eram mais difíceis de atravessar, mas logo o mar se estendeu diante de mim e eu respirei fundo, como Ada tinha feito quando entramos na cidade. Os meus pais podiam preferir as montanhas de Catskills, mas eu sempre escolheria o mar. Mesmo que fosse em *Nova Jersey*.

Era um dia de semana, e só algumas mulheres e criancinhas estavam na praia. Escolhi um lugar longe dos seus pés arenosos e dedos pegajosos e estendi a toalha na areia.

Após aplicar o bronzeador, me sentei e fiquei observando o mar. Com certeza o meu pai não aprovaria esse castigo — olhei para a minha barriga pálida, exposta ao sol pela primeira vez — ou o que eu estava vestindo. Porém, apesar dos trajes conservadores da minha mãe, de alguma forma achei que ela aprovaria. Qualquer parte dela que tenha passado o verão com Ada tantos anos atrás aprovaria eu estar ali agora. Mesmo que ela *tenha* desmaiado por eu ter dito na frente do rabino que não estava grávida.

Abri o livro; era uma edição antecipada. Um dos amigos do meu pai trabalhava numa editora e costumava dar livros para a minha mãe antes que chegassem às livrarias. Papai nunca soube quantos jantares queimados o sr. Stein havia causado. O título do livro era *O Sol é para todos*. Mamãe fez uma anotação na contracapa, como sempre fazia quando me passava livros, que deveria ser lançado na semana seguinte. Quando dei por mim, tinha lido cem páginas e percebi que era melhor me virar de barriga para cima se não quisesse parecer uma panqueca que minha mãe fazia enquanto lia. Ela sempre as servia com o lado queimado para baixo, mas já não nos enganavam mais.

Deitada de costas, empurrei os óculos de sol para cima da testa, fechei os olhos contra a luz solar radiante e pouco a pouco comecei a cochilar.

— Olhe só, se não é a sereia da praia — uma voz masculina disse, me acordando.

Semicerrei os olhos contra o sol, mas só conseguia ver a silhueta de um homem com um calção de banho da Patrulha da Praia de Avalon. Me sentando e mantendo a mão acima dos olhos, fui capaz de distinguir o rapaz que me tirou do arbusto na minha primeira noite na Filadélfia.

— Freddy, não é? Mal reconheci você sem estar presa num arbusto.

Ele deu um sorriso largo.

— Eu reconheceria você em qualquer lugar. — Freddy olhou ao redor e perguntou: — Está em horário de trabalho? Não estou vendo aquela sua tia espreitando pelos cantos.

— Ela está em casa. Pelo visto, podemos relaxar no verão. — Abaixei os óculos de sol para não ficar com os olhos semicerrados. Freddy se sentou na minha toalha, ficando ao meu lado. Eu estava muito ciente do calor da sua perna quase tocando a minha; e ainda mais ciente de quão pouco vestida estava. — Ei, eu não disse para você que ela era minha tia.

— Quem sabe eu tenha perguntado por aí a seu respeito.

— Você perguntaria para quem? Acabei de chegar!

— Não há segredos em Oxford Circle. Ou em Avalon, aliás.

— Você está aqui para passar o verão, não é? — perguntei, apontando para o seu calção.

— Estou. Meu último verão de liberdade antes de me formar e ter que decidir entre a faculdade de direito e o negócio da família.

— Que é?

Freddy me olhou de soslaio.

— Me avaliando como pretendente ou perguntando para você mesma?

— Se não há segredos em Oxford Circle, Ada já sabe tudo sobre os seus negócios.

Freddy varreu um pouco da areia da tolha, roçando em minha perna ao fazer isso.

— E sabe mesmo. Ela me ligou depois que você pegou o número do meu telefone, e eu perguntei sobre você. Ela disse que você não estava disponível.

— Ela disse isso mesmo?

Ele confirmou.

— É o filho do rabino? Ou toda essa história era uma pista falsa?

Torci o nariz, fazendo uma expressão que na certa deixaria Ada preocupada com futuras rugas.

— É verdade, infelizmente. Mas eu recusei.

— Então você não está disponível por que...?

— Porque Ada disse que não estou.

Freddy sorriu e então ficou de pé.

— Não vamos querer contrariar a Ada Heller, não é mesmo?

Senti uma leve decepção enquanto ele se preparava para ir embora. Ada tinha dito nada de homens, e o que Ada não sabia...

— Tenho as tardes livres — disse. — Quem sabe a gente se vê por aí.

— Quem sabe. Sabe nadar bem?

— Mais ou menos.

— Que pena — Freddy disse, dando um sorriso sedutor. — Tenho certificação em respiração boca a boca.

— Bom saber — eu disse. — Vou ver se você está por perto antes de começar a me afogar.

De repente, ele se ajoelhou na toalha.

— A gente poderia praticar agora.

De brincadeira, empurrei o peito dele para longe, e Freddy tombou na areia, segurando o peito. Eu não pude deixar de rir.

— Levanta, seu bobo.

— Não consigo. Estou mortalmente ferido. Só um beijo de amor verdadeiro vai quebrar o feitiço.

Havia outro salva-vidas sentado numa cadeira um pouco mais adiante na praia, e eu apontei para ele.

— Quer que eu chame ele para ajudar? Aposto que ele também é certificado em respiração boca a boca.

— Outra facada no coração. Acho que é melhor eu desistir e procurar uma das pretendentes sugeridas por Ada.

Isso mudou o meu humor no mesmo instante. Na verdade, Freddy deveria mesmo. Eu não estava disponível, ainda mais se Ada estava procurando alguém para ele. Ela deixou isso bem claro.

— Ei — ele disse, baixinho, se sentando. — O que foi? Você parou de sorrir, e é como se o sol tivesse desaparecido.

Contra o meu melhor juízo, me inclinei e beijei o seu rosto.

— Isso terá que ser suficiente.

— Por enquanto — Freddy disse, voltando a se levantar. — A gente se vê em breve, Marilyn.

E ele saiu correndo pela praia em direção ao posto salva-vidas.

Levantei a mão e toquei o rosto. Eu estava sorrindo. Nada inteligente. Mas uma paquerinha não faria mal a ninguém. Desde que Ada não descobrisse.

16

Dois dias depois, Ada me mandou para o pequeno mercado da cidade.
— Não é trabalho da Frannie? — perguntei. Não era como se eu cozinhasse.
— Frannie merece alguns dias de folga como todo mundo — Ada retrucou.
— Não vai te matar trazer algumas coisas do mercado.

Sim, Frannie merecia um dia de folga, resmunguei para mim mesma enquanto caminhava menos de um quilômetro até o mercado. Mas eu também merecia. Tudo bem, eu tinha as tardes livres, e Freddy havia vindo me encontrar na praia nos dois dias. É óbvio que mesmo nas manhãs que não tínhamos clientes, Ada me dava outras tarefas. Queria ter uma manhã para dormir até mais tarde e fazer o que eu quisesse, em vez de ficar atendendo aos caprichos dela.

Mas esse era o meu castigo, imagino. Se eu tivesse noção de que a história com Daniel teria causado tantos problemas... Bem, quem eu estava tentando enganar? Apesar de tudo, é bem provável que eu teria feito exatamente o que fiz. Mas talvez eu tivesse ficado longe daquele vitral. Não me arrependia de nada, exceto por ter sido pega.

Logo me vi na seção de frutas, completamente confusa com os melões. Ada disse para me certificar de que estivessem maduros, mas a menos que os cortasse para experimentar, não tinha a menor ideia de como poderia fazer isso. E temia que não gostassem se eu cortasse todos eles.

— Marilyn?

Me virei e vi Shirley.

— Minha nossa, você está aqui para me salvar, não está? — Joguei os braços em torno do seu pescoço.

Shirley riu.

— Do que você precisa ser salva?

— Desses malditos melões. Ada disse para me certificar de que eu pegasse um maduro, e não há como saber com a casca. Distraia quem aparecer, enquanto eu tento abrir como se fosse um coco.

Shirley me olhou como se eu tivesse duas cabeças.

— Posso te ensinar um truque. É mais fácil do que abri-los.
— Imagino que sim.
— Aqui — ela disse, pressionando o polegar na reentrância do topo. — Você aperta o umbigo e depois cheira. Se cheirar do jeito que dá vontade de comer, o melão está no ponto. — Ela o segurou para eu cheirar, e o aroma era divino.
— Obrigada. Não há alegria maior do que frustrar aquela mulher, e estava na cara que ela esperava que eu falhasse. O que você sabe sobre pêssegos?
— Você nunca comprou frutas antes? — Shirley perguntou, balançando a cabeça.

Me lembrei do comentário depreciativo de Ada sobre a família de Shirley. Grace fazia grande parte das nossas compras, embora a minha mãe insistisse em cozinhar. Havia acompanhado mamãe algumas vezes quando criança, mas depois de derrubar uma torre de enlatados ao pegar alguns da parte de baixo, ela passou a me deixar em casa; uma tradição que se manteve até então.

Era incrível que não tivessem me mandado embora mais cedo.

— Receio ser bagunceira demais para isso.

Shirley enlaçou o braço no meu.

— Venha. Vamos fazer a Ada pensar que não há nada que você não possa fazer em pouco tempo.

Depois de nós duas termos cumprido as nossas listas de compras, Shirley perguntou se eu não queria tomar um café na cafeteria do outro lado da rua. Eu queria, mas Ada esperava o meu retorno.

— Jantar, então? A minha família ficaria feliz em receber você. E a Ada também, é claro.

Eu achava que Ada não iria aceitar o convite, mas disse a Shirley que perguntaria. Ela recitou o seu número de telefone, me pedindo apenas para avisá-la. Voltamos juntas até a 21st Street, então Shirley se virou para ir para a casa de praia da sua família.

Ada suspirou quando lhe perguntei. Ela deu uma mordida em um pêssego.

— Você fez uma boa escolha — ela disse.

— Shirley me ajudou.

Ela acenou a mão para mim.

— Vá. Mande lembranças minhas, mas diga que já tenho planos.

— Tem mesmo?

Ada me encarou, séria.

— Fique tranquila, quando os meus planos envolverem você, você será a primeira a saber.

Voltei a pensar no autor do telefonema misterioso. Nessa casa, os dois telefones tinham a mesma linha. Então, quando Ada havia ido ao seu quarto para atender uma ligação na noite em que chegamos, eu não tentei escutar, pois teria sido pega. Porém, o seu tom deu a impressão de que ela estava falando com um namorado mais do que com um amigo. Será que ele estava por ali, quem quer que fosse? Ela tinha um encontro?

Mas isso também seria considerado como não sendo da minha conta.

Assim, dei de ombros e liguei para Shirley para dizer que seria só eu.

* * *

Usando um novo vestido de alcinha que compramos na Gimbels, dei uma rodopiada para mostrar para Ada antes de sair.

— Fica bem em você — ela disse. — Mas você deveria mesmo ficar sentada debaixo de um guarda-sol. Todo esse sol que você anda pegando...

— Sim, sim, vai me deixar com rugas. Assim como tudo o mais que eu faço.

Ada jogou as mãos para o alto.

— Longe de mim impedir, já que você quer parecer uma uva-passa aos trinta anos.

— Que imagem mais adorável — eu disse, me recusando a deixá-la me irritar esta noite. Em vez disso, me inclinei e a beijei no rosto, surpreendendo-a. — Aproveite os seus planos... sejam eles quais forem.

— E você os seus — ela afirmou com um sorriso cúmplice. — Apenas lembre-se das regras, por favor.

Eu não sabia o que isso significava porque não ia trazer Shirley ali. Mas dei de ombros e saí para caminhar as três quadras até a casa de Shirley.

Porém, percorrer essas quadras com saltos altos foi um pouco mais complicado do que eu esperava. As casas tinham todas as mesmas pedras brancas em vez de gramados, assim como a de Ada, mas nem todas tinham um jardineiro tão meticuloso. Assim, havia muitas oportunidades para torcer o tornozelo em pedras soltas. Eu ri, agradecendo mentalmente a Ada por toda a prática que ela havia me dado em desviar de pedras no caminho, e cheguei a casa ilesa.

A casa se ergueu diante de mim, e entendi o que Ada quis dizer sobre a família exagerar. A casa de Ada foi projetada para parecer um clássico chalé de praia, ainda que grande. A casa de verão da família de Shirley era um colosso de pedra, projetado para ostentar riqueza. Carecia de janelas amplas que proporcionavam brisas bem-vindas e luz solar constante, tendo sido construída mais para impressionar do que para o bem-estar. Teria parecido à vontade em frente à Casa Branca, com suas colunas e pórticos, e não ali entre casas com revestimento de tábuas.

Esperava que a casa tivesse ventiladores. Não queria ficar suando e acabar borrando a maquiagem antes de o jantar ser servido.

Subi os degraus e bati com força à porta de carvalho imensa, esperando que Shirley abrisse (ou um mordomo, se a família estivesse mesmo tentando impressionar).

Porém, quando a porta se abriu, Freddy estava lá, usando um blazer.

— Olá, como vai?

Recuei para olhar o número da casa.

— Devo ter batido na casa errada, mas olá para você também.

— É a casa certa — Shirley disse, esbaforida, empurrando Freddy para o lado. — Não ligue para ele. Ele paquerraria até com um cadáver se tivesse batom.

— A minha irmã exagera — Freddy afirmou, se apoiando no batente da porta.

— Sua irmã? As coisas estão ficando mais interessantes.

Shirley olhou de mim para ele.

— Ah, não. — Ela se virou para Freddy e pôs as mãos na cintura. — Será que não posso ter uma amiga sem que você a deixe de coração partido?

— Antes de tudo, Julia é sua amiga...

— Só porque você disse que ela parece uma batata com cabelo!

Freddy se virou para mim.

— E parece mesmo. Garota muito infeliz. Acho que nem mesmo a sua tia poderia salvá-la. — Ele voltou a olhar para a irmã. — E em segundo lugar, o único coração que está sendo partido aqui é o meu. Ela se recusou a sair comigo várias vezes.

Shirley passou um braço em torno dos meus ombros.

— Eu sabia que ia gostar de você. Vamos, os meus pais querem te conhecer. Alguns coquetéis estão sendo servidos na sala antes do jantar.

O sr. e a sra. Goldman se levantaram para me cumprimentar calorosamente quando entramos na sala de estar. Eu não precisava me preocupar com ventiladores; em vez disso, fiquei preocupada que o meu cabelo parecesse pior do que depois de um passeio de carro ao longo da orla, sem lenço e com Ada ao volante.

— Shirley nos falou muito de você — a sra. Goldman disse alto para ser ouvida sobre o barulho dos ventiladores.

Dei uma olhada em Freddy, me perguntando se ele também tinha falado de mim, assim como se ele havia feito a conexão de que eu era a nova amiga da sua irmã.

— Tudo mentira — falei. A sra. Goldman pareceu confusa. — Brincadeira.

— É claro — ela afirmou e soltou uma gargalhada para enfatizar.

Imediatamente, entendi que Ada jamais colocaria os pés nessa casa. Os Goldman não conheciam a minha família em Nova York; eles estavam tentando me impressionar porque Ada pertencia à realeza de Oxford Circle. E a gargalhada desesperada da sra. Goldman para demonstrar que entendeu uma piada que não havia entendido a princípio foi só para me causar uma boa impressão. Com Freddy e Shirley ou não, essa prometia ser uma noite muito longa.

O sr. Goldman insistiu para que eu me sentasse em sua poltrona, o lugar de honra na sala de estar, o que foi um pouco incômodo, pois toda a família estava sentada em dois sofás, me encarando.

— Conte tudo sobre você, querida — a sra. Goldman disse. — Quero saber tudo que há para saber.

— Meu Deus, isso seria chato demais.

— Nem um pouco — Freddy disse com uma risada.

A sua mãe lhe dirigiu um olhar ameaçador, e ele escondeu o sorriso atrás da sua taça.

— Você é de Nova York, não é? O que o seu pai faz?

— Ele é médico.

— E a sua mãe é uma Heller.

Se voltássemos aos meus bisavós, isso seria verdade, mas não fazia sentido corrigi-la sobre os ramos da minha árvore genealógica, ainda mais quando ela estava me contando, e não perguntando. Então, apenas tomei um gole de um *sloe gin fizz* bem fraco.

— Você tem irmãos?

— Um irmão, Harold.

— Um irmão — a sra. Goldman disse, olhando para Shirley. — Que maravilha. Você terá que convidá-lo para conhecer a nossa Shirley. Poderíamos ter um casamento duplo...

— Mamãe! — Shirley interveio.

— Tem razão, é claro — a sra. Goldman disse, alisando o vestido. — Ele pode ter só doze anos. Quantos anos ele tem?

— Vinte e cinco e é casado. Desculpe, Shirley — respondi, e foi a minha vez de me esconder atrás da bebida. Havia uma boa chance de que eu começasse a rir se não fizesse isso.

— Mamãe, sério. Chega. — Shirley fez um gesto negativo com a cabeça.

— Os casamentos nem sempre duram. Eles parecem felizes?

— Mamãe!

— O que foi? Estou só tentando cuidar de você, querida — a sra. Goldman se inclinou na minha direção com um ar conspiratório, como se eu não estivesse ali a pedido de sua filha. — Você não se sente ofendida, não é?

— Ah... hum... não, claro que não.

A sra. Goldman se recostou no sofá, brindando a filha com um sorriso contido de vitória antes de se voltar para mim.

— E você? Está noiva?

— Muito pelo contrário.

— É por isso que você está aqui, é claro. — E então olhou para Freddy, que a fuzilou com os olhos, e para o marido, que estava implorando para ela *parar* de falar, fazendo um gesto com a mão na garganta. — Eu não quis dizer *aqui* — ela esclareceu, fazendo gestos frenéticos pela sala. — Quis dizer com a sua tia. Para encontrar um pretendente para você. — Ela torceu as mãos com nervosismo até que o marido estendeu o braço e colocou uma mão tranquilizadora em sua perna.

— Deixe a pobre garota respirar, Arlene — ele disse. — Ela não veio aqui para ser interrogada.

Para ser sincera, agora estava me perguntando o que tinha ido fazer ali. Nem Shirley nem Freddy exalavam o desespero dos pais. Então, não foi à toa que eu tinha aceitado o convite, mas seria necessário muito mais gim e muito menos efervescência para me fazer voltar ali.

— Está tudo bem — tranquilizei a sra. Goldman. — Mas não. Não estou aqui para achar um marido. Tenho mais dois anos de faculdade pela frente e então... Bem, vamos ver o que acontece. Não me interesso por esse negócio de arranjar casamentos.

— Não? — Freddy escondeu outro sorriso.

— Não para mim.

Ele deu uma piscadela, e eu voltei a erguer a bebida. Nesse ritmo, deve ter sido algo bom que quem preparou as bebidas tenha adicionado tão pouco gim no meu copo.

Uma empregada com um uniforme impecável entrou e avisou que o jantar estava servido. Ela contrastava bastante com Frannie, que vestia o que queria. Apegada a tantas tradições, Ada parecia ser a defensora dos direitos dos trabalhadores.

O jantar em si foi um evento absurdo e composto por uma infinidade de pratos, todos muito pesados para uma noite quente, me deixando preocupada que eu acabasse cochilando antes mesmo da chegada do peru, que finalmente foi trazido à mesa. Senti vontade de perguntar se eles comiam assim todas as noites ou se tinham se esforçado ao máximo em especial por minha causa. Mas eu já sabia a resposta. E queria que houvesse uma maneira educada de dizer a eles para pararem de se esforçar tanto. Essa era a principal diferença entre a família Goldman e a minha. Nós não tínhamos que provar nada. Os Goldman se esforçavam tanto para impressionar todos que acabavam não impressionando ninguém.

Mas por fim a refeição terminou com um bolo de sete camadas. O sr. e a sra. Goldman se retiraram para a sala de lazer, permitindo que Shirley e eu passássemos algum tempo no balanço da varanda. O sol estava se pondo na baía, e o ar finalmente havia se tornado mais fresco na varanda, que dava para o mar, longe da rua, mas com a vista muito obstruída pelas dunas.

— Peço desculpas por eles — Shirley disse, baixinho, enquanto balançávamos devagar à brisa.

— Todos os nossos pais são ridículos — eu a tranquilizei.

— Você teria dificuldade de encontrar um casal mais ridículo do que Howard e Arlene — Freddy disse atrás de nós, me assustando.

Ele riscou um fósforo numa das colunas da varanda e acendeu um cigarro preso entre os lábios.

— Você tem mais um desses? — perguntei.

— Será que garotas bem-educadas fumam? — ele perguntou, sorrindo, enquanto me passava o cigarro que tinha acendido e tirava o maço do bolso.

— Não faço ideia.

— E você, mana? Quer experimentar?

Shirley fez que não com a cabeça.

— Você sabe que eles me matariam. E você também por me oferecer.

— Eu? O queridinho da mamãe e do papai? Jamais. Você... bem, eles revirariam a baía para esconder seu corpo.

Shirley olhou para mim.

— Queria que ele estivesse brincando. Mas eles querem que eu seja absolutamente perfeita.

Eu lhe ofereci um sorriso solidário.

— Meus pais também queriam, mas desistiram de mim há muito tempo. Já sou um caso perdido.

— Abra um espaço — Freddy disse, afastando a irmã de mim e se sentando entre nós, apesar dos protestos de Shirley. — Você não parece um caso perdido — ele disse, baixinho.

— Frederick Joseph Goldman, nem pense nisso — Shirley disse, ficando de pé. — Marilyn não está interessada. Vá fumar o seu cigarro em outro lugar.

— Por que não deixar a Marilyn decidir se ela está interessada?

— Você disse que ela já decidiu várias vezes. Deixe a pobre garota em paz.

Tentei não rir. Mas ser chamada de pobre garota foi demais e não consegui me conter. E assim que comecei a rir, Freddy fez o mesmo. Shirley ficou decepcionada.

— Ah, Shirley. Não. Freddy sabe que não posso namorar enquanto estiver aqui. Estariam retirando o meu corpo da baía junto com o seu. Ou pior, me mandando de volta para os meus pais, e jamais daria para encontrar o meu corpo no rio Hudson, junto com tantos outros.

Aliviada, Shirley se dirigiu até a beira da varanda e esticou o pescoço.

— Acha que eles estão ouvindo a gente lá de cima?

Freddy se inclinou e deu um beijo rápido em meu pescoço, na cavidade onde se encontra com o ombro, antes que a irmã se virasse de novo. Eu o olhei com surpresa e um leve sorriso.

— Não — ele respondeu, como se nada tivesse acabado de acontecer. — A gente teria ouvido. O papai anda por aí como um hipopótamo. — Freddy esperou um pouco. — Com certeza não. Ouviríamos eles resmungando a respeito desse comentário. — Ele olhou para mim. — Quer outra bebida?

— Depende. Vai ter álcool de verdade nela?

Freddy riu alto.

— Você é fogo, hein? Ou destruidora. Qual é a sua?

— Gosto de pensar que sou uma polímata quando se trata de destruição.

Ele sorriu.

— Vá pegar mais bebidas para a gente, Shirley.

— Pegue você. Não sou a sua empregada.

— Ai, ai, ai. Espere até a mamãe saber que você não está cuidando das necessidades da sua convidada.

Shirley encarou o irmão, e por um instante achei que iria bater o pé, mas ela relaxou e abriu a porta da casa.

De repente, Freddy passou os braços ao meu redor. E, por mais que eu soubesse que deveria afastá-los, não queria fazer isso.

— Estava morrendo de vontade de ficar a sós com você desde que te encontrei naquele arbusto — ele disse, com o rosto pertinho do meu.

— E o que você pretende fazer comigo?

Ele aproximou o rosto ainda mais do meu.

— Tenho algumas ideias.

— E quais são?

E então ele me beijou. Não foi um primeiro beijo hesitante como o de Daniel. Freddy era um homem que sabia o que queria e que tinha a intenção de garantir que eu soubesse que o que ele queria era eu. Sabia que deveria me afastar. Shirley ou os pais poderiam sair e nos pegar a qualquer momento, mas esse perigo só somava ao prazer do momento, e eu retribuí o beijo como se a minha vida dependesse dos lábios e da língua dele encontrando os meus.

Freddy recuou, colocando um dedo nos lábios ao ouvir passos que eu não tinha notado, tão envolvida que estava com a sensação da boca dele na minha. O meu coração batia tão forte que tinha certeza de que Shirley poderia ouvi-lo. Ninguém jamais tinha me beijado assim antes.

— Você pode ir pegar a sua bebida — Shirley disse ao irmão, me entregando um copo e ficando com um para si. — Não vou ficar servindo você.

— Não preciso de uma — ele disse, passando um braço em torno dos meus ombros no balanço. — Marilyn já é embriagante demais para mim.

Freddy olhou para mim para ver o que eu faria. Decidi me fazer de ofendida, em consideração a Shirley.

— Então, fique com a minha — eu disse, afastando o seu braço e passando o copo que ela havia me dado para ele. — Enfim, devo ir para casa. Por favor, agradeça aos seus pais por mim. — Me levantei para sair.

— Eu acompanho você até lá.

— São só três quadras. Posso encontrar o caminho de casa.

— Você pode acabar torcendo o tornozelo com esses sapatos. Cair em outro arbusto.

— Acho que dou conta.

— E quanto ao Diabo de Jersey?

Eu já tinha descido o primeiro degrau, mas me virei ao ouvir suas palavras.

— Como é que é?

— Ele frequenta a floresta de pinheiros a alguns quilômetros daqui. E ataca especialmente mulheres jovens e desprotegidas.

— Nada disso é verdade — Shirley disse, revirando os olhos.

— Por que você acha que os nossos pais não querem que você saia sozinha à noite?

— Não é por causa de algum monstro, posso te garantir.

Freddy inclinou a cabeça de propósito.

— Ou eles simplesmente não querem que você fique muito assustada à noite. — Ele se levantou do balanço e pegou a minha mão, colocando-a em seu braço. — Se o Diabo de Jersey quiser te pegar, ele terá que me enfrentar primeiro.

— Tão valente — murmurei. — Shirley, obrigada, querida. Vamos à praia juntas esta semana. Estou livre na maioria das tardes.

Ela fez beicinho, mas concordou que Freddy me acompanhasse escada abaixo e pela rua na frente da casa. Porém, em vez de virar à esquerda para subir em direção à rua principal, ele virou à direita.

— A casa é para esse lado — eu disse, fazendo um gesto na outra direção.

— Mas a praia é por esse caminho e é muito mais romântica do que uma rua.

Parei de andar.

— Olha, Freddy, foi divertido e tudo o mais, mas eu já disse que não posso me envolver.

— É uma pena — Freddy disse, me virando para me encarar. — Porque eu já estou completamente apaixonado. — Ele sorriu com malícia. — Além disso, você disse que se não gostássemos das pretendentes, que sairia com qualquer um de nós.

— Você ainda não conheceu nenhuma das pretendentes.

— Já sei que não gosto delas. Elas não são como você. — Ele puxou o meu braço para me fazer andar rumo ao caminho sobre as dunas.

— Não consigo andar na areia com esses sapatos — eu disse quando chegamos à trilha, com os meus saltos já afundando.

— Então tire os sapatos — Freddy disse, se ajoelhando para retirar primeiro o meu sapato direito e depois o esquerdo. Segurando ambos com uma das mãos pelos saltos, ele se levantou e pegou a minha mão com a outra. — Se preferir, posso te carregar.

— Eu consigo andar sem problemas. — Porém, ao chegarmos ao topo da duna, com o mar cintilante lá embaixo na luz refletida da lua, imaginei nós dois recriando a cena de Burt Lancaster e Deborah Kerr em *A um passo da eternidade* nas ondas. Eu estava em um território perigoso, e sabia disso. — Acho que deveríamos ter seguido pela rua — eu disse, baixinho.

— Eu estava brincando sobre o Diabo de Jersey. Além disso, ele odeia água.
— Eu ri, mesmo contra a vontade. — Você está completamente segura comigo.

— E você está seguro comigo?

Freddy parou de andar, puxou o meu braço até eu ficar de frente para ele, e passou um braço em torno da minha cintura, enquanto a sua outra mão se emaranhou em meu cabelo.

— É você quem vai me dizer — ele afirmou, baixinho, se inclinando para me beijar novamente.

Quando finalmente nos separamos, nós dois ofegantes, Freddy disse que deveria me levar para casa. Mesmo sabendo que ele tinha razão, senti um arrepio de decepção percorrendo o meu corpo.

— Preciso conquistar a simpatia da sua tia. E isso significa levar você de volta sem dar pistas do que fizemos.

Logo fiquei sóbria com a menção à Ada. Mesmo que ele fosse de uma família diferente, Ada deixou bem claro que não aprovaria qualquer romance no verão. E o fato de ela ter o número do telefone dele como um possível pretendente tornava a situação ainda pior.

— Não sei se você vai ser capaz disso.

— É o que veremos — ele disse. — Já me disseram que sou muito charmoso.

— Você não é tão charmoso assim.

— Ah, não? — ele perguntou, me puxando para outro beijo. — Os seus lábios dizem o contrário.

Eu disse a mim mesma que era o cenário, mas não consegui resistir. Retribuí o beijo. E mais uma vez quando chegamos à rua de Ada.

— Não tão perto da casa — sussurrei. — Ela vê tudo.

— Então vamos nos despedir aqui — ele sussurrou de volta. — Quando posso te ver de novo?

— Desse jeito? Não sei se vai poder.

— Que resposta terrível. Devo pedir permissão para a Ada? Como se ela fosse o seu pai?

— O meu pai concederia com mais facilidade do que ela.

Freddy me olhou na escuridão.

— Tenho a impressão de que você sabe como sair de fininho de uma casa se estiver no clima.

Ri baixinho. Ele me conhecia bem.

— Talvez.

— Você pretende ir à praia amanhã? — Eu disse que sim. — Vamos fazer um plano, então. — Freddy me beijou mais uma vez. Em seguida, se virou para ir embora, e eu percorri a distância que faltava até chegar a casa, subi os degraus e alcancei a porta da frente, que Ada me disse que não precisava ser trancada.

Eu não chamei. Não fazia ideia de que horas eram ou se Ada estava acordada, mas ela estava no escritório, ao telefone.

— Marilyn? — ela perguntou.

— Sou eu, Ada.

— Venha aqui, por favor.

Obedeci, recompondo o rosto sereno, como se tivesse acabado de voltar de um jantar familiar sem irmãos em casa. Ada me examinou e franziu os lábios.

— Acredito que você estava usando batom quando saiu hoje — ela disse.

A minha mente estava a mil por hora, mas mantive a expressão impassível.

— Saiu no guardanapo — eu disse, pensando rápido. — E deixei o tubo no banheiro aqui. Então, não deu para retocar.

Ada fez beicinho. Por um momento, achei que estava perdida. Então, ela fez um gesto com a mão para que eu fosse embora e voltou ao telefone.

— Sim, eu sei. Também é difícil para mim.

Comecei a subir a escada, voltando a me perguntar com quem ela sempre estava papeando. E o que era difícil? Mas no fundo, não fazia diferença para mim. Eu queria lavar o rosto, vestir a camisola e sonhar com Freddy na praia.

17

— Acho que vou com você à praia hoje — Ada disse pela manhã. Frannie estava de volta, e eu estava começando a questionar por que Ada a trouxe para preparar o café da manhã. Ela não comia muito. Não que eu me importasse. Eu estava faminta.

Fiquei paralisada, no meio da mordida, me perguntando se fui pega de alguma forma. Mas não havia como ela saber que Freddy disse que me veria lá naquele dia, não é? Não, ela teria que ter estado lá com a gente e ela estava falando ao telefone naquela hora. Ada abaixou o jornal porque eu não lhe tinha dado uma resposta. Então, controlei a minha expressão facial.

— Claro — respondi, sorrindo com inocência. Ela semicerrou os olhos e fez um *hum* baixinho.

Quando ela voltou a erguer o jornal para ler, senti os meus ombros relaxarem e empurrei o prato para longe. O apetite tinha desaparecido. Eu precisava dizer a Freddy que não poderíamos nos ver. De verdade. Eu nunca seria capaz de me dar bem em qualquer coisa. Ada era astuta até demais, e de algum modo conseguia antecipar todos os meus movimentos. Eu não entendia como, mas ela conseguia.

Eu só esperava que Freddy fosse esperto o suficiente para se afastar quando me visse com ela.

Levar Ada para a praia foi muito mais trabalhoso do que simplesmente jogar uma toalha e um bronzeador na minha bolsa. Enquanto ela se vestia, Frannie preparou um almoço leve com sanduíches, frutas e garrafas de refrigerante para levarmos, que ela embalou em um isopor cheio de gelo.

Então, Frannie me ajudou a tirar um carrinho do galpão. Nele, colocamos o isopor, a minha bolsa de praia, uma cadeira para Ada e um guarda-sol.

— Você sabe como montar isso? — Frannie me perguntou.

Eu não sabia. Mas será que era tão difícil assim? Eu sabia abrir um guarda-chuva comum. E bastava espetá-lo na areia. Frannie me olhou com desconfiança.

— Vai dar tudo certo — assegurei.

Frannie torceu as mãos.

— Posso mandar o meu marido ajudar. Me deixe ligar para ele.

Pus a mão em seu braço.

— Frannie, eu dou conta de chegar à praia e montar as coisas para a Ada. Não tem problema.

— Queria que Lillian estivesse aqui — ela disse.

— Bem, ela não está. Eu estou. E não sou uma imbecil. De verdade. Estou na faculdade. Posso descobrir como montar um guarda-sol e abrir uma cadeira.

Frannie não parecia muito convencida, ainda mais quando comecei a tentar arrastar o carrinho sobre as pedras brancas do jardim. Então, nessa parte, ela empurrou o carrinho enquanto eu puxava. Porém, ao alcançamos a calçada, tudo correu sem problemas a partir dali.

— Viu? Tudo certo.

— Volte para casa se precisar que eu ligue para o meu marido — ela disse.

— Pode ir — eu disse, gesticulando para ela se afastar. — E não fique em casa esperando a gente. Vá aproveitar o dia. Eu cuido de tudo até o jantar.

Ada desceu a escada usando uma túnica que cobria tudo, exceto a cabeça, mãos e pés, e um chapéu tão grande que eu não tinha certeza se ela conseguiria passar pela porta da frente. Foi difícil não rir.

— O que estamos esperando? — ela perguntou. — O dia está lindo!

— Sra. Ada, me permita pedir para o meu marido buscar as suas coisas. Posso ligar já para ele.

— Traidora — eu disse, baixinho. — Eu posso cuidar disso.

— Tire a tarde de folga, Frannie — Ada afirmou gentilmente. — Tenho certeza de que a Marilyn é bastante capaz de me instalar na praia.

— Mas...

— Nada de "mas". Quero ouvir mais tarde tudo sobre o tempo maravilhoso que você passou com a sua família. Vá. — Ada se virou para mim. — Não me decepcione.

— É só um guarda-sol, Ada.

Dez minutos depois, eu estava profundamente arrependida das minhas palavras quando o guarda-sol caiu pela terceira vez. Voltei a espetá-lo na areia.

— Por que não fica?

Irritada, Ada permaneceu de pé e com os braços cruzados, pois eu também não tinha conseguido abrir a sua cadeira. E arrastar o carrinho pelo caminho sobre as dunas quase tinha sido o meu fim.

— Pronto! — exclamei quando finalmente a haste pareceu estável. Eu me curvei para abrir o toldo e... tudo tombou na areia e voou para longe, me fazendo correr atrás do guarda-sol e soltar uma série de palavrões que fez uma mãe perto de nós tapar os ouvidos do filho e me fuzilar com os olhos.

Porém, outra pessoa alcançou o guarda-sol antes de mim.

— Precisa de uma mãozinha? — Freddy perguntou.

Olhei por cima do ombro. Ada estava com os seus óculos de sol, mas parecia estar olhando em nossa direção.

— Ada está aqui. Finja que não nos conhecemos.

— Ela sabe que você pegou o meu número de telefone *e* sabe que Shirley é minha irmã. Provavelmente não é o melhor plano.

— Então finja que você não me beijou ontem à noite.

— Devo fingir que você também não me beijou?

— Freddy!

Ele sorriu e pegou o guarda-sol errante, levando-o até onde Ada estava.

— Sra. Heller — ele disse, fazendo um gesto com a cabeça. — Como membro da Patrulha da Praia de Avalon, seria uma honra ajudá-la hoje.

— Freddy Goldman? — Ela abaixou os óculos.

— Sim, senhora.

Ela olhou para mim.

— Chegou em uma hora muito suspeita.

— Perdão?

— Você dois jantaram ontem à noite e agora você aparece aqui?

Freddy fingiu com maestria uma expressão de confusão.

— Receio não saber o que a senhora quer dizer... Espere. — Ele olhou para mim. — Você é a mesma Marilyn amiga da minha irmã?

Não tinha certeza de qual era o plano dele, mas confirmei.

— Ah, agora faz sentido. Jantei na pizzaria do calçadão ontem com um amigo da faculdade. E trabalho no posto de salva-vidas da 18th Street.

Achei que Ada não tivesse caído nessa, mas ela permitiu que Freddy abrisse a cadeira e montasse o guarda-sol. Fiquei o observando cavar um pequeno buraco, depois pegar um balde da criança, cuja mãe eu havia ofendido com os meus palavrões, e despejar água após instalar o guarda-sol, batendo na areia para torná-la mais firme. Freddy levantou os olhos e percebeu que eu estava observando.

— Aponte contra o vento — ele explicou. — Assim, uma rajada não o arrancará para fora e não machucará ninguém.

— Eu já sabia dessa parte — eu disse com sarcasmo.

Ele reprimiu um sorriso.

— Obrigada, Freddy — Ada disse. — Pode voltar para o seu trabalho de verdade agora.

— Sim, senhora. E não se esqueça de mim se encontrar aqui uma garota tão bonita quanto a sua sobrinha. — Ele piscou para ela e correu de volta para o posto salva-vidas.

Assim que ele ficou fora do alcance auditivo, Ada se virou para mim.

— Não.

— Não o quê?

Ada apontou o dedo para mim.

— Você sabe muito bem o quê. Depois que você me passou as informações sobre ele, ele ficou fora de cogitação. Além disso, lembra-se do que eu disse desde o início: nada de homens.

— Ada...

— Não está em discussão.

Joguei as mãos para o alto.

— Posso ao menos falar?

— Não se for a respeito de Freddy Goldman.

— E se não for?

Ada se acomodou na cadeira à sombra do guarda-sol habilmente montado.

— Então, sou toda ouvidos. O que você gostaria de dizer? — Porém, eu já não tinha mais nada a dizer e apenas fiquei ali balbuciando. — Foi o que pensei. Feche a boca, por favor. Você parece um peixe quando fica aí parada fazendo isso.

Com raiva, sacudi a minha toalha, sentindo uma leve satisfação ao ver um pouco de areia voando em direção a Ada. Em seguida, estendi a toalha ao sol a alguns metros dela e tirei o meu livro da bolsa.

— Você está lendo um manual de caça? — Ada perguntou.

Revirei os olhos, mas então me dei conta de que ela não podia vê-los através dos meus óculos de sol.

— Não.

— Então o que diabos está lendo?

— Um novo livro que a minha mãe me mandou.

— Você me faz lembrar dela. O nariz sempre enfiado num livro. A não ser quando há um garoto por perto.

Ergui os óculos de sol até o alto da cabeça para que ela percebesse o meu revirar de olhos dessa vez.

— A única vez que estive perto de garotos, exceto quando Freddy ajudou com o guarda-sol, foi quando *você* me obrigou a falar com eles. Essa não foi uma avaliação justa.

— E o que te trouxe aqui de novo?

Abaixei os óculos de sol e retornei ao livro. Pelo menos, não insultava a minha virtude.

Fiquei tão envolvida nas provações e tribulações de Maycomb que nem percebi que Ada tinha pegado o seu próprio romance e estava lendo. Um livro bem grande, por sinal. Semicerrei os olhos para ver o título: *Havaí*, de James Michener.

— Não sabia que você lia.

— Que atrevimento — Ada afirmou sem levantar os olhos. — Claro que eu leio.

— Ler por diversão. Foi isso que eu quis dizer. Você não costuma ter livros por perto.

— Mas tenho — ela disse, virando a página. — Só que não ficam em exposição pública.

O que isso significa?

— Ah, tudo bem.

— Não diga "ah". Isso transmite uma sensação de incerteza. Fale com convicção e as pessoas vão tratar você como alguém inteligente.

Desejei que o guarda-sol dela saísse voando e caísse em sua cabeça.

— Então onde estão os seus livros?

— Tenho alguns deles numa estante no meu quarto. O resto está encaixotado no sótão. Doo a maioria deles para a biblioteca da ilha no final de cada verão.

— Há uma biblioteca aqui? — soltei um gritinho, me sentando. — Onde?

Ada olhou para mim com curiosidade.

— No porão da escola primária.

Sorri ao pensar que não teria que depender de todo da generosidade de minha mãe para me entreter no verão. Mesmo que a biblioteca estivesse localizada no porão de uma escola e, em grande parte, fosse composta pelos livros usados de Ada.

— Acho que você também pode dar uma olhada no meu acervo — Ada disse, suspirando.

Deixando Freddy de lado, voltei com alegria para a leitura, com o sol bronzeando as minhas costas, o barulho das ondas quebrando ao fundo, e Ada resmungando de vez em quando sobre rugas.

18

Por fim, Ada se levantou da cadeira, esticou os braços sobre a cabeça e tirou o chapéu e a túnica volumosa.

— Vou dar um mergulho — ela disse.

Enquanto Ada colocava uma touca de natação, eu a fiquei observando com curiosidade. Ela estava usando um maiô de frente única verde, que se ajustava ao seu corpo esguio.

— É indelicado ficar olhando.

Ada estava de frente para o mar; então como ela sabia que eu estava olhando? Ela se virou e sorriu para mim.

— Eu já disse: nada envelhece mais do que filhos. — Ela apontou para o céu. — Assim como o sol que você anda tomando. Quando você tiver a minha idade, vai se arrepender de não ter ficado sentada embaixo desse guarda-sol.

Ela caminhou até a beira do mar, andou alguns metros, e então mergulhou em uma onda, emergindo com uma braçada forte e segura em estilo livre.

Eu me virei para o posto salva-vidas. Freddy tinha visto Ada entrar no mar e estava descendo da cadeira, com uma breve troca de palavras com o outro salva-vidas. Ele riu de algo que o outro disse, e então veio em minha direção, balançando a cabeça.

— Temos um pouco de tempo — ele disse. — Ela costuma nadar longas distâncias.

— Como você sabe disso?

— Ela vem aqui na maioria das manhãs, bem cedo. Não se deve nadar antes da chegada dos salva-vidas, mas, bem, nos disseram para deixá-la em paz se a virmos lá, a menos que ela esteja em perigo.

— Ainda assim, você não deveria estar aqui. Ela vê tudo — eu disse, olhando para onde a touca de natação branca dela singrava a água.

— Ela não pode ver tudo. — Freddy se inclinou. — Nenhum beijo hoje?

De brincadeira, eu o empurrei.

— Há crianças e uma tia muito intrometida na praia.

— Quem sabe não acabam gostando do espetáculo.

— Acho que estou me dando conta de por que a sua irmã me alertou a seu respeito.

— Não dá para levar a sério nada do que Shirley diz. Ela deve achar que os bebês são concebidos por meio de um beijo.

Fiz que não com a cabeça.

— Se isso fosse verdade, ela teria um bando de sobrinhos correndo por aí.

Freddy colocou a mão no peito.

— Fique sabendo que sou um rapaz muito virtuoso. Não é minha culpa você ter roubado o meu coração.

— Ninguém virtuoso beija assim. Requer prática. — Não consegui deixar de sorrir para ele. E depois da noite passada, não deixei de perceber a maneira como o seu tronco bronzeado brilhava ao sol.

— Não consigo me lembrar de uma única garota antes de você. Tiveram algumas? Talvez. Mas você é a única que importa.

Eu já sabia. De verdade. Já sabia que qualquer um que falasse desse jeito era cilada. E sabia disso porque foi assim que eu havia fisgado Daniel sem a intenção de seguir adiante com nada. Porém, havia algo na maneira como Freddy nunca tirava os olhos de mim. Na maneira que ele observava a minha boca quando eu falava, como se quisesse devorar as minhas palavras. Na maneira como ele me fazia sentir a garota mais irresistível do mundo; a única garota do mundo. Eu não era capaz de resistir a isso.

— Ada vai para a cama às dez — eu disse, baixinho. — Eu poderia escapulir depois disso.

— Estarei do lado de fora esperando por você. — Seus lábios se abriram num sorriso que eu desejei beijar.

— Agora cai fora, antes que a Ada pegue a gente e me mande de volta para Nova York.

Freddy me deu um beijo rápido no rosto e saiu correndo pela areia.

* * *

Era domingo, e Ada fazia questão de assistir ao programa de Ed Sullivan, como de costume. Eu tinha a sensação de que as minhas entranhas estavam vibrando, mas me forcei a permanecer quieta e fazer de conta que me importava com Rosemary Clooney e Dave Barry. Eu ria quando Ada ria, mas, na verdade, estava de olho no relógio sobre a lareira, atrás da televisão. Será que esse programa nunca vai acabar?

Mas chegou ao fim, Ada desligou a televisão e subiu para se preparar para dormir, o que eu também fingi fazer.

Ela se virou para mim no alto da escada, e prendi a respiração. Ela sabia. De alguma forma, ela sabia.

Mas tudo o que ela disse foi:

— Amanhã é o Dia da Independência. Dei folga para a Frannie. Então, pode dormir até mais tarde, se quiser. Vamos assistir aos fogos na praia à noite.

— Isso... — soltei um gritinho e depois pigarreei. — Parece ótimo.

— Está ficando doente? — Ada encostou a mão na minha testa. — Ou foi só sol demais?

Senti o rosto ficar vermelho.

— Pode ser que sim. Tenho certeza de que uma boa noite de sono vai resolver o que quer que seja.

— Não fique acordada até muito tarde — Ada disse, se virando para a porta do seu quarto.

— Perdão?

Ada voltou a olhar para mim com aqueles olhos perspicazes que não deixavam escapar nada.

— Lendo.

— Claro. Não, vou dormir cedo hoje.

— Ótimo — a minha tia-avó disse. Entrou no quarto e fechou a porta, mas eu não conseguia me livrar da sensação de que ela sabia de qualquer jeito.

Não quis arriscar a porta da frente. Era pesada e emperrava, e embora Ada não a trancasse, havia uma grande probabilidade de que abri-la ou fechá-la me denunciasse. Sem falar que eu teria que passar pelo quarto dela para descer a escada. Porém, as janelas do meu quarto abriam, e o telhado da varanda da frente ficava bem do lado de fora. E ainda melhor, ficava do outro lado da casa em relação à janela de Ada. Esperei até dez minutos depois que a luz sob a fresta dela se apagou, e então abri a minha janela e desprendi a tela.

Tomara que Freddy não pudesse me ver, pois a minha descida pelo telhado até a borda não foi nada graciosa, mas foi uma escalada fácil até o corrimão da varanda e depois para baixo dali. Freddy estava quase invisível, com exceção do clarão do seu cigarro aceso na escuridão.

— Sabia que você era do tipo que sai de fininho — ele disse, com os dentes brilhando ao luar enquanto sorria. Então, estendeu a mão para mim. — Vamos. Deixei o meu carro na esquina para não acordar a velha bruxa.

— Não a chame desse jeito — disse, pegando a mão dele. — Ela é rigorosa com certas coisas, mas não é o que parece.

— Se você está dizendo...

Então pensei no que ele havia dito.

— Carro? Para onde estamos indo?

Voltei a ver o brilho de seus dentes.

— Vamos nos divertir um pouco.

— Topo alguns beijos, mas eu não sou *esse* tipo de garota, espertinho.

Freddy jogou o cigarro no jardim de pedra de uma casa vizinha e enlaçou a minha cintura, me puxando para si e me beijando com intensidade.

— Quem disse que eu sou esse tipo de rapaz? — ele sussurrou junto ao meu ouvido depois de interromper o beijo. — Vamos! — E voltou a me puxar.

— Só diversão inocente hoje. Juro.

O carro dele era um Bel Air conversível vermelho e branco, com alguns anos de uso, mas impecavelmente mantido.

— Vamos — ele disse, abrindo a porta para mim. Sentou-se no banco do motorista e me entregou um lenço para cabeça. — Roubei da Shirley. Ela só anda de carro comigo com o cabelo preso.

— Quanta gentileza. — Prendi o cabelo no lenço, enquanto ele olhava para mim. — O que foi?

— Você está linda — Freddy disse. — Como se você pertencesse a este carro.

Balancei a cabeça quando ele levou a minha mão aos seus lábios e a beijou. Então, deu a partida no motor e conduziu o carro em direção à 30th Street, o caminho para fora da cidade, com o luar brilhando sobre a baía e os canais enquanto passávamos pelos pântanos, e não tinha me dado conta da beleza deles na escuridão durante a viagem de vinda. Freddy virou à direita na autoestrada Garden State, e o vento nos açoitou, tornando impossível uma conversa. Mas ele estendeu a mão e pegou a minha quando saímos para Ocean City, e senti um arrepio percorrendo a minha espinha quando ele traçou o polegar ao longo da minha palma.

A estrada estava vazia e escura, cercada por pinheiros à esquerda e cidades litorâneas ao longe à direita, com a lua e as estrelas sendo as nossas únicas companheiras. Era incrivelmente romântico. Como se estivéssemos fugindo juntos. Eu queria deslizar para o lado e deixá-lo passar o braço ao meu redor, mas achei que era melhor manter a cabeça no lugar. Era só o que faltava não conseguirmos chegar ao nosso destino, mas acabarmos no banco de trás no acostamento da estrada.

Por fim, Freddy saiu da estrada, e a placa dizia "Atlantic City".

— Sério? — gritei contra o vento.

— Já veio aqui? — Fiz que não com a cabeça. — Vou trazer você durante o dia em algum momento. Uma visita apropriada.

Ada nunca permitiria, mas eu não queria ser estraga-prazeres.

Em vez disso, observei o horizonte enquanto as luzes do calçadão mais famoso se tornavam visíveis.

Às dez da noite, Avalon já estava na cama. Atlantic City estava começando a se animar. Freddy estacionou o carro e subimos uma escada até o calçadão. Logo me senti superestimulada pelas imagens, sons e cheiros que tomaram conta de mim. E isso vindo de uma garota de Nova York!

Todos estavam vestidos com as suas melhores roupas. Os homens usavam ternos e gravatas, enquanto as mulheres usavam vestidos com anáguas engomadas. Ignorando o calor, muitas delas tinham estolas de vison falso em volta dos ombros e estavam adornadas com strass. As poucas crianças que podiam ser vistas estavam dormindo em carrinhos de bebê ou nos braços dos pais.

Eu me sentia quase inadequada no meu vestido de verão e alpargatas, mas se havia aprendido alguma coisa com Ada, foi que confiança era tudo. Então, não alisei o vestido nem arrumei o cabelo. Caminhei de braços dados com Freddy como se fosse aquela que todos os outros tinham vindo ver. E nós dois atraímos olhares.

— Você parece uma estrela de cinema — Freddy disse, pegando a minha mão e me rodopiando. Ele me puxou na direção de uma cabine fotográfica. — Vamos lá. Vamos tirar uma foto.

Contudo, resisti.

— Prefiro não deixar pistas para a Ada.

— Por que ela não gosta de mim?

Bem, com certeza não dava para dizer que um dos motivos era a família dele, o que por si só era um pensamento preocupante. Mesmo que o casamento fosse uma opção, a ideia de estar ligada aos pais de Freddy era um tanto desconcertante.

— Ela disse que eu não posso namorar enquanto estiver aqui.

— Será que ela tem alguém em mente para você?

— Ah, não! Nada disso! — Mas me lembrei do comentário de Ada sobre eu precisar de um homem capaz de me enfrentar. *Esse homem poderia ser Freddy*, pensei, olhando para ele. Ele se recusou a aceitar um não como resposta, e embora não tenha me dominado, conseguiu me convencer com charme. Percebi como isso seria atraente em longo prazo. — Não, Ada tem regras rígidas a respeito do negócio dela. Depois que me deu o seu número de telefone, você ficou fora de cogitação.

— Mas eu dei o meu número para *você*, porque você disse que sairia comigo se eu não gostasse das pretendentes.

— Na realidade, eu não estava autorizada a dizer isso.

— Mas disse. E eu não gosto de nenhuma das pretendentes dela.

— Você ainda não conheceu nenhuma delas!

Freddy sorriu para mim.

— Pouco importa. Ainda sei que gosto mais de você.

Me virei para que ele não visse o meu sorriso.

Freddy pagou as entradas para o parque de diversões Steel Pier. Os cheiros de frituras e pipoca nos atingiram enquanto um homem nos dirigia em direção aos cavalos mergulhadores.

— Um último mergulho hoje, pessoal. Apenas mais um mergulho hoje.

— É de verdade? — perguntei.

— Claro que é. — Freddy me puxou pela mão. — Você precisa ver.

Permiti que ele me conduzisse, e Freddy conseguiu um lugar para nós nas arquibancadas. O locutor informou que estávamos prestes a assistir a uma das maiores maravilhas do mundo.

— É seguro? — perguntei.

— Perfeitamente seguro.

Mas me lembrei de minha mãe me contando sobre Sonora Carver, que tinha perdido a visão num acidente de mergulho. Assim, quando a garota de maiô subiu até o topo da torre, senti o estômago embrulhar de ansiedade. E quando o cavalo começou a galopar pela rampa até a torre, fiquei aterrorizada, agarrei o braço de Freddy com força, prendendo a respiração. Então, a garota montou no cavalo e os dois voaram juntos pelo ar, parecendo pairar ali por um momento impossível, antes de mergulharem no tanque de água abaixo, emergindo ao som de aplausos estrondosos, gritos e batidas de pé tão ensurdecedoras que me perguntei se o píer desabaria no mar.

— Tudo bem com você? — Freddy me perguntou.

— Tudo ótimo. Por quê?

— Se você segurasse o meu braço com mais força, acho que você iria arrancá-lo.

Ri um pouco e o soltei.

— Nunca tinha visto nada parecido.

Freddy passou o braço em torno da minha cintura, me puxando para ele de maneira reconfortante. Em seguida, pegou a minha mão e me levou para fora, me oferecendo um sorvete para acalmar os nervos.

Terminamos a noite dançando no Marine Ballroom ao som de uma banda. Se fosse durante a tarde, eu não me atreveria, pois Ed Hurst transmitia ao vivo dali o seu programa de dança *Summertime on the Pier* todos os sábados e domingos. Mas tão tarde da noite, estávamos a salvo das câmeras, exceto pelos fotógrafos ambulantes do calçadão. Não que eu achasse que Ada assistiria a algo tão frívolo, nem que ligasse a televisão antes do anoitecer, mas eu estava aproveitando o que quer que isso fosse com Freddy e não queria ver desmoronar.

Ao voltarmos para o carro, já passava de uma da manhã.

— Tem certeza de que quer voltar? — Freddy perguntou.

— Para onde mais iríamos?

— Por que não para onde quisermos? Poderíamos simplesmente ir para o sul e viver na Flórida. Ou para o oeste, até a Califórnia. Poderíamos parar no Grand Canyon no caminho. Sempre tive vontade de conhecer.

— Não podemos simplesmente fugir.

— Podemos fazer qualquer coisa se estivermos juntos.

De repente, ele estava me beijando, com as minhas costas apoiadas contra o carro. E por um momento, acreditei nele, que tudo era possível. E se nós simplesmente *continuássemos* na estrada? Recomeçar em algum lugar onde pais e tias não ditavam os nossos futuros?

Enquanto voltávamos para Avalon sob a luz da lua, fiquei recostada em Freddy, sem sapatos e com as pernas para cima e os pés pendurados para fora da janela aberta. Me sentia sonolenta, mas também desperta com a possibilidade do que a vida poderia ser se nós simplesmente fugíssemos.

Mas acabamos chegando a Avalon, e Freddy voltou a parar o carro a certa distância da casa de Ada para evitar ser pego.

— Vou te ajudar a subir de volta — ele disse, baixinho.

— Eu me viro.

— Que tipo de cavalheiro eu seria se não estivesse lá para te segurar se você caísse?

Lancei um olhar sedutor para ele.

— Ou quem sabe para tentar dar uma espiada no que está por baixo do meu vestido?

— Se fosse verdade, eu teria trazido uma lanterna. — Freddy deu uma piscadela. — Vamos levar você para a cama sã e salva.

Ele me deu mais um beijo a caminho da casa de Ada.

— Foi uma noite maravilhosa — eu disse.

— Vamos ter que repetir a dose.

A realidade era que seria quase impossível enganar Ada uma segunda vez. Mas concordei, pensando enquanto escalava o corrimão e subia para o telhado que provavelmente eu poderia ter voado até a minha janela.

19

A versão de Ada de "dormir até mais tarde, se quiser" pelo jeito se estendia só até às nove da manhã, momento em que ela irrompeu no quarto, abriu as cortinas e tirou as cobertas de cima de mim.

— Mais dez minutos — gemi, enterrando o rosto no travesseiro.

— Por quanto tempo uma pessoa pode dormir? Você está perdendo um dia lindo!

— Todo dia é um dia lindo aqui.

— E quando você tiver a minha idade, vai aprender a não dar isso como certo.

A razão pela qual eu estava tão cansada voltou à minha mente, e eu sorri, feliz por estar com o rosto enterrado no travesseiro para que Ada não pudesse ver. Em vez disso, fingi mau humor e me virei, me espreguiçando com um bocejo.

— Está se sentindo melhor?

— Melhor? — perguntei. Então lembrei que ela achou que eu estava ficando doente na noite passada. — Sim, muito.

Ela me observou com atenção.

— Você não parece ter dormido bem.

Desviei o olhar para a mesa de cabeceira, procurando uma desculpa. Ali encontrei uma. Ada tinha me dado o seu exemplar de *Havaí* quando terminou de lê-lo.

— Fiquei acordada até tarde lendo.

Ada balançou a cabeça.

— A juventude é desperdiçada pelos jovens. Vá se vestir.

Eu teria que ler aquele trambolho muito rápido. *Tomara que seja bom*, pensei, esperando ansiosamente que Ada não me interrogasse sobre ele no café da manhã.

Quando desci para o café da manhã, ela estava na sala, com cartões cheios de anotações espalhados na mesa de centro diante dela.

— O que é isso?

— Não é da sua conta — ela disse, fazendo um gesto para que eu a deixasse em paz.

Nunca fui de ser desencorajada por um gesto de mão. Então, contornei o sofá para dar uma olhada.

— Esse é o seu sistema de arranjo de casamentos? Você junta os casais por meio de cartões? — Ada me fuzilou com os olhos. Sem más intenções, dei de ombros. — Você não deveria fazer essa cara. Vai te deixar com rugas.

Por mais um momento, Ada lançou um outro olhar, mas então jogou a cabeça para trás e soltou uma gargalhada. Quando parou, ela deu um tapinha no assento ao seu lado.

— Venha cá. Isso te rendeu uma espiada em como faço as coisas.

Eu não estava tão curiosa assim. Na verdade, queria *muito mais* uma xícara de café, mas não ia dispensar a primeira oferta real de confiança que ela tinha me dado.

— Atribuo notas a todos que conheço com base em valores e interesses. De um a dez. Qual o tamanho de família que querem. O quanto são religiosos. Até que ponto estão próximos das próprias famílias. Classe social; isso pode ser negociável às vezes, mas nem sempre neste negócio. Aparência física. Costumam ler por diversão? Gostam de atividades ao ar livre? Qual é o nível de educação? Tradicionais ou modernos? Senso de humor. Esses são os principais atributos que contribuem para um casamento feliz.

Examinei os cartões, querendo saber como Ada obtinha algumas dessas informações a partir das entrevistas que tínhamos realizado juntas.

— Mas você não fez todas essas perguntas.

— Com experiência, não tem necessidade. Lembra da Stella? Aquela garota com a mãe horrível e que gostava de Doris Day e Rock Hudson? Se ela gostasse de ler, teria mencionado um livro, e não um filme, quando disse que não tinha televisão. E a escolha dela de um filme me diz que ela gosta de rir e é mais moderna do que a mãe.

— Há quanto tempo você faz isso?

— Formalmente? Quarenta anos. Informalmente? Muito mais do que isso.

Quarenta anos atrás, Ada tinha trinta e cinco anos.

— O que você fazia antes disso?

— Eu era enfermeira. Aí a Primeira Guerra Mundial começou, e fui para a Europa. O meu pai morreu enquanto eu estava no exterior. Ele só tinha filhas e todas elas, exceto eu, já estavam casadas. Então, herdei a maior parte do seu patrimônio. Usei parte dele para iniciar o meu negócio e investi o restante.

— A quebra da Bolsa de Valores não te deixou na pior?

Ada fez que não com a cabeça.

— Já disse, imóveis sempre são um bom investimento.

Olhei para ela, maravilhada. Nunca tinha conhecido uma mulher de negócios antes. Havia conhecido secretárias, enfermeiras e professoras, mas não uma mulher que administrasse de fato as próprias finanças por toda a vida, sem a ajuda de um homem. Sem pai ou marido, o acesso ao crédito estaria em grande medida fora do seu alcance. Porém, Ada tinha construído um império que sobreviveu à pior crise econômica do país por meio da sua própria sagacidade; algo que a maioria dos homens não tinha conseguido.

— Foi difícil?

Ada suspirou.

— Ainda é. Mas as únicas coisas na vida que valem a pena são difíceis. Compensou manter a minha independência. E agora posso ajudar os outros.

Ada me tirava do sério, mas eu também a admirava mais do que qualquer outra pessoa que já tinha conhecido.

Ao me retirar para a cozinha para fazer café e torradas, refleti a respeito do seu sistema, pensando em como eu avaliaria Freddy. Com certeza ele não parecia estar particularmente ligado à família. Odiava a ideia de não morar em Nova York ou perto da minha mãe, mas talvez ele pudesse ser convencido. Nenhum de nós demonstrava grande interesse pela religião. Não sabia se ele gostava de ler; eu queria alguém que gostasse. O meu pai não tinha interesse nos livros sobre os quais a minha mãe queria conversar. A atração física não era um problema. Nem o senso de humor. A questão da classe social… bem, Ada havia dito que poderia ser negociável. E na certa eu não ligava para isso. Além do mais, ele ia entrar no mundo dos negócios ou na faculdade de direito. Esse era os Estados Unidos. Qualquer um poderia ser qualquer coisa.

Então me dei conta de como eu estava sendo boba. Tínhamos tido um encontro em segredo. Balancei a cabeça. Um pouco de diversão era uma coisa, mas eu não estava planejando me apaixonar.

— Já terminou aí? — Ada gritou. — Vamos para a praia. Haverá um desfile de barcos.

— Vou só comer torrada e vestir o biquíni — gritei de volta.

— Não grite de um cômodo para o outro! É falta de educação!

Eu ri, balançando a cabeça.

20

O ESPETÁCULO DE FOGOS DE ARTIFÍCIO SOBRE O MAR NÃO ERA PÁREO para os da região do rio Hudson, mas estava no mesmo nível dos que eu tinha visto em Catskills quando criança. Então, não foi difícil fingir interesse para Ada. Ainda que eu continuasse percorrendo com os olhos atentos a praia escura, enquanto crianças corriam, agitando varetas de estrelinha e embriagadas de sorvete e do horário tardio. Freddy devia estar com a sua família, a três quarteirões de distância. E eu não ousaria interagir com ele enquanto estivesse com Ada, mas isso não me impedia de continuar a procurá-lo com os olhos.

Terça-feira de manhã tudo voltou à rotina habitual. Antes de dormir, Ada havia me lembrado de ajustar o despertador, que tocou às sete em ponto. Ela já estava à mesa, como sempre, com o jornal na frente do rosto, o café pela metade, a torrada intocada.

— Quando você foi nadar outro dia, Freddy disse que você nada todas as manhãs — eu disse.

Ela não abaixou o jornal.

— Você parece estar bem íntima desse garoto Goldman.

Tive vontade de dar um chute em mim mesma.

— Eu disse para ele me deixar em paz e ir fazer o trabalho dele, que era prestar atenção em você nadando.

— Não preciso que tomem conta de mim. Sou uma excelente nadadora. E se um tubarão me pegar, tive uma vida boa.

— Sim, foi mais ou menos o que ele disse. Só estou curiosa. Você nada mesmo todos os dias?

O jornal não se mexeu.

— Se o tempo permitir.

Frannie colocou um prato de comida diante de mim, e eu lhe agradeci. Ela tinha preparado muffins com mirtilos frescos de Nova Jersey, que tinham uma aparência e cheiro divinos. Dei uma mordida, apreciando a explosão de sabor quando um mirtilo se abriu.

Pelo visto a tagarelice da manhã anterior não se repetiria. Eu não vi o rosto de Ada até ela se levantar para se preparar para os clientes do dia. Um cacho fora do lugar na nuca era a única pista que talvez ele tivesse estado perto do mar naquela manhã.

O cacho rebelde havia sido domado quando a primeira garota e a sua mãe chegaram. Observei tanto Ada quanto a garota — que era rechonchuda e alegre, confiante de que Ada não teria dificuldade em encontrar um rapaz para ela — com um novo olhar, captando um vislumbre dos métodos de Ada.

— Você gosta de jantares festivos? — Ada perguntou.

— Adoro — ela respondeu. — Ainda mais ser a anfitriã. Gosto de cozinhar e ver os outros saborearem o que eu fiz.

Precisa de alguém sociável, anotei.

— Tem um livro favorito?

Uma rápida expressão de pânico surgiu em seu rosto. A face de Ada não se alterou, mas eu sabia que ela também percebeu a reação da garota.

— Me deixe pensar — a garota disse. — Deve ter sido algum da escola.

— Tudo bem — Ada disse com delicadeza. — Filmes? Programas de televisão?

— Ah, isso é muito mais fácil. Me deixe ver…

Ela começou a recitar uma lista de comédias genéricas.

Não estudou além do ensino médio, anotei. *Não lê. Busca alguém com senso de humor, mas nada seco ou sarcástico.*

Ao terminarmos a jornada de trabalho pela manhã, Ada folheou as minhas anotações como sempre fazia, mas dessa vez aprovou com um gesto de cabeça.

— Você aprende rápido.

— Até que tento.

— Vou ter que ficar de olho em você. Logo será a minha concorrente.

Eu não tinha o menor interesse em ser casamenteira. Nem por um momento acreditei que pudesse fazer o que Ada fazia. Se uma garota aparecesse com uma mãe dominadora, eu provavelmente diria para ela fugir e começar a própria vida. Jamais poderia, por vontade, enviar uma pessoa para um encontro com alguém que eu achasse repugnante.

Porém, os elogios de Ada eram raros e nunca injustificados. E não havia elogio maior do que me ver como uma concorrente em potencial. Se eu reagisse com modéstia, abaixando a cabeça, o canto da boca dela se curvaria para baixo — o que era aceitável, já que a modéstia não era exatamente o meu ponto forte. Em vez disso, dei uma risada.

— Como água e vinho. Ninguém pode fazer o que você faz.

Ela me liberou depois do almoço, mencionando que eu estava ficando boa demais em seu ramo de trabalho para poder me envolver, mas disse isso com uma piscadela.

— Leve um guarda-sol para a praia — ela alertou.

— Vou levar — menti alegremente.

Ada fez um gesto negativo com a cabeça.

— Em 2015, você terá a minha idade de hoje. Eu já estarei morta há muito tempo. Mas um dia você vai se olhar no espelho e vai pensar: *Eu deveria ter ouvido a Ada.*

— Ah, Ada, você é rabugenta demais para morrer. Vai chegar aos 130 com certeza, e então você mesma poderá me dizer.

Ela me deu uma palmada e disse para eu sair, mas estava rindo.

— Quem dera você ter essa sorte.

Sorrindo, fui para a praia, mas sem levar o guarda-sol. Tive *sorte* que os meus pais me baniram para cá. E não só porque Freddy veio correndo logo depois que estendi a toalha na areia e me pegou, rodopiando comigo e me beijando.

— Ora, sr. Goldman — eu disse, fingindo surpresa. — Em plena luz do dia? O que os vizinhos vão pensar?

— Que Freddy Goldman finalmente sossegou o facho — ele respondeu, se jogando sobre a minha toalha. — Tenho uma hora de intervalo. Obrigado por arrumar um lugar tão bom para tirar uma soneca.

Fiz beicinho, chutando areia no pé dele. Ele abriu o olho direito para me olhar.

— Quem sabe você não pode dormir aqui comigo? Todas as brincadeiras são intencionais.

— Freddy Goldman!

Ele se apoiou nos cotovelos.

— Valeu a tentativa. Vamos lá. Vamos caminhar até o quebra-mar. De vez em quando dá para encontrar caranguejos na maré baixa. — Ele se levantou e pegou a minha mão.

Em seguida, caminhamos sem pressa pela praia juntos.

***

Ao voltar para casa, gritei um olá para Ada, que gritou de volta que eu não deveria ficar gritando de um cômodo para o outro, e subi para tomar banho. Porém, quando entrei no meu quarto para pegar um roupão, parei de repente.

Na penteadeira havia uma máquina de escrever portátil azul-bebê e um pacote de papel ainda fechado ao lado. Como se estivesse em transe, me aproximei, passando os dedos sobre as teclas novinhas em folha.

— Gostou? — Ada perguntou do vão da porta. — Acho que também vamos precisar comprar uma escrivaninha adequada para você, embora eu tenha escolhido esse modelo para que você possa escrever em qualquer lugar.

Engoli em seco.

— Eu... não sei o que dizer. É para mim?

— Para quem mais seria? Não estou planejando escrever a história da minha vida tão cedo. Você disse que queria escrever.

— Isso é... — Parei de falar, com medo de que o nó na garganta me traísse. — Obrigada.

— Bem, não precisa ficar toda melosa por causa disso — Ada disse, ríspida.

Mas ela não me enganava. Passei os braços em volta do seu pescoço, de súbito entendendo a foto dela com a minha mãe. Ada não era afetuosa e não tolerava idiotas, mas não havia ninguém com um coração melhor do que o dessa mulher mandona e indomável diante de mim.

Por um momento, ela me abraçou com força e depois se soltou dos meus braços.

— Vá tomar um banho. Você está cheirando igual um estivador. — Então foi embora.

Mas eu me sentei na cadeira da penteadeira antes de ir tomar banho, abri o pacote de papel e coloquei uma folha branca e lisa no cilindro da máquina de escrever, me sentindo uma escritora de verdade, imaginando o dia em que eu estaria caminhando pela praia e vendo as pessoas lendo o meu romance. Mesmo que eu não tivesse ideia de por onde começar.

21

Dois dias depois, quando Ada passou pelo meu quarto, aquela folha em branco ainda estava no mesmo lugar. Ela suspirou.

— Sabe que funciona, não é? Não te dei um peso de papel em forma de máquina de escrever.

Esparramada na cama, parei de ler *Havaí* e olhei para Ada. O livro era cativante. O bom gosto dela se estendia além de roupas, decoração e do meu batom.

— Vou escrever o grande romance americano amanhã — eu disse de forma leviana, esperando ter uma fração do sarcasmo de Ada ao virar as páginas.

— Achei que você fosse séria — ela disse com frieza. — Mas posso mudar de ideia. — E se aproximou da máquina de escrever.

— Não, por favor, não! — Me sentei de repente.

Ela parou e se virou.

— Os seus pais não mandaram você aqui para relaxar na praia o verão todo.

— Não. Eles me mandaram aqui para que a minha mãe pudesse acalmar o meu pai ou para que você me casasse com alguém e eu me tornar o problema de outra pessoa.

Ela pôs uma das mãos na cintura. Com a outra, apontou um dedo para a máquina de escrever.

— E *essa* é a sua saída para os dois problemas. Você disse que queria escrever. A única pessoa que vai fazer isso acontecer é você. Se ficar deitada na praia paquerando com os garotos o dia todo, o melhor que você pode esperar é o casamento.

Eu estava pronta para jogar aquela estúpida máquina de escrever na cabeça dela. Ou o exemplar de *Havaí*. Com quase mil páginas, devia pesar tanto quanto a máquina.

— Eu não sou você — disse com amargura. — Pode ser que eu queira me apaixonar antes de me casar.

— Que ótimo — Ada afirmou. — Mas o amor nem sempre dá certo.

— O que você sabe sobre isso?

Ela soltou uma risada rápida e estridente.

— Mais do que você, com certeza. Mas tudo bem. Você quer que eu seja a vilã? Pouco importa. Contanto que você escreva alguma coisa.

Ada saiu do quarto e eu me joguei de volta na cama.

Então, após alguns minutos, me levantei e me sentei à máquina de escrever. Porém, tudo o que eu tinha era a ideia de estar trancada em uma torre outra vez. E essa era uma história muito infantil. Eu queria escrever algo épico como *Havaí* ou universal sobre a condição humana, como o meu favorito, *O grande Gatsby*. E tudo o que eu sabia era baseado em minha própria existência mimada.

O telefone tocou, e ouvi a porta do quarto de Ada se fechar. Então, avancei pelo corredor com passos firmes, sem me preocupar em ser discreta, e desci a escada. Em seguida, calcei os sapatos e saí de casa. Evitei a praia — não queria ver Freddy nesse estado de espírito — e segui na direção da cidade. Segui por duas quadras até a avenida Dune e então virei, quase me chocando com Shirley.

— Oi, Marilyn — ela disse com frieza.

— Oi — respondi, surpresa com a sua falta de efusividade em comparação com a última vez que a vi. Shirley fez menção de seguir em frente. — Espere — eu disse, segurando o seu braço. — Está brava comigo?

— Achei que você queria ser a minha amiga. — Ela fez cara feia. — E não me usar para chegar até o Freddy.

— Como é?

— Foi só por isso que você aceitou o convite para vir jantar.

— Não foi, não. Eu não fazia ideia de que o Freddy era o seu irmão. — Shirley exibiu uma expressão de incredulidade, e eu pus a mão no peito. — Juro. Eu não fazia a mínima ideia. E eu não estava nem um pouco interessada.

— Verbo no passado — Shirley retrucou. — Não sei por que ele vai atrás de todas as minhas amigas. Será que ele não consegue encontrar garotas por conta própria?

Um sinal de alerta soou em minha mente, mas eu precisava saber.

— Todas as suas amigas?

— A maioria delas.

— Mas não aquela que se parece com uma batata?

Ela tentou não rir, mas não conseguiu se conter de todo.

— Sério, Marilyn, Freddy é cilada. Não sei por que você iria querer sair com ele.

Enlacei o braço dela com o meu.

— Querida, estou tendo um dia difícil hoje. Será que podemos deixar isso para trás? Vou comprar um sorvete de casquinha para você.

Por um instante, Shirley hesitou, mas então me deixou levá-la até a cidade.

— Por que o seu dia está tão difícil?

Suspirei.

— Por onde começo? Ada me deu uma máquina de escrever. Falei para ela que queria ser escritora. Você é a segunda pessoa para quem eu conto isso. E ela está brava porque ainda não escrevi nada para rivalizar com Shakespeare.

— O que você *já* escreveu?

— Não me venha com essa também, Shirley.

— Bem, dizem que as pessoas escrevem a respeito do que conhecem. Você leva essa vida grandiosa e glamorosa em Nova York. Escreva sobre isso.

— Não é tão glamorosa assim.

— Você sabe sobre os libertinos como o meu irmão.

Dei uma risadinha.

— Então, a garota glamorosa e o libertino? Parece um dos livros que tenho que pegar escondido do armário da minha mãe porque são proibidos.

Shirley abriu um sorriso.

— A minha mãe tem uma caixa desses livros.

— Deveríamos trocar informações.

Ela riu.

— E a Ada?

— Se ela tem uma caixa de romances picantes, já não sei. O quarto dela é estritamente proibido. Ela deve ter roupas de pele humana penduradas no armário.

— Que horrível. Mas não é assim. Ela é interessante. Escreva sobre ela.

Examinei o perfil de Shirley, e uma ideia começou a surgir. Na verdade, a história da família dela era muito mais interessante. Imagine se casar às cegas nessa confusão. E se um personagem parecido com Freddy encontrasse uma personagem parecida com Marilyn, mas longe da família dele? Eles têm um romance arrebatador e fogem para se casar, mas ela acaba conhecendo os pais dele e... Não, isso estava parecendo um romance de terror...

— Vou pensar — disse por fim. — E você não precisa se preocupar comigo e o Freddy. É só diversão.

— Ele gosta de você.

Sorri, mas fingi que não era importante, apoiando o queixo nas mãos.

— Quem não gosta?

***

A ideia que havia surgido com Shirley continuou me intrigando. E se fosse mais uma comédia de costumes? Os dois casais de sogros em conflito, enquanto o jovem casal tenta começar uma vida juntos? Quando voltei para casa, a porta do quarto de Ada ainda estava fechada. Um murmúrio através da parede me indicou que ela estava ao telefone. Então, fui para o meu quarto, fechei a porta, me sentei à máquina de escrever e comecei a escrever.

22

— Quem dera se a gente não precisasse sair escondido — Freddy disse, enquanto andávamos até o carro dele naquela noite de domingo. Eu tinha escrito três capítulos, mas ainda não havia contado para ele que eu estava trabalhando em um romance. Por outro lado, Freddy nunca perguntou o que eu queria fazer da vida, além das expectativas convencionais de casamento e filhos.

— Pois é.

— Por que a gente não pode conversar com a sua tia?

Fiquei em silêncio enquanto Freddy abria a porta do carro para mim. Depois que ele fechou a porta, entrou no seu lado e deu a partida no motor, eu finalmente disse:

— É complicado com ela.

— E os seus pais? Eles com certeza aprovariam. Afinal de contas, eu vou ser um advogado.

Eu o examinei.

— Então você decidiu?

— Acho que sim. — Freddy pegou a minha mão e a levou aos lábios. — Nova York tem muitas faculdades de direito. Na verdade, algumas das melhores.

— Você não ficaria na Filadélfia?

Ele me olhou.

— Quer que eu fique? — O meu coração disparou. — Tem certeza de que quer ir até o calçadão hoje? Podemos pegar a estrada até Nova York.

Olhei para o relógio no painel.

— E matar os meus pais de susto? A gente chegaria lá às duas da manhã. Não seria o tipo de impressão que você vai querer causar.

— Não, mas estou falando sério. Basta me dizer qual dragão vou ter que enfrentar que eu faço isso.

Descansei a cabeça em seu ombro.

— Não tem dragão. Vamos continuar nos conhecendo e o resto... bem, se resolverá no momento certo.

Freddy passou o braço ao meu redor, e a noite nos envolveu enquanto atravessávamos os pântanos, indo para o sul dessa vez pela autoestrada, até o calçadão muito mais próximo e informal de Wildwood. Não dava para ser visto lá como em Atlantic City. As crianças corriam sem freio, perseguidas por pais cansados, que pareciam se arrepender de todas as suas escolhas no parque de diversões que pairava sobre o calçadão de tábuas.

— Diversão pura e inocente — Freddy disse ao passarmos por um motel. — A não ser que você queira pegar um quarto.

— Freddy — eu disse em tom de advertência.

Ele jogou as mãos para o alto.

— Estou brincando. Quer dizer, eu não recusaria se você quisesse. Mas não. A nossa primeira vez tem que ser mais especial do que isso. — Ele me puxou para perto e beijou o alto da minha cabeça. — E eu nunca te pressionaria.

Olhei para ele com cautela.

— Shirley disse que você já se envolveu com quase todas as amigas dela.

— Minha irmã fala demais.

— Mas será que é só isso?

Freddy parou de andar.

— Me sinto ofendido por você ter perguntado isso.

— Isso aí não é resposta.

— Marilyn.

Permaneci em silêncio.

Freddy respirou fundo. Ainda não o tinha visto zangado, mas dava para sentir que ele estava chegando lá.

— Não. Não é nada disso. Se fosse, então sim, eu estaria te pressionando. É isso o que você quer ouvir?

Não. Não era.

— Todo mundo tem um passado — ele continuou. — Você também tem. A primeira coisa que você me contou a seu respeito foi sobre o filho do rabino. Eu não fico te interrogando sobre a possibilidade de você estar comigo só porque está de saco cheio. — Ele segurou a minha mão. — Estou aqui com você porque gosto de você. Você não é como as garotas da Filadélfia. Eu não estava brincando quando te chamei de sereia. Não dá para entender. Eu não quero casar. Ainda não quero assumir um compromisso para sempre. E com certeza não quero um casamento arranjado pela Ada. Mas quando olho para você e... — Ele parou de falar.

— E?

Freddy me lançou um olhar suplicante.

— Já não me subjuguei o suficiente hoje? Sou todo seu. Será que não dá para a gente só dar uma volta na maldita montanha-russa, dar as mãos, beijar na roda-gigante e fingir que não precisamos esconder os nossos sentimentos da sua tia?

Fiquei na ponta dos pés e beijei o rosto dele.

— Você deixou de fora da lista o sorvete.

— Eu te daria a lua se você pedisse.

— Só o sorvete crocante já será suficiente.

— Marilyn, eu...

Balancei a cabeça, pressionando o dedo em seus lábios.

— Vamos dar uma volta na maldita montanha-russa e dar as mãos. Vamos descobrir o resto depois.

Freddy deu a impressão de que queria dizer mais alguma coisa, mas então a expressão sombria em seu rosto desvaneceu.

— Tudo bem. Vamos ver se é melhor que Coney Island.

— Nada é melhor que Coney Island.

— Você vai me mostrar algum dia?

Fiz que sim com a cabeça, e ele me puxou na direção do parque, onde nós nos beijamos na roda-gigante e giramos sem parar no carrossel, até não ter que nos preocupar com o futuro mesmo que quiséssemos.

23

Durante a próxima sessão matinal de clientes em potencial, o telefone tocou inesperadamente. Ada se sobressaltou. Eu não fazia ideia de como as pessoas sabiam que deveriam ligar para ela entre duas e quatro da tarde para marcar uma reunião, mas era uma regra não escrita à qual todos aderiam.

— Com licença — Ada disse, ficando de pé.
— Posso atender o telefone.
— Fique aí — Ada ordenou.

Eu a obedeci, e ela deixou a sala e foi atender o telefone no escritório.

Fiquei desesperada para saber o que estava acontecendo, mas a sra. Geller e a sua filha, Janice, viraram a cabeça na direção em que Ada havia ido e também pareceram interessadas no que quer que fosse o motivo do telefonema. E Ada não gostaria disso.

— Janice — eu disse, indo me sentar no lugar de Ada. — Me fale sobre os seus livros favoritos. — Hesitante, a garota olhou para a mãe. — Estou me preparando para ser aprendiz da Ada — menti com tranquilidade. — Por isso estou fazendo anotações. Mas consigo seguir muito bem a lista de perguntas dela.

Sua mãe incentivou, e Janice mencionou alguns romances, e a sua mãe desconhecia o conteúdo deles, com base em sua expressão insossa. Imaginei se a sra. Geller não tinha uma caixa de livros proibidos, de modo que Janice havia decidido pegá-los às escondidas na casa de uma amiga.

— E filmes?

Ada voltou rápido e me mandou de volta para o meu lugar. Porém, ela pareceu distraída até o término da entrevista. Quando as Geller saíram, ela foi até a mesa no canto e anotou quatro nomes e números de telefone em sua agenda. E me trouxe o papel.

— Preciso que você ligue para o resto das clientes do dia e remarque para a próxima semana. — Ela hesitou. — Vou escrever a lista do resto das clientes da semana depois. Cuide das de hoje primeiro.

— O que está acontecendo? Tem a ver com aquele telefonema?

Ada pareceu cansada, como se alguém tivesse tirado da tomada toda a sua energia e atitude.

— Lillian — ela disse, fechando os olhos e beliscando a ponte do nariz. — A mãe dela morreu. Preciso ficar com ela.

— Quando é o enterro?

— Ainda não sabem. Devo ter que ir lá ajudar. A irmã dela é… não vai ser útil.

— Posso fazer alguma coisa?

Ada olhou para mim como se tivesse esquecido que eu estava ali.

— Ah, não planejei nada para você. Sim, acho que você terá que vir comigo.

— Ada…

— Não posso deixar você aqui sem acompanhamento.

— Tenho vinte anos, Ada. E segui todas as regras que você me deu no verão.

— É mesmo? — ela perguntou. Fiquei apenas olhando para ela. — Os seus pais ficariam furiosos.

— Sou muito boa em guardar segredos deles.

— Exceto quando um vitral está envolvido.

Estendi os braços para os lados.

— Que sorte você não ter nenhum aqui. Sério. Posso me virar muito bem por alguns dias. Prometo. Vou dormir até tarde, vou ler, vou à praia, vou ler um pouco mais, vou para a cama. E vou cuidar da Sally.

Deu para perceber a hesitação dela. Ela não queria cuidar de mim como uma babá enquanto ajudava a sua amiga. E ainda não tinha elaborado um plano para a cachorra.

— Isso é tudo o que você pode fazer.

— Posso tomar sorvete com a Shirley?

Ada apontou um dedo para mim.

— Não exagere. — E voltou para a sua mesa. — Vou fazer aquela lista para você. E preciso pegar um trem. E fazer as malas… Frannie, você pode me ajudar, por favor?

Frannie entrou, limpando as mãos no avental.

— Claro, sra. Ada.

— Vou fazer essas ligações agora — eu disse, me retirando para o escritório para começar a telefonar para as famílias.

Porém, fiquei preocupada que ela conseguisse ouvir no outro cômodo quão rápido o meu coração estava batendo.

***

Ada partiu na manhã seguinte, em meio a um frenesi de fechamento da bagagem e instruções de última hora.

— Frannie virá te ver todos os dias — Ada alertou. — E ela tem instruções rigorosas para me ligar se um único fio de cabelo estiver fora do lugar.

— Pode ir — eu disse. — Vou ficar bem. Cuide da sua amiga.

Ela abriu a boca para dizer algo, depois a fechou. Eu a puxei para um abraço, que Ada não retribuiu. Então, entrou no carro e colocou os óculos de sol.

— Tem certeza de que não quer que eu te acompanhe até a estação de trem?

Ada abaixou os óculos de sol para olhar para mim.

— Você teria que voltar a pé se fizesse isso. — Ela recolocou os óculos e começou a dar marcha à ré para pegar a rua. — Só eu dirijo este carro. E lembre-se: nada de convidados, nada de encontros e nada de Freddy Goldman.

Senti os olhos dela atravessando os meus óculos de sol.

— E quanto a outro rapaz da Patrulha da Praia?

— Não tem graça nenhuma — ela gritou da rua, colocando o carro em movimento e se afastando.

— Achei que tivesse — murmurei, observando o carro dela desaparecer na esquina.

Porém, nos próximos e gloriosos dias, Ada seria a menor das minhas preocupações. Não eram nem dez horas quando subi e vesti o biquíni, colocando na bolsa uma toalha e um novo frasco de bronzeador que havia comprado na Hoy's, o bazar da ilha, depois de terminar o frasco antigo.

Andei devagar até o banheiro, e ali afastei a calcinha do biquíni do corpo com o polegar, examinando a linha muito nítida onde a minha pele se tornava clara. Lembrei que precisava levar Sally para passear. E só nos canteiros centrais da avenida Dune havia grama.

— Não me morda — eu disse, baixinho, ao colocar a guia em sua coleira. Estávamos nos dando melhor. O que Ada acreditava ser um testemunho da boa natureza de Sally, e não da minha índole como adequada para a aprovação dela. Mas a cachorra deixou que eu a levasse para fazer as necessidades antes de eu ir para a praia.

Peguei o exemplar de *Adeus, Columbus* que a minha mãe tinha me enviado e também o coloquei na bolsa. *Um pouco escandaloso. Você não deveria ler esse livro. Mas c'est la guerre*, a minha mãe tinha escrito na página de rosto. Nada poderia despertar mais o meu interesse em um livro. Mas, verdade seja, o livro era a última coisa na minha mente.

Foi um esforço não sair saltitando de alegria pelo caminho até o topo da duna, correr até o posto de salva-vidas e me jogar nos braços de Freddy, recriando a cena de *A um passo da eternidade* que tinha passado pela minha cabeça na noite em que ele me beijou pela primeira vez.

Contudo, eu queria sentir o impacto completo de dizer a ele que eu estava sozinha em casa. Então, estendi a toalha e comecei a ler o livro, esperando que ele me notasse. O que não demorou muito. Através dos meus óculos de sol, vi quando ele olhou por cima do ombro e então abriu um sorriso largo, se inclinando para dizer algo para o colega salva-vidas antes de descer.

— Você nunca trabalha, não? — perguntei, me sentando quando ele se aproximou de mim.

— Estou trabalhando neste exato momento — Freddy respondeu, empurrando as minhas pernas para que pudesse se sentar na toalha. — Estou garantindo que você não se afogue.

— Em terra firme?

— Nunca se sabe. Afogamentos podem acontecer em qualquer lugar.

— Nesse caso, pode ser que eu precise de mais proteção. Que tal jantar hoje à noite?

Freddy virou a cabeça, olhando para mim de soslaio.

— Não me diga que a Ada finalmente mudou de ideia?

— Você sabe bem que ela não faria isso.

— Então, não estou entendendo. Você quer vir para minha casa?

Fiz que não com a cabeça.

— Ada vai ficar fora por uma semana. A mãe da amiga dela morreu.

O sorriso que se espalhou pelo rosto de Freddy valeu por tudo.

— Vou te pegar às seis — ele disse. — Tem um restaurante italiano em Cape May... — Ele beijou a ponta dos dedos e, em seguida, os estendeu no ar, com os olhos brilhando com as possibilidades.

— Parece ótimo.

Ele se inclinou e me beijou.

* * *

Depois da praia, depilei as pernas com atenção extra no chuveiro. Em seguida, me deitei na espreguiçadeira do terraço superior envolta num roupão leve para secar o cabelo ao sol antes de me vestir. Escolhi o meu espartilho mais chique, o que apertava ao máximo a minha cintura, e o vestido de verão verde-marinho que combinava com uma sobreposição de renda. Era decotado, mas a renda se estendia até três centímetros acima, proporcionando um vislumbre dos meus seios. Passando um pouco de Chanel N° 5 nos pulsos e atrás das orelhas, examinei o meu reflexo no espelho. O que o traje precisava *mesmo* era que eu usasse o meu batom. E não a nova cor que Ada queria.

Nunca tinha entrado no quarto dela. Porém, não havia chance de ser pega agora; exceto por Sally, que não poderia me delatar. E eu já estava quebrando uma regra importante. Que diferença faria mais uma?

Saí do banheiro, percorri o corredor e pus a mão na maçaneta, meio que esperando que a porta estivesse trancada. Contudo, a maçaneta girou facilmente.

O quarto era espaçoso, incluindo uma cama de casal coberta por um edredom branco e uma manta azul-bebê de crochê posta aos pés dela. As cômodas também eram brancas, e havia uma penteadeira avantajada cheia de cremes faciais e cosméticos. A janela panorâmica possuía um assento almofadado, sendo o lugar perfeito para apreciar a vista para o mar. E debaixo dela, havia prateleiras embutidas repletas de livros. Me ajoelhei e passei a examinar os títulos. Nenhum dos livros era do tipo que eu e Shirley costumávamos roubar de nossas mães, embora houvesse um livro de D. H. Lawrence que eu não conhecia e uma grande variedade de gêneros e autores, incluindo clássicos e modernos. Puxei um e olhei a capa. O título era *Carol*. Me lembrei de ouvir alguma coisa sobre o livro, mas não consegui recordar qual era o motivo da polêmica.

Após recolocar o livro no lugar, voltei à penteadeira para completar a minha missão ali. E sim, lá estava o meu Guerlain Rouge Diabolique. O mesmo batom que Marilyn Monroe usava. Passei nos lábios junto à penteadeira de Ada e os franzi diante do reflexo, sorrindo com o resultado. Em seguida, coloquei-o na bolsa. Claro que eu iria retocá-lo depois do jantar. E o devolveria antes que Ada desse pela falta.

Sally me alertou sobre a presença de Freddy antes que ele batesse à porta.

— Quieta — gritei para ela, batendo o joelho na penteadeira de Ada ao me apressar para ficar de pé. Mas então, respirei fundo e alisei a saia.

De terno e gravata, como quando tínhamos ido até Atlantic City, Freddy estava me esperando do lado de fora, segurando uma única rosa vermelha, exatamente da cor do meu batom.

O seu olhar foi das minhas pernas até a minha cintura, depois se deteve em meu busto e lábios, e seguiu até os meus olhos.

— Uau! — Ele suspirou. — Parece até que... — Ele parou de falar. — Você não precisou sair pelo telhado.

Dei uma risada.

— Acho que você está precisando melhorar os seus elogios.

— Acho que aquele foi bem bom. Porque você parecia linda saindo pelo telhado. Se você fosse uma gatuna, eu daria tudo o que tenho para você.

— Eu preciso ser uma gatuna para isso?

Freddy me abraçou.

— Não precisa. — Ele se inclinou e me beijou com intensidade.

Eu também precisaria reaplicar o batom no carro.

* * *

O jantar foi tão excelente como Freddy havia prometido, e dividimos uma garrafa de vinho. Tomei duas taças e estava um pouco tonta quando terminamos. Meio que esperava que Freddy fizesse um comentário achando que eu deveria beber mais um pouco antes de me levar para casa, mas ele pegou a última meia taça de mim depois que deixei o garfo cair no chão e riu.

— Acho que já é hora de parar — ele disse. — Vamos lá. Vamos dar uma volta pela cidade. Ainda se parece com o que era quando a Ada era jovem.

— Não quero pensar na Ada hoje.

— Eu também não.

O sol estava começando a se pôr. De mãos dadas, decidimos caminhar pelo lado da rua de pedestres que estava coberto pela longa sombra dos prédios. Um caricaturista estava sentado na praça perto de uma fonte.

— Vamos? — Freddy perguntou.

— Você teria que guardar só para a gente.

— Posso guardar. Aí, um dia, vamos emoldurar a caricatura e deixar os nossos filhos rirem dela.

— Filhos?

— Eu disse "um dia".

— O que mais você tem planejado para nós, sr. Goldman?

— Muitas coisas — ele respondeu, me conduzindo para as cadeiras na frente do artista e lhe entregando um dólar. — Imagino que você vai interromper a faculdade por um ano para que eu possa terminar a minha. Aí nós dois vamos para Nova York, e você poderá terminar a faculdade, enquanto eu vou para a faculdade de direito.

— Você espera que eu tire um ano de folga?

Freddy abriu um sorriso irresistível.

— Seria mais difícil para mim parar por dois anos para você terminar primeiro, mas posso fazer isso se for necessário. Ou pedir transferência.

— Você pediria transferência para uma faculdade de Nova York para terminar o seu último ano?

— Se fosse a única maneira de ficar ao seu lado? Sim.

Se morássemos em Nova York, a questão relacionada à família dele desapareceria, exceto por visitas ocasionais... Mas não.

— Acho que foi você quem exagerou no vinho, espertinho.

Freddy beijou a minha mão.

— Vou te mostrar que estou falando sério.

Eu me encostei nele.

— Bem, então acho que estou feliz por não parecer uma batata. — E Freddy jogou a cabeça para trás, rindo, o que provocou uma ruga entre as sobrancelhas do caricaturista. — Desculpe, senhor — pedi a ele. — Vou me comportar. Prometo.

— Não faça promessas que não possa cumprir — Freddy disse.
Foi a minha vez de rir.

* * *

Cape May não tinha um calçadão como Wildwood e Atlantic City, e por volta das dez da noite as coisas começavam a fechar.
— Deveríamos voltar — ele disse.
— Você quer passear no calçadão?
— Você quer?

Fiz um gesto negativo com a cabeça enquanto Freddy abria a porta do carro para mim. Ele dirigiu de volta para Avalon com o seu braço em torno dos meus ombros, enquanto eu segurava a mão dele logo acima do meu busto.

Freddy estacionou o carro na esquina como sempre fazia. Eu ainda não tinha interagido com nenhum vizinho, mas não queria que ninguém contasse a Ada sobre o carro dele estacionado na entrada da garagem. Caminhamos de mãos dadas pela calçada. O meu estômago revirou ao nos aproximarmos da casa.

Ele me beijou no alto da escada da varanda, com o braço direito enlaçando a minha cintura com força, e a mão esquerda acariciando o meu cabelo. Então, Freddy parou.

— Bem — ele disse, com os lábios tão pertos dos meus que eu conseguia sentir o seu hálito. — É aqui que me despeço de você.

Eu sabia que não deveria dizer isso. Havia prometido a Ada. Já tinha quebrado a minha promessa ao vê-lo, mas não precisava piorar a situação. Porém, cada fibra do meu ser lutava contra o que eu sabia ser o certo. E no final, não consegui me conter.

— Ou...
— Ou...? — Freddy perguntou, com os olhos brilhando de alegria.

Por um longo momento, nenhum de nós falou. Ofegávamos por causa do calor que sentíamos.

— Quem sabe você não possa... entrar... por alguns minutos...

Freddy recuou e examinou o meu rosto sob a luz fraca da varanda.

— Tem certeza?

Mordi o lábio inferior, enquanto o olhar dele focalizava a minha boca. Então, concordei com um movimento de cabeça quase imperceptível.

Freddy sorriu, mas foi um sorriso melancólico dessa vez.

— Mais decidida do que da primeira vez — ele disse, me beijando de leve.
— Pedi dispensa do trabalho amanhã. Podemos passar o dia inteiro juntos.
— Então se virou para ir embora.

Mas antes que ele desse o primeiro passo, agarrei o seu braço e o puxei de volta para mim.

— Entre — eu disse, com muito mais firmeza dessa vez.

— Tem certeza?

— Pare de me perguntar isso ou o convite vai ser cancelado.

Freddy riu e fez um gesto de reverência.

— Depois de você.

Abri a porta e...

Sally veio correndo da sala, latindo sem parar para o intruso.

— Sally, quieta — eu disse, mas ela se escondeu atrás de mim, mostrando os dentes e rosnando para Freddy.

— Sally? — Freddy perguntou. — Tem certeza de que não é um apelido para Satanás?

— Ada diz que ela julga muito bem o caráter das pessoas, mas ela costuma me odiar.

— Pelo visto, ela prefere você a mim — ele disse, se inclinando para beijar a lateral do meu pescoço. — Não posso culpá-la por isso.

— Ela é capaz de sentir um libertino a quilômetros de distância.

Freddy ainda estava beijando o meu pescoço, parando só para me responder, com a respiração quente na minha clavícula.

— Libertino regenerado. Você está me tornando um homem honesto.

— Você não vai aparecer com um anel amanhã, vai?

Freddy pegou a minha mão esquerda e beijou o dedo anelar onde iria um anel.

— Se quiser, posso aparecer. — Ele me abraçou, com Sally ainda rosnando aos meus pés. — Falei sério, Marilyn. Sou todo seu. Não vou embora a menos que você me diga para ir.

— E se eu disser para você ir embora?

— Você vai partir o meu coração. — Freddy se inclinou para a frente, beijando todo o meu pescoço, desde o lóbulo da orelha até a cavidade onde se encontra o ombro, e depois descendo até o osso do peito, logo acima de onde a renda do vestido começava.

— Então fique — sussurrei, pegando a sua mão e o levando na direção da escada.

24

— Que horas são? — Freddy perguntou, sonolento. Tínhamos cochilado aqui e ali, com os nossos corpos entrelaçados na cama e encaixados como peças de um quebra-cabeça.

— Não quero saber — respondi, me aconchegando ainda mais na dobra do seu braço.

Ele soltou uma risadinha e se moveu um pouco, se estendendo sobre a minha cabeça para ver o despertador na mesa de cabeceira, com o seu mostrador fosforescente brilhando em verde na escuridão.

— Quer ir ver o sol nascer sobre o mar?

Eu me sentei. Eu queria. Queria ver o dia amanhecer sobre o novo mundo que eu estava vivendo.

— Vamos!

Freddy riu quando pulei da cama. Fiz uma careta ao sentir uma leve dor nas coxas.

— Talvez seja uma boa ideia você se vestir — ele disse. — Embora eu nunca vá me opor se você ficar pelada.

Me inclinei sobre a cama, beijando-o preguiçosamente, como se tivéssemos todo o tempo do mundo em vez de apenas alguns dias. Freddy começou a me puxar de volta para ele, mas eu resisti.

— Você não deveria ter mencionado o nascer do sol se não quisesses ir — murmurei. — Vamos lá.

Freddy se esforçou para sair da cama e vestiu a calça e a camiseta. Enquanto isso, coloquei a calcinha e a túnica de praia por cima.

Ele olhou para mim, silhuetado pela luz do corredor.

— O que você está esperando?

— Só memorizando a sua aparência nesse momento.

— Muito bagunçada? — Ajeitei os cachos para trás.

— Totalmente você — ele disse, se aproximando e beijando a minha testa.

— Vamos.

Peguei a toalha de praia que estava pendurada no corrimão da varanda para secar, e descemos correndo os degraus. Depois, subimos o caminho sobre a duna na escuridão cinzenta.

A praia estava vazia e o ar estava fresco. Eu deveria estar constrangida por causa do tecido fino da minha túnica, mas após a noite passada, era inconcebível para mim voltar a sentir timidez perto do Freddy.

Ele estendeu a toalha logo acima da linha onde a areia molhada indicava que a maré estava baixando. Em seguida, sentou-se e ofereceu a mão para que eu me sentasse ao seu lado.

Freddy passou o braço ao meu redor, e ficamos observando o horizonte em busca de um ponto de luz. Mas logo os seus lábios beijaram o meu pescoço e começaram a deslizar para baixo. Os seus dedos começaram a desabotoar a minha túnica, me deixando com a respiração acelerada. Antes que eu me desse conta, ele já tinha nos movido e estava me deitando na toalha. Então, procurei pelo botão da sua calça.

Assim que os nossos corpos encontraram um ritmo comum, virei a cabeça, avistando o primeiro raio de sol sobre a água.

— Olha lá — eu disse.

— Estou olhando para algo muito mais bonito.

Mas depois, enquanto Freddy abotoava a calça e estendia a mão para fechar a minha túnica, ele balançou a cabeça.

— Não devíamos ter feito isso.

Desconfiada, olhei para ele. Aí estava.

— Não?

— Não, não, não, não me olhe assim. Quero dizer, sem... — Ele não terminou a frase.

Senti o rosto ficando vermelho e mordi o meu lábio quando entendi o que ele quis dizer.

— Ai, ai...

— Foi só uma vez. Tenho certeza de que vai dar tudo certo. E se não der, bem, vamos apenas antecipar os nossos planos.

Fiz uma careta irônica.

— Você sabe muito bem que não me pediu, e eu não disse sim.

— E não pretendo... ainda. Só estou dizendo que você não precisa se preocupar comigo.

Me aconchegando nele enquanto o sol se separava do mar, virei o rosto na sua direção.

— Não estou.

Ele beijou a minha testa, e ficamos sentados juntos, contentes, por um longo tempo.

***

Por fim, Freddy foi para casa tomar um banho, trocar de roupa e tirar uma soneca. Ele voltaria à tarde, depois que Frannie tivesse terminado de ver como eu estava, prometendo outro passeio divertido.

— Não faz diferença o que vamos fazer — protestei. — Fico feliz de só ficar deitada na praia com você. — Ele abriu um sorriso lascivo. — Não foi isso o que eu quis dizer!

— Estou acabado, mas ainda quero me encontrar hoje com você.

Após levar Sally para passear, subi a escada com a intenção de tomar um banho, mas ainda não estava pronta para lavar a sensação da pele de Freddy na minha, e estava desperta demais para dormir. Em vez disso, me sentei à máquina de escrever e tirei uma folha de papel nova do pacote.

Agora, eu entendia muito mais sobre os meus personagens. Sobre como as circunstâncias familiares e de nascimentos empalideceriam em comparação com os sentimentos deles.

Quando ouvi a porta da frente se abrir e Frannie saudar Sally, eu já tinha preenchido seis páginas.

Gritei um oi lá de cima e fui tomar um banho, pensando em como seria inteligente jantar novamente com a família de Freddy. Eu poderia conseguir mais material, ainda que agora tivesse certeza de que haveria muitas oportunidades para isso no futuro.

25

Naquela manhã, Ada ligou para saber como estavam as coisas, muito mais preocupada com Sally do que comigo.

— Ela está comendo? Ela nunca ficou sem mim antes.

Eu me inclinei para trás, tentando ver se a tigela dela estava vazia. Provavelmente teria reparado se ainda havia comida quando a alimentei naquela manhã.

— Ela está ótima. Juro. Até está se acostumando comigo. — Sorri ao me lembrar de seus rosnados para Freddy, como se fosse um lobo em vez de uma criaturinha tão pequena que teria dificuldade de enfrentar um esquilo grande.

— Tem certeza de que Sally está bem?

— Ada, ela está ótima! Como a Lillian está?

Ada suspirou.

— Não muito bem. Foi bom eu ter vindo.

— Quando você vai voltar?

— Que dia é hoje? Quarta? — Confirmei. — Então, volto domingo. O enterro está marcado para sexta-feira.

Fiz as contas de cabeça. Mais quatro dias gloriosos de liberdade antes que o meu mundo, agora colorido, voltasse a ficar preto e branco.

Contudo, Ada ainda estava falando.

— Não deixe de regar as minhas hortênsias.

— O que são hortênsias?

— *Por que* te mandaram para aquela faculdade?

— Não é faculdade de agricultura.

— Agricultura trata de cultivo de alimentos, sua ignorante. Você está se referindo à botânica. E as hortênsias são os arbustos floridos roxos e azuis na frente. Estão na alta temporada e precisam de água. Se não chover, então você vai ter que inundá-las.

— Entendi. Regar flores roxas e azuis.

— Algumas são violetas. Regue todas elas.

— Não vou pensar em mais nada além das suas hortênsias.

— Não estou no clima para as suas respostas espertalhonas — Ada disse. — Ponha a Frannie ao telefone, por favor.

Chamei Frannie e peguei Sally com apenas protestos leves por parte dela.

— A sua mãe é uma louca — disse para ela, esperando que fosse alto o suficiente para Ada ouvir. Então, disse mais baixo no ouvido dela: — Mas ainda bem que você não pode falar.

*　*　*

— Os seus pais não ficam se perguntando por onde você anda? — perguntei na nossa terceira noite, relaxando na cama. — Ou eles nem notaram que você deu uma sumida?

Freddy deu de ombros.

— Eles não ficam tão atentos às minhas atividades. Afinal, sou um bom rapaz.

— *Não* é o que a sua irmã diz.

Ele se apoiou num cotovelo para me olhar.

— É divertido provocá-la. Mas eles praticamente a mantêm sob vigilância constante. É diferente para os garotos. Desde que eu não traga alguém para casa que eles não aprovem, não ligam muito se eu sair.

— E eles me aprovam?

— Você é o padrão ouro, minha querida.

Estremeci, sabendo o que aquilo significava.

— E tudo isso importa para você? É por isso que você está aqui?

— Se isso importasse, eu não estaria aqui. Eu estaria fazendo a corte adequada que eles pensam que estou fazendo. Não estou nem aí para quem é a sua família. Não, mentira. Quem dera se você não fizesse parte da sua família, pois aí a Ada não desaprovaria, e poderíamos ficar juntos às claras. — Desviei o olhar, mas Freddy colocou a mão sob o meu queixo e virou o meu rosto de volta para o dele. — Eu não me apaixonei por você por causa de algum símbolo de status. Eu me apaixonei por *você*. E o resto só atrapalha.

Freddy voltou a se deitar na cama e apoiou a cabeça nos braços cruzados.

— E você? A minha posição como filho de um homem que possui uma fábrica de roupas te incomoda? Você está secretamente feliz por estarmos nos encontrando às escondidas?

Um filete de culpa percorreu o meu peito, como uma gota de chuva ao longo de uma janela. Não era que eu quisesse me encontrar em segredo, e eu não estava nem aí para o que a família de Freddy fazia para viver. Mas agora eu já conhecia Ada. Se eu a pressionasse o suficiente, ela me diria para namorar Freddy e aprender por mim mesma. Mas se fizesse isso, eu também perderia o respeito pelo qual tinha batalhado e me esforçado para merecer dela. E eu não sabia por que isso era mais importante do que um namoro verdadeiro, mas era.

Não havia como explicar isso para Freddy. E se alguém tentasse me dizer a mesma coisa, eu mostraria a porta para essa pessoa. Talvez a expulsasse a pontapés. Porém, eu o tranquilizei, com os dedos da minha mão esquerda cruzados sob a minha perna, onde ele não podia vê-los, que não, eu não dava a mínima para a família dele.

— Ainda vamos morar mais perto da sua casa — Freddy disse rápido.

Eu ri, e ele se virou e ficou por cima de mim, me beijando, enquanto também ria.

26

No domingo, Ada voltou para casa usando um vestido preto, com o cabelo preso em um lenço com estampa de onça para protegê-lo do vento durante o trajeto da estação. Tomei o cuidado de recolocar o batom no lugar no sábado à noite.

Ela foi logo pegando Sally, segurando-a junto ao peito.

— A Marilyn te deu de comer? Você está pele e osso. Pode deixar, querida, estou de volta.

Sally estava como sempre.

— Bem-vinda de volta — eu disse com frieza.

Ada me examinou de cima a baixo, e por um momento, tive certeza de que ela sabia. De alguma forma, ela sabia. Mas ela só disse um "Hum" antes de subir a escada.

— Seja gentil e traga a minha mala — ela pediu lá de cima.

Deixei escapar um suspiro. Ela não sabia de nada.

Ergui a sua mala absurdamente pesada, arrastei-a pela escada, e a deixei do lado de fora do quarto dela.

— Eu disse para a clientela que retornaríamos ao trabalho amanhã.

— Ótimo. Vou trocar de roupa e me deitar um pouco. Foi uma semana puxada. — Ada começou a arrastar a mala para dentro do quarto, mas parou e enfiou a mão na bolsa. — Espere. Trouxe uma coisa para você.

Ela estendeu a mão, na qual havia um globo de neve de Chicago.

— É uma besteira, claro. Mas além da abominação que chamam de pizza, foi o item que mais lembrava Chicago que consegui encontrar.

Sorri considerando o fato de ela ter pensado em mim, mesmo que fosse um presente infantil.

— Vou deixá-lo ao lado da máquina de escrever.

Ada concordou e se retirou para o quarto.

Virei o globo de neve de cabeça para baixo, e depois o endireitei, observando os flocos de glitter se assentarem sobre a silhueta da cidade. O retorno à realidade não era muito bem-vindo, mas, apesar de tudo, eu tinha sentido saudade de Ada.

* * *

Após o jantar, Ada sugeriu irmos de carro até Stone Harbor, a outra cidade da ilha, para o que ela alegou ser o melhor sorvete que eu provaria na vida.

Fizemos o percurso de pouco mais de 6 quilômetros até a 96th Street. Avalon terminava por volta da 33rd Street, deixando apenas algumas casas e vegetação rasteira até chegarmos a Stone Harbor. Em uma noite de domingo, com a maioria dos homens a caminho de casa antes do trabalho da manhã seguinte, era um trecho tranquilo da estrada. Ada estacionou em paralelo na rua em frente a uma sorveteria na Terceira Avenida com um letreiro que dizia "Springer's".

— É o sorvete favorito da Lillian — Ada disse. — Ela nos pediu para comprar em sua homenagem. — A fila se estendia até o meio do quarteirão. Eu esperava que Ada simplesmente furasse a fila, mas ela se dirigiu para o final junto com o resto dos clientes.

— Ela vem com você para a praia todos os anos?

Ada confirmou.

— Ela precisa passar mais algumas semanas colocando em ordem o espólio da mãe. Vai se juntar a nós por uma semana ou algo assim antes de voltarmos para a Filadélfia.

A fila avançava devagar.

— Já pensou em se aposentar? Está na cara que você não precisa mais de dinheiro. E poderia viver aqui o ano todo. Parece que você gosta muito daqui.

— É impertinência falar sobre dinheiro, ainda mais quando não é o seu.

— Tudo bem, mas e o resto?

Ada suspirou. Eu estava claramente estragando o seu bom humor.

— Adoro estar aqui no verão. Não há nada para fazer no inverno. Grande parte da cidade só abre durante a temporada. E eu não estou pronta para me aposentar. O que eu faria o dia todo?

Era um pensamento que não tinha me ocorrido. Ada não tinha filhos nem netos com os quais passar os seus anos de crepúsculo. Tudo o que ela tinha era Sally e a assistente paga; o que não excluía qualquer amizade verdadeira que pudesse existir entre ela e Lillian. Mas eu imaginava que um dia ela viria ficar comigo, quando eu estivesse bem mais velha, casada e com filhos correndo por aí, um marido vagamente com a forma de Freddy na imagem embaçada ao fundo.

Então tive que conter o riso ante a ideia de uma criança esfregando os dedos pegajosos na bolsa de Ada. Não. Eu não tinha certeza se ela estava preparada para esse tipo de aposentadoria.

Mas será que ela sempre foi assim? Ou será que era por causa da idade e do fato de ela ter passado tanto tempo fazendo apenas o que queria?

— Você já se apaixonou por alguém? — perguntei.

— Minha nossa, como a sua mente pula de uma pergunta indelicada para outra. — Ela me observou com atenção à medida que nos aproximávamos dos degraus que levavam à entrada da sorveteria. — Espero que isso não tenha a ver com aquele rapaz Goldman.

Não podia deixar que ela percebesse o meu sobressalto.

— Freddy? Minha nossa, Ada, você me vê falar com um garoto uma vez, e já sai achando que estou apaixonada? Por essa lógica, você está tendo um caso com o Thomas.

Isso rendeu a risada desejada.

— Quando você se casar, vai conseguir alguém muito melhor do que Freddy Goldman. Mas sim. Já me apaixonei algumas vezes.

— Quem...?

Ada balançou a cabeça.

— Uma dama não compartilha histórias que não são inteiramente suas. — Ela me empurrou de leve escada acima e para dentro da sorveteria. A placa na porta dizia que estava aberta "desde a Lei Seca".

— Quantos anos *tem* esse lugar?

— Menos do que eu, então tome cuidado. — Ela foi até o balcão e pediu um copinho de sorvete de morango. Decidi experimentar o de torta de maçã.

Saímos da sorveteria e nos sentamos em um banco. Rocei a língua na enorme bola em cima da casquinha. Arregalei os olhos.

— Tudo bem, já estou ficando fã da Lillian.

Um sorriso verdadeiro iluminou a expressão de Ada.

— Ela tem um gosto impecável. Acho que você vai gostar da companhia dela.

— Espero ter sido uma substituta decente.

— Decente — Ada disse, refletindo. — Mas se você entrar no meu quarto e pegar o batom de novo, vai arrumar um lugar decente no trem de volta para casa.

Quase deixei cair o sorvete.

— Eu...

— Tome o seu sorvete — Ada disse com calma.

27

Ada e eu voltamos a nossa rotina rapidinho. Ela não perguntou por que eu peguei o batom, e eu não dei nenhuma informação de forma voluntária. Em segredo, suspeitava que ela soubesse e estivesse apenas esperando o momento certo para agir. Brincar comigo parecia ser uma das suas principais fontes de satisfação. Porém, ela não disse nada e reassumiu à tarefa de se encontrar com a clientela cujas reuniões tínhamos remarcado; ainda que ela tenha me mantido longe da praia por três dias, supostamente para colocar o trabalho em dia, mas eu me perguntava se era a maneira de ela garantir que eu não visse Freddy.

Nós dois não tínhamos planejado quando voltaríamos a nos ver. Porém, em cada uma dessas três noites, fiquei sentada com a minha janela aberta, ouvindo os carros passarem. Na terça-feira, cheguei ao ponto de subir até o terraço, espreitando na escuridão para ver se Freddy estava me esperando, sentindo saudade o suficiente para arriscar a sorte e me encontrar do lado de fora da casa.

Bem, o que eu de fato esperava era uma pedrinha arremessada na minha janela. Todo o nosso jardim era de pedras! Ele só precisava dar as caras, escolher uma e atirá-la de leve na minha janela iluminada. Não era como se eu estivesse pedindo para ele matar um dragão ou escalar agarrado ao meu cabelo.

Mas Freddy não deu sinal de vida.

Quando finalmente me deitei na cama na quarta-feira à noite, mais do que um pouco deprimida, prometi achar uma maneira de ir à praia na quinta-feira à tarde. Às vezes, Ada terminava o trabalho cedo às sextas-feiras e costumava ir comigo nos fins de semana. Se eu perdesse essa última oportunidade, não veria Freddy sozinha antes de segunda-feira. E isso se Ada não decidisse que eu finalmente estava pronta para realizar parte do verdadeiro processo de combinação e também começasse a me fazer trabalhar todas as tardes.

— Temos uma carga de trabalho mais leve hoje — Ada disse, ao mesmo tempo em que os primeiros clientes chegavam à varanda. — Acho que você vai poder ir à praia à tarde.

Procurei não abrir um sorriso largo. Ada franziu os lábios.

— É uma expedição de trabalho — ela alertou. — Estamos com falta de homens. Pergunte a esse seu amiguinho se ele conhece membros judeus da patrulha da praia, ou outros amigos que ele possa ter.

— Posso pegar emprestado o batom para perguntar para ele?

— Não.

A manhã passou devagar, mas não importava. Finalmente ia ver Freddy, e tudo voltaria ao normal.

* * *

Atravessei o caminho sobre as dunas, levando um caderno e uma caneta na bolsa de praia dessa vez. Se eu falhasse, Ada saberia e tudo estaria perdido.

Em vez de estender a toalha, fui direto até a cadeira de Freddy. Ele estava sentado, com o queixo apoiado nas mãos, os cotovelos descansando nos joelhos, olhando apático para o mar.

— Oi — eu disse, me aproximando pelo lado.

— Marilyn! — Ele desceu pulando da cadeira. Então me pegou e me rodopiou. — Onde você estava? Achei que tivesse me dispensado.

— Não. Ada ficou me empurrando trabalho. E eu não podia dizer que precisava ir à praia. — *Não diga isso, não diga isso, Marilyn, NÃO diga isso.* Mas as palavras escaparam. — Fiquei esperando você no terraço na outra noite. Esperava que você aparecesse mesmo que não tivéssemos planos.

— Quando você não apareceu na praia, achei... me desculpe. Eu deveria ter ido.

— Me pega hoje à noite? — perguntei.

— Claro. Para onde você quer ir?

Eu sorri.

— Qualquer lugar. Desde que fiquemos juntos. — Comecei a me afastar para estender a toalha, mas me lembrei da razão oficial para estar ali. — Espere, Freddy! — Ele já tinha começado a subir de volta na cadeira. — Ada me mandou aqui hoje porque ela está ficando sem homens. Você tem algum amigo que possa estar disposto a ir a alguns encontros?

Freddy fez um gesto negativo com a cabeça.

— A sua tia é impressionante. Ela não vai desistir de você, mas eu deveria te apresentar todos os meus amigos?

— Ela não é o meu pai. Não esquece. Estou só passando o verão com ela.

— Sim, mas não quero que ela influencie os seus pais contra mim. — Freddy suspirou e se virou para Louis, o outro salva-vidas na cadeira. — Passe o seu número de telefone para a garota.

— Eu não quero me casar tão cedo — ele disse, levantando as mãos.

— Ninguém está dizendo que você tem que casar — expliquei. — Mas a Ada é *muito* boa nisso. Já vi o sistema dela. Funciona. Na pior das hipóteses, você vai participar de alguns encontros. Na melhor, o céu é o limite!

Louis hesitou por um instante, mas depois anotou o seu nome e o número do telefone em meu caderno.

— Quase sinto um pouco de inveja — Freddy afirmou.

— Deixe disso. Uma vez que os números deles são incluídos no caderno, vão ficar inacessíveis para sempre, de acordo com Ada.

— Sim, mas o meu foi o primeiro que você conseguiu.

— Isso só torna você ainda mais especial.

— Arrumem um quarto, vocês dois — Louis resmungou.

Freddy e eu rimos.

***

Quando voltei para casa, Ada não estava no andar de baixo. Subi, planejando tomar um banho, e vi que a porta do quarto dela estava aberta. *Novidade*, pensei.

— Ada? Está tudo bem?

— Tudo ótimo — ela respondeu.

Dei uma olhada pela porta aberta. Ela estava sentada no recesso da janela e, durante um instante de pânico, me perguntei se ela poderia ter visto Freddy e eu dali. Ele tinha feito uma pausa e vindo se sentar comigo na toalha. Ali, tínhamos trocado alguns beijos. Estendi o pescoço, mas era impossível saber qual era a visão dela de lá.

— Pode entrar.

Um sinal de alerta disparou em minha mente. Já fazia cinco semanas que eu estava morando com Ada e nunca tinha sido convidada para o quarto dela. Entrei de forma hesitante. Ela estava segurando uma pilha de papéis e tinha um par de óculos de leitura no alto do nariz. Ao me aproximar dela, deixei escapar um suspiro de alívio. As dunas bloqueavam tudo, exceto o mar.

— São muito bons — ela disse, apontando para as páginas.

— O quê?

— Os seus capítulos.

— Meus o quê? — Levantei as sobrancelhas.

— A menos que outra pessoa tenha escrito.

Me senti exposta, nua. Eu não estava pronta para que outra pessoa visse o que eu tinha escrito, e a audácia de simplesmente *pegar* os manuscritos...

— Como foi que conseguiu isso?

Ada deu de ombros.

— Estava tudo ao lado da máquina de escrever. Fiquei curiosa.

— Se você estava interessada em ler, deveria ter me perguntado.

— E se eu não quisesse ler, não teria te dado uma máquina de escrever.

Meu peito arfou uma indignação justa. Como ela *ousava*?

Ada abaixou as pernas até tocarem o chão e indicou o assento ao seu lado com a mão.

— Pode ficar tranquila. Se não fosse bom, eu não teria vontade de continuar lendo. E eu tive; o suficiente para trazer até aqui e terminar.

Isso foi o bastante para me fazer sentar, fosse invasão de privacidade ou não.

— Você gostou mesmo?

— Gostei. E não costumo ler romances.

— Não é um romance. Vai ser uma comédia.

Ada inclinou a cabeça.

— Acho que consigo visualizar.

— Eles vão se casar rapidinho, sem ela conhecer a família dele primeiro. E o casamento será péssimo. E aí eles vão ter que lidar com isso.

— Tomara que você não esteja escrevendo com base em experiências pessoais.

— Estou. Eu me casei em segredo.

Ada sorriu, irônica.

— Você sabe o que quero dizer.

— Eu sei. E o Freddy deu alguns números de telefone e vai trabalhar para conseguir outros.

— O que ele achou do meu batom?

Ela estava me observando com atenção para ver se eu entregava os pontos.

— Não faço ideia. Mas o meu marido secreto adora.

Ada me deu um tapinha de brincadeira com as páginas.

— Saia daqui. — Peguei os papéis, mas ela me chamou quando eu já estava na porta. — Sabe o que está faltando?

— O quê?

— Uma tia espertinha.

Dei uma risadinha, balançando, deixando escapar um grande suspiro de alívio quando cheguei ao meu quarto.

28

— Odeio sair às escondidas com você — Freddy disse.

Estávamos no processo de recolocar as nossas roupas no banco de trás do carro, que estava estacionado junto ao quebra-mar, no extremo norte da cidade.

— Estaríamos fazendo isso às escondidas de qualquer maneira. Ninguém vai deixar que a gente faça isso em algum lugar.

— Você sabe o que quero dizer.

Suspirei. Por mais desesperada que eu estivesse para passar mais tempo com Freddy, não queria que ele falasse com o meu pai. Eu não queria me casar, mudar para a Filadélfia e cuidar da casa por um ano à espera de ele terminar a escola. Se ele quisesse pedir transferência para Nova York, e pudéssemos continuar nos vendo, era uma coisa, mas isso não exigia uma conversa com o meu pai. Eu queria viver primeiro. E Freddy queria uma mulher que preparasse o jantar para ele.

Porém, se eu seguisse esse caminho, a única coisa que eu conseguia ver no meu futuro era eu sentada junto a uma mesa de cozinha com tampo de fórmica, tentando me concentrar na máquina de escrever diante de mim enquanto um peito bovino assava no forno e um bebê chorava ao fundo.

Era o mesmo futuro que eu não queria com Daniel. E eu não entendia como esses homens podiam afirmar que eram atraídos pelo fato de eu ser livre, e depois tentarem me aprisionar.

— Vamos ver o que acontece.

— Marilyn, vamos estar separados por uma viagem de trem de duas horas daqui a um mês e meio se não tomarmos algumas decisões.

À luz da lua, olhei para Freddy.

— Uma viagem de trem de duas horas é o fim do mundo?

— Não quero que uma caminhada de dois minutos separe a gente.

Um carro estacionou atrás de nós, com os faróis altos ligados.

— O que...?

— Os tiras — Freddy disse. Arregalei os olhos. — Eu cuido disso.

O policial se aproximou do carro.

— Boa noite — ele disse. — O que vocês estão fazendo no banco de trás?
— Tentando decidir a qual calçadão queremos ir hoje.
— Vocês não deveriam estar fazendo isso no banco da frente? — Mantive o rosto abaixado, não querendo ser reconhecida. — Está tudo bem, senhorita?
Confirmei e ele se inclinou para dar uma olhada em mim. Freddy riu.
— Juro que ela está bem. Estou tentando convencê-la a deixar eu falar com o pai dela, mas ela está me enrolando.
O policial também riu.
— Deixe o rapaz fazer de você uma mulher honesta.
Senti o meu rosto ficar vermelho, mas fiquei calada. Se eu abrisse a boca, ia dizer ao policial exatamente o que ele poderia fazer com a opinião dele sobre a minha virtude. E isso não acabaria bem para ninguém.
— Sigam em frente. O calçadão de Wildwood é agradável e próximo. Aí não vou precisar multar vocês por estarem se beijando no carro.
— Uma ideia excelente — Freddy disse, saindo do carro e dando a volta para abrir a porta para mim. Eu o ignorei e me sentei no banco da frente. Ele se sentou no banco do motorista e pôs o carro em movimento. — Wildwood, então?
— Me leva para casa — respondi, com os braços cruzados.
— O que foi? — Ele olhou para mim.
— Por que você disse aquilo para o policial? Sobre falar com o meu pai?
Confuso, Freddy mexeu a boca antes de responder.
— Porque é verdade.
— Você não *me* perguntou, Freddy. Eu não estou pronta para aceitar. Você pode pedir a aprovação do meu pai até ficar roxo, mas mesmo que ele aprove, *eu* importo. *O que eu quero tem importância.*
— Você não quer se casar comigo?
— Não quero me casar com *ninguém* ainda. É por isso que me mandaram para cá.
Por um momento, Freddy ficou calado.
— Então não é um não; é um ainda não?
— Sim.
Ele passou um braço ao meu redor e me puxou para perto no banco.
— Então você não precisa dizer mais nada. Não vou continuar pressionando.
— Obrigada. — Finalmente me aconcheguei nele.
— Agora, que tal um passeio no calçadão?
Uma vez que eu não sentia mais que o meu futuro estava girando como um brinquedo de parque de diversões, me dispus a concordar com isso.

29

Na tarde seguinte, Shirley e eu combinamos de nos encontrar e ir à biblioteca do porão da escola primária, seguida por uma visita à Hoy's e à nova lojinha na cidade que tinha biquínis na vitrine.

Shirley estava atrasada. Muito atrasada. Por fim, decidi caminhar pela rua e comprei um *milk-shake* na Avalon Freeze. Se ela quisesse um, poderia comprar um quando terminássemos. Me sentei em um banco, esperando e observando as pessoas. A história que eu estava escrevendo seria ambientada em Nova York, mas ainda assim poderia observar os maneirismos dos pedestres ali.

Uma mulher alguns anos mais velha do que eu passou, segurando a mão de uma garotinha, com o marido do outro lado da filha, e uma filha ainda mais nova nos ombros do homem.

— Você tem que admitir que aqui é adorável — o homem disse para a mulher.

— Sim, querido — ela respondeu. — Claro que não é como Hereford.

O homem revirou os olhos e soltou uma risadinha.

— Você sempre acha que nada é tão bom quanto Hereford, Evelyn.

— Porque nada é. Mas se isso significa que vamos ter mais duas semanas de praia com você, posso abrir uma exceção de vez em quando.

O marido sorriu para a mulher.

— Quem quer sorvete? — ela perguntou para as meninas. — Joanie? Eu sei que você quer.

A garotinha nos ombros do pai gritou e bateu palmas.

— Sorvete deixa tudo melhor, não é? — o marido disse.

— Achei que você deixasse.

Ele deu uma risadinha e beijou o rosto da mulher.

Fiquei observando a família se afastar. O casal parecia muito apaixonado, o que, com duas filhas pequenas, parecia uma façanha. Tentei lembrar a última vez que vi os meus pais demonstrarem afeto um pelo outro e não tive sucesso.

Por fim, desisti, supondo que Shirley tivesse se esquecido de mim. Pensei em ir à biblioteca sozinha, mas eu tinha recebido uma nova caixa de livros da minha mãe e decidi esperar. Sempre poderíamos ir em outra ocasião. O dia estava bonito demais para ficar em um porão mofado. Poderia me sentar na varanda, ler e tomar um copo de limonada com satisfação. Ou talvez levar a minha máquina de escrever para lá e trabalhar na mesa. De algum modo, eu queria usar o olhar fácil e amoroso que o marido lançava para a mulher.

Porém, quando cheguei à 23rd Street, vi Shirley quase correndo na minha direção. Prestei atenção para ver quem a estaria perseguindo, mas não havia ninguém.

— Não precisa correr. Tudo bem se você esqueceu — gritei para ela.

Ofegando, ela se aproximou de mim.

— Marilyn... você... não vai acreditar... no que... acabou de acontecer.

— Recupere o fôlego.

Shirley precisou de um tempinho para se recuperar.

— Freddy vai se casar — ela disse, ainda um pouco ofegante.

Meus ombros ficaram tensos. Eu *disse* para ele que não estava pronta para nada disso. Ele disse que entendia. E agora ele estava dizendo para a família que ele ia se casar?

— Não tão cedo — murmurei, sombria, mas Shirley não pareceu perceber.

— Uma garota com quem ele estava saindo na primavera apareceu com os pais dela. Ela está grávida. E o meu pai disse que se Freddy não assumir e se casar com ela, vai deserdá-lo!

Meu sangue gelou e a visão se reduziu a um ponto de luz. Desorientada, estendi a mão e agarrei o braço de Shirley, quase desmaiando pela primeira vez na vida. Ela ainda estava falando, mas parecia distante, como um inseto zumbindo em algum lugar fora do alcance da visão, mas preso na casa.

Continuei respirando, e finalmente a minha visão clareou.

— Pare — disse com a voz fraca. — Você deve ter entendido mal.

Shirley fez que não com a cabeça, e então finalmente pareceu notar que eu estava agoniada.

— Espera... achei que você não estava interessada nele. — Eu não consegui responder. Shirley assumiu uma expressão desconfiada e cruzou os braços. — Você disse que era só diversão.

— Acho que não me dei conta de que o Freddy andou "se divertindo" com tantas garotas.

— Você também não está numa enrascada, está? Isso tornaria tudo muito mais interessante. — Shirley abriu um sorriso radiante com a ideia.

Me virei abruptamente e comecei a voltar para casa. Shirley veio atrás de mim.

— Ele vai acabar escolhendo você se for isso mesmo. Ainda mais porque o meu pai vai deserdá-lo se ele tiver engravidado duas garotas, e você tem bastante dinheiro...

— Por favor, me deixe em paz — eu disse, afastando a mão que ela tentou colocar em meu braço.

Ela desistiu de me seguir, mas gritou atrás de mim:

— Não é minha culpa, sabe? Eu avisei como ele era. Se você foi boba o suficiente para se apaixonar por ele mesmo assim, a culpa é sua!

* * *

Ada estava sentada à mesa da sala quando entrei. Sally nem latia mais para mim.
— Está tudo bem? — ela perguntou, se levantando.
— Acho que foi sol demais. Vou só deitar um pouco.
Não parei para ver se Ada acreditava em mim. Simplesmente subi a escada. Mas as lágrimas não vieram. Tinha que ser engano. Ou uma brincadeira de mau gosto de Shirley. Não havia como ser verdade... ou havia?
Eu sabia que não era a primeira de Freddy, mas mesmo que a história da garota grávida fosse verdade, ele... seria capaz de se casar com ela quando, na noite anterior, estava planejando o nosso futuro?
Fui ao banheiro e vomitei, depois voltei ao quarto, onde me deitei e fiquei encarando o teto por uma eternidade, me perguntando se esse era o meu castigo por ter me recusado a casar com ele depois do que tínhamos feito.
Em algum momento, acabei adormecendo. Triste e encolhida em posição fetal, acordei ao som dos latidos frenéticos de Sally. *Cachorra idiota*, pensei, enterrando a cabeça ainda mais no travesseiro. Se eu estivesse dormindo, não precisaria sentir nada.
Porém, Sally continuou latindo e, acima dos latidos, ouvi Ada conversando com alguém. Os latidos de Sally cessaram de repente em um som que eu conhecia: Ada estava tampando a sua boca. Me levantei e me aproximei da porta, entreabrindo-a.
— De jeito nenhum — Ada estava dizendo. — E mesmo que eu permitisse que ela tivesse um encontro com um rapaz, ela está indisposta hoje.
Um rapaz. Era Freddy. Eu sabia que havia um engano!
Corri escada abaixo, quase tropeçando, e então parei de repente no piso de madeira. Os dois se viraram para mim. Freddy estava com uma aparência miserável: como se tivesse envelhecido dez anos de um dia para o outro. Havia olheiras sob os seus olhos e palidez sob o bronzeado, e o cabelo estava desgrenhado. Ada olhou de mim para ele e de volta para mim. Um músculo tensionou em sua mandíbula firme.
Ela finalmente se voltou para Freddy.
— Você tem dez minutos. Na varanda. E eu vou deixar as janelas abertas.
Fiquei petrificada. O fato de Freddy estar ali. De ele estar com uma aparência miserável. Shirley tinha falado a verdade. E se eu não fosse até a varanda, não teria que ouvir isso dele. Poderia correr de volta para cima e fingir que nunca aconteceu. Contudo, Ada olhou para mim.
— A menos que você não queira ir. Posso mandá-lo embora — ela ofereceu.
Pisquei devagar e logo depois segui em frente. O ar tinha se tornado denso, tão pesado que eu não conseguia me mover como de costume, e fiquei com medo de me afogar.

— Dez minutos — Ada nos lembrou. — E nem mais um segundo.

Freddy segurou a porta para mim, e saí e me sentei numa poltrona de vime. Ele puxou outra para ficar de frente para mim.

— Shirley... — A voz dele estava rouca, e ele parou de falar, pigarreou e tentou de novo. — Shirley disse que contou para você. Marilyn, eu...

Freddy tentou pegar a minha mão, mas eu afastei as duas e as coloquei sob as minhas coxas.

— Então é verdade?

Ele passou a mão pelo cabelo, deixando-o ainda mais desgrenhado.

— Eu não sabia. Juro. A gente terminou quase dois meses atrás. Foi na semana antes de te conhecer. Eu nunca... foi antes.

— E agora?

Freddy ficou de pé e foi até o corrimão da varanda.

— Eu não tive escolha. Eu não estava em casa quando eles apareceram, e o pai dela conversou com o meu antes mesmo que eu soubesse que eles estavam lá. Ele pretende me tornar sócio na empresa e comprar uma casa para nós. Se eu disser não, nem vou ser capaz de terminar meus estudos. Não vou ter um tostão em meu nome.

Então, ele voltou e se ajoelhou diante de mim.

— Mas, Marilyn, há outra opção. A gente pode fugir. Você e eu. Os seus pais nunca te deserdariam. E eu posso terminar a faculdade, e a gente vai ficar bem.

Horrorizada, eu o encarava enquanto ele continuava falando.

— Eu estava pensando em ir para Nova York, de qualquer maneira. Se os seus pais não quiserem nos dar uma casa de imediato, podemos morar com eles. Não ligo. Talvez o seu pai possa até arrumar um emprego para mim em algum lugar e...

Levantei a mão.

— Pare. Por favor, pare.

Freddy segurou a mão que eu tinha levantado.

— Marilyn, por favor, você precisa entender. Essa é a única maneira. Eu... não posso me casar com ela. Eu te amo. Sei que você ainda não quer se casar, mas isso... é assim que podemos ficar juntos.

Meu peito subia e descia em um ritmo bem alarmante.

— E quanto ao bebê? — perguntei baixinho. — Você simplesmente abandonaria o seu filho e a mãe?

Uma expressão muito feia se apossou de sua face.

— Não sei nem se ela está dizendo a verdade. Esse bebê pode ser de qualquer um.

Voltei a encará-lo, realmente o enxergando pela primeira vez. *Você também não está numa enrascada, está?* Shirley cantarolou na minha mente. Eu poderia muito bem ter sido essa garota. Muito bem mesmo. A ruína ou a salvação dependeria da vontade dele. Do egoísta e despreocupado Freddy.

— Você disse para ela que se casaria com ela.

— Para acalmar o meu pai até eu conseguir falar com você. Você tem que entender isso.

Eu me levantei.

— Vá para casa, Freddy. Vá arrumar a sua bagunça.

Ele segurou o meu braço.

— Marilyn, não! Você não entende. Me deixe explicar.

— Posso te garantir que eu entendo muito bem. E o fato de você abandonar essa garota e o seu próprio filho... — Balancei a cabeça. — Vá para casa.

— Mas eu te amo.

— Isso já não é mais problema meu.

Soltei o meu braço e entrei na casa, batendo a porta.

Ada se levantou da cadeira onde estava sentada sob a janela aberta. Ela começou a dizer algo, com uma expressão preocupada no rosto, mas eu desatei a chorar.

Não sei como cheguei ao sofá, os braços de Ada me envolviam enquanto eu vertia lágrimas em seu colo, mas ela simplesmente me consolava, acariciando o meu cabelo, ao mesmo tempo em que eu chorava toda a minha tristeza.

Quando finalmente me sentei, Ada me entregou um lenço.

— Temos alguns problemas — ela disse. — Quão cuidadosa você foi?

Era só o que me faltava ter que discutir isso com ela, mas eu não estava disposta a ser evasiva ou a mentir.

— A gente tomou cuidado.

— Todas as vezes? Basta um descuido.

Fiquei vermelha, me lembrando do nascer do sol na praia e da preocupação de Freddy ao perceber que estava sem proteção.

Ada praguejou, se levantando do sofá e começando a zanzar. Então, praguejou com mais força.

— Você e a sua mãe... duas idiotas... você são farinha do mesmo saco.

— Mamãe...?

Ada agitou a mão no ar, dispensando aquilo.

— Suponho que tudo isso aconteceu quando eu estava em Chicago.

Confirmei, e ela começou a contar nos dedos.

— E o seu ciclo menstrual? Quando deve começar?

Perguntei em que dia estávamos, calculando de cabeça.

— Segunda-feira.

Ada voltou a cerrar os dentes.

— Se o seu ciclo atrasar, vamos ao médico para fazer um teste.

Um arrepio de medo percorreu a minha espinha.

— E se der... — Não consegui dizer a palavra.

— Aí você vai decidir o que quer fazer, ou encontramos alguém para ajudar ou você prolonga a sua estadia comigo — Ada disse. — Mas vamos tratar disso quando chegar a hora, e não antes.

30

Me retirei para o quarto, atormentada demais para pensar em jantar. A notícia teria sido bastante devastadora sem a preocupação adicional, e me amaldiçoei por contar com Freddy para saber o que ele estava fazendo na praia naquela manhã. Não havia alívio em saber que eu não era a primeira garota com quem ele tinha sido imprudente; isso só me fez sentir pior com as minhas próprias decisões. Fui eu quem pediu para Freddy entrar; ele se recusou, a menos que eu tivesse certeza. A culpa foi minha. E por volta da meia-noite, prometi não deixá-lo saber, independentemente do resultado do exame. Ele ia se casar com a outra garota e ponto-final. Eu não podia arruinar a vida de outra pessoa em prol da minha, assim como não podia confiar em Freddy para fazer a coisa certa se não fosse o que ele queria.

De manhã, dormi até tarde. Por volta das nove, Ada entrou no quarto trazendo uma bandeja com o café da manhã. Ela abriu as cortinas e colocou a bandeja na cama.

— Sei que uma desilusão amorosa parece o fim do mundo, mas você precisa comer e seguir em frente.

Desilusão amorosa. Essa expressão me chocou. Será que o meu coração estava partido?

E me surpreendi ao me dar conta da resposta.

— O meu coração não está partido — disse, me sentando.

Ada ergueu as sobrancelhas.

— Não?

— Não. Estou com raiva. Estou magoada. E envergonhada. E estou preocupada com isso. — Fiz um gesto com a mão circundando a minha barriga. — Mas... — Balancei a cabeça. — Ele me pediu em casamento. Eu disse não.

Ada inclinou a cabeça, mas ficou em silêncio.

— Eu mal o conhecia... e acabou que eu o conhecia menos do que pensava. E ele não me conhecia. Ele não estava nem aí com o que eu queria. Freddy simplesmente supôs que eu teria sorte em tê-lo. — Pensei por um instante.

— Falei para ele que não queria me casar com ninguém por enquanto, o que é verdade, mas...

— Mas?

— Sei lá. — Balancei a cabeça de novo.

— Quando for o momento certo, você saberá.

— Não. Esse momento nunca vai chegar. Agora me dou conta disso. Sou eu. Eu não quero ser mulher de ninguém. Quero ser eu mesma.

Ada assumiu uma expressão de pena que eu nunca tinha visto.

— Quando for o momento certo, você vai descobrir que pode ser as duas coisas.

Quis saber como ela sabia disso sem nunca ter se casado. Contudo, ela se levantou, encerrando a conversa.

— Vou remarcar todas as reuniões para segunda-feira. As notícias vão se espalhar por toda a cidade sobre o rapaz Goldman, e eu não quero que ninguém suspeite. Em vez disso, você está gripada, e só deve se recuperar na terça ou quarta-feira.

Eu me sentia exausta demais para discutir e me resignei a ficar presa em casa pelos próximos três dias como uma gata no cio.

* * *

Quando Ada voltou no meio da tarde, eu ainda estava na cama.

— Isso não vai adiantar. Levante — ela disse.

— Me deixe chafurdar — gemi, com o rosto enfiado no travesseiro.

— Se o seu coração estivesse partido, você poderia se dedicar a um dia chafurdando, mas não está. Então, vá se vestir. Vai fazer você se sentir melhor.

— Nada vai me fazer sentir melhor.

A resposta de Ada demorou um pouco.

— Eu diria para você trabalhar no seu romance, mas tenho a impressão de que um *roman à clef* toca em algo muito sensível agora.

Fiz careta.

— Não é um *roman à clef*.

— Faça-me o favor. Uma garota da alta sociedade de Nova York e um rapaz de uma família horrível se conhecem e se casam?

— Bem, não foi isso que aconteceu.

— E você não se sente feliz por isso não ter acontecido? E se a garota aparecesse com uma criança seis meses depois do casamento? Então você estaria *mesmo* em apuros. — Ada pensou por um momento. — Na verdade, *isso* daria um ótimo livro.

— Não.

— Bem, encontre alguma coisa para se distrair. Quanto mais você ficar sentada preocupada com a sua menstruação, mais tempo ela vai demorar para chegar.

Virei a cabeça para poder vê-la com um olho, mantendo o outro enterrado no travesseiro.

— Isso é verdade?

— Na minha experiência, sim.

Na experiência dela... eu me sentei.

— Quero ouvir essa história.

Ada apontou para a máquina de escrever.

— Escreva uma história sua, e aí vou pensar em te contar a minha. Mas tome um banho primeiro. Só porque alguns escritores decidem ser boêmios, não significa que vou tolerar esse tipo de comportamento na minha casa.

* * *

Durante três dias, Ada me manteve entretida. Assistimos à televisão, jogamos cartas e trocamos livros. E quando conseguia, tentava escrever. Mas as palavras não vinham.

— Não escreva a sua própria história — Ada disse. — Você não viveu o suficiente para isso, mas use o que você aprendeu.

— O que eu aprendi? Além do fato de que eu deveria ter te escutado?

Ada sorriu.

— Que belo começo.

Continuei esperando que ela me repreendesse por infringir as regras. Por ignorar o seu conselho e sair com Freddy mesmo assim. Mas ela nunca fez isso. De certa forma, eu teria preferido que ela o fizesse; teria aliviado um pouco a sensação apreensiva que eu esperava que fosse tudo o que estava errado com a minha barriga. Senti cólicas, mas Ada alertou que poderia ser tanto uma coisa quanto outra.

— Como você sabe tanto sobre isso?

— Não dá para chegar à minha idade sem aprender algumas coisas.

Eu a observei. Era óbvio que ela tinha sido muito bonita quando jovem; ela ainda era bonita agora.

— Por que você nunca se casou? De verdade.

Ela suspirou.

— Fiquei noiva uma vez. Mas ele morreu.

— Quantos anos você tinha?

— A sua idade.

Fiz as contas. Deve ter sido em 1905. Ada deve ter sido muito apaixonada por ele para nunca ter se casado depois de perdê-lo tão jovem.

— Como ele morreu?

— Foi um incêndio. Acham que o pai dele adormeceu fumando um charuto. Ninguém da família escapou.

Seja por hormônios ou pela agitação dos últimos dias, senti lágrimas surgindo nos olhos. Eu não conseguia imaginar estar tão apaixonada e depois ter que viver o resto da vida...

— Não me olhe assim — Ada disse, interrompendo os meus pensamentos. — Eu disse que estava noiva. Nunca disse que estava apaixonada por ele.

Pisquei depressa.

— Como é?

— Éramos amigos, é verdade. E acho que o amei. Mas não era uma paixão arrebatadora. Era um *shidduch*.

— Um o quê?

— Um o quê? — Ada me imitou. — Um casamento arranjado.

Eu a encarei.

— Os seus pais contrataram uma casamenteira para você?

Ada fez um gesto negativo com a cabeça.

— Não. Foi algo informal. Os nossos pais chegaram a um acordo e nos disseram que iríamos nos casar. Eu fiquei feliz, na medida do possível. Eles poderiam ter escolhido alguém muito pior para mim. Muitas amigas minhas acabaram com viúvos muito mais velhos que podiam sustentá-las.

Ada ajustou a manta sobre o encosto do sofá.

— Quando Abner morreu, eu disse para os meus pais que eu queria mais tempo. E esse "mais tempo" continuou aumentando até que, de repente, eu virei uma solteirona. E, segundo o meu pai, teimosa demais para ser uma boa esposa.

Fiz careta diante da ideia de o pai dela dizer isso. Embora fosse algo que o meu também diria.

— Rugas — Ada disse, dando um tapinha na minha testa. — Ele não quis dizer isso dessa forma. Ele aceitava a minha escolha desde que eu me sentisse feliz. E me ajudou a me formar como enfermeira. Chorei muito mais quando ele morreu do que quando Abner morreu, posso te garantir. Papai era... papai nasceu fora de época, acho. Ele teria ido para o sul para lutar pelos direitos civis se estivesse vivo agora. — Ela olhou para mim. — Ele teria gostado de você.

Eu não sabia quase nada sobre os meus bisavós, mas havia algo reconfortante em saber que ele teria me aprovado. Ainda mais agora.

— Você disse que já esteve apaixonada. Mas se não foi por Abner, então por quem?

— Já chega por hoje. — Ada abriu o seu livro para encerrar a conversa.

Balancei a cabeça e peguei o meu próprio livro, fingindo ler enquanto na verdade observava Ada, criando uma história a respeito do seu passado trágico em minha mente.

— Você vai ler esse livro ou não? — ela perguntou.

Nunca entendi como Ada conseguia saber o que eu estava fazendo sem olhar para mim, mas ela sempre sabia.

Mostrei a língua para ela. Em seguida, virei o livro com a capa para baixo no sofá e fiquei de pé, me alongando depois de ficar sentada por tanto tempo. Então, segui pelo corredor até o banheiro.

Ao me limpar, uma mancha de sangue ficou no papel higiênico.

Apoiei a cabeça nas mãos e os cotovelos nos joelhos, quase chorando de alívio.

Antes de ir buscar um absorvente, voltei para a sala. Ansiosa, Ada levantou os olhos diante da minha aproximação; o primeira sinal de preocupação verdadeira que eu tinha visto. Balancei a cabeça, abrindo um sorriso largo.

— Estamos fora de perigo.

Ada se recostou nas almofadas do sofá, fechando os olhos.

— Graças aos céus pelos pequenos favores — ela disse e então olhou para mim. — Está se sentindo melhor?

— Muito.

— Que bom — ela disse, se levantando. — Mas você está fora do negócio agora.

— O quê?

— Você quebrou as regras. E eu não tolero isso. Não se preocupe. Há vários outros trabalhos para você. Mas você está fora.

Ada passou por mim em direção à cozinha, cantarolando baixinho.

Fiquei olhando para ela.

31

Na terça-feira, quando a clientela de Ada retornou, fui banida da sala.

— Pelo menos posso mandá-los entrar — argumentei.

— Ficar fora de vista é o que você pode fazer — Ada respondeu. — Não ligo se isso significa ficar lá em cima ou sair da casa, mas eu falei sério: você está fora.

Me esgueirei para o andar de cima e me sentei à penteadeira convertida em escrivaninha, bufando de raiva e olhando pela janela. Não havia como retornar ao que eu estava escrevendo. Mas também não conseguia simplesmente jogar fora o que havia feito. Em vez disso, guardei as páginas na prateleira no fundo do armário e coloquei uma nova folha de papel na máquina de escrever.

Porém, dava para sentir a antiga história atrás de mim. Quase como se estivesse chamando o meu nome.

Era muito próxima da vida real. Agora dava para perceber isso.

Suspirando, apoiei a cabeça na mão e o cotovelo sobre a mesa, pensando com repugnância como Freddy teria prontamente se livrado daquela pobre garota se pudesse viver com o dinheiro da minha família em vez do da família dele. Talvez ele fosse capaz de condenar aquela criança ao estigma de crescer sem pai, mas eu jamais poderia fazer isso. E a suposição de que eu me casaria com ele por causa disso, sem levar em consideração as minhas repetidas declarações de que não queria me casar. E que os meus pais nos sustentariam; ele nem sequer os tinha conhecido. Será que ele esperava que o meu pai também sustentasse o seu filho com outra mulher? Tudo girava mesmo em torno do que Freddy queria. As suas escolhas. As suas decisões. Onde eu ficava nisso tudo? Será que eu tinha alguma importância? Ou eu era apenas um meio para atingir um fim? Será que Freddy teria vindo conversar comigo naquela tarde se a minha família não tivesse dinheiro?

E o prazer de Shirley com a ideia de eu também estar grávida do seu irmão também era repugnante. Eu nunca entenderia como alguém poderia se deleitar com a desgraça alheia. Mesmo que ela não fosse um lembrete constante do meu erro, esse não era o tipo de pessoa que eu queria em minha vida.

Mas quem era eu para escrever qualquer coisa se era péssima em julgar o caráter das pessoas?

Empurrei a cadeira para trás, decidindo dar uma volta para desanuviar a mente.

Eu teria preferido a praia. Era pouco provável que Freddy ainda estivesse trabalhando como salva-vidas. Ele tinha uma nova vida para construir como futuro pai e marido. Mas a probabilidade de topar com ele era grande. E se Freddy repetisse as suas súplicas, eu poderia acabar vomitando nele.

Em vez disso, segui para o norte em direção ao quebra-mar. Era largo, projetando-se entre o canal Townsends e o mar, repleto de pescadores esportivos e pescadores de caranguejos.

Por um tempo considerável, permaneci ali, olhando para as famílias na enseada, que optaram pela praia sem ondas do canal, então olhei para a praia em direção a Stone Harbor, com o píer estendendo um braço para dentro do mar no centro da cidade. A quarta cadeira de salva-vidas era a de Freddy.

Fiz careta e, depois de pegar uma pedra, me aventurei no quebra-mar. Havia placas de aviso sobre marés e temporadas de pesca, mas eu as ignorei, escolhendo o caminho pelas pedras até chegar ao fim. Tirei os sapatos e me sentei, com as pernas balançando na água. As ondas quebravam e o borrifo alcançava as minhas pernas e fazia cócegas. O meu cabelo estava todo despenteado por causa do vento. Exceto por dois barquinhos no horizonte, eu poderia ser a única pessoa no mundo.

Um pelicano passou voando por mim, mergulhando para pescar um peixe, fisgando-o, e voltando a ganhar altura. Observei enquanto ele desaparecia ao longe. Nunca tinha me ocorrido sentir inveja de um pássaro, mas aquele pelicano — não levando em conta a dieta — tinha a liberdade que eu queria. Ele sabia o seu lugar, o que eu já não sabia mais. Ele sabia o que deveria fazer: comer, voar e nadar. E não havia nenhuma pessoa o repreendendo por não viver da maneira que *ele* queria.

Ada vivia como aquele pelicano, mas fiquei me perguntando se ela se sentia só. Eu deveria conhecer Lillian dentro de algumas semanas. Mas será que ela era mesmo uma substituta para uma família? E, se não, por que Ada parecia mais feliz do que a maioria das mulheres que eu conhecia?

Uma barbatana surgiu de repente a 3 metros de distância, e eu logo recolhi os pés, afastando-os da água. Porém, ri da minha estupidez e voltei a mergulhar os pés quando vi diversas barbatanas curvas pipocando. Era um grupo de golfinhos.

Atrás de mim, uma criança gritou. Me virei e vi um menininho apontando para os golfinhos, com sua mãe logo atrás. Sorri involuntariamente, observando o menino por trás dos meus óculos de sol: a maneira como a sua mãe o ergueu para que ele pudesse ver melhor, dando um beijo em seu rosto enquanto ele observava.

Uma pontada de alguma coisa me atingiu. Eu não estava pronta para descartar aquela vida e ser como Ada, mas também não a queria agora. E o que eu precisava de verdade era de alguém que entendesse e apreciasse isso.

Esse alguém não era Freddy. Ele nunca perguntou o que eu queria ser ou fazer, porque, em seu mundo, esposa e mãe eram as únicas respostas possíveis em relação às mulheres. Nunca passou pela sua cabeça que eu pudesse ter uma resposta diferente.

Ada havia dito que a classe social de vez em quando era negociável para o encontro de pretendentes, mas muitas vezes não. E finalmente entendi que ela não estava se referindo a dinheiro. Estava se referindo a valores. Crenças fundamentais. A maneira como tratávamos os outros. Poderíamos ser ricos como Creso e ainda assim não ter classe. E ainda que Freddy e eu pertencêssemos à mesma classe socioeconômica, a linha divisória de como enxergávamos o mundo era tão ampla quanto o mar diante de mim. Shirley também. Nenhum deles cresceu num vácuo. Para ela, não fazia diferença com quem o irmão se casasse ou quantos filhos ele tivesse, desde que ela tivesse um lugar na primeira fila para assistir a qualquer drama resultante.

Me dei conta de que eu tinha escapado por um triz. Virei o rosto para o sol e isso já era motivo para me alegrar.

Contudo, isso não me deixou mais perto de saber sobre o que escrever. E quando finalmente me levantei, limpando a parte de trás da calça, percebi que encontrar a resposta seria a melhor coisa que eu poderia fazer por mim mesma. Ada não tinha papas na língua. Se ela achava que a minha escrita tinha valor, então tinha. Agora, eu só precisava encontrar a história certa para contar. E talvez uma pitada de decepção não fosse algo tão ruim para escrever com conhecimento de causa.

Comecei a voltar pela avenida, mas parei. Não tinha motivo para temer Freddy. E não pretendia mudar a minha vida por causa dele. Então, virei à esquerda, pegando o caminho sobre as dunas na ponta da praia, com os sapatos na mão, e segui até a beira-mar, onde continuei até a 18th Street.

Ao me aproximar daquela cadeira, dei uma olhada rápida de soslaio. Freddy ainda estava sentado lá, parecendo cansado. Porém, ele não se virou na minha direção, e eu continuei caminhando para casa.

— Adeus, Freddy — sussurrei.

Eu esperava que ele encontrasse algum tipo de felicidade na sua nova vida, mas duvidava disso. Ao imaginá-lo em uma casa de dois andares com uma mulher e um bebê chorando, visualizei-o escapulindo para passar o tempo em algum bar, sentado ao lado de uma garota que parecia uma imitação barata de mim.

Mas Freddy tinha cavado a própria cova. E eu tinha a minha para cavar, desfazer e refazer sem ele nela.

32

Havia um sedã escuro estacionado na entrada da garagem que não reconheci, mas o dono dele me fez sorrir. Thomas estava carregando uma pilha de caixas de papelão para dentro de casa.

— Oi — eu o chamei.

— Srta. Kleinman — ele respondeu, acenando.

— Por favor, me chame de Marilyn. Sou mais jovem do que você.

Ele sorriu, limpando o suor da testa com o dorso da mão.

— Pode até ser, srta. Kleinman, mas conheço as regras de etiqueta, e mulheres solteiras são senhoritas.

Balancei a cabeça.

— O que são essas caixas?

— A sra. Ada me pediu para trazê-las do sótão da casa dela da Filadélfia.

Ada apareceu na varanda.

— Deixe o Thomas em paz — ela disse, me repreendendo. — Ele não tem tempo para gente como você.

Ela se virou para encaminhá-lo ao escritório, e eu mostrei a língua.

— O que são todas essas caixas? — perguntei para Ada.

— O seu novo trabalho.

Resmunguei.

— Se você não vai me deixar fazer o trabalho de casamenteira, pelo menos me deixe tomar sol na praia e arruinar a minha pele.

— Eu não faria isso — ela disse, segurando o meu rosto entre as mãos e o apertando com os polegares para procurar rugas. — Embora possa ser tarde demais para eu te salvar

Eu me desvencilhei dela, mas estava sorrindo.

— Tudo bem. O que tem dentro delas? Relíquias de família? Joias? O corpo de pessoas que você matou para roubar a juventude delas?

— Não seja boba. Guardo essas coisas no porão da casa de Oxford Circle. E é melhor eu estar bem morta antes de você pensar em ficar com as minhas joias.

— Ah, Ada, você é malvada demais para morrer.

— E não se esqueça disso. — Ela apontou o dedo para mim, fez um gesto para eu segui-la para dentro da casa e abriu a tampa de uma caixa. — São fotografias.

Contei as caixas. Havia oito delas. E eram de bom tamanho.

— E você quer que eu...?

— Organize as fotografias em álbuns. A maioria tem etiquetas no verso. Quero que você as etiquete nos álbuns em ordem cronológica.

Olhei para Ada como se ela tivesse sugerido que eu comesse o peixe que eu tinha visto ser engolido inteiro pelo pelicano.

— Sei que você está zangada, mas, por favor, isso vai me ocupar até eu ter a sua idade.

— Eu não fico zangada. Você também não deveria. Isso...

— Vai me deixar com rugas. Sim, eu sei.

— Na verdade, causa estresse, o que faz o seu cabelo ficar grisalho.

Pisquei devagar.

— Será que a gente não pode só seguir em frente? Juro que aprendi a minha lição.

— Ou você organiza os álbuns ou volta para Nova York. — Ada balançou a cabeça.

Sim, estava com saudade da minha mãe, mas não. A sua última carta havia dito que o meu pai estava começando a hesitar quanto à faculdade, mas alertou que eu deveria continuar me comportando aqui. Tinha chegado à hora certa, no dia seguinte ao que fiquei sabendo sobre o iminente casamento de Freddy.

— Em que ano as fotos começam?

— Como vou saber? — Ada respondeu, se afastou e ofereceu um copo de limonada para Thomas.

— Ela nunca me ofereceu um copo de limonada — resmunguei.

Mas eu estava um pouco curiosa. E quanto mais cedo começasse, mais cedo terminaria. Então, puxei a caixa de cima, coloquei-a no chão e me sentei de pernas cruzadas ao lado dela.

A caixa que abri devia ser a mesma que vi no sótão na Filadélfia, porque a mesma foto do casamento estava em cima. Abaixo dela, havia uma foto com duas menininhas em vestidos combinando. Elas estavam sentadas com a minha bisavó, enquanto o meu bisavô estava de pé, impassível, atrás delas. Apenas a minha bisavó tinha um sorriso discreto. Era uma foto de estúdio, e eu olhei para as duas meninas, tentando descobrir quem era quem. A mais nova tinha que ser Ada. Era difícil imaginá-la como criança, mas ela segurava a mão da irmã, e eu observei com atenção a minha avó. Eu tinha só dez anos quando ela morreu, e ela havia ficado doente por alguns anos antes disso. Porém, eu me lembrava dos abraços nela e de sentir uma sensação de segurança quando ela estava conosco. Era um sentimento insubstituível, um que nunca tinha sido remotamente imitado desde então. E me lembro da minha mãe chorando de forma aleatória por semanas depois de perdê-la, com Harold fazendo o possível para consolá-la, e eu não entendia muito bem. A minha avó era velha; eu achava que morrer era o que pessoas velhas faziam.

Contudo, ela não era tão velha assim, pois Ada ainda estava ali e a minha avó tinha morrido havia dez anos. Esse pensamento foi chocante, e me fez sentir saudade da minha mãe, que agora tinha apenas doze anos a menos do que a sua mãe tinha quando morreu.

Deixei a foto de lado e peguei a próxima.

Quando Ada voltou, depois de acompanhar Thomas até a saída, eu tinha começado a fazer pilhas para anos diferentes, organizando as fotos pela data real, quando tinham uma. Ela olhou para as minhas pilhas com aprovação, mas não disse nada.

Na manhã seguinte, saí cedo até a Hoy's. Comprei um conjunto de canetas, algumas pastas, fichas, elásticos e cola goma arábica. Levei a primeira caixa para o meu quarto, respeitando a vontade de Ada para que eu ficasse fora de vista. No quarto, ocupei o chão e depois espalhei pelo corredor.

Assim que Ada terminou o trabalho do dia, eu tinha catalogado grande parte da primeira caixa por datas.

— Algum dia, gostaria que essas fotos fossem colocadas em álbuns — ela disse.

— Você quer que o trabalho seja feito rápido, ou quer que seja feito do jeito certo?

Ada levantou as mãos.

— Prossiga.

* * *

Observei a infância de Ada florescer diante de mim, juntando as peças do que eu conseguia ver e do que não conseguia. A barriga da mãe dela cresceu, nasceu um bebê, e depois ele sumiu. A barriga dela cresceu outra vez, mas não nasceu nenhum bebê.

— O que aconteceu com o bebê? — perguntei no café da manhã.

— Que bebê?

— O da sua mãe. Vi fotos de um menininho. E depois não vi outras.

Ada fez um gesto negativo com a cabeça.

— A pandemia da gripe asiática de 1890. Eu mal me lembro dele. Ele tinha só alguns meses de idade. Não sei quem pegou primeiro, mas todos nós pegamos. O resto se recuperou. — Ela olhou ao longe. — Bem, fisicamente. A minha mãe… passou um perrengue.

— Mas ela voltou a engravidar.

Ada pareceu confusa.

— Não. Acho que não.

Me levantei da cadeira e subi correndo a escada para pegar a foto. Entreguei-a para Ada, que a observou com atenção.

— Acho que você tem razão. Não sei o que aconteceu.

— Quando a sua mãe morreu?

— Um ano depois do meu pai.

Olhei para Ada de soslaio, discretamente, para que ela não fizesse um comentário sobre o meu olhar impertinente. Eu ainda estava observando a foto da mãe dela. *Tantas mortes*, pensei. Eu não tinha certeza se me casaria se estivesse na situação dela. Ela perdeu o noivo, o irmão, os pais. Deve ter parecido que todos eram temporários.

— Era assim que as coisas eram — Ada disse finalmente. — Pode parar de ficar me olhando assim. Todas as pessoas da minha idade têm histórias parecidas, Marilyn. Tínhamos famílias grandes porque as coisas aconteciam.

Porém, naquela manhã, ao examinar as fotografias, percebi algo: a mãe de Ada nunca apareceu sorrindo em um retrato depois que o bebê morreu. Nem uma única vez.

33

Durante as manhãs, eu classificava as fotos e começava a colocá--las no primeiro álbum, etiquetando com cuidado cada fotografia usando as informações do verso. Havia algo reconfortante em voltar àqueles rostos agora familiares, observando-os crescer e mudar.

Após o almoço, eu fazia uma pausa, e caminhava duas quadras para o norte até a praia. Era uma mudança necessária. No primeiro dia que decidi retornar para tomar sol, fui para o meu lugar de sempre, e Freddy se aproximou.

— Podemos conversar? — ele perguntou.

Abri um único olho. Eu estava desfrutando de uma breve "siesta", como Ada chamava os seus cochilos vespertinos, em geral feitos no sofá de vime da varanda.

— É melhor não.

Ele se sentou na areia ao meu lado, sabendo que era melhor não tentar se sentar na minha toalha agora.

— Marilyn, por favor. Estou sofrendo sem você.

Ergui os óculos de sol para o alto da cabeça e me apoiei nos cotovelos.

— O que você quer que eu diga?

Freddy pareceu perplexo, o que o deixou pouco atraente. Quando confiante, ninguém era mais bonito. Quando confuso, ele se assemelhava a um chimpanzé.

— Que também sente saudade — ele respondeu finalmente.

Ergui as sobrancelhas.

— Querido, eu não pretendo mentir para você. — Puxei os óculos de sol para baixo e voltei a me deitar na toalha.

— Marilyn, você tem que entender...

Eu me sentei, irritada agora.

— Freddy, meu caro, eu não dou a mínima. — Ali estava a cara de chimpanzé de novo. — Olha, todo mundo comete erros. E temos que viver com as consequências. O seu erro foi não usar um preservativo com a sua nova noiva. O meu foi ter sido enviada para cá. Porque, embora eu aprecie a experiência de vida, sinceramente, eu gostaria de nunca ter posto os olhos em você. E se você se importasse mesmo comigo, e não só com o próprio umbigo, teria me feito o favor de garantir que eu nunca mais tivesse que lidar com isso.

Freddy começou a gaguejar desculpas, argumentando que ainda queria namorar comigo, até que finalmente peguei a minha toalha e fui embora da praia.

A partir de então, escolhi a praia da 16th Street, onde Freddy não pensaria em me procurar, para desfrutar do meu tempo solitário em comunhão com a natureza, lendo e analisando os meus próximos passos.

Trouxe um caderno para a praia. Era bom ficar deitada ao sol, com o som das ondas se quebrando ao fundo, entrecortado apenas pelo grito das gaivotas, que estimulava a criatividade.

A minha nova história começava com um coração partido. Embora tenha contado para Ada a verdade sobre o estado do meu próprio coração, senti que poderia escrever sobre essas coisas agora com um senso de precisão. Também comecei a tirar proveito das fotografias, ainda que a minha linha do tempo fosse moderna. A mãe sem sorriso. As irmãs com pouca diferença de idade. O pai que as apoiava em tudo. Eu ainda não sabia bem onde a história iria terminar, nem se seria uma comédia, uma tragédia ou uma crítica social mordaz. Mas cabia a mim criar. Se eu tinha me sentido presa durante toda a minha vida pela sociedade e pelas expectativas de todos ao meu redor, eu me sentia livre nesse mundo que eu havia começado a tecer ao redor dos meus personagens.

E percebi que, embora tenha dito a Freddy que não pretendia mentir para ele, eu tinha mentido. O meu erro não foi ter sido enviada para Ada; foi não a ter escutado desde o início. Eu não me arrependia de estar ali de forma alguma. E verdade seja dita, não me arrependia em relação ao Freddy. Eu precisava dessa experiência para escrever sobre os relacionamentos e as emoções abrangentes associadas ao desejo.

Depois de saciar a minha vontade de sol e areia durante a tarde, caminhei as duas quadras para casa e tomei banho no chuveiro externo nos fundos da casa. Era o que Ada fazia todas as manhãs depois de nadar, e no primeiro dia que tentei, me sobressaltei a cada barulho. Sim, eu trancava a porta por dentro, mas ainda assim tinha certeza de que a porta se abriria de algum modo, e eu ficaria exposta ao mundo. Que mundo eu achava que estaria reunido no quintal da casa de praia da Ada, que continha apenas um galpão e um varal, eu não sabia dizer.

Porém, na terceira vez que tomei banho ali, o recato já tinha sido esquecido. Eu adorava a luz do sol que dava para ver através das ripas do telhado enquanto lavava o cabelo, e a sensação das pedras aquecidas pelo sol e pela água sob os meus pés descalços. Comecei a cantar tão alto que Ada mais tarde me disse que eu estava espantando as criancinhas e os gatos. Cantei para Ada um trecho de *A Bushel and a Peck*, tentando imitar Vivian Blaine da melhor maneira possível, até que ela balançou a cabeça e saiu andando, murmurando que eu também assustaria Frank Sinatra com essa interpretação.

Jantamos juntas. Depois, quando Ada se retirou para assistir à televisão no escritório, eu subi para escrever.

— Não fique acordada até muito tarde — Ada dizia todas as noites, aparecendo à porta do meu quarto antes de ir para a cama.

Eu prometia que não ficaria, ainda que em geral ficasse para lá da meia-noite. Era um código entre nós duas. Ada nunca demonstraria afeto por mim, mas a sua preocupação era um sinal claro do seu amor por mim.

E a realidade era que, apesar de ela ter me expulsado do negócio, eu também tinha aprendido a amá-la.

Assim, eu sorria todas as noites depois que ela saía do meu quarto, dando outra alfinetada na tia espertinha da minha história em sua homenagem.

34

Mostrei o primeiro álbum para Ada, que incluía as fotos desde antes de ela nascer até os seus dez anos.

Ela folheou as páginas, em seu ritmo. Eu sabia que se cometesse algum erro, seria informada sobre isso em detalhes. Ada era mesquinha com os elogios e generosa com as críticas. Mas isso fazia com que os seus elogios reais fossem muito mais valiosos.

— Isso — ela disse, quando chegou ao fim. — É isso o que eu tinha em mente. — Ada se levantou, colocando o álbum na mesa de centro. — Pegue a sua bolsa. Vamos sair.

Olhei para a minha calça capri e blusa amarrada.

— Me deixe só me trocar primeiro.
— Não precisa. Deixe para depois.
— Depois do quê?

Ela sorriu.

— Pegue a sua bolsa.

* * *

A definição de Ada de "sair" era uma ida ao salão de beleza da cidade. Olhei para a fachada com cautela, incerta acerca da capacidade de o salão corresponder aos meus padrões nova-iorquinos. Contudo, não tinha a intenção de dizer isso para Ada. E se fizessem um estrago, bem, a beleza do cabelo é que volta a crescer.

Entramos em um mundo rosa e turquesa, com clientes e cabeleireiras cumprimentando Ada como se ela fosse a prefeita. Prestei atenção nela enquanto ela acenava para todos, repreendendo algumas pessoas por não virem vê-la. Então, me perguntei se talvez ela FOSSE, de fato, a prefeita. Ada conhecia todo mundo, os negócios de cada um, e o que fazer quanto a isso.

A cabeleireira escolhida por Ada nos conduziu até duas cadeiras, uma das quais estava em uso, mas a cliente foi logo transferida para outro lugar para nos acomodar. Ada me apresentou como a sua sobrinha, e então deu instruções detalhadas sobre o seu próprio cabelo. Deixei a minha atenção se voltar para o espelho, observando as mulheres atrás de mim e procurando maneirismos que pudesse usar no livro.

— Um corte chanel, acho. Algo parecido com o que aquela Jackie Kennedy está usando — Ada estava dizendo.

Olhei para o cabelo platinado de Ada, que já estava com um corte chanel volumoso. Então me dei conta de que ela estava falando a meu respeito. A cabeleireira concordou e se aproximou para colocar as mãos em meu cabelo, que estava na altura dos ombros.

— Como é que é?

Ada sorriu para mim no espelho.

— Estamos em 1960, meu bem. Vamos adequar o seu visual para a época.

— E a cor? — a cabeleireira perguntou.

— Vou deixar isso com ela — Ada respondeu. — Marilyn, você gostaria de se parecer mais com a sua homônima? Você pode ficar loira.

Levantei as mãos.

— Vamos começar pelo estilo.

Ada riu.

— Acho que é melhor assim. Dizem que os homens preferem as loiras, e não precisamos de mais deles assediando a gente por aí.

Me encolhi, mas a cabeleireira não pareceu perceber.

— Está de acordo? — ela perguntou.

— E eu tenho escolha?

— Faço o que a sua tia diz — ela disse, rindo.

— Você e todo mundo.

* * *

Uma hora e meia depois, recém-penteada, saímos do salão.

— Aposto que a sua cabeça está se sentindo mais leve — Ada disse.

— Parece... maior, com certeza.

— Marque as minhas palavras. Se a Jackie está usando, todo mundo também vai querer usar. Se o marido dela for eleito presidente, será metade porque ele é bonito e metade porque ela é.

Eu não acompanhava política o suficiente para argumentar. Sabia que ele tinha o meu voto pelos motivos que Ada listou. E ao passarmos por uma vitrine, admirei o meu novo estilo. Parecia mesmo atraente.

— Obrigada — eu disse. — Um novo visual é bem o que eu precisava.

— Ah, ainda não terminamos.

— Não?

— Não. Vá vestir o traje mais chique que você trouxe. Vamos para Atlantic City hoje.

Meus ombros caíram.

— O que é isso? — Ada perguntou com impaciência.

— Eu... O Freddy me levou lá. Quando a gente começou...

— Quando você começou a sair de fininho à noite?

Eu a encarei.

— Eu disse no dia em que você chegou... nada me escapa.

— Por que você não me alertou?

— Eu alertei.

— Não, quer dizer, você poderia ter dito: "Eu sei o que você anda fazendo. Eis porque é uma má ideia".

— Isso teria te impedido?

Abri a boca para responder "sim", mas a palavra ficou presa na garganta.

— É por isso que todos nós temos que cometer os nossos próprios erros e aprender certas coisas do jeito mais difícil — Ada disse.

Examinei o seu perfil, imaginando que erros ela já havia cometido. Se eu perguntasse, Ada diria que era uma pergunta impertinente ou que era a exceção à regra. Mas ela não teria dito isso se fosse esse o caso.

— Mas vá trocar de roupa e coloque maquiagem. Você ainda não conheceu Atlantic City do jeito certo porque ainda não fez isso comigo.

* * *

Meia hora depois, saí do meu quarto com um vestido de verão azul-bebê, combinando com os meus saltos mais altos e o batom que Ada me deixou usar. Franzi os lábios ao me ver no espelho do banheiro. Ada tinha razão: o corte de cabelo ficou bem em mim.

A porta do quarto dela estava aberta.

— Estou pronta — avisei, tomando cuidado para não passar pela porta.

— Ainda não está — Ada respondeu. — Entre.

Por um instante, hesitei, me perguntando se ela ia me deixar usar o batom dela. Em seguida, entrei.

Ada estava muito elegante, usando um vestido bordado com miçangas com corte semelhante ao meu. Uma estola de vison branca estava jogada sobre os seus ombros. Um longo colar de pérolas pendia em volta do seu pescoço e brincos enormes combinando balançavam em suas orelhas.

— Hummm — ela disse, se movendo ao meu redor.

— É o melhor que tenho. E eu não caberia nos seus vestidos — completei. Eu era mais curvilínea que Ada, e qualquer coisa que coubesse nela não passaria pelos meus quadris ou busto.

— Não — ela concordou. — Não caberia. Mas os acessórios são mais flexíveis.

Dirigi o olhar para a sua penteadeira.

— Nem pense em usar aquele batom — Ada advertiu. Então, me examinou e depois foi até o seu closet, surgindo com outra estola branca. — Essa é mais antiga. Não sei por que a conservei, mas agora é sua.

Estava em perfeita condição. Talvez um pouco mais larga do que a que ela estava usando, mas de resto idêntica.

— Minha?

— Não ficou claro?

Ergui as sobrancelhas e agradeci a ela. Mamãe ficaria morrendo de inveja. Ela tinha um único casaco de vison, que o meu pai dizia ser suficiente para qualquer pessoa.

Porém, Ada ainda não tinha terminado. Ela estava revirando uma caixa de joias em sua cômoda.

— Isto aqui *não* é seu — ela disse. — Mas, para hoje à noite... bem, você pode fazer de conta que é.

Ela veio por trás e prendeu um colar em mim. Olhei no espelho. Tinha um grande diamante.

— É de verdade?

— Acha mesmo que eu usaria algo falso?

Os meus olhos estavam tão grandes quanto a pedra pendurada na corrente em meu pescoço. Enquanto isso, Ada me examinava.

— Você também vai precisar de brincos. — Ela voltou para a caixa de joias e trouxe um par de diamantes em formato de lágrima e me entregou para colocar nas orelhas. Ela retornou à caixa de joias e trouxe um anel de safira, que segurou na palma fechada da mão por um minuto antes de oferecê-lo para mim. — Este foi o anel de noivado da minha mãe.

Observei a safira oval cercada por pequenos diamantes em um aro de ouro.

— É lindo.

Ada fez um gesto de aprovação com a cabeça.

— Diamantes em uma posição central ainda não estavam na moda. Isso veio depois.

Ao contrário do que Marilyn Monroe diria, esse seria o anel que eu escolheria para mim mesma. Ele chamava mais a atenção do que um anel solitário com diamante, e a pedra colorida era sem igual. Eu não queria alguma coisa que algum homem nebuloso no meu futuro escolhesse de uma bandeja de veludo de anéis quase idênticos em uma joalheria. Eu queria algo com personalidade; como eu.

— Ah, Ada...

— Não me venha com sentimentalismos — ela disse. — E como eu falei, é tudo emprestado.

— Tirando a estola?

— Me pergunte isso de novo e eu vou pegá-la de volta.

Eu queria abraçá-la, mas fiquei com medo de que ela acabasse pegando de volta essas joias deslumbrantes antes que eu tivesse a chance de usá-las.

— Posso usar o batom vermelho?

Ada apontou para a porta.

— Saia. Vou descer em um minuto.

Quando ela apareceu, estava usando o Guerlain, é claro. Eu não disse nada.

35

Chegamos à Atlantic City com a capota abaixada e com os cabelos protegidos por lenços. Ada dirigiu até um estacionamento. Havia manobristas, mas ela recusou. Por um momento, achei que o manobrista iria discutir, mas o supervisor se aproximou de nós e cumprimentou Ada pelo nome, dizendo para ela seguir em frente.

— Obrigada, Teddy — ela disse.

— A sra. Miller não está com você? — ele perguntou, olhando para mim.

— A mãe dela morreu. Ela deve se juntar a nós dentro de uma semana ou talvez um pouco mais. Vou jantar com a minha sobrinha hoje à noite.

— Meus pêsames — Teddy disse, curvando a cabeça. — Gostaria que eu reservasse uma mesa no Hackney's?

— Sim, querido, muito obrigada.

— Sempre às suas ordens, srta. Heller.

Ada pôs o carro em movimento, orientada pelo primeiro manobrista até uma vaga.

— Lillian é casada? — perguntei.

Ada olhou para mim como se fosse uma pergunta bizarra.

— Por que você está perguntando isso?

— Ele a chamou de senhora.

— Ela era. Já faz muito tempo.

— Vocês duas vêm muito aqui?

— Uma vez por ano — Ada respondeu, tirando o lenço da cabeça e ajeitando o cabelo no espelho. Eu a imitei. — É possível que seja duas vezes este ano se Lillian estiver disposta quando finalmente chegar. Coitadinha. Ela está tendo um verão muito difícil. Um pouco de diversão é do que ela está precisando. — Ada abriu a porta do carro e saiu. — Você vem?

Saí correndo para segui-la, mas ela já estava na metade dos degraus para o calçadão quando a alcancei. Já era muito mais tarde quando eu e Freddy fomos ali, e agora o calçadão estava tomado por famílias, muitas tinham criancinhas em carrinhos ou nos ombros dos pais, todos em suas melhores roupas.

Os casais, jovens e velhos, passeavam de braços dados. As mulheres usavam trajes de coquetel, enquanto uma quantidade considerável de homens vestia smoking apesar do calor.

Um menino, com cerca de dez ou onze anos, por pouco não se chocou conosco.

— Bruce! — a sua mãe repreendeu. — Espere pela sua irmã!

Ele sorriu para nós de modo travesso e dentes acentuados e correu de volta para a mãe.

— Está quente demais para uma estola — reclamei para Ada.

— Esse é o segredo, meu bem — Ada afirmou. — Parecer que você está sentindo frio para precisar dela.

Eu a olhei de soslaio.

— Desde quando você se importa com o que as pessoas pensam? Por que não basta se sentir confortável?

Ada conteve uma risada.

— Eu não me importo, na verdade. Mas tudo aqui é uma ilusão. E se não dermos um show, por que os outros dariam?

Olhei ao redor, para a joia reluzente à beira-mar, e me perguntei o que Ada quis dizer.

— Porque ninguém aqui é de fato tão rico quanto aparenta? Tirando você, é claro.

Ada sorriu.

— É indelicado falar sobre a riqueza das pessoas, mas essa é apenas uma parte da questão. A cidade em si não é mais o que era. Se você sair do calçadão, bem... não recomendo se afastar muito. E sempre foi um pouco falsa. Podem finalmente ter preso Nucky Johnson, mas isso não eliminou os elementos mais sombrios da cidade.

Eu não sabia quem era essa pessoa, mas era difícil imaginar todo aquele lugar sendo uma farsa.

— Para onde estamos indo? — perguntei enquanto Ada me levava além do Steel Pier, mal lançando um olhar para o parque de diversões.

— Jantar, é claro.

Tive dificuldade em imaginar Ada comendo no calçadão, mas quando nos aproximamos do extremo norte, as luzes de um grande estabelecimento nos saudaram. Levantei os olhos para ler a placa, que dizia "Hackney's", com um logotipo de uma grande lagosta vermelha.

Na porta, o recepcionista saudou Ada com uma reverência.

— Srta. Heller — ele disse. — E a sua nova amiga, é claro.

— Minha sobrinha.

Ele também me saudou com uma reverência.

— A sua mesa de sempre está pronta, com vista para o mar.

— Muito obrigada — Ada disse, e nós o seguimos pelo maior restaurante que eu já tinha visto. Estava ruidoso, com os sons de louças de porcelana e talheres, taças tilintando e conversas durante as refeições. Os garçons se moviam depressa pelos corredores, carregando bandejas enormes de comida e se desviando dos clientes e de outros garçons com grande habilidade.

Dois garçons apareceram ao nos aproximarmos do que era claramente um lugar de honra, uma mesa vazia com um cartão que dizia "Reservado". Eles puxaram as nossas cadeiras, as empurraram depois que nos sentamos e, com um floreio, abriram os nossos guardanapos e os colocaram com delicadeza em nossos colos.

Um terceiro homem apareceu do nada.

— Srta. Heller — ele disse calorosamente. — É sempre um prazer recebê-la aqui.

— Obrigada, Michael.

— Que tal começarmos com champanhe?

— Claro.

Ele fez um sinal para outro garçom, que colocou uma garrafa em nossa mesa, completa com taças e um balde de gelo, em menos de nove segundos. Eu estava contando.

Com habilidade, Michael estourou a rolha sem derramar uma gota e serviu a bebida primeiro para Ada, que tomou um gole e aprovou com um gesto de cabeça. Então, ele encheu a minha taça e, em seguida, a dela até a borda, segurando a garrafa, com o rótulo voltado para ela ver.

Os cardápios foram colocados diante de nós, e Michael ajeitou a garrafa de champanhe no balde de gelo, dizendo que nos daria algum tempo até escolhermos os nossos pratos.

Ada não tocou no cardápio.

— Você já sabe o que vai pedir?

— E o que você também vai, se tiver juízo.

— E o que é?

— Primeiro, mexilhões. Depois, lagosta.

Percorri o salão com os olhos e notei que todos os clientes pareciam ter mariscos nos pratos em diferentes estágios de consumo.

— Eu... nunca comi nenhum dos dois. — Peguei o cardápio, procurando por algum tipo de opção de peixe mais segura.

Ada colocou a mão no alto do meu cardápio e o empurrou para baixo.

— Porque você é muito religiosa ou porque tem medo de experimentar?

Permaneci impassível, ainda que estivesse tentada a fazer cara feia. Ada sabia que eu não era religiosa. Porém, havia certos ditames da minha infância que eu não estava pronta para abandonar. Comer lagosta parecia um terrível sacrilégio.

— Você já experimentou caranguejo e adorou — Ada disse como se pudesse ler os meus pensamentos. — As regras são arcaicas e de uma época em que intoxicação alimentar poderia matar. — Ela ergueu o próprio cardápio, embora eu tivesse certeza de que ela nem precisava dar uma olhada nele. — Tenho certeza de que o linguado também é excelente aqui. Se você não estiver se sentindo corajosa o suficiente para experimentar algo novo.

Cerrei os dentes.

O garçom voltou como prometido e perguntou se estávamos prontas para fazer os pedidos ou se precisávamos de mais tempo.

— Acredito que estamos prontas — Ada disse, fazendo um gesto para mim.

Ela era insuportável.

— Para começar, os mexilhões, por favor — eu disse. — E depois, posso pedir lagosta?

Ada franziu a testa, mas suavizou a expressão antes que o garçom se dirigisse a ela.

— Vou querer o mesmo — ela disse, entregando o cardápio para ele. Mas depois que o garçom se afastou um pouco, ela se virou para mim. — Não é assim que se faz um pedido.

— Como é?

— A sua mãe criou você num celeiro?

Minha irritação aumentou.

— A minha mãe...

— Tem mais discernimento — Ada interrompeu. — E eu sei, porque eu a trouxe aqui antes de você nascer.

Tentei imaginar a minha mãe comendo mariscos e sentada na cadeira que eu agora ocupava, talvez até mesmo usando a mesma estola de vison. Mas em minha mente, era a minha mãe como ela era agora. Não a versão mais jovem que eu tinha visto na foto do calçadão.

— O que eu fiz de errado? — perguntei.

— Você não deve *pedir* comida. É o trabalho deles. Eles não são a sua mãe. Diga apenas "eu gostaria" ou "vou querer". Não "posso pedir". A resposta é sim, claro que pode.

— Qual é a diferença?

Por uns três segundos, Ada fechou os olhos.

— A diferença está na etiqueta. Dá para se safar de muitas coisas na minha idade e estatura, e dá para se safar de muitas coisas quando se é jovem, mas isso não significa que deveria.

Fiz careta e tomei um gole de champanhe. Vou corrigir o estilo de fazer o meu pedido em restaurantes a partir de agora e isso vai durar pelo resto da minha vida.

Os garçons colocaram os pratos cheios de mexilhões em conchas pretas diante de nós, e também entregaram a cada uma de nós uma tigela pequena. Em seguida, eles se foram. Olhei para Ada. Eu não tinha ideia do que fazer.

— Por que está me olhando assim? Coma. — Mas então a sua expressão se suavizou. — Me observe.

Observei quando ela pegou um garfo pequeno, desprendeu o mexilhão de uma concha e o colocou na boca. Ada mastigou e depois segurou a concha como se fosse uma pequena castanhola.

— Devemos usar isso para tirar o mexilhão das outras conchas — ela disse, fazendo uma demonstração em outro conjunto de moluscos.

Após fracassar em três tentativas com o garfo, Ada me entregou algumas das suas conchas.

— Tente agora — ela disse. — Ou vamos ficar aqui a noite toda, e temos programação para depois disso.

— O que vamos fazer depois?

— Você vai descobrir em breve. — Desprendi o primeiro mexilhão da concha com facilidade e olhei para ele, preso entre as duas conchas pretas que tinha usado como pinça. — É melhor como comida do que como arte.

Certa de que eu estava prestes a mastigar algo com a consistência de uma borracha de sola de sapato, coloquei o mexilhão na língua e fiquei agradavelmente surpresa com o sabor: era salgado e doce, borrachudo, mas fácil de mastigar.

— É delicioso — disse depois de engolir.

— Você parece surpresa. Não é como se eu tivesse mandado você pedir óleo de fígado de bacalhau.

Abri o próximo. Não tinha percebido como estava faminta até o primeiro mexilhão tocar a minha língua.

Ao terminarmos, as tigelas e os pratos foram retirados, e duas lagostas foram postas na nossa frente.

— Acho que você também vai precisar de ajuda com isso — Ada disse. — Receio que lagosta requer muito mais habilidade do que os mexilhões. Mas você parece pegar rápido.

Ada descreveu a anatomia com muito mais detalhes do que eu esperava ou precisava. Em seguida, me mostrou como comer a lagosta, pedaço por pedaço.

— Então? — ela perguntou.

— Agora entendo por que é considerada uma iguaria.

— Sempre diga sim para coisas novas. É a única maneira de você ser capaz de escrever sobre a vida; se você realmente se aventurar e experimentá-la. — Ela colocou o garfo com delicadeza sobre o prato. — Você perguntou por que eu não te alertei sobre o Freddy. Isso foi parte do motivo. Não dá para escrever sobre coisas que nunca sentiu de verdade.

Imitei a maneira como Ada posicionou o garfo no prato. Michael voltou, nos oferecendo o cardápio de sobremesas, mas Ada o dispensou com um gesto.

— Não, ainda vamos a um show hoje.

— É claro — Michael disse em voz baixa. — Vocês sempre aparecem na cidade nas mesmas noites.

— Por nenhuma grande coincidência, posso garantir — Ada disse, sorrindo quase sedutora. Ela entregou a ele um maço de notas. — Compre um presente para a sua mulher.

— Obrigado, srta. Heller.

Ada deu um tapinha no braço dele enquanto ajudantes de garçons recolhiam os nossos pratos.

— Vamos — Ada disse, ficando de pé. — É uma caminhada um tanto longa, mas a noite está agradável.

— Estamos indo para qual show?

— É surpresa.

Presumi que seria alguma banda antiga para lembrar Ada da sua juventude. Mas caminhamos de volta, passando pelo Steel Pier. Muitas famílias já tinham ido embora, mas algumas ainda estavam por ali, com as crianças começando a parecer sonolentas, a menos que tivessem acabado de comer um montão de açúcar; as crianças que tinham feito isso estavam correndo em círculos ao redor dos pais cansados.

Na Missouri Avenue, saímos do calçadão, e eu olhei ao redor, procurando sinais da decadência que Ada tinha mencionado. Mas andamos apenas duas quadras, e nos deparamos com uma grande aglomeração de pessoas e um letreiro em neon anunciando "The 500 Club" diante de nós. *Uma boate?*, pensei. Nunca tive permissão para ir a uma, embora os mais corajosos dos meus amigos da faculdade e eu tivéssemos entrado de fininho em algumas em Nova York. Eu me perguntei se seria algum tipo de espetáculo de vaudeville.

No entanto, Ada evitou a fila, nos levando direto para a entrada.

— Srta. Heller — disse o homem na porta, desenganchando a corda de veludo para nós. — A sua mesa está pronta, bem na frente.

— Muito obrigada — ela disse. — Ele sabe que estou aqui hoje?

— Sabe — o porteiro respondeu, dando uma piscadela.

— Fantástico. — Ada entrou pela porta que ele segurou para nós, com as pessoas na fila esticando o pescoço para ver que celebridades podiam entrar na frente delas.

Passamos pelo bar principal, decorado em estilo *Art Déco* dos anos 1920, com papel estampado de zebra revestindo as paredes. Havia uma cascata no primeiro salão, cercada com folhagem artificial. Ada continuou caminhando, e chegamos ao Salão Vermillion. As paredes eram revestidas de veludo vermelho-escuro, e mesas cobertas com toalhas brancas ocupavam quase todo o espaço. Estava quase cheio, com uma mesinha na frente reservada para nós. Ada me levou de forma decidida pelo salão até a mesa perto do placo, e um garçom apareceu, servindo champanhes sem perguntar o que queríamos.

— Por conta da casa — ele disse. — O sr. D'Amato envia os seus cumprimentos.

— Diga ao Magrelo que eu agradeço — Ada afirmou. — Mas ele ainda é muito jovem para mim.

O garçom riu. Pelo visto, era uma piada recorrente.

Percorri o salão com os olhos, avistando Jayne Mansfield do lado oposto do palco em relação a nós. Arregalei os olhos. Observando o restante das mesas, também vi Paul Newman com Joanne Woodward. Um homem e uma mulher se aproximaram das estrelas de cinema, e eu sorri, reconhecendo o casal que tinha visto em Avalon outro dia, dessa vez sem as crianças. Eles tiraram uma foto com o casal famoso, e Paul Newman autografou um guardanapo para a mulher — acho que o nome dela era Evelyn — antes de eles voltarem para a sua mesa mais ao fundo na casa de espetáculos.

Eu me inclinei sobre a mesa.

— Ada, viemos ver o show de quem aqui?

Ela sorriu quando as luzes se apagaram e um refletor iluminou o palco, a poucos metros de nós.

— Senhoras e senhores — uma voz ressoou. — O 500 Club tem a honra de apresentar para vocês hoje o Chefão, o próprio Olhos Azuis, o sr. Frank Sinatra.

36

No final do show, a minha voz estava rouca de tanto gritar junto com todas as outras mulheres, exceto Ada. Sinatra tinha vindo até a nossa mesa e segurado a minha mão durante a performance de *I've Got You Under My Skin*. Eu tinha certeza de que nunca mais voltaria a lavar essa mão.

Contudo, nunca imaginei que Ada me levasse ao camarim, onde Frank Sinatra — FRANK SINATRA! — a recebeu com um abraço e um beijo. Então, depois que ela me apresentou, ele agiu da mesma maneira comigo.

— É um presente para mim? — ele perguntou para Ada.

— Cuidado, Frankie — Ada disse, cutucando-o de brincadeira. — Ela é minha sobrinha, Marilyn.

— Tem certeza de que não quer me arrumar um par? Eu seria uma ótima distração nas férias.

Ada riu, e eu me senti nas nuvens com a ideia de que Frank Sinatra estava até brincando sobre se casar comigo. Ada disse que o deixaria voltar para os fãs, mas antes de sairmos, ele pegou uma fotografia de si mesmo de uma pilha delas e autografou para mim. Eu fiquei segurando com a mão trêmula quando saímos da casa de shows e voltamos para o calçadão.

— É a mesma Atlantic City que Freddy Goldman mostrou para você? — Ada perguntou. Fiz que não com a cabeça, com os olhos tão grandes quanto a roda-gigante do píer. — Está tudo bem? Não vou te segurar se você desmaiar.

— De...de onde você conhece o Frank Sinatra?

— Meu bem, venho para cá desde o tempo da Lei Seca. Conheço todo mundo da cidade. Tirando os turistas, é claro. Mas a essência verdadeira dela. — Ada pareceu pensativa por alguns instantes. — Quando a sua mãe esteve aqui, ela teve a chance de conhecer o Bing Crosby.

Surpresa, me virei para Ada.

— Há alguém que você não conheça?

— Não conheço a maioria das pessoas. Mas se são frequentadores daqui, devo ter sido apresentada. Eu tinha muito mais vida social quando era mais jovem.

Me lembrei da foto de Ada e da minha mãe no calçadão, com o beijo caloroso da minha mãe no rosto de Ada e algo comprimido em sua mão.

— Mamãe conseguiu o autógrafo dele?

— Conseguiu. Acho que ela ainda deve guardar em algum lugar.

Paramos para comprar caramelos a caminho do carro, mas eu me sentia como se estivesse andando nas nuvens em vez de nas tábuas do calçadão. Ninguém ia acreditar que Frank Sinatra havia me beijado no rosto e perguntado se eu era um presente para ele. Eu mesma não acreditava.

No carro, Ada tirou a estola, jogando-a displicentemente no banco de trás. Eu mantive a minha. Era a primeira pele que eu tinha e não queria que ela se desarrumasse com o vento do conversível, por mais quente que estivesse. E ainda estava quente, no final de julho, mesmo à noite.

Prendemos o cabelo e, em seguida, Ada engatou a marcha, deu ré para sair da vaga e pegou a rua, seguindo pela Black Horse Pike de volta para a Garden State.

— Obrigada — eu disse, enquanto seguíamos em frente na escuridão, com os pinheiros à direita e as ilhas costeiras e o mar à esquerda.

Ada permaneceu em silêncio, embora eu não soubesse se ela estava perdida em pensamentos ou simplesmente concentrada na estrada sem iluminação.

— Ada? — perguntei enquanto passávamos por Ocean City.

— Hum?

— Por que a minha mãe passou o verão com você?

— Eu já disse. Essa história não é minha.

— Só que você nos chamou de "duas idiotas... como farinha do mesmo saco" quando achou que eu poderia estar... enrascada. Ela... — Engoli em seco. — Eu tenho um irmão que não conheço?

Por um longo momento, Ada ficou em silêncio, e eu me preparei para o pior.

— Não — ela respondeu por fim.

— Então o que...

— Me dê um instante — Ada disse, me interrompendo e ainda olhando para a estrada escura.

Por mais de um quilômetro, ela não disse nada enquanto eu observava as placas de sinalização da estrada.

Então começou a falar.

— Em 1932, ela tinha dezoito anos. E conheceu um rapaz que ela achou que ia se casar com ela. — Ada olhou para mim. — *Não* era o seu pai.

— Imaginei.

— O seu avô não sabia. A sua avó, a minha irmã, ligou e explicou a situação. Eu disse para ela mandá-la para mim. Quando Rose chegou, ela estava apavorada. O rapaz havia desaparecido depois que ela contou para ele. E quando

Rose apareceu na casa dele... — Ada parou de falar e balançou a cabeça. — Ele disse para os pais que não a conhecia.

Refleti sobre isso. A resposta de Freddy à garota com quem ele havia se metido em encrenca foi terrível, mas em comparação a isso... Por outro lado, se eu tivesse concordado em ficar com Freddy, ele teria deixado a garota tão desamparada quanto a minha pobre mãe.

— Eu fiz Rose se sentar e disse que ela tinha cerca de um mês para decidir o que queria fazer. A decisão era dela. Caso ela quisesse interromper a gravidez, bem, nós encontraríamos alguém para ajudar. E caso não quisesse, ela ficaria comigo até a hora chegar e encontraríamos alguém para adotar o bebê.

Um arrepio percorreu a minha espinha. *Não*, Ada disse quando perguntei se eu tinha outro irmão. *Ah, mamãe.*

— No final ela não teve que tomar uma decisão; o destino ou o seu corpo cuidaram disso por ela.

Nós duas ficamos em silêncio. Tentei conciliar isso com a mãe que eu achava que conhecia. Aquela que passava os dias perdida em livros, mas que adorava os filhos mais do que qualquer coisa. Quando ela nos abraçava, será que pensava no bebê que nunca chegou a nascer? Será que o meu pai sabia? Pensei nela chorando pela morte da mãe, a mulher que protegeu a sua honra e permitiu que ela se tornasse a minha mãe em vez de uma mulher abandonada, o que, em 1932, teria acontecido.

— Por um tempo, Rose passou por maus bocados — Ada disse finalmente. — Ela achou mesmo que estava apaixonada e a resposta dele... Bem, não sei o que foi mais devastador. — Ela fez um gesto quase imperceptível com a cabeça ao lembrar. — No final do verão, Rose voltou a ser ela mesma. Mas acho que é por isso que ela se casou com o seu pai no ano seguinte. Ela queria estabilidade. Alguém que não a ferisse daquela maneira.

O meu pai adorava a minha mãe. Todos nós sabíamos disso. Ele não lhe negava nada. E ela também o amava, mas não com a paixão que eu tinha lido nos livros que pegava escondida da caixa no armário dela. Harold e eu éramos os verdadeiros amores dela. E o resto? Ela encontrava consolo nos livros.

Contudo, mamãe *tinha* se apaixonado profundamente. E eu prometi a mim mesma, naquela estrada escura, nunca fazer o que ela havia feito e me contentar com algo morno para evitar ser ferida.

Ada colocou a mão sobre a minha. Olhei para baixo sob a luz do luar, vendo as veias e as rugas na mão dela, carregada com anéis pesados.

— Eu não deveria ter dito isso.

— Sim, deveria. Eu perguntei. Que bom que você me contou.

Ada voltou a fazer um gesto negativo com a cabeça.

— Não. A coisa da "farinha do mesmo saco".

Com uma expressão interrogativa, inclinei a cabeça. Sem dúvida, as nossas situações justificavam a comparação.

— Você não vai acabar como ela. — Ergui o queixo, percebendo que ela tinha razão. Eu teria me casado com Daniel se assim fosse. — Você é muito parecida comigo.

Examinei o seu perfil, iluminado pelo luar, quando ela saiu da Garden State e entrou na Avalon Boulevard. Ada era livre e indomável, mas estava sozinha.

E eu não sabia se era exatamente isso o que eu queria ou se era o que eu tinha mais medo de me tornar.

37

Julho deu lugar a Agosto, trazendo temperaturas mais altas e homens para a praia por mais do que só nos fins de semana, já que tiravam as férias de duas semanas para se juntar às esposas e pais. A praia e a cidade ficaram mais cheias e, quando um dia tentei retornar à praia da 18th Street, descobri que Freddy estava ausente da cadeira de salva-vidas. Voltei nos três dias seguintes, observando com cautela o posto de salva-vidas antes de decidir onde estender a toalha, mas quando ele não apareceu, parei de procurá-lo.

Ada deixou o seu jornal no meu lugar à mesa de almoço, dobrado em um anúncio de casamento do *Philadelphia Inquirer*. Tinha uma foto do casal: Freddy sorrindo, mas parecendo que preferia que fosse um anúncio fúnebre. Me perguntei se também publicariam um anúncio do nascimento do bebê em alguns meses ou se omitiriam isso para torná-lo menos óbvio para quem prestasse atenção às datas.

Provavelmente a última opção.

Porém, observei a garota com grande curiosidade. Ela era bonita, mas não havia nada de marcante nela. Me perguntei se casar com Freddy era o que ela queria ou se os pais dela a forçaram a isso. Do ponto de vista de um escritor, era um estudo fascinante. Mas nenhum deles era problema meu. Mentalmente, lhes desejei tudo de bom e então não pensei mais neles.

Além disso, eu tinha coisas mais interessantes para discutir com Ada. Havia várias fotos sem data, e eu precisava da ajuda dela para ordená-las. Estava quase terminando o segundo álbum, abrangendo a segunda década de vida de Ada. Conheci Abner, o noivo dela, e o tinha estudado, chegando ao ponto de pegar uma lupa na gaveta da cozinha para observar ainda mais de perto as poucas fotos deles juntos. Havia um retrato de noivado, junto com um recorte de jornal que dava a notícia. Porém, logo veio outro recorte, com detalhes do incêndio e da perda de vidas.

Depois disso, não houve mais fotos por quase um ano.

Ada veio se sentar à mesa, apontando para o jornal.

— Achei que você fosse querer ver isso.

— Espero que sejam felizes.

— Não vão ser — ela disse, sombria.

Dei de ombros e deixei para lá. Não queria dedicar nem mais um momento da minha vida para Freddy.

— Estou quase terminando o segundo álbum, mas tenho algumas perguntas. — Ela me olhou. — Onde estão todas as fotos de 1905 depois que Abner morreu?

— Como?

— Não há nenhuma foto por quase um ano.

— Por que deveria haver? Estávamos todos de luto em casa.

— Então você... ficou de braços cruzados?

— Claro que não. Mas teria sido considerado inapropriado sair por aí documentando a nossa vida.

— O que você fez naquele ano?

— Comecei a fazer a escola de enfermagem.

Isso respondeu a minha próxima pergunta, ou seja, a respeito das fotos sem data, que, em sua maioria, retratavam Ada com um uniforme de enfermeira.

— Então, essas são da escola de enfermagem? — perguntei, passando as fotos para ela. — Não têm datas nem nomes.

Ela as examinou.

— São. O que significa que são de algum momento no final de 1905 ou início de 1906.

— Quem são as outras garotas?

Ada deu o nome de algumas delas, e eu anotei as informações. Mas ela não se lembrava de todas.

— Foi há muito tempo. E as garotas vinham de todos os lugares para estudar na escola de enfermagem do New York Hospital, que agora faz parte da Universidade Cornell. Mas isso aconteceu muito tempo depois. Eu nunca mais vi a maioria delas.

— Então você *é* mesmo uma enfermeira?

— Já faz quarenta anos que não sou mais.

— Mas se eu cortasse o dedo, você saberia cuidar dele.

Ada fez beicinho.

— Sim. Acredito que as minhas experiências na Primeira Guerra Mundial me qualificam para cuidar do seu dedo.

Tentei imaginar essa mulher, que era basicamente alguém da realeza entre os judeus da Filadélfia e pelo visto entre todos na praia, com um uniforme de enfermeira, cuidando de homens feridos. Mas eu só conseguia visualizar ela dizendo a eles que era melhor não sangrarem nela, se soubessem o que era bom para eles.

— Mudando de assunto, Lillian chega na próxima semana — Ada continuou.

Eu estava curiosa para conhecê-la, mas também não queria que ela se juntasse a nós. Eu gostava de ter Ada só para mim, e não queria que alguém que não fosse da família chegasse e perturbasse a dinâmica. Algo havia mudado entre nós desde a encrenca com Freddy, e eu gostava da intimidade que tínhamos encontrado; mesmo que passássemos menos tempo juntas durante as manhãs.

— Ela resolveu tudo em Chicago?

Ada confirmou.

— Encontraram um comprador para a casa da mãe. A mãe dela não deixou muita coisa, mas se a Lillian me abandonar um dia, pelo menos terá uma vida confortável.

— Como funciona o arranjo de vocês, afinal? Ela vai se aposentar algum dia?

— Duvido. Acho que vamos viver juntas pelo resto da nossa vida. Ela gosta do nosso arranjo tanto quanto eu.

— Mas você paga alguma coisa para ela?

— É...

— Impertinente falar sobre dinheiro, sim, eu sei. Não estou perguntando quanto. Só estou perguntando como funciona.

— Lamento, mas isso é entre nós. Lillian está bastante satisfeita com a vida dela como está. Assim como eu.

Mudei de estratégia, imaginando se conseguiria obter mais informações direto da própria Lillian ou se ela seria tão rabugenta quanto Ada.

— Você disse que não estava preparada para se aposentar. Acha que vai estar algum dia?

— Lillian acha que eu deveria.

— Mas você não concorda?

Ada olhou além de mim, pensativa.

— Acho que vou saber quando for a hora. Ainda não cheguei lá. Mas tenho um lugarzinho em Key West esperando se chegarmos a esse ponto.

— Por que Key West?

— Porque Havana anda muito instável nos últimos tempos. Já sou velha demais para a Europa e lugares assim, e nunca fui muito fã de Palm Springs. Em Key West, ninguém se importa com quem você era antes. Você pode apenas desaparecer e viver sem ser vigiada pelo mundo.

Fiquei surpresa com o desejo de anonimato de Ada. Ela florescia com o reconhecimento que recebia para onde quer que fosse. Sem isso, presumi que ela murcharia como uma uva-passa.

— Mas é muito provável que eu fique aqui — Ada continuou. — Se a demanda diminuir drasticamente ou se eu me cansar de ser Ada Heller, então Key West está à espera. Embora eu não acredite que os casamentos sairão de moda tão cedo.

— Alguém já questionou o fato de você nunca ter se casado, mas ainda assim saber tudo sobre os segredos de um casamento feliz?

Ada sorriu.

— De vez em quando. Apenas explico que não consigo encontrar um par para mim mesma, e que não ia me contentar com alguém que não estivesse à altura de um arranjo feito por Ada Heller.

— Mas você disse que já se apaixonou.

— Sim. Duas vezes, na verdade.

— Então por que você não se casou?

— Porque o amor sozinho nem sempre resulta num bom casamento. — Ela afastou a cadeira da mesa. — Chega de perguntas por hoje. Tenho que trabalhar.

Frannie retirou a louça suja e eu permaneci à mesa, procurando entender exatamente o que Ada queria dizer com isso; ainda mais porque a personagem principal na minha história estava se apaixonando. Que segredos eu precisava saber para fazê-la encontrar a verdadeira felicidade?

Balancei a cabeça. Agora poderia escrever a respeito de uma sedução com base na experiência, mas ainda não sabia nada sobre estar apaixonada. Depois que me levantei, voltei para as fotografias, pensando que quando eu finalmente encontrasse esses dois amores de Ada, seria capaz de aprender o bastante para escrever de maneira convincente.

38

No início da tarde, ouvi uma batida à porta. Eu estava arrumando a minha bolsa para ir à praia, mas desci correndo a escada. Tínhamos recebido entregas a toda hora por causa da chegada de Lillian, e Ada havia me mandado trabalhar com Frannie para arejar o quarto dela — era o segundo maior quarto e ficava bem ao lado do de Ada — e lavar toda a roupa de cama. Mas, naquele momento, parecia que já tínhamos feito grande parte do que precisava ser feito, e eu estava ansiosa para ler um dos livros mais recentes que a minha mãe havia enviado.

— Os baús de Lillian estão aqui — gritei para Ada, parando de repente junto à porta da frente.

— Não grite de um cômodo para o outro — Ada gritou de volta.

Dei uma risadinha e abri a porta.

— Se não se importar de levar lá para ci... — Arregalei os olhos.

Daniel Schwartz estava parado na varanda, com um buquê de rosas brancas na mão.

— Não — eu disse, batendo a porta na cara dele, no mesmo momento em que Ada estava descendo a escada.

— O que deu em você? — ela perguntou. — Deixe ele entrar com a bagagem!

— Não é...

Mas era tarde demais. Ada tinha aberto a porta.

Ela parou e olhou para Daniel de cima a baixo. Ele estava usando calça social e uma camisa de manga curta e colarinho abotoado, o que fez Ada dar um aceno de aprovação. Ela apontou para as flores.

— Suponho que você não esteja aqui para trazer a bagagem da sra. Miller.

— Receio que não — Daniel disse. — Estou aqui para ver Marilyn.

Ada olhou de Daniel para mim e de volta para ele antes de estender a mão.

— Ada Heller. E acho que você é o filho do famoso rabino.

Resmunguei para mim mesma. O aperto de mão era um sinal claro de aprovação. Eu me perguntei se poderia fugir e nunca mais voltar. Key West parecia uma boa opção.

— Vejo que a minha reputação me precede. Sim. Daniel Schwartz.
— Daniel? Ou Dan?
Ele sorriu.
— Dan para os amigos.
Droga. Aquilo era um prato cheio para Ada.
— Bem, Dan, se me permite a audácia de supor que vamos nos tornar amigos, por favor, entre. — Ela passou a mão no braço dele, conduzindo-o para dentro da casa.
— Ada! — sibilei.
— Cadê os seus bons modos? — Ada perguntou, sorrindo para mim. — Um distinto cavalheiro está nos visitando.
— Não estamos no século XIX. Ninguém mais fala assim.
— Quanta grosseria — Ada murmurou. Então, pegou as flores de Daniel e me golpeou no peito com elas. — Coloque as flores na água enquanto eu vou conhecendo melhor o nosso convidado.
— Ótimo. Vá conhecendo. Quem sabe você não encontra uma pretendente para ele que *não seja* eu.
— Ignore-a, meu bem — Ada sussurrou para Daniel. — Venha comigo. Vamos nos sentar na sala.
Por um bom tempo, fiquei ali parada, pensando seriamente em furtar as chaves do carro de Ada, dar a partida e nunca mais voltar. Porém, tendo sido criada em Nova York, eu não sabia dirigir. E ainda não estava de todo pronta para abandonar o manuscrito florescente no andar de cima. Então, levei as flores para a cozinha e as deixei na bancada.
— Vou pegar um vaso — Frannie disse, limpando as mãos no avental.
— Não precisa — respondi. — Eu não quero essas flores.
— São tão bonitas — ela afirmou. — Vou colocá-las na água.
— Frannie.
— A srta. Ada disse para fazer isso. Eu ouvi muito bem. E eu trabalho para ela, não para você.
— Você sabe dirigir?
— Como?
— Esquece!
Ouvi risadas na sala e, sem possuir uma rota de fuga clara, respirei fundo e fui me juntar aos dois.
Daniel estava no sofá, enquanto Ada ocupava a poltrona em frente a ele. Pelo visto, Sally tinha se apaixonado e estava no colo de Daniel, beijando a sua mão. Que traidora.
— Sente-se — Ada disse para mim, ainda rindo. — Você não me disse como o Dan era engraçado, nem como era bonito.

Eu a ignorei.

— O que você quer, Daniel?

— Eu... bem... — Ele olhou de mim para Ada e de volta para mim. Então, respirou fundo. — Não vou ficar fazendo rodeios. Vou abrir o jogo. Você não sai da minha cabeça.

Eu o encarei como se ele tivesse acabado de dizer que matava pessoas por diversão.

— Que fofo — Ada disse. — Marilyn, meu bem, isso não é fofo?

— Você está se divertindo com isso, não está? — perguntei a ela.

— Muito. — Ada se virou para Daniel. — E você veio dirigindo de Nova York só para dizer isso para ela?

Ele confirmou.

— Eu fui até a sua casa. Na verdade, fui algumas vezes. A sua mãe finalmente me disse onde te encontrar.

Bufei, fazendo o ar escapar com o lábio entreaberto.

— Daniel...

— Dan — Ada corrigiu. — Acredito que quando duas pessoas despedaçam uma vidraça colorida num ato de paixão, pelo menos passam a ser amigas.

Dirigir não podia ser tão difícil, não é?

— Dan — eu disse entre dentes cerrados. — Lamento que você tenha dirigido tanto, mas a minha resposta é a mesma que eu dei dois meses atrás. Ou seja, não.

Ele pareceu estar um pouco confuso, mas ao contrário de Freddy, essa reação ficava charmosa nele. Por mais que eu odiasse admitir.

— Eu... ah... não... não estou aqui para propor... de novo. Aquilo foi ideia do meu pai, e eu... nem sei por que concordei. — Daniel abaixou a cabeça e, em seguida, voltou a olhar para mim. — Na verdade, sei. Eu gosto de você. E achei... — Ele parou de falar por um instante para organizar os pensamentos. — O casamento dos meus pais foi arranjado. Eu sempre gostei de você, mesmo quando éramos crianças. E achei que isso ajudaria as nossas famílias, e já nos conhecíamos melhor do que a maioria dos casais fruto de casamentos arranjados... — Ele se virou para Ada. — Sem querer ofender, senhorita.

— De forma alguma.

Eu a fuzilei com os olhos. Por que de repente ela estava sendo tão simpática?

— Foi uma estupidez. Eu sei. Mas pensei, se você estivesse disposta, por que não? — Dan perguntou.

— Eu não estava.

Dan sorriu com tristeza e passou a mão pelo cabelo.

— Eu sei disso agora. — Ele se virou para me encarar e eu me afastei um pouco. — Vim aqui para perguntar se você toparia sair comigo em um encontro de verdade.

— Claro que sim — Ada disse. — Marilyn, vá se trocar.

— Ada!

Ela levantou as mãos num gesto de inocência.

— O quê? Não posso falar por você, com certeza, mas dou o meu consentimento de todo o coração.

— Olha, Dani... Dan. Não estou interessada em sair com ninguém agora. Quero me concentrar em mim mesma. E na minha escrita. E eu não...

— Sua escrita? — ele perguntou. — O que você está escrevendo? Adoraria ler.

Tive vontade de dar um chute em mim mesma.

— Ele adoraria ler o que você está escrevendo, Marilyn — Ada disse. — Como é muito mais moderno e interessante em comparação com tantos *outros* rapazes.

Se um olhar matasse, nem mesmo a maldade de Ada a salvaria. Ela estaria a sete palmos abaixo da terra e fria já. Só o que me faltava era ela trazer Freddy à tona e Daniel levar essa informação para os meus pais. Eu poderia dizer adeus à faculdade para sempre se isso acontecesse.

— A questão não é essa — eu disse entre dentes. — Só não estou interessada em namorar agora.

— Bobagem — Ada afirmou. — Dan, se Marilyn não quiser sair com você, você ficará para jantar aqui hoje.

Fiz contato visual com ela, tentando comunicar quão indesejável era por meio de telecinesia ou alguma outra habilidade psíquica, mas, assim como as minhas inexistentes habilidades ao volante, eu também carecia do poder para me salvar dessa maneira.

E quando Ada apenas sorriu para mim em resposta, me dei conta de que se eu *não* fosse sair para jantar com Dan, Ada iria convidá-lo para ficar conosco.

— Se eu concordar em jantar com você hoje, e ainda não estiver interessada, você vai me deixar em paz?

Por um momento, senti simpatia por ele. Daniel veio dirigindo de Nova York, achando que receberia uma acolhida mais calorosa do que eu estava disposta a dar.

Porém, na casa dele, também havia essa coisa incrível chamada telefone, e ele poderia ter evitado o esforço se tivesse tirado o fone do gancho e discado.

— Se você não quiser mesmo, eu vou embora agora — Dan disse. — Só achei que... você parecia ser do tipo que apreciaria um grande gesto.

— E é — Ada assegurou a ele. — Ela quer sair com você. Só não sabe disso ainda.

— Ada!

Ada abriu um sorriso largo.

— Suba e vá se arrumar, Marilyn. Dan, meu bem, vou ligar para o Princeton e reservar um quarto para você. Eu até gostaria que você ficasse aqui em casa, mas receio que não seria de bom tom com duas mulheres solteiras, e eu *odiaria* — ela deu uma piscadela para ele — fazer algo que obrigasse vocês dois a se casarem para salvar as suas reputações; tanto quanto vocês ainda possam salvá-las, é claro. — Ela se levantou e Dan também. — E vou fazer uma reserva para o jantar. Você trouxe uma gravata? Se não, há uma loja de acessórios masculinos na cidade.

— Eu trouxe.

— Ótimo — Ada disse, pegando o braço dele e o levando até a porta. — O Princeton fica a poucas quadras daqui. Você poderia ir a pé, na verdade. Vou ligar para lá agora mesmo. Volte aqui às seis para pegar a nossa Marilyn. Cuidarei para que ela esteja pronta.

Dan olhou para mim, emburrada no sofá.

— Vejo você à noite.

— Mal posso esperar — eu disse, com o máximo de sarcasmo que consegui reunir.

Ada fechou a porta e em seguida se aproximou de mim.

— O que você está esperando? Precisamos descobrir o que você vai vestir!

— Por que você está fazendo isso comigo?

Ada apontou o dedo para mim.

— Porque consigo reconhecer um bom partido a quilômetros de distância. Daniel se preocupa com os seus interesses. Ele respeita o que você quer. E veio de longe para tentar. Até Sally aprova, e eu já disse, ela julga muito bem o caráter das pessoas. Agora você vai parar de fazer birra e vai arrumar o cabelo enquanto eu ligo para o hotel. — Eu não me mexi. — Agora, mexa-se.

Suspirei e me levantei do sofá. A noite ia ser muito longa.

39

Depois que Ada conseguiu o quarto para Dan no Princeton e fez uma reserva para o nosso jantar, ela entrou em meu quarto sem bater.

— Ei! E se eu estivesse pelada?

— Não veria nada que já não tivesse visto antes — Ada afirmou ao se aproximar do armário e começar a mexer em meus vestidos. — Não. Não. Não. Talvez. Não. — Ela consultou o relógio. — Temos tempo para conseguir alguma coisa nova para você na cidade.

— Eu não preciso de nada novo. Muito menos para jantar com Daniel Schwartz.

— Ele foi bom o suficiente para você ficar se agarrando na sinagoga, mas você não pode ser gentil o suficiente para jantar com ele?

— Isso foi antes de ele me pedir em casamento.

— E o que há de tão errado com alguém que estaria disposto a salvar a sua reputação?

Joguei as mãos para o alto.

— Eu não *quero* ser salva. Eu quero... — Parei de falar. O que eu queria, afinal?

Ada revirou os olhos, mas tirou o vestido verde-claro que eu tinha usado em Cape May com Freddy do armário e o colocou na cama.

— Esse não — eu disse.

— Por que não?

Torci o nariz e Ada ergueu a mão.

— Não precisa dizer mais nada. — Ela recolocou o vestido no armário. — Quer que eu ponha fogo nele?

— Não seria nada mal. A menos que você conheça um exorcista para roupas.

Ada pegou o vestido rosa que tinha designado como um "talvez" e o colocou na cama. Em seguida, sentou-se ao lado dele.

— Eu sei. Você quer romance, e paixão, e friozinho na barriga, mas você sem dúvida sentiu um pouco disso dois meses atrás ou nunca teria se envolvido nessa enrascada.

Será? Tentei lembrar por que fiz o que fiz, para além do tédio. Pensei nele se virando para me olhar na sinagoga, enquanto eu contava os segundos para ver o que ele faria. Sim, senti uma sensação estranha naquele dia. Mas...

— Foi a coisa do proibido — eu disse. — É só isso.

— Isso aconteceu com Freddy Goldman, com certeza, mas o que há de errado com o que aconteceu com esse aí?

Eu não sabia como explicar o que Daniel representava. A vida sem graça do Upper West Side que me deixaria junto ao fogão com um livro. Tudo bem, eu provavelmente não ficaria junto ao fogão. Porém, ele poderia perguntar o eu estava escrevendo o quanto quisesse; ainda assim, ele iria querer que eu abandonasse esse passatempo bobo assim que me conquistasse. E havia tanto do mundo que eu queria ver antes de me resignar àquela vida. Califórnia, Paris, Londres, Havana e, sim, até mesmo Key West. Talvez eu conseguisse convencê-lo a passar a lua de mel em Havana em vez de Niágara, mas isso não seria suficiente para mim. E não teria sido mesmo se eu nunca tivesse experimentado a liberdade de viver com Ada. Mas agora que eu tinha...

— Você disse que precisava de mais tempo após a morte de Abner — eu disse, desesperada. — Eu também preciso de mais tempo.

— Ah, meu bem — Ada disse, dando um tapinha na minha perna. — Valeu a tentativa. Mas não. Eu não estou dizendo que você tem que se casar com ele, mas você deve ir nesse encontro. Agora, vá tomar um banho sozinha, ou eu preciso ir junto? — Fiz careta e ela riu. — Você é muito antiquada. Mesmo que se casasse com ele, o divórcio é algo comum agora. — Lutei contra o impulso de atirar um sapato nela. — Agora vá tomar o seu banho.

* * *

Cinco minutos antes das seis, Ada tinha me vestido, maquiado e me feito sentar na sala. Ela recusou o meu pedido a favor do batom vermelho, dizendo que me fazia parecer "provocativa".

— Ele gostou bastante em junho.

— E ele pediu você em casamento depois disso. Se você quer um resultado diferente, mude a sua estratégia.

— Você tem uma resposta para *tudo* o que eu digo?

— Tenho — Ada respondeu sem perder o ritmo. — É uma das vantagens de envelhecer. Posso dizer muito bem o que quiser. E que Deus ajude qualquer um que se meter no caminho da sua língua quando você tiver a minha idade.

Terei a idade dela em 2015. Até lá, haverá carros voadores e estaremos morando na lua.

Ela continuava mexendo em meu cabelo, e eu afastava a mão dela com gestos bruscos.

— Juro, ainda bem que você nunca teve filhas.

— Sem dúvida. Se fossem tão desagradáveis quanto você...

Fomos interrompidas pelo som de uma porta de carro se fechando.

— Quero que você se comporte hoje.

— Ela não disse se comportar como o quê — resmunguei enquanto ela se dirigia para abrir a porta.

— Como uma dama — ela sibilou e então abriu a porta quando Dan estava levantando a mão para bater. Ele segurava outro buquê de flores.

— Para você — ele disse para Ada. — Obrigado por providenciar tudo.

Eu estava em maus lençóis. Ada estava sorrindo para ele.

— Você está linda — Dan disse enquanto eu me levantava do sofá.

— Sim, sim, vamos acabar logo com isso.

— Volte a hora que quiser — Ada falou atrás de nós. — Eu diria para não fazer nada que eu não faria, mas, na verdade, é melhor se você fizer tudo o que eu faria.

— Boa noite, Ada.

Desci a escada da frente de modo tão indelicado quanto possível, parando quando vi o carro dele.

— Tem alguma coisa aí para cobrir o seu cabelo? — ele perguntou. — Também posso fechar a capota.

Diante de nós estava um Impala amarelo-canário. Comecei a responder, mas Ada saiu correndo da casa, mostrando um dos seus lenços Hermès para mim.

— É meu agora — eu disse, pegando-o da sua mão.

— Preço pequeno a pagar — ela afirmou. — Agora vá se divertir.

Fiz uma careta irônica para Dan.

— Você sabe que ela vai aparecer de óculos de sol e um lenço, e vai tentar se esconder atrás de uma planta para observar a gente, não é?

Ele riu.

— Parece bem provável. Mas eu gosto dela.

Eu também, pensei.

— Ela é sem igual, com certeza.

Ele abriu a porta do carro para mim, e eu me sentei e prendi o cabelo. Enquanto isso, ele fechou a porta e se dirigiu até o lado dele.

— É uma cidadezinha simpática — Dan disse. — Também gostei do nome.

— É uma referência literária.

— Eu sei. Adorei esse livro.

Eu o encarei. Isso era uma armação, não é? De alguma forma, Ada o preparou. Será que ela tinha ligado para o hotel enquanto eu estava no chuveiro?

— Você está pronta para voltar para Nova York e reivindicar o seu trono, ou está planejando ficar até o outono?

— Acho que depende do meu pai.

— Ele ainda está zangado?

Fiz que sim. Ele não tinha falado comigo durante todo o verão. Tudo bem que eu também não tinha escrito para ele, seguindo o conselho da minha mãe para deixá-lo esfriar a cabeça. A última carta dela dizia que ele estava mais próximo de aceitar a ideia de eu continuar a faculdade, mas ainda não tinha aceitado. E se eu nunca tivesse dado bola para Dan, isso nem estaria em perigo, para início de conversa.

— Sinto muito — Dan disse com sinceridade. — Se eu soubesse... Espera. Ele está mais zangado por nós termos sido pegos ou por você ter me rejeitado?

— Os dois.

— Bem, eu lamento *muito*. Achei que estava ajudando ao concordar com o plano do meu pai. Se eu soubesse que estava piorando as coisas, jamais teria... — Ele fez uma pausa. — Eu sinto muito mesmo.

— Sim, bem, isso e mais um pouco não valem muito. — Seus ombros caíram e eu me senti um pouco mal. Eu estava sendo cruel e o único crime dele foi tentar ajudar. — Você não precisa se desculpar. Eu fiz as minhas próprias escolhas. Você não me coagiu. Fui eu quem sugeriu um lugar privado. E fui eu quem disse que não ia me casar por causa de alguns beijos.

— Eu também não te impedi.

— Eu não quero alguém para me impedir. Quero alguém que respeite que eu tomei uma decisão e quis resolver a minha própria bagunça.

Por um tempo, Dan ficou calado.

— Entendo.

Por mais alguns minutos, seguimos em silêncio até chegarmos ao restaurante que Ada havia escolhido para nós. Enquanto tirava o lenço do cabelo, Dan saiu do carro e veio para o meu lado. Porém, fiz questão de abrir a porta antes que ele pudesse.

Após nos sentarmos e estarmos com os cardápios à nossa frente, Dan perguntou se eu sabia o que era bom pedir ali. Dei de ombros. O restaurante era uma novidade para mim.

— Se Ada escolheu e não disse o que pedir, tudo é bom. Mas conhecendo ela bem, ela já deve ter feito um pedido quando fez a reserva.

— Ela não é o que eu esperava quando a sua mãe me disse para onde você tinha ido.

— Não acho que Ada seja o que qualquer um esperaria encontrar.

Um garçom se aproximou, segurando uma garrafa de vinho e duas taças.

— Cortesia da srta. Heller — ele disse, colocando as taças na mesa e abrindo a garrafa.

Dan sorriu para mim.

— Não falei? — eu disse.

Ele provou o vinho e sorriu em aprovação. Em seguida, o garçom me serviu. Logo tomei um longo gole. Dan franziu os lábios. *Ótimo*, pensei. *Ele não gosta de mulheres que bebem. Isso vai ser fácil.*

— Podemos desistir se você não estiver disposta — Dan disse. Eu quase engasguei com o vinho. — Essa deve ter sido uma ideia idiota. Sei disso. Eu só... precisava tentar.

Tomei uma quantidade menor do vinho, me sentindo a pior pessoa do mundo. Dan estava me lembrando de que eu me *interessei* por ele. Foi por isso que eu o tinha feito se encontrar comigo do lado de fora do salão de orações naquele dia. E se não tivéssemos quebrado o vitral atrás da arca... bem, quem sabe o que poderia ter acontecido?

Porém, eu não era mais a mesma garota que era antes de tudo isso. E não era por causa de Freddy. Eu havia percebido que a vida não precisava se parecer com a dos meus pais. E isso descortinou um mundo todo novo diante de mim que eu nunca tinha imaginado que existisse. Eu não podia voltar atrás agora.

— Não tem a ver com você — eu disse por fim, baixinho. — Desculpe. Não estou tentando ser má com você; tudo bem, até que estou. Mas é porque você tem que perceber que eu não sou como todas essas outras garotas que devem estar desesperadas para que você as convide para sair. Eu... quero mais do que só me casar, frequentar a sinagoga e ter filhos aos vinte e um anos.

— Eu sei — Dan afirmou.

— Não tem como você saber.

— Quero dizer, você me disse, mas é por isso que eu gosto de você. Acha mesmo que todas essas outras garotas estariam dispostas a me beijar no escritório do meu pai?

Fiz um gesto negativo com a cabeça.

— Então você gosta de mim por eu ser atrevida? Isso também não condiz com quem eu sou de verdade.

— Não. — Ele estendeu a mão e a colocou sobre a minha. Por pouco tempo, fiquei olhando, mas resistindo ao impulso de livrar a minha mão. — Quero dizer, eu gosto de você porque você é diferente. Com as outras garotas, eu não sei bem o que elas estão de fato pensando. Elas dizem e fazem todas as coisas certas, e eu nunca sei o que elas querem de verdade. E você é o exato oposto. Você é como uma tigresa. Poderia acabar comigo. E eu meio que acho que isso pode valer a pena.

Inclinei a cabeça.

— Deve ter sido uma boa escolha sua usar uma analogia de uma felina em vez de uma de cão, ou estaríamos tendo uma conversa bem diferente.

Dan riu com entusiasmo.

— Mas é o que eu quero dizer. Não sei o que você vai dizer ou fazer. E eu quero... quero estar aqui para ouvir, ver e experimentar tudo isso. Sei que a gente ainda não se conhece tão bem, mas estou dizendo que eu quero.

Mas o que você tem de empolgante para me oferecer?, quis perguntar. Não perguntei. Entendi o que ele estava dizendo, mas ele não seria capaz de me acompanhar. Então, tomei a decisão de demonstrar isso a ele.

O garçom chegou.

— Eu vou querer a lagosta — disse, entregando o cardápio e, em seguida, olhando de forma desafiadora para Dan. Um filho de rabino jamais escolheria crustáceos.

Ele mordeu o lábio inferior enquanto refletia por um instante, com o garçom expectante olhando para ele.

— Você vai me mostrar como comer se eu pedir o mesmo prato?

Voltei a inclinar a cabeça.

— O que o rabino Schwartz acharia disso?

— Pouco me importa.

Sorri e Dan também pediu uma lagosta. Tomei um gole de vinho. Afinal, isso tinha se tornado um pouco mais interessante.

40

Quando as lagostas chegaram, Dan hesitou por um instante, nós dois estávamos usando os nossos ridículos babadores.

— Você não tem que comer isso — eu disse, abrindo uma garra. — Mas vai perder algo muito bom.

Ele olhou para mim, mas então seu olhar desceu para as minhas mãos. Ele pegou a garra à sua frente e imitou o meu gesto, quebrando-a com um estalo satisfatório. Levantei a minha como indicativo de um brinde, e então dei uma mordida. Com cautela, Dan me acompanhou, sem saber o que esperar.

— É... quase doce — ele disse ao terminar de mastigar.

Concordei com um gesto de cabeça, dando outra mordida na carne da garra.

— Quase desmancha na boca. — Dan deu uma segunda mordida, mais vigorosa, e eu abri um sorriso. — Vamos pedir um pouco de bacon depois. Quem sabe em um cheeseburguer.

Dan olhou para mim horrorizado e eu dei risada. Ele engoliu a comida e então deu de ombros.

— Se é para arriscar, que seja por muito. Se você diz que vale a pena tentar, eu vou tentar.

Senti os cantos dos meus olhos se enrugando.

— Parece um desafio.

— Se isso fizer você sorrir, vou mergulhar no mar e encontrar uma dessas por conta própria.

— Você teria que nadar muito. Tem caranguejos aqui, mas acho que não tem lagostas.

— Seja lá quais crustáceos forem.

Dan estava me olhando como tinha me olhado no escritório do seu pai. E eu não queria isso. Ele pode ter dito que gostava de mim porque eu era audaciosa, mas a verdade era que ele ainda queria me colocar numa gaiola. E se eu me deixasse levar por olhos sinceros e um sorriso, estaria entrando nessa gaiola sozinha enquanto ele a trancava pelas minhas costas.

— O que vai acontecer se eu decidir não voltar para Nova York? — perguntei, me recostando na cadeira e cruzando os braços.

— Você está pensando nisso?

Não estava. O plano sempre foi passar o verão. Ada deveria me endireitar ou me casar. E apesar das maquinações dela para me fazer vir a esse encontro, ela não tinha feito nem uma coisa nem outra. Parecia que a faculdade ainda estava em discussão, e Ada não tinha proposto prolongar a minha estadia. Porém, era uma maneira de fazê-lo perceber que isso não funcionaria.

— Talvez.

— Você pediria transferência para a Bryn Mawr?

Observei-o com atenção para perceber o que ele havia descoberto com a minha mãe. Eu não tinha notas boas o suficiente para cursar a Bryn Mawr. Nem perto disso. Mas parecia ser uma pergunta sincera.

— Não faço ideia.

— Então você vai só ficar com a Ada?

— Talvez.

Ele deu de ombros.

— Seria frustrante, mas são só duas horas de trem. Se você quisesse me ver, poderíamos fazer isso nos fins de semana.

Foi o oposto da resposta de Freddy. E meio que odiei Dan por isso.

— E você? O que vai fazer no outono?

Dan fez uma careta irônica.

— Essa é uma questão polêmica no momento. Estou trabalhando para convencer os meus pais que eu não vou para a escola rabínica.

— Por que não?

Dan pareceu incomodado de repente.

— Promete que não vai rir?

— De jeito nenhum.

Ele pensou um pouco, afastando o prato. Então, levantou os olhos azuis, sinceros e amáveis, e... alguma outra emoção que eu não era capaz de reconhecer.

— Eu quero ser repórter fotográfico.

— Um o quê?

— Alguém que tira fotos para jornais. — Ele voltou a baixar os olhos. Eu não sabia dizer se ele estava constrangido com a confissão ou apenas inseguro de como eu reagiria. — Eu sei. Não dá para ganhar muito dinheiro nesse tipo de trabalho. Vou entender se isso te incomodar.

— Não dou a mínima para dinheiro — eu disse.

Ele voltou a olhar para mim, quase sorrindo, mas nem tanto.

— Isso porque faz parte do seu mundo... você não sabe o que é não ter dinheiro.

— E o que você sabe sobre isso?

Nós nos entreolhamos.

— Na verdade, nada. Só que tenho amigos que sabem muito bem. Mas, Marilyn, eu fotografaria casamentos, trabalharia em uma loja e faria o que fosse necessário se nós... — Dan percebeu a gafe e parou de falar. — Se a minha família precisasse de dinheiro.

— Aí está — eu disse, apontando para ele. — Essa é a questão. "Eu". Eu não quero alguém que resolva os problemas para mim. Eu quero alguém que me permita ser uma parceira igual. E sei que isso pode não existir, mas se não existir, não ligo de ser como Ada e não ficar aprisionada.

— Muito bem — ele disse. — Digamos que você nunca se case. O que você vai fazer? Ficar à frente desse jogo de casamenteira?

— Não é um jogo. Ada trata isso como uma ciência. E não.

— Então o quê? Você falou em escrever?

Mantive a boca bem fechada.

— Não gostaria que você desistisse disso se é o que você ama — Dan disse, baixinho. — Além do mais, aposto que você é ótima nisso. Vai ganhar mais do que eu.

— E isso não te incomodaria?

Ele deu de ombros, mas estava sorrindo.

— Por que me incomodaria?

Um ajudante de garçom se aproximou e retirou os nossos pratos. O nosso garçom retornou, perguntando se gostaríamos de ver o cardápio de sobremesas.

— Não, acho que não — eu disse. — Só a conta, por favor.

— A srta. Heller já pagou a conta.

— É claro que ela já pagou — disse, revirando os olhos. — Deveríamos ter pedido mais lagostas para viagem. Para fazer um piquenique na praia.

— Parece muito romântico. Tem certeza de que estaria disposta a fazer isso?

Dan estava me provocando, mas eu voltei a apontar para ele.

— Não comece. — Me levantei, e Dan fez o mesmo. — Vamos embora.

Dan deixou algumas notas na mesa como gorjeta, e eu saí do restaurante com passos rápidos, e ele veio atrás de mim. Ele olhou para mim parada ao lado do carro.

— Não me saí muito bem para um segundo encontro, não é?

Dan havia dito todas as coisas certas. Porém, havia uma grande diferença entre dizer que gostava de mim como eu era e de fato pôr isso em prática. Ele precisava entender que eu não seguia as mesmas regras que ele. Olhei para ele com atenção e então consultei o relógio.

— Ainda é cedo. Você vai voltar para Nova York hoje?

— Não preciso. Qual é a sua ideia?

Sorri e comecei a andar na direção da avenida Dune.

Confuso, ele me seguiu.

— Para onde estamos indo?

— Você sabe cantar? — perguntei.

— Cantar? Não muito bem.

— Que pena. Mas que bom que decidiu não ser rabino.

A baía se estendia além de nós no final da avenida, com o sol se pondo nela agora. Lancei um rápido olhar para ele, pensando em como isso era o exato oposto do nascer do sol com Freddy. Então, seguimos rumo ao sul até a 36th Street.

O letreiro de neon do Black Eagle brilhava na nossa frente. Avalon não tinha muita vida noturna além do pequeno calçadão. Contudo, eu tinha ouvido falar sobre esse local, mesmo que não tivesse ido.

— Um bar?

— Tem música nos fins de semana — eu disse. — Vamos entrar.

Dan pareceu inseguro, mas abriu a porta para mim, com o cheiro do álcool e dos cigarros nos atingindo no rosto.

— Vocês já têm vinte e um anos? — um garçom nos chamou depois que entramos.

— Na verdade, vinte e dois — menti.

Os restaurantes da cidade não se importavam quando eu bebia vinho, mas o bar era mais rigoroso.

— Tem algum documento para provar?

— Em casa... Dan, mostre o seu.

Dan tirou a carteira do bolso.

— A idade mínima para poder beber não é dezoito anos?

— Em Nova York — o garçom resmungou, examinando a carteira de motorista de Dan. — Aqui é vinte e um desde a Lei Seca. E eu posso ser multado se você não tiver vinte e um.

— Eu me responsabilizo por ela — Dan disse.

— Não preciso beber se não acredita em mim — eu disse. — Pode me dar um Shirley Temple, e vou ficar satisfeita.

O garçom me fuzilou com os olhos e depois perguntou o que Dan queria.

— Vou querer uma Coca-Cola.

Pegamos as nossas bebidas e Dan entregou um dólar para o garçom. Então, agarrei o braço dele e o puxei na direção do pequeno palco onde uma banda estava apresentando uma versão decente daquela nova música do biquíni de bolinha amarelinha que estava tocando em todas as estações.

A banda terminou a apresentação e eu pulei da minha cadeira.

— O que você está fazendo? — Dan perguntou.

Lancei um olhar sedutor para ele por cima do ombro. A banda estava discutindo o que tocar a seguir quando me aproximei.

— Olá, rapazes — eu disse.

O vocalista olhou para mim e sorriu. Ele parecia familiar.

— Marilyn, não é?

Eu o examinei. Era o salva-vidas que muitas vezes dividia o posto com Freddy.

— Em pessoa. Qual é o seu nome mesmo?

— Louis.

— Bem, Louis, será que eu posso pedir uma música?

— Claro. Que música você quer ouvir?

Balancei a cabeça, sorri e disse a Louis o que eu queria ouvir. Ele conferenciou com a banda, e disseram que achavam que poderiam tocar. Deve ter ajudado o fato de a música ser mais ou menos recente. Louis me ofereceu a mão, eu a peguei e subi no palco. Tomei o lugar dele atrás do microfone e a banda começou a tocar *Stupid Cupid*, de Connie Francis.

Eu havia dançado ao som daquela música no quarto inúmeras vezes. Então, eu sabia a letra de cor. Enquanto Louis batia palmas atrás de mim, eu cantava, pedindo para o Cupido me deixar em paz, remexendo os quadris e não deixando de encarar Dan nessa parte. Porém, ele não estava captando a mensagem. Pelo contrário, estava sorrindo, balançando com o ritmo.

Revirei os olhos. Em resposta aos aplausos, fiz uma rápida reverência e acenei para o público.

— Quer cantar outra? — Louis perguntou. — Quem sabe um dueto?

— Não. — Apontei para Dan, me inclinando para o microfone. — Mas o meu amigo ali quer cantar uma música.

Dan ficou pálido. Desci do palco e fui até a mesa alta onde ele estava sentado.

— Eu te falei que não sei cantar.

Dei de ombros, me sentando e tomando um gole do meu coquetel não alcoólico. Um garçom se aproximou, trazendo dois old-fashioned numa bandeja.

— Por conta da casa — ele disse.

Peguei o meu coquetel à base de uísque e tomei um longo gole.

— Não é uma questão de o quanto você seja bom. É só para ver se você consegue acompanhar o meu ritmo.

Por um bom tempo, Dan olhou para mim e então tomou a maior parte do drinque à sua frente, engasgando um pouco com ele.

— Se eu fizer isso, vou ganhar um segundo encontro.

— Me convença disso lá em cima — eu disse, fazendo um gesto na direção do palco.

Dan se levantou, olhou para mim uma última vez e depois se aproximou da banda. Baixo demais para eu ouvir, ele disse algo para Louis, que então se virou para consultar a banda. Todos fizeram que sim com a cabeça, um após o outro.

Me recostei na cadeira, observando Dan com desconfiança. Ele ia desistir no último minuto.

Mas não amarelou. Ele afrouxou a gravata, depois a removeu e desabotoou os dois botões superiores da camisa. Uma mulher do bar assobiou em aprovação. Então, a banda começou a tocar *It's Now or Never*, de Elvis, outra música que se ouvia em todas as rádios naquele verão.

A seu favor, Dan falou a verdade quando disse que não sabia cantar. Porém, ele *conseguia* fazer uma boa imitação de Elvis, inclinando o microfone para baixo e cantando em tom suave, mas desafinado para mim, me pedindo para ser sua naquela noite.

Mesmo contra a vontade, eu me peguei com um sorriso no rosto. Dan se atrapalhou no segundo verso, mas não desistiu. E não tirou os olhos de mim.

Quando Dan terminou a apresentação, os clientes se levantaram e aplaudiram. Louis deu uns tapinhas nas costas dele, e ele pulou do palco, vindo na minha direção.

— Como foi?

Numa concentração de brincadeira, mordi o meu lábio inferior.

— Bem... sendo generosa, a qualidade vocal merece nota C. Mas você ganha um A pelo esforço.

— Então uma média B, não é?

— Sendo generosa.

— Ganhei outro encontro?

Voltei a sorrir.

— Ganhou a continuação deste. Vamos tomar sorvete.

Dan me ofereceu o braço, e eu o aceitei.

41

Na Avalon Freeze, compramos sorvetes cremosos na casquinha e depois caminhamos até o calçadão — um calçadão tranquilo em Avalon, mais para passeios do que para parques de diversão —, onde nos sentamos em um banco, observando a lua refletindo nas ondas.

— Dá para ver por que você não quer voltar para casa — Dan disse. — É tranquilo aqui. Dá para ouvir os próprios pensamentos.

— Não é como em Catskills ou em Hamptons, onde tudo se resume a impressionar todo mundo. — As nossas famílias passaram vários verões no mesmo hotel em Catskills quando éramos crianças.

— Não é nada parecido.

Eu ri baixinho.

— Você estava lá no verão em que alguém colocou um monte de peixes na fonte do saguão? — Dan abriu um sorriso largo. — O que foi?

— Quem você acha que colocou os peixes ali? — ele perguntou, ainda sorrindo.

Dei um tapinha de leve nele com as costas da mão.

— Você não fez isso!

Dan pegou a minha mão, e por um momento nós trocamos um olhar. E eu me dei conta de que não me oporia se ele me beijasse. Afinal, já tínhamos feito isso. Mas ele preferiu beijar a minha mão, e depois a manteve na dele.

— Fiz sim. O rabino não ficou *nada* contente.

— Alguma vez ele já ficou contente?

— Ultimamente, não. Ainda mais comigo.

— Lamento por isso.

Os olhos de Dan refletiam o luar.

— Não há por que se desculpar. Para dançar tango, são necessárias duas pessoas. Ou para destruir a arca numa sinagoga.

Voltei a olhar para o mar.

— Por que você não me convidou para sair?

— Eu convidei.

— Não. Em vez disso, você me pediu em casamento.

Por um instante, Dan ficou em silêncio.

— Se não tivéssemos sido pegos, eu teria te convidado.

Nós dois contemplamos a vida alternativa que poderia ter sido. Dois meses atrás, eu teria aceitado um convite dele para sair. Talvez até mais de uma vez. Mas então eu não teria vindo para Avalon.

— Já trocaram o vitral?

A boca de Dan se transformou num sorriso.

— Colocaram um pedaço de compensado com alguns bordados feitos pela minha mãe por cima. O conselho da sinagoga não consegue decidir se devem restaurar o vitral ou se devem fazer algo mais sólido.

— Para o caso de eu reaparecer na sinagoga algum dia?

— O seu nome não foi bem mencionado, mas sim. Acho que optariam por aço reforçado se você estivesse em casa no verão.

Eu ri.

— Que estrago.

— E eu tenho uma cicatriz para provar. — Dan levantou a mão esquerda, que tinha uma marca vermelha.

Peguei a sua mão, examinando-a na penumbra da luz do calçadão, e passei o polegar sobre ela.

— Pelo menos você vai sempre se lembrar de mim.

Dan segurou o meu rosto com a mão direita, mantendo a esquerda na minha.

— Seria difícil te esquecer mesmo que eu quisesse — ele disse, com os nossos rostos ficando muito mais próximos de repente à medida que ele se inclinava em minha direção.

— Então não queira — sussurrei pouco antes dos nossos lábios se tocarem.

Esse não foi como o nosso primeiro beijo, quando Dan deu a impressão de estar perguntando se estava tudo bem, nem como os seguintes, quando nos devoramos com voracidade, sem saber o que estava acontecendo até que toda a sinagoga estivesse nos encarando.

Foi mais lento, como se tivéssemos todo o tempo do mundo, e a sensação de estar caindo agora estava toda dentro de mim.

Dan recuou, acariciando o meu rosto com o polegar.

— Acho melhor eu te levar para casa antes que fique muito tarde.

— Ada não liga. Estou surpresa por ela não ter enfiado um preservativo na minha bolsa.

Rindo, Dan jogou a cabeça para trás.

— Você disse isso mesmo?

Dei de ombros.

— Achei que era isso que você gostava em mim.

Ele passou um braço em torno de mim.

— É exatamente isso. Mas não estou com pressa desta vez. — Dan olhou para a praia. — Qual seria a distância a pé para voltar daqui?

Fiz os cálculos de cabeça.

— Só umas cinco quadras.

— Que tal uma caminhada ao luar na praia?

Fiquei de pé, ainda segurando a mão dele.

— Muito romântico. Como algo que o rabino e o meu pai desaprovariam de todo o coração. Vamos fazer isso.

Ada tinha deixado as luzes da varanda acesas, e a luz da televisão estava visível pela janela do escritório.

— Ela deve estar esperando a gente. Ela vai se deitar às nove e meia todas as noites para poder levantar e nadar às seis da manhã.

— Você se importa mesmo com ela, não é?

Confirmei.

— Ela é... como eu. Ada é muito autêntica e sincera consigo mesma. E vive exatamente como quer. — Pensei por um segundo. — Não sei se quero ficar sozinha a minha vida toda, mas ela me ensinou que eu não preciso ser como todo mundo.

— Espero poder conhecê-la melhor — Dan afirmou.

— Venha almoçar com a gente antes de você voltar para Nova York amanhã. Ada adoraria sua presença.

— Se você quiser, é tudo o que importa.

— Desculpe por ter batido a porta na sua cara.

— Não me arrependo de nada disso. — Ele balançou a cabeça.

— Nem mesmo do pedido do casamento?

— Nem mesmo disso. Acabamos onde deveríamos estar.

Dan me deu um beijo de despedida, me acompanhando até a varanda e esperando até eu entrar antes de descer a escada. Decidimos ir à praia pela manhã antes do almoço, e depois ele partiria para Nova York.

Entrei, fechei a porta e me apoiei nela, sorrindo de orelha a orelha, até o barulho da televisão me distrair dos meus devaneios.

— Você esperou mesmo por mim? — perguntei, entrando no escritório.

Ada estava na poltrona, com o corpo todo prostrado e a boca aberta. Meu coração acelerou.

— Não, não, não, não, não! Ada. ADA! — Corri até ela, com as mãos trêmulas.

Ela acordou assustada e me deu uma palmada.

— O que há com você?

De repente, me sentei no chão, ofegando.

— Eu achei... você não estava se mexendo... eu... você me assustou!

— Acabei pegando no sono porque você ficou fora até tarde. E além disso, achei que eu fosse malvada demais para morrer, lembra?

— Com certeza é — disse, balançando a cabeça. — Mas dá para você não *parecer* tão morta quando está dormindo? Misericórdia!

— Qual é a graça disso? — ela perguntou, com os olhos brilhando. — Agora me conte tudo sobre o seu encontro.

42

Dan chegou às nove, usando uma camiseta e um calção de banho que ele tinha comprado na Hoy's; fiquei sabendo disso porque o calção ainda tinha uma etiqueta presa. Eu a arranquei para ele.

— Por que você não me disse que não tinha roupa de banho?

Ele deu de ombros.

— Não queria que você sugerisse algo diferente.

— Não — eu disse, balançando a cabeça. — Não quero joguinhos ou você tentando me impressionar desse jeito. Quero que você seja quem você é. E seja honesto.

— É justo.

Meus lábios se curvaram num sorriso.

— Seja como for, eu teria apenas sugerido que você fosse comprar um na Hoy's.

Ficamos ali sorrindo um para o outro. Então, Ada também veio até a porta.

— Achei que vocês dois iriam para a praia, em vez de ficar na minha varanda a manhã toda deixando as moscas entrarem em casa.

— Como é que dizem mesmo? Que dá para atrair mais moscas com mel do que com vinagre? — Ada olhou para mim com cautela. — Não se preocupe. Você é vinagre puro, Ada. As moscas não vão te incomodar.

Ada tentou me dar uma palmada, mas eu consegui me esquivar, rindo.

— Dê o fora daqui — ela disse. — Volte a tempo para se arrumar. Temos uma reserva para o almoço à uma.

— Vou trazê-la a tempo — Dan afirmou.

— Quem liga para ela? É com você que eu quero almoçar.

— Que legal — eu disse, pegando a mão de Dan e o puxando escada abaixo. — Estamos indo agora.

De mãos dadas, avançamos pelo caminho sobre as dunas. A praia estava vazia, exceto por algumas poucas famílias. Então, foi fácil encontrar um lugar mais reservado. Estendemos as toalhas, a de Dan exibia um adesivo da Hoy's.

— Sério que você achou que não teríamos toalhas de praia numa casa de veraneio?

Dan colocou a mão no peito.

— De agora em diante, vou consultar você antes de fazer todas e quaisquer compras relacionadas à praia.

— Só estou dizendo que se você vai ser um repórter fotográfico sem um tostão furado, dá para gastar o dinheiro com coisas melhores.

— Tipo te levar para sair?

— É, tipo isso. Imagino que Ada não vá ficar pagando as contas para sempre. Por outro lado, ela parece gostar mais de você do que de mim. — Tirei a minha túnica. Dan arregalou os olhos ao ver o meu biquíni. Apontei o dedo indicador para ele. — Agora você deve se comportar — eu disse, me sentando na toalha.

Dan tirou a camiseta e, em seguida, se sentou na toalha.

— Você perguntou por que eu não te disse que não tinha trazido uma roupa de banho. Acabou de responder a própria pergunta. Veja o que eu teria perdido se você dissesse que deveríamos ir jogar minigolfe.

— Eu não teria sugerido uma partida de minigolfe.

— Não?

— Não. Sou horrível e gosto de ganhar.

— Então vamos ter que disputar uma partida qualquer hora dessas. Equilibrar o jogo depois que você me fez cantar em público.

Eu ri.

— Sem dúvida, sou melhor no golfe do que você é no canto.

— Por outro lado, você sabe cantar. Já pensou em fazer isso profissionalmente?

— Não — eu disse, balançando a cabeça.

— Então o que você *quer* fazer? Acabou deixando essa pergunta sem resposta ontem à noite. Sei que ser dona de casa não é o seu trabalho dos sonhos.

Envergonhada de repente, me mexi na toalha.

— Ada me deu uma máquina de escrever — disse, baixinho. — Estou escrevendo um livro.

— Ah, é mesmo — ele lembrou. — Posso perguntar sobre o que é?

— É... — Olhei para o mar. — Não sei bem como descrever. Não é a meu respeito, mas se trata de uma garota que se sente meio presa na cena social de Nova York e nas visões estreitas da família dela.

— Então, envolve a sua situação, mas não é você, é isso?

Dei uma olhada em Dan para ver se ele estava sendo sarcástico, mas ele estava me observando com interesse genuíno. Então, concordei com a cabeça.

— Tenho a sensação de que você, mesmo sendo sem igual, não é a única que se sente desse jeito em segredo. Considerando que eu também estou desafiando as expectativas da minha família.

— É verdade. Quem sabe eu não faça a garota do livro se tornar uma repórter fotográfica.

Dan sorriu.

— Você sabe alguma coisa sobre fotografia? — Fiz que não com a cabeça. — Vou trazer a minha câmera da próxima vez que vier para cá. Posso te ensinar o básico.

— Próxima vez, hein?

Dan se inclinou e beijou o meu rosto.

— Sim.

Eu não pude deixar de sorrir.

***

Ada nos levou ao Whitebrier para almoçar. Pedi a mesma salada com caranguejo da outra vez. Dan disse que parecia uma boa pedida e que queria o mesmo prato. Ada levantou a sobrancelha.

— Pensei que você fosse filho de um rabino.

— Filho, sim, mas isso não me torna um rabino.

— Boa resposta — Ada disse, olhou para mim e conteve um sorriso.

— O que foi? — perguntei.

— Não diga "o que foi?"; diga "pode repetir, por favor?" — Ada disse. Revirei os olhos. — E também não faça isso. Acho que Dan sumiria se você sempre ficasse revirando os olhos assim.

Ele se inclinou em minha direção.

— Sumiria mesmo — ele sussurrou.

Ada fez beicinho, achando graça.

— E em resposta à sua pergunta, Marilyn, eu estava aqui pensando que vocês talvez sejam o casal mais perfeito que eu não juntei.

Acariciei a mão de Ada.

— Você me obrigou a sair com ele, então acho que você pode levar o crédito.

— Agradeça até pelas migalhas — ela disse, tirando a minha mão da dela.

— Continua sendo um casal se não nos casarmos? — Dan perguntou. — Marilyn deixou bem claro que o casamento não está no cardápio.

— Suponho que conta viver em pecado — Ada respondeu.

Engasguei com a minha água, enquanto Dan escondeu o sorriso atrás do guardanapo.

— Ada!

— O que foi? — ela perguntou e tomou um gole d'água.

— Não diga "o que foi?"; diga "pode repetir, por favor?" — imitei, sarcástica.

Ada se inclinou na direção de Dan com um ar conspiratório.

— Tem certeza de que quer se meter nessa confusão?
— Ada!

Dan também se inclinou na direção de Ada.

— Sim, senhora. Nunca tive tanta certeza em toda a minha vida.

— Então, Marilyn, acho que posso mandar você de volta para Nova York agora. Fiz o que o seu pai pediu, menos a parte do casamento. Apesar de eu supor que você acabará mudando de ideia. A maioria das garotas faz isso.

Senti o rosto empalidecer. Ada estava me mandando de volta? Eu gostava de Dan e tudo mais, mas...

— Não — eu disse. — Você não pode fazer isso.

— Ah, não posso?

— Ada, por favor!

Ela sorriu com malícia.

— Psiu. Você não vai a lugar nenhum até terminar os álbuns de fotos. O que acabei de falar foi só por você ter me chamado de vinagre mais cedo.

Meus ombros relaxaram.

— Você é terrível, sabia?

— Da melhor maneira possível.

— Um brinde — Dan afirmou. — E esses álbuns de fotos?

— Dan quer ser repórter fotográfico — contei para Ada. — Ela me fez analisar todos os oitocentos anos da vida dela em fotografias.

— Não seja insolente — Ada disse. — A fotografia só foi inventada no século passado. E acredite ou não, veio antes de mim. — Ela olhou para Dan. — Me fale mais a respeito de fotojornalismo. Por que vale a pena desonrar o seu pai e se recusar a seguir os passos dele?

Dan olhou de relance para mim, escondendo um sorriso diante da pergunta.

— Para ser honesto, os meus pais ainda não sabem. Estou dando a notícia aos poucos e torcendo para que eles acabem pensando que foi ideia deles. Mas é... bem... acho que seja um pouco como escrever.

Inclinei a cabeça diante dessa resposta, certa de que Dan estava prestes a provar que não entendia o que eu queria fazer.

— Adoro poder contar uma história, mas apenas com imagens. Há muitas nuances numa boa fotografia. Ela pode revelar muita emoção, só por registrar o momento exato e enquadrá-lo corretamente. Podemos decidir o que focar e o que desfocar. — Dan apontou para o mar se estendendo à sua direita. — Uma foto do horizonte não diz nada. Mas olhem só para a família na praia.

Ada e eu nos viramos para observar a mãe, o pai e os dois filhos. O pai estava sentado em uma cadeira debaixo do guarda-sol, com um jornal diante do rosto, enquanto a mãe oferecia sanduíches para as crianças. Durante a nossa observação, a menininha deixou o sanduíche cair na areia e começou a chorar.

A mãe a pegou para consolá-la, mas lançou um olhar irritado ao marido, que não tinha se mexido.

— Bem ali, dependendo do momento capturado, pode contar uma história diferente. Dá para mostrar umas férias felizes. Ou um casamento infeliz. Até mesmo alguma coisa bem ao estilo de Norman Rockwell.

— Feche a boca, meu bem — Ada disse para mim, dando um tapinha em meu queixo.

Eu não tinha percebido que havia ficado boquiaberta, e fechei a boca. Dan tinha razão. Era exatamente o que eu fazia quando escrevia. Só que com as proverbiais mil palavras em vez de uma única imagem.

— Faz seis anos que juntei esse casal — Ada continuou, ainda olhando para a família na praia. — Então, é melhor vocês não contarem a história de um casamento infeliz com essa foto ou com esse romance.

Dan e eu rimos, e ele estendeu a mão por baixo da mesa, apertando a minha de leve.

* * *

Quando o almoço terminou, Ada voltou para casa de carro, mas Dan e eu seguimos a pé até o Princeton.

— Que bom que você veio — eu disse.

Ele me abraçou e me beijou de leve.

— Também acho.

— Você pretende visitar a gente de novo? Só vamos voltar para a Filadélfia no começo de setembro, depois do Dia do Trabalho.

— Eu adoraria. Mas o que vai acontecer depois do Dia do Trabalho?

Mordi o meu lábio inferior.

— Não sei — confessei. — Acho que devo voltar para a faculdade se o meu pai concordar.

— Ajudaria ou prejudicaria se ele soubesse que nós estamos... seja lá o que estiver acontecendo entre a gente?

Refleti por um instante. Ajudaria, é claro. O prestígio do filho do rabino ofuscaria a maneira como fomos pegos juntos. Mas então eu teria que voltar para Nova York e me sujeitar às regras e expectativas associadas à situação. E o meu pai esperava que eu me casasse. Mas mesmo que eu morresse de amor por Dan, não enxergava um cenário em que eu não acabasse lendo um livro junto ao fogão da cozinha com crianças gritando ao fundo.

— Não sei.

Com a mão, Dan virou o meu rosto para o dele.

— Olha, eu não vou te pedir para fazer nada que você não queira. Se a faculdade, e Nova York, não são onde você quer acabar, tudo bem por mim.

— Podemos dar um passo de cada vez? Eu não sei o que vou fazer no outono. Não sei se Ada vai me deixar ficar. Não sei se quero voltar. E não sei se tenho escolha.

Dan me deu um abraço.

— Você tem escolha, Marilyn. Me refiro ao que eu disse ontem à noite. Posso arrumar trabalhos extras e fazer o que for preciso. Se você não quiser voltar e Ada decidir te mandar embora, você ainda tem escolha. — Ele se inclinou um pouco para trás para que eu o olhasse. — E quando você virar uma autora famosa, vamos trocar de lugar e você poderá me sustentar.

Eu ri.

— Que tal outro encontro antes de a gente tomar essa decisão?

— Parece perfeito. No próximo fim de semana? — Fiz que sim com a cabeça, e ele voltou a me beijar. — Vamos. Vou te levar para a sua casa.

Entrei no carro de Dan, me acomodando no banco da frente.

— Sabia que eu nunca aprendi a dirigir?

— Não?

— Por que eu aprenderia morando no Upper West Side?

Ele refletiu sobre isso por um momento: os mundos distintos em que vivíamos baseados apenas nos corpos em que nascemos e nos papéis que as nossas famílias esperavam que desempenhássemos neles.

— Quer aprender?

— Acho que sim.

Dan sorriu.

— Então está marcado. No próximo fim de semana.

— No próximo fim de semana — repeti.

43

Ada se livrou dos compromissos em sua agenda no dia anterior à chegada de Lillian e entrou num frenesi para garantir que a casa ficasse em perfeitas condições.

— Não entendo — disse a Frannie, ajudando a colocar lençóis limpos na cama de Lillian pela segunda vez naquela semana. — A gente acabou de trocar os lençóis. Ninguém dormiu neles. E por que a Ada se preocupa tanto? Lillian não trabalha para ela?

— Eu só cumpro ordens — Frannie respondeu, dando de ombros. — Elas se gostam muito, e a srta. Ada faz questão de que tudo esteja perfeito para os convidados dela.

— Será que ela se incomodou tanto assim por minha causa?

Frannie reprimiu um sorriso.

— O que foi?

— Não, mas porque você é da família.

Por um breve momento, refleti a respeito disso. Tínhamos laços de sangue, sim. E acho que tinha ouvido falar de Ada vez ou outra na infância, mas eu só a conheci porque me mandaram para a Filadélfia. Agora ela havia se tornado família. Mas ser família envolvia mais do que ter ancestrais em comum. Olhei para Frannie, que estava cuidando para que a arrumação da cama ficasse perfeita.

— Há quanto tempo você trabalha para a Ada, Frannie?

Ela se endireitou, colocando a mão nas costas, e pensou por um instante.

— Estou prestes a completar vinte e cinco anos agora. Eu tinha dezenove quando ela me contratou.

Antes mesmo de eu ter nascido. E agora Frannie tinha uma casa ali para passar as férias com a família.

— E você tem filhos?

Frannie confirmou.

— Já são adultos. Mas eles vêm para cá nos fins de semana durante o verão.

Tentei imaginar dar à nossa empregada, Grace, uma casa de veraneio. Não éramos tão ricos quanto Ada, e ainda a pagávamos durante o verão quando passávamos em Catskills para que ela não arrumasse outro emprego. Mas também não era esse tipo de relacionamento.

— Frannie! — Ada chamou do andar de baixo. — Quando terminar, preciso da sua ajuda com as flores. Você é muito melhor nos arranjos.

— Estou indo, srta. Ada! — Frannie se virou para mim quando eu estava quase me sentando na cama. — Não senta aí ou vou ter que arrumar de novo.

Olhei para a colcha azul-clara, querendo saber que espécie de tirana eu estava prestes a conhecer se a casa tinha que estar tão perfeita que um amarrotado na coberta exigiria que toda a cama fosse refeita. O verão havia acabado de assumir um tom cor-de-rosa com a reintrodução de Dan, e eu estava relutante em abrir mão disso. Comecei a sair do quarto, mas antes tirei um frasco de perfume do lugar sobre a cômoda, só pela satisfação de deixar algo imperfeito para essa estranha que estava vindo estragar o meu verão.

* * *

Ada saiu na manhã seguinte para pegar Lillian na estação de trem em Atlantic City. Eu me ofereci para acompanhá-la, mas ela apontou o dedo para mim.

— Você vai ficar aqui e garantir que a casa esteja impecável.

Fiz biquinho. Eu não gostava de Lillian. Ela já estava interferindo no meu tempo com Ada. A minha tia-avó não precisava mais de uma assistente paga. Eu estava à disposição dela. E sobretudo com a determinação de Dan de que daríamos um jeito mesmo se eu não voltasse para Nova York, eu estava cada vez mais propensa a ficar. Talvez eu me sentisse diferente depois que voltássemos para a Filadélfia, mas a distância havia fortalecido os laços afetivos com a cidade. Não precisava ser Nova York. A Filadélfia tinha os seus próprios encantos.

Fui para o meu quarto e tentei escrever um pouco, mas me sentia muito mal-humorada e as palavras não estavam vindo. Parecia que eu estava sendo substituída. O que era ridículo, porque eu havia chegado e suplantado Lillian, e não o contrário.

Entrei no quarto de Lillian. O frasco de perfume tinha sido recolocado no local correto. Voltei a deixá-lo fora do lugar com a indiferença de um gato que derruba tudo no chão.

Finalmente, ouvi um carro do lado de fora, corri escada abaixo e espreitei pela janela telada da sala para ter um vislumbre dela.

Porém, antes mesmo de eu ver Lillian, percebi que Ada estava *sorrindo*. Sorrindo de verdade. Me lembrei do dia em que ela me pegou na estação ferroviária. Eu não tinha recebido uma recepção assim. E prometi me comportar da melhor maneira possível, pelo menos com Ada, para deixar claro que ela não *precisava* de uma intrusa enquanto eu estivesse ali.

O cabelo de Lillian estava preso pelo lenço e uns óculos de sol enormes escondiam o seu rosto. Ela abriu a porta do carro e saiu. Lillian era esbelta, mas o vestido acinturado amarelo estava bem justo nela. Ela livrou o cabelo castanho acinzentado do lenço e ficou parada por um momento, tirando os óculos de sol para olhar para a casa. Então, se inclinou para dizer algo para Ada, que sorriu, fazendo um gesto para que ela entrasse.

Corri até a porta da frente para evitar ser pega na janela, e a abri bem quando elas chegaram à varanda.

— Ah, a própria filha pródiga — Ada disse. — Lillian, esta é a minha sobrinha, Marilyn. Marilyn, está é Lillian.

Estendi a mão, mas Lillian me puxou para um abraço.

— Ada já me falou tanto de você que parece que já te conheço. — Ela se inclinou para trás para me ver e afastou o cabelo do meu rosto. — Ora, ela se parece com você — ela disse para Ada. — Olhe só para essas maçãs do rosto.

Observei Ada, cinquenta e cinco anos mais velha do que eu, tentando perceber alguma semelhança. Supus que houvesse alguma nas fotos da sua juventude, mas eu parecia mais com a minha mãe do que com ela.

Lillian era mais jovem que Ada, mas o seu rosto tinha rugas ao redor dos olhos e da boca, ficando evidente sempre que ela abria um sorriso caloroso. E por mais que eu ainda não quisesse que ela se intrometesse, senti uma leve pontada de culpa ao tirar do lugar o frasco de perfume dela.

— Por que você não vai descansar um pouco? — Ada sugeriu. — Reservei uma mesa para o almoço, mas podemos comer aqui mesmo se você ainda não estiver com vontade de sair.

— Eu só preciso de um cochilo rápido e ficarei nova em folha — Lillian respondeu. — Além disso, tenho sentido falta daquela salada de caranguejo o verão todo.

— Meus pêsames pela sua mãe — eu disse.

Ada e Lillian olharam para mim, como se tivessem esquecido que eu estava ali. Lillian pegou a minha mão e a apertou de leve.

— Obrigada, querida.

— Vá se acomodar — Ada pediu. — Vocês duas podem se conhecer melhor depois. Lillian precisa descansar.

— Estou bem — Lillian insistiu, mas deixou que Ada a empurrasse escada acima.

— Vou me trocar enquanto você tira um cochilo — Ada disse e se virou para mim. — Por que você não vai até o mercado e compra mais algumas flores para a sala?

Percorri a sala com os olhos, onde havia nada menos que quatro buquês nas superfícies disponíveis.

— Não deveríamos deixar algumas flores para... mais alguém na ilha?

Ada me lançou um olhar que indicava que eu deveria ir se tivesse juízo.

— Tudo bem, então — eu disse, pegando a minha bolsa. — Acho que vou voltar com flores.

A caminho da cidade, encontrei Shirley, que estava voltando com uma sacola da Hoy's. Ela me encarou.

— Bom dia, Shirley. Espero que esteja bem.

— Muito bem, obrigada. Afinal, acabamos de ter um casamento.

Shirley estava tentando me alfinetar. Eu não sabia bem se era por eu ter me livrado do seu irmão ou por não procurar a sua amizade depois de tudo o que tinha acontecido. E ela nunca entenderia que não podia me magoar; pelo menos não em relação a Freddy.

— Pois é. Espero que eles sejam muito felizes.

— Vão ser — ela disse com rancor.

— Ótimo. Espero que você também seja.

Shirley abriu a boca, mas nenhuma palavra saiu, e eu continuei andando.

Ao voltar para casa, depois de ter demorado um pouco e tomado um café na padaria, Ada estava na sala lendo. Lillian não estava à vista. Entreguei as flores para Frannie, que resmungou sobre estar sem vasos antes de pegá-las de mim. Em seguida, me juntei a Ada na sala. Ela não tirou os olhos do livro.

— Lillian parece simpática — eu disse por fim.

— Ela é.

Respirei fundo.

— Eu estava pensando... e se eu não voltasse para Nova York no outono?

Ada ainda estava concentrada no livro.

— E o que você faria?

Não era a resposta que eu estava esperando.

— Estava pensando em ficar com você. Se você me aceitasse, é claro.

— Uma ideia interessante. E quanto ao jovem sr. Schwartz?

Revirei os olhos.

— Só tivemos um encontro.

— Dois.

— Você foi almoçar com a gente. Não conta.

— Mas você foi à praia antes disso. Então conta. — Ada virou a página.

— Tudo bem, tivemos dois encontros. E ele disse que vamos dar um jeito se eu não voltar.

Ada escondeu um sorrisinho.

— Não tenho certeza se os seus pais aprovariam essa ideia, ainda que namorar o filho do rabino ajude.

— Bem, seja como for, eles ainda não têm planos de me mandar de volta para a faculdade...

— Por acaso, recebi uma carta da sua mãe hoje. Parece que o seu pai finalmente concordou com a sua volta para a faculdade.

Isso me pegou de surpresa. Mamãe andava escrevendo para Ada? As cartas dela para mim chegavam toda quinta-feira. Contudo, eu nunca tinha visto uma carta endereçada para Ada. E por que ela contaria para Ada sobre a faculdade antes de me contar?

— Não sei se quero voltar.

— Você poderia fazer aulas de escrita. — Ada ainda estava fazendo de conta que lia o livro.

Eu não tinha pensado nisso, mas...

— Posso fazer isso na Filadélfia também. — Me aproximei de Ada e me ajoelhei diante dela, pegando o seu livro e o colocando de lado, obrigando-a a dirigir o seu olhar para mim. — E quero dizer... você não teria mais o custo de pagar para a Lillian. Posso ser a sua assistente. Eu fiz um bom trabalho no verão, não fiz?

Ada me examinou.

— Com exceção do sr. Goldman, você quer dizer?

— Já me desculpei por isso. Nada parecido voltará a acontecer.

— E você quer que eu simplesmente mande a Lillian embora? Já faz quinze anos que ela mora comigo. Para onde ela iria?

— Não vou substituí-la. Só pensei...

— Eu não sou a sua mãe, Marilyn. Sugiro que você converse com os seus pais antes de fazer planos. — Ada estendeu a mão para pegar o livro.

— Ada, por favor...

— Temos quase mais quatro semanas até o Dia do Trabalho — Ada afirmou, incisiva. — Muita coisa pode acontecer até lá. Eu não fico fazendo planos com tanta antecedência.

Me levantei e balancei a cabeça com raiva, me esquecendo da minha estratégia de me comportar da melhor maneira possível e me tornar indispensável para ela.

— Estou tentando ajudar aqui, sabia? Não é só egoísmo da minha parte.

Ada virou outra página do livro. Impossível que ela estivesse lendo de verdade.

— Não, "só", não. Muito obrigada pelo seu ato de abnegação ao sugerir colocar uma mulher na rua para ficar com outra e evitar a sua família. Somos muito gratas pelo seu sacrifício.

Fuzilei Ada com os olhos.

— Muito bem. Vocês duas podem ficar aí sentadas como as bruxas que são, e quem liga com o que acontece comigo?

— Nossa, parece que perdi muitas coisas emocionantes no verão — Lillian disse por trás de mim, me fazendo dar um pulo.

Com calma, Ada dobrou a página do seu romance e o colocou na mesa de centro.

— Foi rápido! — ela disse, se levantando. — Está com fome?

— Morrendo.

— Ótimo. Vamos almoçar. — Ada olhou para mim. — Já passou o seu chilique? Não sei se permitem a presença de crianças malcomportadas.

Balancei a cabeça.

— Vão vocês. Não quero incomodar.

Lillian pôs a mão em meu braço.

— Por favor, venha. Eu gostaria de te conhecer melhor.

Ada passou depressa por ela.

— Deixe a Marilyn em paz. Ela pode jantar conosco se tiver superado esse chilique até lá.

Lillian suspirou e seguiu Ada, me lançando um olhar de relance.

Assim que elas saíram, me aproximei da janela para espiar.

— ... aquilo?

Vi Ada balançando a cabeça.

— Marilyn tem recebido toda a minha atenção o verão inteiro e acho que ela está com ciúmes.

Lillian fez um som de desaprovação.

— Ai, meu Deus. Eu ainda vou conquistá-la.

— Você não deveria ter que fazer isso. Acabou de passar por um momento bem difícil.

Ada deu a partida, e eu não fui mais capaz de ouvi-las por causa do barulho do motor, mas Lillian disse algo que fez Ada rir.

Assim que elas partiram, me dirigi ao telefone da sala e liguei para a minha mãe, sem me preocupar que fosse uma ligação interurbana.

— Residência Kleinman — Grace respondeu, parecendo entediada.

— É a Marilyn. A minha mãe está em casa?

— Marilyn? Está tudo bem?

— Sim — respondi, irritada. — Chame a minha mãe, por favor.

— Mas por que você está ligando?

— Grace! Passe o telefone para a minha mãe.

Houve murmúrios e um barulho de movimento antes de a minha mãe atender.

— Marilyn? O que foi?

— Nada.

— Então por que você está ligando?

Suspirei.

— Ada disse que o papai vai me mandar de volta para a faculdade.

Minha mãe suspirou e então falou mais baixo.

— Acredito que sim. Ele ainda não mandou o cheque.

— Mamãe, o que você acharia se eu ficasse aqui?

— Por que você iria querer fazer isso?

Eu não sabia como responder a essa pergunta e fazê-la entender.

— Gostei daqui — eu disse finalmente.

— Marilyn, não estou entendendo. É por causa de algum rapaz? Passei o verão inteiro tentando fazer o seu pai mudar de ideia depois do que você fez, e agora você está dizendo que não quer voltar para a faculdade?

A última esperança a que eu estava tentando me agarrar começou a despencar na boca do estômago.

— Não é por causa de algum rapaz... eu... só não decidi ainda o que eu quero fazer.

— Bem, decida logo se você quer voltar para casa, porque o seu pai vai assinar o cheque qualquer dia desses, se é que ele já não assinou. — Diante do meu silêncio, a minha mãe se suavizou. — Estou com saudade.

Eu também estava com saudade dela. E do meu pai, apesar das circunstâncias em que nos separamos. Porém, a ideia de voltar para o meu quarto de infância na casa de pedra avermelhada me fez sentir mal. Então, eu disse para ela que também sentia saudade e que precisava desligar antes que a conta de telefone ficasse muito cara.

— Aproveite esse último mês — ela disse. — Você vai ter lembranças incríveis.

Senti vontade de dizer "como você?", mas não fui capaz. Se ela não tinha me contado, não era justo deixá-la saber que Ada tinha. E se Ada havia me contado, a minha mãe suspeitaria que eu tinha me envolvido nos meus próprios problemas. Então, concordei de maneira evasiva, disse que a amava, e desliguei.

Em seguida, fui para a varanda e me deitei no sofá de vime, desejando que Lillian não existisse.

44

Caminhei até a praia enquanto elas estavam ausentes, mas não consegui me concentrar no meu livro. Em vez disso, acabei me sentando na toalha, observando as ondas se quebrarem na areia. O meu pai ia enviar o pagamento para a faculdade. Eu ficaria mais perto de Dan, mas e se eu não *quisesse* ficar mais perto de Dan? Namorá-lo ali parecia seguro e emocionante ao mesmo tempo. Namorá-lo em Nova York? Será que haveria algum cenário em que eu não acabasse levando a mesma vida que queria evitar?

Meus ombros afundaram. Por que tudo tinha que ser tão complicado? Eu não queria que tanto um noivo quanto os meus pais morressem para que eu pudesse viver a minha própria vida como Ada havia feito. Mas que outras opções eu tinha de verdade?

As nuvens encobriram o sol, e eu tremi com o vento frio que vinha da cidade. As poucas pessoas ainda na praia estavam recolhendo as suas coisas, e quando me virei para olhar, vi o motivo: nuvens escuras e ameaçadoras prenunciavam uma tempestade que se aproximava. Juntei as minhas coisas às pressas, mas não fui rápida o suficiente e acabei correndo pelo caminho das dunas sob uma chuva torrencial que picava como agulhas quando atingia a minha pele. Eu não conseguia enxergar mais do que alguns palmos à frente, e quase caí quando as rajadas de vento arremessaram detritos aleatórios em meu caminho.

Ao chegar em casa, eu estava encharcada e trêmula. O vento chicoteava furiosamente a minha toalha e o cabelo.

Quando me aproximei da porta, Lillian a abriu para mim.

— Ah, coitadinha. Entre, vamos te aquecer e secar. — Ela pegou o meu braço e me puxou para dentro, fechando a porta. — Ada! Preciso de toalhas!

Com curiosidade, fiquei observando, me perguntando se Ada iria repreendê-la por gritar de um cômodo para o outro, mas a minha tia desceu correndo a escada com duas toalhas de banho, parando de repente quando me viu.

— Santo Deus! Você está parecendo um rato encharcado.

— Estou me sentindo como se fosse um. — Funguei miseravelmente.

Lillian pegou uma toalha de Ada e me envolveu nela, esfregando os meus ombros do mesmo jeito que minha mãe fazia quando eu era pequena e acabava de sair da banheira.

— Ela está congelando — Lillian disse. — Vou preparar um banho quente para você.

— Estou bem, sério. Esse pé d'água veio do nada.

O estrondo de um trovão me assustou.

— Bobagem — Lillian disse. — Vamos te aquecer. Vai passar logo, e então todas nós vamos jantar juntas hoje.

Ada estava olhando pelas janelas que davam para o oeste, em direção à baía.

— Acho que vai durar. O pior ainda está por vir.

— Vou começar a encher a banheira — Lillian avisou. — Suba quando estiver pronta. — Ela subiu a escada.

— Ainda quer substituí-la? — Ada perguntou.

Fiz uma cara azeda, desafiando Ada a me dizer que a minha expressão me deixaria com rugas.

— Pelo menos *alguém* se importa se estou viva ou morta.

— Eu vou me importar se você morrer, meu bem. Só teria que descobrir como me livrar do seu corpo para que a casa não tivesse cheiro de algo saído de uma história de Faulkner.

Balancei a cabeça, resmungando enquanto subia a escada. Lillian estava sentada na beira da banheira, despejando uma quantidade generosa de espuma de banho na água.

— Peguei entre as coisas da Ada — ela disse, piscando com um ar conspiratório. — Vamos deixar que seja o nosso segredinho.

— Ada vai acabar sentindo o cheiro em mim e vai saber. Ela sempre sabe.

Lillian abriu um sorriso caloroso.

— Vou lidar com isso se necessário. Vamos. Tire a roupa. Um banho quente vai dar conta do recado, e você vai se sentir revigorada.

Lillian se virou para me dar privacidade, mas não tirei a minha toalha. Será que ela ia ficar no banheiro enquanto eu tomava banho?

Como se pudesse ler os meus pensamentos, ela disse:

— Tudo bem, eu sou enfermeira.

— Mas você não é a *minha* enfermeira.

— Isso é mais do que justo. Estarei logo ali no corredor. Grite se precisar de alguma coisa.

Incrédula, olhei para ela.

— Ada sempre me diz para não gritar de um cômodo para o outro.

Lillian balançou a cabeça.

— Ela é cheia de regras. Se você precisar de algo, é só chamar. — Lillian esfregou o meu ombro com carinho e saiu, fechando a porta.

Deixei a toalha cair no chão, tirei o biquíni e entrei na banheira. No início, achei a água muito quente em contraste com a minha pele fria, mas após uns minutinhos, me senti revigorada. Afundei sob as bolhas, livrando o cabelo da areia soprada pelo vento. Em seguida, voltei à superfície, me apoiando na borda da banheira, imersa até o pescoço, com o aroma de jasmim e lilás das bolhas acalmando os meus nervos, mesmo quando outro estrondo de trovão sacudiu a casa.

Assim que saí da banheira e envolvi uma toalha seca ao redor do corpo e outra em um turbante sobre o cabelo, voltei a me sentir eu mesma. Tirei o roupão do gancho atrás da porta e o coloquei sobre os ombros. Em seguida, peguei o corredor e segui até o meu quarto para me vestir.

Dei uma espiada pela janela bem a tempo de ver um relâmpago atingir a baía. Mal passava das quatro da tarde, mas duvidei que fôssemos sair para jantar naquela noite. Ada tinha razão. O céu estava tão escuro quanto a noite.

Em vez do vestido que eu teria usado para sair, coloquei uma calça capri e uma blusa. Em seguida, desci a escada e me dirigi à sala de estar, onde Lillian e Ada estavam conversando, com Lillian encolhida no canto do sofá, com os pés enfiados embaixo dela, e Ada na poltrona perpendicular a ela.

— Aí está ela — Lillian disse. — Se sentindo melhor?

— Muito melhor. Obrigada. — Mas hesitei. — Não quero atrapalhar.

Ada ficou me examinando, mas Lillian apontou para o lugar vago no sofá ao lado dela.

— Você não está atrapalhando nada, mas é gentil da sua parte. Venha, sente-se.

— Ela está atrapalhando um pouquinho, sim — Ada disse.

— Psiu. Quero conhecê-la por mim mesma.

Olhei para Ada, imaginando-a cuspindo fogo como um dragão ao receber a ordem de ficar quieta, mas ela parecia muito contente.

Um ponto para Lillian, pensei ao me sentar.

— Então, Marilyn. O que você está achando de Avalon?

— Ela gosta até demais da patrulha da praia — Ada revelou.

Lillian conteve uma risada.

— Sim, a sua tia me contou a respeito do fiasco.

— Sem dúvida, *fiasco* é a palavra certa — eu disse com cautela. — Encontrei a irmã dele na cidade hoje. Ela me disse que ele se casou e está feliz.

Ada franziu o lábio.

— E daqui a sete meses, a mãe dele vai espalhar pela cidade que um bebê de quatro quilos nasceu prematuro.

Os lábios de Lillian se contraíram ao conter outra risada.

— Você é terrível — ela disse para Ada. — Mas tem toda razão. — E se virou para mim. — Ouvi dizer que você está escrevendo um romance.

— Você também já deve saber do que se trata, já que Ada entra de fininho no meu quarto e lê.

— Não é entrar de fininho se a casa é minha — Ada disse. — E está muito bom. Precisa de edição, é claro. Mas você tem um estilo próprio para contar histórias.

Fiquei com o olhar fixo nela. Se não estivesse bom, Ada seria a primeira a dizer. E sem cerimônias para poupar os meus sentimentos.

— Eu não sou do tipo que lê algo sem permissão — Lillian afirmou. — Mas quando você acabar, gostaria de ler.

Após um novo estrondo de trovão, houve um apagão.

— Ah, pelo amor... — Ada disse. — Vamos ficar sem luz a noite toda.

— Já enfrentamos coisas piores antes — Lillian disse. Levantou-se e se dirigiu às cegas até a lareira, onde estavam uma vela e uma caixa de fósforos. Ela acendeu a vela. — Vamos pegar mais velas. O lampião ainda está no armário do corredor?

— Acho que sim, a não ser que Frannie tenha tirado de lá.

— *Cadê* a Frannie? — perguntei.

— Nós a mandamos para casa assim que vimos as nuvens chegando — Lillian disse, se encaminhando ao armário. Ela voltou com um lampião aceso, iluminando de leve a sala. — Podemos nos virar com o jantar hoje.

— Tudo o que está na geladeira vai estragar — Ada disse.

— Vamos usar o que pudermos e vamos fazer compras amanhã. Cadê o seu espírito de aventura?

Ada fez careta para ela.

— Vai te deixar com rugas — brinquei.

Lillian riu com entusiasmo.

— Gostei dessa garota — ela disse para Ada. — Ela tem garra, como você. — E se virou para mim. — Você se vira bem na cozinha?

— Nem um pouco.

— Bem como a sua querida tia — Lillian afirmou. — Mas vamos dar um jeito. Ada, vamos abrir uma garrafa de vinho e ver o que conseguimos inventar.

* * *

O mostrador fosforescente do meu relógio me disse que estávamos jantando cedo, quando nos sentamos para uma refeição de salada, salmão e milho, mas já estávamos na nossa segunda garrafa de vinho e absolutamente ninguém reclamou. Talvez fosse o vinho ou a sensação de nos aventurarmos no escuro, mas tudo estava delicioso.

— Se Frannie decidir ir embora algum dia, você vai estar preparada — eu disse para Ada.

— Frannie não vai a lugar nenhum.

— Por que ela iria? — concordei. — Ela tem uma casa na praia. Tem um emprego ótimo. Mesmo que ela tenha que aturar você. — Coloquei a mão com ternura sobre a dela. Ada puxou a mão debaixo da minha e me deu um tapa no braço com ela.

— Se a minha companhia é tão inadequada assim, não sei por que você quer ficar até o outono.

— Sério? — Lillian olhou para mim com grande interesse.

Mordi o lábio inferior. Eu estava um pouquinho embriagada, mas tudo havia sido virado de cabeça para baixo naquele dia.

— Talvez, mas Ada não me quer.

— Eu não disse isso — Ada falou. — Eu disse que depende dos seus pais.

— E você sabe muito bem que a minha mãe vai ouvir você depois... — Parei de falar. Não sabia o quanto Lillian sabia dos negócios da nossa família, mesmo que ela tivesse sido informada sobre o meu caso com Freddy.

— Tenho certeza de que Rose levaria o conselho de Ada em consideração — Lillian afirmou, baixinho. Ela estava olhando para Ada, e não para mim, mas tive a impressão de que ela sabia muito bem do que estava falando.

— Se eu estivesse disposta, é provável — Ada concordou. — Mas não tenho muita paciência para pessoas que não seguem as regras.

Lillian balançou a cabeça.

— Ah, Ada, relaxe um pouco. Se a garota não quer voltar para Nova York, não adianta forçá-la. — Ela se virou para mim. — Tudo vai se resolver.

— Marilyn tem sido uma encrenca — Ada argumentou.

— E você gosta de encrencas, então não finja que isso é um problema. E é como se você tivesse esquecido que proibir uma jovem de vinte anos de fazer alguma coisa é uma garantia de que ela não fará isso.

Por um momento, as duas mulheres se entreolharam, comunicando algo que eu não conseguia entender com base no passado compartilhado delas.

— Vou pensar a respeito — Ada admitiu.

Lillian deu um tapinha na minha perna sob a mesa e piscou para mim. E foi assim, num piscar de olhos, que me dei conta de que, longe de representar uma ameaça, Lillian se tornaria a minha maior aliada naquela casa.

***

À luz de velas, depois de várias taças de vinho, acabamos debruçadas sobre os álbuns que eu tinha feito.

— Que maravilha! — Lillian exclamou. — Incrível!

Me senti radiante com o elogio e o calor do vinho. Eu estava com uma manta sobre mim, deitada, sonolenta, no sofá.

Estava quase cochilando quando a exclamação de Lillian me acordou.

— Olha eu aqui!

Me sentei. Elas estavam apenas no segundo álbum. Eu ainda não havia chegado perto das fotografias dos últimos quinze anos.

— Cadê? — pedi.

Lillian apontou para a foto de um grupo de mulheres com uniformes de enfermeira em frente à Fontana Di Trevi. Ada estava no meio. Eu a reconhecia com facilidade em sua juventude agora. Lillian apontou o dedo para uma das mulheres mais jovens, no canto do grupo.

— Bem aqui.

Com cautela, me virei para Ada.

— Você disse que não se lembrava de quem eram as outras enfermeiras na Itália.

Ada sorriu e deu de ombros.

— Vocês são amigas há tanto tempo?

— Nós nos conhecemos na Europa — Lillian revelou. — Eu me casei, e perdemos contato por um tempo. Depois, Don morreu, e Ada me escreveu quando viu o obituário. Por alguns anos, ficamos nos correspondendo e, quando os meus filhos saíram de casa, Ada perguntou se eu não queria vir ficar com ela por um tempo. Quinze anos depois, aqui estamos nós.

— Você tem filhos?

— E também netos agora. Eles costumam me visitar na maioria dos verões, mas este ano foram para Chicago para o enterro.

Tentei imaginar crianças correndo dentro dessa casa. Não havia como. Ada deve ter alugado outra casa para elas. Pensando bem, estamos falando da Ada. Ela devia ter umas seis casas para alugar na cidade.

Mas a guerra terminou em 1919. O que significava que elas eram amigas há mais de quarenta anos. Não surpreende que Ada tenha reagido daquela maneira quando sugeri que ela não precisava mais de Lillian.

Examinei o rosto de Lillian quando jovem na luz tremeluzente. Agora, eu olharia com mais atenção para ver se ela aparecia em outras fotos. Mas isso seria uma tarefa para os próximos dias, já que mal conseguia manter os olhos abertos. Então, pedi licença, subi cambaleando a escada e desabei na cama, ainda envolvida na manta do sofá, enquanto Lillian e Ada continuaram bebendo e folheando o álbum de fotos.

45

Acordei convencida de que estava morrendo. Parecia que a minha cabeça ia explodir e que eu tinha comido areia. Eu já havia exagerado na bebida antes, mas nunca no vinho. Tinha quase certeza de que uma ressaca de vinho era um dos círculos do *Inferno* de Dante.

Quando finalmente desci em busca de aspirina e água, eram quase nove horas.

— Você está viva — Ada disse da sala.

Pisquei para ela. Ada dava a impressão de não ter tomado nem uma gota de vinho na noite anterior. Ela devia até ter acordado às seis para nadar. Sem dúvida, Ada não era humana.

Lillian não parecia tão bem assim, mas estava mais funcional do que eu.

— Frannie aprontou o café da manhã para você. Ada quis te acordar, mas eu disse para deixar você dormir.

— Muito obrigada — eu disse. Lillian soltou uma risadinha, e eu fui cambaleando até a sala de jantar. Um lugar estava preparado na mesa com duas aspirinas ao lado do prato.

Frannie serviu café na xícara, e eu completei com creme e açúcar, usando isso para engolir os comprimidos. Ovos e torradas apareceram diante de mim.

— A comida não estragou? — perguntei, sem saber se seria capaz de manter qualquer coisa no estômago mesmo que estivesse boa.

— Estragou, mas passei no mercado no caminho para cá hoje.

— Você é mesmo a melhor — eu disse, mordiscando com cautela uma fatia de torrada. Frannie abaixou a cabeça, e eu ouvi a campainha tocar. — Ela tem clientes hoje?

— Claro — Frannie respondeu. — Ela não costuma tirar muitos dias de folga.

— Tem tanta gente solteira assim por aí?

— As pessoas vêm de todos os lugares no verão.

Balancei a cabeça, instantaneamente me arrependendo do movimento.

— Não sei como ela consegue.

— Eu também não. Mas ela é muito boa nisso. — Frannie me olhou com pena. — Tome bastante água. Vai ajudar mais do que esse café.

Eu não achava que isso fosse verdade, mas tomei o máximo que pude sem correr o risco de vomitar. Como uma mulher de setenta e cinco anos conseguia beber mais do que eu, não dava para dizer. Mas ali estava eu.

Depois do café da manhã, dei uma espiada na sala, apesar de estar proibida de fazer isso. Lillian estava sentada ao lado de Ada, fazendo anotações. Dei de ombros. Ela podia ficar com esse trabalho. Eu preferia sonhar acordada e inventar histórias sobre as fotografias que eu estava catalogando, de qualquer forma.

* * *

Até o final da semana, parecia que Lillian sempre esteve conosco. Ela era engraçada, gentil e gostava de provocar Ada tanto quanto eu. Ada não ficava mais suave com ela por perto, mas tendia mais a concordar com Lillian do que comigo. E Lillian ficava muito feliz em se posicionar a meu favor nos desentendimentos.

Eu nunca teria conseguido sair pela janela para encontrar Freddy com Lillian presente. Ela era uma tagarela na hora de dormir, entrando no meu quarto antes de ir deitar, sentando-se na minha cama e fazendo mil perguntas a meu respeito e sobre o que eu estava escrevendo.

Por outro lado, eu ainda achava que Ada sabia o que eu estava fazendo o tempo todo.

Na quinta-feira à noite, entreguei a Lillian uma pilha de páginas.

— O que é isso? — ela perguntou.

— O capítulo um.

Lillian apertou as páginas junto ao peito e, em seguida, me puxou para um abraço. Nenhuma de nós precisou dizer nada. Eu tinha certeza de que Ada havia dito a ela que eu tinha sugerido que ela mandasse Lillian embora antes de conhecê-la, e ela entendeu claramente que compartilhar o meu trabalho com ela era um sinal de aceitação.

As páginas estavam no meu lugar na mesa da sala de jantar quando desci para o café da manhã do dia seguinte. As duas pararam de falar quando me aproximei. Eu não tinha tomado mais do que uma taça de vinho no jantar com elas desde a primeira noite, ainda que elas não bebessem tanto quanto não havia um apagão. E tomei cuidado para ser pontual. Ada fechava a cara se eu chegasse atrasada, e, apesar de saber que tinha uma aliada em Lillian, ainda ansiava pela aprovação de Ada.

— Quando posso ver o capítulo dois? — Lillian perguntou.

Me acomodei na cadeira.

— Isso significa que você gostou?

— Minha querida, você nasceu para fazer isso.

Sorri para ela.

— Você vai deixá-la convencida demais — Ada disse.

Lillian sorriu de leve quando se virou para mim.

— Não acredite em nada do que a sua tia diz. Aliás, foi ela quem me disse que você era uma exímia contadora de histórias.

Ada pegou o jornal enquanto eu sorria olhando para o meu prato.

— A que horas chega o seu namorado? — Lillian perguntou.

— Hoje à noite. Mas ele não é o meu namorado. Só tivemos um encontro.

— Dois — Ada afirmou de trás do jornal.

— Bem, estou ansiosa para conhecê-lo. É tão romântico que ele venha até aqui para encontrar você depois de todo aquele fiasco.

— Eles formam um bom par — Ada disse, com o rosto ainda escondido.

— Onde ele vai se hospedar? — Lillian perguntou.

Ada abaixou o jornal, e as duas olharam para mim.

— Ah... acho que no Princeton de novo.

Lillian fez um gesto negativo com a cabeça e um som de reprovação.

— Bem, não vai funcionar assim, vai? Ele vai ficar aqui.

— Aqui? — perguntei.

— Claro — Lillian respondeu, com um brilho nos olhos. — Desde que vocês dois fiquem em seus próprios quartos à noite.

Ada deixou escapar um resmungo. Encarando-a, deixei cair o garfo e fiquei boquiaberta.

— Feche a boca — Ada disse. — Está parecendo uma idiota. — Então olhou para Lillian. — Tem certeza de que é sensato? Marilyn não é bem um exemplo de virtude.

Consegui sentir as bochechas corando.

Lillian sorriu.

— E você? Na idade da Marilyn?

Ada tentou não sorrir.

— Nessa idade? Sim. Você, por outro lado...

— A Europa era interessante — Lillian disse para mim. Ela se voltou para Ada. — E eu acabei me casando com ele, afinal.

— Sim, bem, nem todas tiveram essa opção.

— Posso ouvir essa história? — perguntei.

— De jeito nenhum — Ada respondeu.

Tentei imaginá-la aos trinta anos, tendo um caso com um soldado durante a guerra. Então, as peças do quebra-cabeça se encaixaram. Arregalei os olhos.

— Ada, você teve um caso com Ernest Hemingway?

As duas mulheres me olharam como se eu tivesse uma melancia no pescoço.

— Com quem?

Lillian riu.

— Os sinos dobram.

— Ele era motorista de ambulância durante a guerra. Você era enfermeira. Esse é basicamente o enredo de *Adeus às armas*. Você tem uma casa em Key West. Ele também tem. E você disse que conheceu os Fitzgerald. Você teve um caso com Hemingway, não teve?

Ada fez um gesto negativo com a cabeça.

— Você tem uma imaginação fértil, tenho que admitir. Não, não foi com Hemingway.

— Sério? Não tem como você não ter se encontrado com ele com tudo isso em comum.

Ada deu de ombros.

— Se tivesse acontecido durante a guerra, eu não saberia. Ele não era Hemingway naquela época. Ele era só um garoto dirigindo uma ambulância.

— Pois é... não estou engolindo essa.

Ada balançou a cabeça.

— Você é quem sabe — ela disse, mas piscou para Lillian, que evitou o contato visual comigo.

Procurei lembrar se havia visto algum livro de Hemingway quando estive no quarto de Ada, mas nada se destacou. Decidi que eu iria entrar de fininho e olhar novamente da próxima vez que ela saísse de casa. Sem dúvida os livros dele não faziam o estilo de Ada, mas se estivessem lá, eram evidência suficiente.

E mesmo que não fosse verdade, a história que eu tinha em mente era boa demais. Não usaria o próprio Hemingway, mas o caso da tia durante a guerra sem dúvida seria incluído no meu livro de algum modo.

46

Lillian e Ada não pararam de fazer comentários enquanto eu me preparava para jantar com Dan.

— Ela colocou o vestido fúcsia — Lillian falou do corredor depois de dar uma espiada no meu quarto.

— Diga para Marilyn que o verde-escuro fica melhor — Ada gritou de volta.

— Não grite de um cômodo para o outro — gritei.

Lillian riu, e eu ouvi os passos de Ada.

— Não sei por que tolero essa insolência.

— Sabe, sim — Lillian afirmou. — Ela é igualzinha a você.

Abaixei a cabeça. Era um elogio que eu aceitaria mesmo que fingisse que não.

— Só que um milhão de anos mais jovem.

— Cuidado, hein! — Ada disse suavemente, vindo se sentar em minha cama. — E troque para o verde-escuro.

— Eu gosto do fúcsia.

Ada fez careta.

— O que há de errado com o fúcsia? — perguntei.

— Nada — Ada disse, enfiando a mão no bolso do seu vestido. — Mas não combinaria com isto. — Ela estendeu o batom Guerlain.

Por um momento, fiquei encarando Ada antes de alcançá-lo, mas ela o puxou de volta.

— O verde — ela insistiu. — Não dá para pintar os lábios de vermelho com um vestido fúcsia.

Levantando a mão para abrir o zíper, me livrei do vestido fúcsia, pendurei-o com cuidado no armário e peguei o vestido que Ada preferia. Assim que o vesti, fui até o espelho. Ela tinha razão, é claro. O vestido realçava o verde dos meus olhos e era uma escolha muito melhor. Eu me virei — Ada e Lillian estavam sentadas na cama agora, com Sally entre elas — e estendi a mão. Ada colocou o batom na minha palma, e eu o passei nos lábios, olhando para o espelho.

— Ada, como você sabia que eu tinha pegado antes?

— Eu não sabia.

— Então como…?

— Joguei verde para colher maduro.

Olhei para ela no espelho.

— Você é a pessoa mais irritante…

— Cuidado ou vou pegar o batom de volta.

Franzi os lábios diante do meu reflexo.

— Obrigada pelo batom, mesmo que você o tenha roubado de mim.

Lillian ergueu Sally. Sally não saiu de perto de Lillian desde que ela voltou, e eu havia começado a me perguntar de quem a cachorra era de verdade.

— Ada simplesmente gosta de ser a cadela alfa, não é, querida? — Lillian disse, e Sally lambeu o nariz dela. Ada fez careta.

Eu esperava que Ada desse uma resposta mordaz, mas ela não disse nada. Me ocorreu que Lillian poderia ser a verdadeira alfa da casa. Ada não se opôs à decisão dela de que Dan ficaria aqui, e fiquei na dúvida que ela me daria o batom sem o estímulo de Lillian.

— Como estou? — perguntei, rodopiando.

— Não faça perguntas cuja resposta você já sabe — Ada disse, franzindo a testa.

— Não dê ouvidos a ela. Você está linda — Lillian afirmou.

Nós três levantamos os olhos ao som de um carro do lado de fora da janela aberta.

— Deve ser ele — Ada disse.

— Eu atendo — afirmei, passando por ela em direção à porta.

— Não seja boba — Ada disse. — Afinal, ele vai ser o nosso convidado. Venha, Lillian. Vou te apresentar.

— Ótimo — Lillian afirmou, indo para o corredor. Sally saltou da cama e a seguiu.

Eu as segui sem pressa, refletindo se o batom valia o preço.

Ada alcançou a porta exatamente quando Dan estava levantando a mão para bater, com dois buquês de flores na outra mão.

— Bem-vindo — ela disse, de repente toda radiante e animada. — Entre. Gostaria que você conhecesse a minha amiga Lillian.

Dan apertou a mão dela calorosamente, mas abaixou os olhos e mordeu o lábio.

— Eu teria trazido um terceiro buquê se soubesse.

— Não seja bobo — Lillian disse. — Podemos dividir com alegria.

Ada pegou ambos das mãos de Dan e me entregou.

— Vá colocar essas flores na água — ela ordenou, pegando o braço de Dan e o levando rumo à sala.

Impotente, ele olhou por cima do ombro para mim.

— Oi. Você está linda.

Sorri e depois fui para a cozinha, onde tentei entregar os buquês para Frannie.

— O que diabos você quer que eu faça com isso? — ela perguntou, com uma das mãos na cintura. — Estamos sem vasos.

— Sei lá. Que tal um jarro de leite?

— Você foi criada num celeiro? — Frannie balançou a cabeça e irrompeu na sala de jantar, voltando um momento depois, com os braços carregados de três vasos cheios de flores extravagantes. — Espero que a srta. Ada não se importe se eu juntar algumas delas.

— Duvido que ela vá se importar.

Frannie balançou o dedo para mim.

— A culpa é sua se ela se importar.

— Não fui eu que trouxe as flores!

— Não, mas você trouxe o rapaz que trouxe as flores.

Balancei a cabeça.

— Também te amo, Frannie.

Ela resmungou algo que pareceu "muita amolação" ou "vá cuidar da sua vida". Fosse como fosse, eu não era a pessoa favorita dela, e Frannie começou a mexer nas flores, mas de forma raivosa.

Dan estava no sofá, enquanto Lillian e Ada estavam em poltronas diante dele.

— Podemos ir? — perguntei.

Dan fez menção de se levantar, mas Ada o deteve com um olhar.

— Ir? — ela perguntou. — Ele acabou de chegar. Não. Precisamos discutir os arranjos e regras.

Alarmada, olhei para ele, mas Dan não parecia preocupado.

— Arranjos?

— Sim. Dan vai dormir no quarto de hóspedes. E não vai haver brincadeiras impróprias enquanto ele estiver aqui. Eu mantenho uma casa de respeito aqui.

— Senhora, eu nunca...

Ada fez uma careta irônica.

— Nunca diga nunca. Você pode acabar se arrependendo disso.

Dan ficou vermelho, e eu contive uma risada. Ele ainda precisava de um bom tempo para se acostumar com o jeito de Ada.

— Não ligue para ela — eu disse. — Ela teve um caso com Hemingway.

Dan olhou de mim para ela e de volta para mim.

— Você está brincando, não está?

— Está — Ada disse.

— Não — eu disse ao mesmo tempo.

Lillian se inclinou para a frente e apoiou delicadamente a mão no joelho dele.

— Tem certeza de que não prefere ficar no Princeton, querido?

***

Quando saímos para jantar, Lillian já tinha tomado conhecimento da maior parte da história de vida de Dan.

— Desculpe por isso — eu disse sem jeito ao descer a escada ao lado dele.

— Não tem do que se desculpar. — Ele pegou a minha mão e me puxou, me dando um beijo rápido. — Oi.

Eu sorri.

— Oi. — Ao nos aproximarmos do carro, ele me entregou as chaves. — O que você quer que eu faça com elas?

— Entre no carro. A sua primeira aula pode ser levar a gente para jantar.

— Não consigo dirigir até o restaurante. Eu nunca dirigi.

— Não há tempo a perder. Vamos. Vou te mostrar.

— Mas há crianças na cidade. E se eu atropelar uma criança?

— É só tentar não fazer isso — Dan disse, rindo.

— Não seria melhor a gente ir até um estacionamento ou uma estrada deserta?

— Marilyn, você nunca vai encontrar uma estrada mais deserta do que as ruas daqui. A maioria das pessoas faz tudo a pé. Foi você quem me ensinou isso. Será que finalmente descobri um medo que você tenha? Além de se casar comigo?

Cerrei os dentes.

— Não tenho medo de nada.

— Que bom. Então entre.

Me acomodei no lado do motorista e coloquei a chave na ignição.

— E agora?

Dan sorriu.

— O câmbio é automático. Se fosse manual, eu teria levado você até um estacionamento. Com esse câmbio, qualquer pessoa consegue dirigir. — Ele deslizou para o meio do banco, com a sua perna tocando de leve a minha com uma eletricidade que eu não esperava. Então, Dan segurou a minha mão e a colocou na alavanca de câmbio ao lado do volante. — Essa posição é a da marcha à ré — ele disse, movendo a minha mão com a dele. — Vire e olhe para trás para não bater em nada, e pressione MUITO de leve o pedal da direita.

— E se eu bater em alguma coisa?

— O seguro serve para isso. — Dan deu de ombros.

— Mas você sem dúvida adora este carro. Olha só para ele.

— É só um carro — Dan disse. — Eu gosto bem dele. Mas dá para substituir um carro.

Engoli em seco, com a parte não dita da frase dele sendo muito significativa.

— Tudo bem. Aqui vamos nós.

Me virei para olhar para trás, pisei no acelerador, e de repente estávamos retrocedendo rápido pela rua.

— O outro pedal — Dan disse com tranquilidade. Fiz como ele disse, e paramos bruscamente. — Toque de leve com o seu pé. Muito de leve. Como se você estivesse preocupada que houvesse vidro no pedal.

Voltei a pisar no acelerador, mas ele me deteve com a mão em meu joelho.

— Espera. Vamos engatar a primeira marcha para a gente não acabar na praia.

— Poderia ser divertido.

— Vamos ficar no asfalto por enquanto.

Dan colocou a minha mão na alavanca de câmbio e me mostrou como engatá-la na marcha.

— De leve — ele me lembrou novamente quando pisei no acelerador, dessa vez avançando devagar. — Olha só. Você está dirigindo.

Comecei a sorrir, mas o sorriso se transformou em terror absoluto quando virei na Dune e outros carros vieram na nossa direção. Contudo, exceto pela sua mão por um instante firme no volante, Dan me deixou fazer o resto, até me direcionando muito torta até uma vaga.

— Tem certeza de que nunca dirigiu antes? — ele perguntou.

Fiz que não com a cabeça.

— Vou ter que passar a mão nas chaves de Ada para praticar durante a semana.

— Ou você pode usar as minhas no próximo fim de semana.

Sorri para ele.

— E se eu não te convidar de novo?

Dan pegou a minha mão e beijou a palma.

— Você não vai se livrar de mim tão fácil assim.

47

Na manhã seguinte, nós quatro fizemos o desjejum juntos. Lillian fez perguntas a Dan sobre tudo o que ela não tinha abordado no dia anterior. Pela primeira vez, Ada não estava lendo o jornal à mesa.

— O que vocês dois vão fazer hoje? — ela finalmente perguntou.

— Pensei em irmos à praia — respondi. — Depois quem sabe para Atlantic City à noite.

— Que legal! — Lillian disse. — Você vai levá-lo ao Hackney's, é claro.

Concordei, mas Ada falou:

— Acho que vamos nos juntar a vocês na praia hoje.

Lillian franziu os lábios e tocou em Ada com a mão.

— Deixe os dois pombinhos. Podemos ir outro dia.

— Bobagem — Ada disse. — Além disso, não ficamos tanto tempo quanto eles.

— Sem dúvida, vocês deveriam se juntar a nós — Dan afirmou.

Lancei um olhar para ele, e Dan cutucou a minha perna por baixo da mesa.

— Que romântico — resmunguei.

— Você disse alguma coisa? — Ada perguntou enfaticamente.

Pus os cotovelos na mesa e apoiei o queixo nas mãos.

— É o encontro dos sonhos mais perfeito de todos.

— Tire os cotovelos da minha mesa — Ada ralhou e se virou para Dan. — Você quer mesmo toda essa petulância? Ainda dá tempo. Posso encontrar uma boa garota para você em vez da bruxa da minha sobrinha.

Dan escondeu o sorriso com o guardanapo.

— Mas ela será muito conveniente no Halloween. Nem vou precisar fantasiar para as crianças.

— Já disse que gostei dele — Ada disse depois de se virar para Lillian.

Cada um foi para o seu quarto para se aprontar, mas Dan e eu fomos os primeiros a descer.

— O que tem na bolsa? — perguntei.

Ele a tirou do ombro, abriu o zíper e mostrou uma câmera fotográfica, com a letra *F* no topo, e a palavra *Nikon* logo abaixo.

— Você não estava brincando, hein? Essa aí é uma câmera sofisticada.

— Só uma reflex monobjetiva, mas tira fotos maravilhosas.

— Por que você vai levar para a praia? Não tem medo que entre areia nela?

— Não — Dan respondeu. — Vou tomar cuidado. E eu disse que ia trazer.

— Mas o que você faria com fotos minhas?

Dan se inclinou e beijou o meu rosto.

— Gosto de fotografar coisas bonitas.

— Eu diria para vocês arranjarem um quarto, mas não quero nenhuma janela quebrada — Ada disse.

Levei um baita susto.

— Como alguém da sua idade consegue surpreender as pessoas tão bem? As suas articulações não deveriam estar rangendo?

Ada me ignorou.

— Tomara que você saiba como montar um guarda-sol melhor do que a Marilyn. Ela quase matou alguns banhistas ao tentar fazer isso.

— Acho que posso cuidar disso.

— Ela exagera — eu disse. — Além disso, a única pessoa que eu gostaria de matar é ela.

— Seria preciso muito mais do que um guarda-sol para fazer isso — Ada disse e se virou para a escada. — Lillian! Você está vindo?

— Estou — Lillian respondeu.

— Por que você *pode* gritar de um cômodo para o outro e eu não? — perguntei.

— Porque a casa é minha.

— Então por que a Lillian pode?

Ada me lançou um olhar astuto.

— Porque ela não se intimida com tanta facilidade quanto você.

Balancei a cabeça.

— Vamos pegar o guarda-sol e as cadeiras. A menos que você prefira uma vassoura para se sentar.

— Uma cadeira será uma ótima opção — Ada afirmou. Ela tocou no braço de Dan ao se virar para sair. — Falei sério. Você seria um ótimo partido para uma boa garota.

Arrastei Dan para longe da porta.

* * *

Instalamos o guarda-sol e abrimos as cadeiras para Ada e Lillian, as duas tão protegidas para evitar qualquer exposição ao sol que comecei a me perguntar se talvez elas não fossem de fato duas vampiras. Sem dúvida isso explicaria por que Ada é tão sorrateira.

Dan e eu estendemos as toalhas um pouco longe delas para que pudéssemos conversar mais à vontade.

— É mesmo um pedacinho do paraíso, não é? — ele perguntou.

— Avalon? Ou a praia?

— Os dois. A gente deveria continuar vindo aqui até ficarmos tão velhos quanto elas. — Dan apontou para trás de nós.

— Você está planejando o nosso futuro de novo?

Ele ergueu as mãos para o alto com inocência.

— Eu? Eu não disse que estaríamos casados ou que traríamos os nossos filhos. Pode ser que a gente esteja deixando os nossos cônjuges para vir aqui juntos.

— Que escandaloso, sr. Schwartz.

Dan se virou de lado para me encarar.

— O rabino sofreria um ataque cardíaco.

— Fiquei surpresa que ele não sofreu um quando quebramos aquele vitral.

Dan riu.

— Para ser sincero, eu também.

Eu me apoiei no cotovelo.

— Os seus pais sabem que você veio passar o fim de semana aqui?

Ele hesitou.

— Não.

— E por qual motivo?

Dan se sentou.

— Porque achei que eles poderiam contar para os seus pais.

Por um instante, eu o apreciei enquanto ele olhava para o mar. Se ele quisesse que eu voltasse para Nova York, a maneira mais rápida de me fazer voltar seria garantir que os meus pais soubessem que estávamos nos encontrando. O meu pai me puxaria de volta para Nova York tão rápido que eu teria um torcicolo.

Abri a boca para perguntar por que ele não tinha feito isso, mas ele ficou de pé e me ofereceu a mão.

— Vamos entrar na água.

Peguei a sua mão e o segui até a rebentação, me dando conta de que eu já sabia a resposta: Dan não queria me forçar a nada.

* * *

Naquela noite, após a nossa ida a Atlantic City, ao deitar na cama bem depois da meia-noite, eu me recordei daquele momento na praia. Nunca havia conhecido um homem cujo único interesse em mim não fosse satisfazer as vontades dele.

O meu pai e o meu irmão queriam que eu fosse o reflexo perfeito da família; vista, mas não ouvida. Era um papel ao qual eu estava predestinada a falhar. Eu não tinha o estoicismo da minha mãe ou a capacidade de não me abalar com facilidade. E o rabino Schwartz não se importava se eu não queria me casar com o seu filho; ele só queria manter as aparências. Até mesmo Freddy se preocupou com o que eu poderia fazer para ajudá-lo: adiar a faculdade para que ele pudesse terminar a dele e depois supor que eu me casaria com ele para salvá-lo do seu erro.

Nenhum deles jamais me perguntou o que eu queria de verdade ou respeitou o fato de que eu tenho miolos. Até o Dan aparecer.

Fiquei de bruços, abraçando o travesseiro. Ainda não queria me casar tão cedo, mas estava feliz por Dan ter voltado à minha vida.

* * *

Pela manhã, após o desjejum, fomos a pé até a cidade. Entramos na Hoy's e ficamos brincando de perseguir um ao outro pelos corredores cheios de bugigangas bobas. Dan fingiu gritar de dor quando o peguei com um brinquedo de garra de caranguejo, depois me puxou para perto dele, os dois rindo.

Dan comprou uma pulseira com uma estrela do mar para mim e um par de óculos bizarro para si mesmo.

— O que o rabino vai achar dos óculos? — perguntei depois de sairmos da loja.

— Não dou a mínima — ele respondeu. — Se você gosta, é o que importa.

— O que vai acontecer quando você contar para ele que não vai para a escola rabínica?

Dan mordeu o lábio.

— Acho que os meus pais vão reagir da mesma forma que os seus reagiram — ele apontou para o espaço entre nós — em relação a tudo. Só que eu não tenho uma Ada.

Eu não conhecia muito bem o rabino Schwartz. Em minha juventude, ele era uma figura imponente, nunca tolerava travessuras infantis na sinagoga. E Dan sempre deu a impressão de ser um menino comportado. Porém, a sua confissão de que ele havia colocado peixes na fonte em Catskills...

— Então, para você, se tornar um rabino equivale a seguir uma tradição familiar ou expectativa social, semelhante a casar com o filho de um rabino e desempenhar o papel de esposa e mãe devota?

Ele sorriu.

— Não sei que tipo de mãe devota eu seria.

Brincando, eu o cutuquei.

— Você sabe o que quero dizer.

— Sei. E sim. Como filho único, essa era a expectativa e continua sendo.

— Da sua mãe também?

Dan hesitou.

— Acho que é ainda mais o sonho dela. A única coisa melhor do que ser a esposa de um rabino é ser a mãe de um rabino.

Por algum tempo, eu o observei, me perguntando como não tinha percebido os paralelos das nossas circunstâncias. Tanto ele não queria acabar conduzindo serviços religiosos como eu não queria ficar lendo junto ao fogão. E nenhum de nós tinha um jeito de fazer as nossas famílias entenderem.

— Você sempre quis ser repórter fotográfico?

— Não, mas sempre gostei de tirar fotos. Aos oito anos, ganhei uma câmera Brownie. — Ele sorriu. — Na verdade, acho que sim e só não conhecia o termo "repórter fotográfico" ainda. O meu pai levou um grupo de meninos da sinagoga ao jogo dos Yankees naquele ano. E eu não dei a mínima para o placar. Levei aquela câmera e ainda tenho as fotos que tirei de Joe DiMaggio e Yogi Berra. Peguei DiMaggio no exato momento em que ele rebate a bola. Até hoje, é uma das melhores fotos que já tirei.

Eu não sabia nada sobre beisebol e teria ficado mais empolgada com uma foto de Marilyn Monroe, a ex-mulher do sr. DiMaggio, mas poderia ter ouvido Dan descrever o jogo inteiro em detalhes.

— Você vai ter que me mostrar essa foto algum dia.

Dan sorriu.

— E você? Desde quando se interessa em escrever?

Ninguém nunca havia me perguntado isso. E por um tempo, pensei antes de responder.

— Acho... que é algo do tipo. Eu costumava inventar histórias. O meu quarto era uma torre onde eu estava presa. Só que eu não queria que um príncipe viesse me libertar. Eu queria me libertar. E em algum momento, essas histórias se tornaram a maneira de fazer exatamente isso.

— Como farinha do mesmo saco — Dan afirmou, pegando a minha mão.

Fiquei um pouco tensa com o uso da expressão de Ada para descrever a mim e à minha mãe. Mas Dan tinha razão. Eu não sabia como cada um de nós enfrentaria as decepções devastadoras dos sonhos que estávamos prestes a impor às nossas famílias, mas havia um certo conforto em saber que eu não estava sozinha.

* * *

Paramos na padaria para comer pães doces e tomar café no caminho de volta para casa. Ada e Lillian não estavam quando chegamos, e o céu havia se tornado cinzento e ameaçador. Então, ficamos sentados no sofá de vime da varanda com os nossos respectivos livros. Dan estava lendo o exemplar de Ada de *Havaí*, e eu havia voltado a minha atenção para *Exodus*, de Leon Uris, por sugestão de Ada. Quando Ada e Lillian voltaram, pouco antes de a chuva começar a cair com pingos enormes que bombardeavam as pedras e as flores, eu estava deitada, com a cabeça apoiada nas pernas de Dan, enquanto ele lia acima de mim, com a mão vagando de vez em quando para se enroscar numa mecha do meu cabelo.

— Vocês dois parecem bem aconchegados — Ada disse.

— Deixe eles em paz — Lillian pediu.

— Quem não está deixando?

Ada esticou o pescoço para olhar para o céu.

— Vai passar logo. Você deve estar bem para voltar para casa hoje à tarde. Embora seja bem-vindo para ficar o tempo que quiser.

— Vale para mim também? — perguntei.

Ada apontou o dedo para mim.

— Não crie expectativas. — Começou a cair um pé-d'água enquanto as duas mulheres entravam. — Eu mandei Frannie para casa para que ela não ficasse presa por causa da chuva. Vamos ter que nos virar com o almoço por conta própria.

— Já fizemos isso antes — Lillian afirmou.

As janelas estavam abertas, de modo que ainda podíamos ouvi-las quando entraram na casa.

— Sim, mas temos companhia.

— Pode ser que ele se torne da família em breve pelo jeito que estão lá fora.

— Dá para ouvir vocês aí — gritei pela janela aberta.

— Não grite de um cômodo para o outro — Ada respondeu.

Eu ri, mas Dan dobrou o canto da página e fechou o livro.

— O que foi? — perguntei, levantando os olhos para ele.

— Nada. Só quero mergulhar nesse momento.

— Vai ser no sentido literal se for chuva de vento.

Coloquei o livro com a capa para baixo sobre o peito.

— Você vai voltar no próximo fim de semana?

— Adoraria — ele respondeu, abrindo um sorriso largo.

Marcando a página e fechando o livro, me sentei, me acomodando na dobra do seu braço. Então, em silêncio, ficamos observando a chuva cair.

48

Dan foi para Nova York para passar a semana. Ele estava trabalhando como estagiário em um jornal, tentando uma oportunidade como repórter fotográfico, mesmo que o pai ainda acreditasse que era só um passatempo e que ele iria para a escola rabínica no outono. Eu não fazia ideia do que eu estaria fazendo em três semanas, quando chegasse o Dia do Trabalho. Eu não havia recebido oficialmente notícias dos meus pais se seria bem-vinda de volta ao convívio familiar, mas a cada dia que passava, cada vez mais torcia para que eles me permitissem ficar onde eu estava.

Abordei o assunto mais uma vez com Ada, que murmurou algo sobre garotas rebeldes, mas não lhe dei atenção, ainda mais quando Lillian piscou para mim. Ada talvez fosse a autoridade simbólica da nossa pequena família, mas aquilo que Lillian queria prevalecia.

E agora *era* uma família. Eu me sentia mais em casa com elas do que nos primeiros vinte anos da minha vida. Sim, o padrão e a rotina voltariam a mudar quando voltássemos para a casa em Oxford Circle. Porém, sempre haveria o próximo verão na praia. E o verão seguinte. Além disso, eu tinha certeza de que também me estabeleceria em meu próprio lugar na Filadélfia. Talvez até me matriculasse em algum curso de escrita criativa, embora não estivesse preocupada em obter um diploma. Afinal, o meu pai só havia me mandado para a faculdade para encontrar um marido. E, por mais que eu gostasse da faculdade, eu amava mesmo era a liberdade. Tinha encontrado isso ali, e muito mais.

Agosto foi um mês um pouco mais agitado na praia para o trabalho de arranjar casamentos do que junho e julho, em grande medida porque mais rapazes se juntaram às suas famílias para as duas semanas de férias. Alguns bonitões entraram pela nossa porta, arrastados por mães determinadas. Algumas semanas antes, eu poderia ter encontrado uma razão para aparecer na sala, mas agora eu estava satisfeita em cuidar dos meus próprios assuntos ao examinar as fotografias da vida de Ada. Eu tinha criado um sistema e estava trabalhando muito mais rápido, observando como primeiro o seu pai e depois a sua mãe desapareceram.

Ao alcançar o fundo da caixa do final de década de 1910, espanei de leve um pedaço de tecido. Isso nunca tinha acontecido, então dei uma olhada dentro da caixa e tirei algo embrulhado num lenço, amarrado com uma fita vermelha.

Por pouco tempo, segurei o embrulho na mão. Eu queria desamarrar a fita, mas parecia algo muito pessoal. E o lenço era adornado com um monograma com as iniciais *JWS*. Não era de Ada.

Deixei o embrulho de lado, encarando-o como se pudesse fazê-lo me contar o que havia dentro sem trair a confiança de Ada. Mas o embrulho não disse nada, e me peguei esperando até que Ada tivesse terminado as entrevistas com a clientela do dia.

Quando a última mãe e filha saíram, bati à porta da sala. Ada estava na escrivaninha do canto, com Lillian sentada de frente para ela. As duas consultavam as anotações do dia, Ada usava os óculos de leitura que ela nunca deixava ninguém ver nela, exceto Frannie, Lillian e eu. As duas levantaram os olhos depois que entreabri a porta.

— Sim? — Ada perguntou.

De repente, me senti tímida. O que quer que estivesse naquele embrulho... não sei como eu sabia que era algo pessoal, mas sabia. E até estava um pouco apreensiva em mencioná-lo na frente de Lillian, ainda que tivesse certeza de que não havia segredos entre elas. Porém, a curiosidade e, suponho, um senso de dever me impulsionaram em direção a elas.

— Eu encontrei... isso aqui — disse, mostrando o embrulho.

— O que é isso? — Lillian perguntou.

— Não sei. Achei... sei lá. Não me senti à vontade para abrir.

— Por que não? — Ada perguntou.

— Senti... — comecei a falar e parei. — Senti que deveria te consultar antes de fazer isso.

Os lábios de Ada se curvaram num meio-sorriso.

— Muito atípico da sua parte. Está tudo bem com você? Lillian, veja se ela está com febre.

— Estou ótima — eu disse, afastando a mão de Lillian da minha testa. — Eu só... São cartas de amor?

— Não — Ada respondeu. — Essas estão na casa lá da Filadélfia.

Por um instante, me perguntei quanto uma carta de amor de Ernest Hemingway poderia render. Presumi que me proporcionaria uma vida confortável.

— Não — Ada continuou. — Pode abrir.

— Isso é...? — Lillian começou a perguntar.

— Deixe ela ver — Ada afirmou. — Vai responder às perguntas dela sobre as minhas atividades durante a guerra.

— Hemingway? — perguntei, puxando a fita. — Não são as iniciais dele no lenço.

— Não, não são — Ada disse.

Depois de desamarrar a fita, desdobrei o lenço e encontrei uma pilha de fotografias em preto e branco. Meus ombros caíram em decepção. Porém, quando olhei para a primeira foto da pilha, vi que a mulher era Ada. Ela estava na França, com a Catedral de Notre-Dame imponente logo atrás, mas ela não estava olhando para a câmera, e sim para um homem fardado, com uma expressão radiante. Tracei a linha do corpo de Ada. A sua mão estava entrelaçada na do homem, mas quando segui o braço dele até o rosto, um pouco encoberto pelo quepe do exército, parei, olhando novamente para Ada, confusa.

— E você achando que *eu sou* antiquada — ela disse, balançando a cabeça.

A tez do homem não deixava dúvida sobre a sua raça.

Virei a foto. A caligrafia de Ada no verso dizia: "John e eu, Paris, novembro de 1918".

— Quem é John?

— Ele não parece nem um pouquinho familiar?

Virei a foto de volta, segurando-a mais perto do rosto, mas não reconheci o homem. Fiz um gesto negativo com a cabeça.

— Ele deveria parecer familiar. Afinal, você conhece o neto dele.

Pensei por um momento.

— Thomas? — soltei um gritinho. — Não estou entendendo. — Ada deu uma risadinha enquanto eu tentava deduzir. — Você e o avô de Thomas. Folheei as outras fotografias. Na terceira da pilha, eles estavam se beijando sob a Torre Eiffel. — Eu... — Em 1918. Fiz as contas depressa. Ada estava com trinta e três anos. E se Thomas estava na faculdade de medicina... — Você é... a avó dele?

— Claro que não — Ada respondeu, pegando as fotografias da minha mão e as examinando. — Não era possível nós nos casarmos. Eu até pensei em me casar na época... ainda mais se ficássemos na Europa. Mas John tinha razão, é claro. Nem sequer era legal em muitos estados. Era na Pensilvânia, mas ele tinha família no sul. Se tivéssemos ido vê-los... — Ada fez um gesto negativo com a cabeça. — Eu era louca por aquele homem. Mas ele entendia o que eu não entendia. Eu não podia entender. Eu não tinha passado o que ele passou.

Ela tocou o rosto dele na fotografia diante de si.

— Não — Ada disse, baixinho. — John voltou para casa e se casou com a garota que estava esperando por ele. Tiveram quatro filhos, incluindo o pai de Thomas. — Ela levantou os olhos. — Falei para você que me apaixonei duas vezes na vida. John foi o meu primeiro grande amor.

Me sentei ali, refletindo, enquanto ela espalhava as fotografias diante de mim. Isso explicava a sua devoção intensa a Thomas. Mas também não explicava. Como ela poderia acompanhar a vida de filhos e netos que poderiam ter sido dela se o mundo fosse diferente e não sentir amargura pelo que ela nunca conseguiu ter?

Não fiz essa pergunta em voz alta, mas Ada percebia o que eu estava sentindo.

— Foi um longo caminho para mim — ela disse. — Eu estava disposta a abrir mão da minha família, da minha vida, de tudo. E sei que John também me amava. Foi por isso que ele não faria o mesmo. A nossa história não foi uma com um final feliz, não importa como olhamos para ela. Se voltássemos casados para os Estados Unidos, seria muito provável encontrarmos uma cruz fincada em nosso jardim, ou até a nossa casa em chamas, mesmo na Filadélfia. Eu ainda não sabia como o mundo funcionava. Achava que, se nos amássemos o suficiente, poderíamos encontrar um lugar onde as nossas diferenças não importassem. — Ada voltou a fazer um gesto negativo com a cabeça. — Eu era jovem, e tola, e protegida. John tinha mais discernimento. O mundo adora destruir o que não entende. Algumas coisas podem ser escondidas para serem protegidas. Outras não. — Lillian estendeu a mão e segurou a dela. Se tivesse sido eu, Ada teria me afastado com uma palmada, mas ela deixou que a de Lillian permanecesse, com um sorriso forçado.

Tentei imaginar uma Ada tão apaixonada que estava disposta a desafiar algumas das regras mais arraigadas da nossa sociedade. Mesmo agora eu não conhecia nenhum casal inter-racial. Embora, verdade seja dita, eu não conhecesse muitas pessoas que não fossem judias. Tendíamos a nos agrupar nesse lado do Atlântico, ainda mais desde os acontecimentos trágicos na Europa durante a minha primeira infância. E casar fora da religião era terminantemente proibido. A conversão por causa do casamento era relativamente nova e ainda vista como estranha. Mesmo eu, a rebelde que a minha família achava que eu era, não estava imune. Sem dúvida não tinha sido com o filho de um pastor que eu havia reduzido um vitral a estilhaços.

E Ada, nascida mais de meio século antes de mim, estava disposta a ser alguém por quem a sua família teria feito *shivá* por causa de um homem que logo se casou com outra mulher.

Era algo intimidante demais para compreender.

— Quando voltamos da guerra, não muito tempo depois dessas fotos terem sido tiradas, eu abri os olhos. Vi como as pessoas tratavam umas às outras de verdade. E percebi que John era mais esperto do que eu. — Ada balançou o dedo para mim. — E você sabe que não digo isso de modo leviano. — Ela pensou por um instante. — Não. Nós dois acabamos onde deveríamos estar. — E sorriu para mim. — Nós somos um bando de mulheres escandalosas se passando por gatas domésticas na nossa família. Eu, a sua mãe, a sua tia Mildred, você...

— O que a tia Mildred fez?

Ada riu.

— Essa é uma história para outro dia.

Mas uma coisa ainda não fazia sentido.

— Como você, de uma mulher com o coração partido depois da guerra, virou casamenteira?

— Ada era boa nisso — Lillian disse. — Ela me apresentou para o Don.

Ada agitou a mão livre no ar.

— Isso não foi nada. Don não tirava os olhos de você. Ele achava que você não era de verdade. Um anjo que tinha salvado a vida dele. Você foi simplesmente o primeiro rosto que ele viu quando acordou no hospital.

Lillian balançou a cabeça.

— Ela é mentirosa, sabe — Lillian disse para mim com um ar conspiratório. — Don viu Ada primeiro, mas ela disse para ele que fui eu quem o salvou.

— Ele era bom demais para o meu gosto. E eu já não estava disponível...

— Você já estava com o John? — perguntei.

As duas olharam para mim.

— Não — Ada respondeu devagar. — Isso foi antes de eu conhecer o John.

Hemingway, pensei triunfante.

— Para responder a sua pergunta de como me tornei casamenteira — Ada disse, irritada com a interrupção. — Comecei com alguns soldados e enfermeiras na Europa. Depois que voltei para casa, de alguma forma ganhei a reputação de conseguir formar pares perfeitos. Fiz isso de graça até que as mães começaram a me procurar. Aí percebi que era uma maneira de me sustentar. Naquela época, o meu pai já havia partido, e eu tinha herdado os bens dele, mas queria ganhar o meu próprio dinheiro. E agora tenho quarenta anos de experiência.

— E o Thomas?

— Depois da guerra, eu queria um recomeço. Os meus pais já tinham morrido, e John tinha falado muito bem da Filadélfia. Então, decidi conhecer a cidade por mim mesma. Em pouco tempo, era como se fosse a minha casa. Um dia, eu e o John nos encontramos por acaso, como era provável numa cidade com quase dois milhões de pessoas; quando não queremos ver um homem feliz com uma mulher, é aí que acabamos vendo. Mas mantivemos contato depois disso. A mulher dele é um amor. Não há ressentimentos.

— Ela sabe sobre você?

— Sabe. Eles tinham um casamento sólido.

— Tinham?

— John morreu alguns anos atrás. Ataque cardíaco. Era algo comum na família dele.

— Meus sentimentos — eu disse.

— Foi uma grande perda para a família dele, com certeza.

Mas isso não respondeu a minha pergunta sobre Thomas.

— Você está pagando pela educação de Thomas? — perguntei sem rodeios.

— Que pergunta incisiva. Ele ganhou uma bolsa para a faculdade de medicina.

Olhei para ela de soslaio. Sem dúvida, era possível que ele tivesse ganhado uma bolsa de estudos, mas Ada não havia dito que não pagava.

— É uma bolsa de estudos financiada pela Fundação Ada Heller das Ciências de Arranjos Matrimoniais?

Lillian caiu na gargalhada.

— Ah, Ada, eu adoro essa garota. Ela é a mais parecida com você de toda a família.

Ada fez que não com a cabeça.

— Não, sua preconceituosa. Thomas ganhou tudo por conta própria.

Voltei a olhar para Ada, deslumbrada com essa mulher. E pensar que eu tinha implorado para os meus pais não me enviarem para passar o verão ali, achando que ela seria uma velha antiquada e enfadonha. Porém, Ada estava enganada; ela não estava fingindo ser uma gata doméstica. Ela era um leopardo, camuflada no seu ambiente, mas ainda vivendo a vida exatamente como queria.

E eu esperava, quando olhasse para trás dali a meio século, estar fazendo o mesmo.

49

O correio entregou duas correspondências interessantes nessa semana. A primeira era um envelope de Dan com a advertência "Fotos — Não dobrar". Eu o abri assim que Ada me entregou.

— Tenha pelo menos um pouco de autocontrole — ela murmurou.

— Por quê? Ele não está aqui para ver.

Ela balançou a cabeça, mas não se retirou, estava na cara que também queria ver o conteúdo do envelope.

Esvaziei o envelope na mesa de centro, deixando cair um monte de fotos em preto e branco. Na primeira delas, eu estava no mar, com uma onda quebrando logo atrás de mim, e a minha boca aberta numa expressão de surpresa com a água gelada e a alegria do momento. Sorri, me perguntando como Dan conseguiu registrar o momento perfeito. Na próxima foto, eu estava jogando água na direção da câmera, o que, se eu me lembro bem, resultou em um recuo apressado da parte dele. Havia algumas em que eu estava deitada na areia. Eu tinha tentado parecer sexy e descontraída, mas as fotos tinham saído mais artísticas do que eu esperava. Ele tinha um olho incrível. Havia um close do meu rosto. Eu não estava olhando para a câmera. Outra coisa tinha me chamado a atenção, e fiquei impressionada com a minha beleza; muito mais do que quando me vejo no espelho. Outra foto minha, em que eu estava sentada no final do quebra-mar. Eu não tinha me dado conta do que Dan tinha em mente ao me posicionar, mas quando vi a foto, soube logo de cara: era a estátua da Pequena Sereia, na Dinamarca, com um borrifo de água subindo atrás de mim mais uma vez no instante exato para registrar a essência do momento.

— Ele é muito bom — Ada comentou.

Eu tinha esquecido que ela estava ali. E de repente me senti constrangida. Essas fotos pareciam íntimas demais, e não porque eu estava de biquíni na maioria delas.

— É mesmo — eu disse, baixinho.

As próximas fotos eram de Atlantic City. Ele tinha registrado tanto os cavalos mergulhadores quanto a minha reação de admiração por eles. Eu na roda-gigante, com as luzes da cidade borradas debaixo de nós. E uma de nós dois, quando ele tinha entregado a câmera para outro casal com uma câmera, trocando foto por foto.

— Um casal bonito — Ada observou.

Não pude discordar.

Passei para a próxima foto, ávida por outras, mas acabei descobrindo que foram Ada e Lillian que haviam chamado a atenção de Dan. Elas estavam sentadas debaixo do guarda-sol, absortas na conversa, com os corpos inclinados uma na direção da outra sob metros de tecido e sombra. A seguinte era parecida, mas elas estavam sorrindo uma para a outra. E a terceira era um close apenas das mãos delas, com a de Ada por cima da de Lillian.

— Acho que essas três são para você — eu disse, oferecendo-as para Ada.

— Acho que sim — ela disse. — Mas por que as nossas mãos? As minhas parecem tão velhas.

Era verdade. Ada poderia passar por mais jovem em todos os outros lugares, mas as mãos jamais mentiam. As minhas ainda tinham os nós com ondulações de alguém que nunca havia feito um dia de trabalho honesto. Porém, as de Ada estavam manchadas e desgastadas, com nós e veias salientes. Era um lembrete de que nada durava para sempre. E isso reforçou a minha determinação de que eu ficaria com ela quando o outono chegasse.

* * *

Infelizmente, a segunda correspondência tornou esse plano muito mais complicado.

A carta semanal da minha mãe chegou com um dia de atraso, na sexta-feira em vez de na quinta-feira. Eu havia questionado em voz alta se estava tudo bem em casa quando o carteiro não trouxe a sua carta, mas Ada disse que tinha certeza de que chegaria no dia seguinte. Chegou, e eu a abri, sentada no sofá do escritório para ler, com uma esperança frágil de que o meu pai havia decidido contra a minha volta à faculdade.

Querida,

Trago notícias maravilhosas! O seu pai enviou o pagamento da sua mensalidade. Levou a maior parte do verão, mas ele reconhece que você cometeu um erro e que se esforçará ao máximo e será aplicada e obediente quando retornar (portanto, certifique-se disso, por favor). Também não haverá mais conversa sobre o filho do rabino. Os pais dele dizem que ele conheceu alguém. Estamos esperando que ele anuncie o noivado até as Grandes Festas e então o escândalo será esquecido. As festas serão algumas semanas mais tarde do que o habitual este ano. Por isso, acho que tudo estará esquecido até Rosh Hashaná, e todos nós vamos poder começar o nosso ano novo com um passado limpo como planejado.

Vamos transferir dinheiro para você voltar na próxima semana. Você vai poder pegar o trem direto de Atlantic City e evitar a Filadélfia. Ada vai mandar quaisquer pertences seus que você possa ter deixado em Oxford Circle quando ela voltar para casa após o Dia do Trabalho. E isso dará tempo para irmos às compras para o seu guarda-roupa escolar e os seus livros.

Espero que você tenha aproveitado a sua estadia com Ada. Sei que ela é maravilhosa, mas estou com saudade. E a condição para tudo isso é que você vai morar conosco durante o ano, e não no dormitório da faculdade. Então é uma bênção disfarçada, já que terei mais tempo com você.

Com amor,
Mamãe

Ao terminar de ler a carta, eu estava arfando. Na próxima semana! Eu não poderia partir na próxima semana! Ainda tinha mais duas semanas e meia na praia. Não poderia voltar para aquela casa que parecia uma prisão. E o que aconteceria quando descobrissem que eu era a garota com quem Dan estava saindo e que não haveria noivado? Eles não me dariam trégua, dia e noite, até que eu não quisesse mais nada com ele. E quanto tempo eu suportaria a pressão deles, e acabasse junto a um fogão, preparando uma comida intragável, com o nariz enfiado num livro e os meus próprios escritos apodrecendo numa gaveta, enquanto eu concebia filho após filho?

Não.

Eu não ia voltar.

Nem mesmo se os meus pais aparecessem ali pessoalmente e me arrastassem pelos cabelos.

— Más notícias? — Ada perguntou da porta.

Dei um pulo. Não tinha percebido que ela estava ali.

— A minha mãe disse que eu tenho que voltar para casa na próxima semana — respondi sem rodeios.

— Entendo.

— Ada, você... vai me deixar ficar, não vai?

Ada entrou no escritório e se sentou diante de mim.

— Não é tão simples. Se os seus pais concordarem em permitir que você fique comigo, será bem-vinda. Mas eu não posso manter você aqui se eles disserem não.

— Por que não? Tenho vinte anos. Não posso simplesmente ficar?

— Você vai precisar conversar com o seu pai. Não há muito que sua mãe possa fazer.

Eu a analisei. Ada parecia muito indiferente. Ela sabia de algo que eu não sabia.

— O que a minha mãe disse para você?

Ada cerrou os lábios.

— Não foi a sua mãe.

— Papai? Você conversou com o meu pai? — Ada confirmou, e senti um frio na barriga. A conversa não tinha corrido bem. Isso era óbvio. — Se eu conseguir convencê-lo...

— Se você conseguir, então pode ficar. Mas ele deixou bem claro que eu não era uma solução permanente.

— Mas por quê? Ele não me quer lá. Eu só causo problemas e sou uma vergonha.

Ada segurou a minha mão.

— Porque é assim que ele me vê. O seu pai sabe por que a sua mãe recorreu a mim muito tempo atrás. E o fato de eu nunca ter casado... Bem, ele não quer a minha vida para você.

Chocada, eu me afastei de Ada.

— Ele *disse* isso?

Ela fechou os olhos por alguns segundos.

— Ele disse que eu deveria entender isso, no meu ramo de trabalho. Acho que o seu pai pensou que foi por isso que você veio passar o verão aqui. E o fato de eu não ter encontrado um pretendente para você... ele não está muito satisfeito com a maneira como você passou o verão.

— O quanto ele sabe?

— Só o que você contou para a sua mãe. E que você está tão longe de ficar noiva quanto estava quando saiu de Nova York.

Fazia sentido. Se ele tivesse uma leve suspeita sobre Freddy, *teria* me arrastado de volta pelos cabelos.

Porém, ao que tudo indica, o meu pai havia me enviado para cá para encontrar um marido adequado, uma missão na qual eu tinha fracassado totalmente. Em vez disso, passei o verão tomando sol e escrevendo um romance, o que ele consideraria mais desperdício do que as minhas tardes na praia. Ler era aceitável, mas o lugar de uma mulher era em casa, como esposa e mãe, mesmo que ela queimasse o assado.

Praguejei baixinho, achando que Ada me repreenderia, mas, para minha surpresa, ela disse:

— Essa sua expressão chula resume bem a situação.

— O que eu faço? — perguntei. Ada sabia de tudo. Ela saberia como resolver isso.

Porém, ela balançou a cabeça.

— Você conhece o seu pai melhor do que eu. Implore para ele. — Ada se levantou e começou a sair, mas parou à porta. — Quero que você saiba que eu tentei.

Senti um nó na garganta, me impedindo de responder. Então, concordei com um movimento de cabeça. Ela retribuiu com um aceno de cabeça, e então me deixou sozinha para chorar.

50

Eu estava longe de uma solução quando Dan chegou naquela noite. Mas bastou perceber a minha expressão, que ele me abraçou.

— O que foi? Ada? Ela está...?

Ada desceu a escada.

— Ada está muito bem — ela disse. — Os pais de Marilyn a chamaram de volta para casa, e ela não quer ir.

Dan recuou para me observar, segurando o meu rosto em suas mãos.

— Só isso?

Eu me virei e corri escada acima enquanto Dan me chamava. "Dê um tempo para ela", pude ouvir Ada dizer antes de eu fechar a porta e me jogar na cama.

Levei uma hora para voltar a descer. Dan estava no escritório com Ada e Lillian, cada um com uma bebida. Ada e Lillian pediram licença, se levantando para sair quando me viram. Acenei com a cabeça para elas enquanto saíam, mas não disse nada.

— Desculpe — Dan disse, ficando de pé. — Não quis dizer o que eu disse. Achei que alguém tinha morrido pela sua cara. Sei que você não quer voltar para Nova York.

— Está tudo bem — disse, suspirando.

— Ada me deixou a par um pouco, mas vamos conversar sobre isso. Ou não, se você não quiser.

Eu me aproximei do sofá e me sentei. Dan se acomodou ao meu lado.

— Acho que não vou ser uma boa companhia neste fim de semana. Você não prefere voltar para Nova York?

Dan fez que não com a cabeça.

— Eu não estou aqui pela praia e pelos passeios no calçadão, Marilyn. Estou aqui por você. — Abri um sorriso tímido. — Vamos dar uma caminhada. Podemos tomar sorvete.

— Mas ainda não jantamos.

— Desde quando você segue regras?

Ele tinha razão.

* * *

— Eu não estou dizendo que temos que nos casar, mas se você estivesse em Nova York, a gente se veria muito mais.

— Acho que a gente se veria menos se os nossos pais soubessem que o casamento não está nos planos — eu disse, saboreando um sorvete. — E eles nos pressionariam sem parar até cedermos.

Eu não achava que Dan entendesse por completo a minha relutância, mas apreciava que ele não insistisse.

— E se a gente não contasse para eles que estamos saindo?

Fiz que não com a cabeça.

— O meu pai não confia em mim nem para eu morar na faculdade. Não vou ter liberdade alguma se voltar. Não vou sair daquela casa a menos que você venha até a porta e converse com o meu pai primeiro.

Dan estendeu a mão e tocou o meu cabelo.

— E acho que está muito curto para eu subir para chegar à sua janela.

— É mesmo?

— Tudo bem, aqui vai uma outra ideia. Podemos fugir juntos.

Olhei para ele, desconfiada.

— E fazer o quê?

— O que quisermos. Seremos boêmios. Viveremos numa praia em algum lugar. Vamos tomar água de coco para sobreviver.

— Não é assim que o mundo funciona.

— E se eu trabalhar por um ano e economizar o máximo possível, aí vamos embora?

Um ano. Um ano naquela casa. Impossível. Agora que eu tinha sido livre, não podia voltar para uma gaiola e fingir que estava feliz.

Dan pegou a minha mão.

— Então se case comigo. Não será como é com os seus pais. Vou te apoiar enquanto você escreve. Há maneiras de evitar filhos. Só vamos ter quando você quiser, se é que você vai querer algum dia. E se eu não conseguir ganhar dinheiro suficiente com a fotografia, bem, farei o que for necessário.

Olhei para ele com curiosidade.

— Você *quer* mesmo casar comigo?

Dan arregalou os olhos.

— Eu não sei a resposta certa nesse caso.

— A verdade é a resposta certa.

Ele demorou um pouco para responder.

— A verdade é que você é diferente de qualquer garota que já conheci. Me sinto vivo quando estou com você. E eu quero estar com você. Do jeito que você me quiser. Se isso envolver alianças e uma *ketubá*, sim. Se isso envolver cocos e uma cabana na praia, tudo bem também. Mas só estou tentando encontrar uma solução que te ajude agora.

Foi a resposta certa.

— Vou falar com o meu pai — eu disse, ciente de que o meu coração estava acelerado. — E vamos guardar tudo isso como último recurso.

— Está bem — Dan afirmou. — Mas a oferta está de pé.

* * *

Passamos grande parte do dia seguinte elaborando o que eu ia dizer, oscilando entre a ideia de uma carta, um telegrama e um telefonema. Dan até interpretou o papel do meu pai. Porém, quando Dan gritou que eu deveria voltar naquele instante, entendi que tinha que ser por carta. Afinal, eu era uma escritora, e um telefonema provavelmente acabaria em uma discussão acalorada. Redigi a carta e, em seguida, mostrei para Dan, Ada e Lillian. Todos concordaram que era o melhor que eu seria capaz de fazer. Revelei o meu desejo de ser escritora e o meu plano de me matricular em um curso de escrita, e insinuei que estava saindo com um rapaz judeu e adequado em Avalon.

— O seu pai não pode dizer não para isso — Dan afirmou.

Lillian concordou, mas Ada deu a impressão de estar menos convencida.

— Acrescente que a minha visão está falhando — ela disse.

Confusa, olhei para ela. A visão de Ada era mais aguçada que a minha.

— Diga para ele que você lê para mim e está me ajudando a cuidar do negócio. Além disso, diga que vou reescrever o meu testamento se você ficar.

Senti um calafrio, como se a temperatura do meu sangue tivesse caído de repente. Era a primeira vez que Ada havia insinuado que a morte era uma possibilidade real para ela.

— Ada...

— Não me venha com "Ada". Não vou a lugar nenhum tão cedo, mas precisamos fazer de tudo para resolver isso e ver o que funciona.

Revisei a carta.

A carta só seria postada na segunda-feira, mas Dan e eu a colocamos na caixa de correio perto do centro da cidade no domingo antes de ele ir embora.

— Me ligue quando você tiver uma resposta — ele disse e beijou a minha testa. — E eu falei sério. Farei o que for necessário.

— O pedido de casamento menos romântico de todos os tempos.

Dan me puxou de volta pelos ombros.

— Marilyn Kleinman — ele disse. — No dia em que você me disser que está disposta a aceitar, pode acreditar, vou fazer o grande show que você quer.

Até lá, isso aí terá que ser o suficiente. — E então me trouxe para junto dele, me beijando com ardor até que tudo começasse a girar.

— Onde foi que o filho de um rabino aprendeu a beijar assim?

— Quer mesmo saber a resposta?

— Não — disse, rindo. — Mas faça isso de novo.

Dan obedeceu. E por um instante, acreditei que a carta cumpriria o seu objetivo e as coisas poderiam continuar exatamente como estavam.

51

Tomei um susto quando o telefone tocou na tarde de segunda-feira. Contrariada, Ada franziu os lábios.

— Não espere receber notícias do seu pai antes de quarta-feira, sua boba — ela disse.

Eu sabia que Ada tinha razão, mas estava com os nervos à flor da pele. Tentei me concentrar no álbum de fotografias, mas havia grandes saltos temporais. Ou houve anos em que Ada não tirou muitas fotos — o que fazia sentido, já que estava mais velha e sozinha na Filadélfia — ou eu estava só avoada demais para juntar as peças.

Depois que a irritação tomou conta de mim e por fim desisti, me sentei à máquina de escrever, mas as palavras não fluíam. Em vez disso, peguei a minha pilha de páginas, percebendo que havia ficado muito mais volumosa nas últimas semanas, e desci a escada com ela e um lápis, para procurar por erros tipográficos e furos na trama.

Isso proporcionou a distração de que eu precisava, e logo me vi imersa na história que tinha criado. Estava mais próxima do fim do que havia me dado conta, mas não tinha uma ideia clara de como terminaria. A minha ideia de um final feliz não era a mesma que a da maioria das pessoas. Eu ainda não tinha certeza se a personagem da tia sobreviveria ou morreria de um jeito dramático no final. Se ela morresse, isso impulsionaria a história, mas parecia ser um mau presságio para a minha própria tia irascível.

Não, ela sobreviveria. Não havia como escrever um final feliz se ela não sobrevivesse.

— O que está te deixando tão concentrada? — Ada perguntou, se sentando diante de mim.

— Pensando se devo matar a sua personagem ou não — respondi, sarcástica.

Com bom humor, Ada deu de ombros.

— Você não seria a primeira a tentar.

Eu não plagiaria a história dela, mas Ada havia se revelado uma personagem muito mais interessante do que qualquer uma que eu pudesse ter concebido.

— Quem foi o seu segundo grande amor? — perguntei.

— Como?

— Você me disse que se apaixonou duas vezes na vida. Já sei sobre o John. Quem foi a sua segunda paixão?

Ela balançou a cabeça.

— Esse segredo é meu. — Ela se levantou para sair. — E você tampouco vai encontrar resposta nas caixas de fotografias.

Passei a meia hora seguinte cogitando maneiras de matar a sua personagem por despeito. Eu não faria isso, mas havia dias em que seria gratificante.

* * *

A quarta-feira chegou e passou sem novidades.

— É um bom sinal — Lillian disse, afagando a minha mão. — De verdade. Significa que o seu pai está escrevendo uma resposta. Se ele estivesse com raiva, você receberia um telefonema ou um telegrama.

Ada ficou calada.

Na quinta-feira de manhã, as duas estavam atendendo clientes na sala. Enquanto isso, eu aplicava cola goma arábica no verso das fotografias e depois as fixava no álbum. Logo terminaria. Na terça-feira, eu havia chegado às fotos da viagem da minha mãe. Agora tinha chegado ao meu tempo de vida, e a última caixa estava próxima do fim.

Eu cantarolava uma música que estava tocando no rádio, baixinho para não perturbar o trabalho de Ada e Lillian. Ao acabar de virar para uma nova página do álbum, um baque alto me assustou. Coloquei a cabeça para fora do quarto, ouvindo. Ada ficaria brava se fosse a Frannie.

Mas o barulho vinha da porta da frente. Com o coração aos pulos, corri escada abaixo, parando de repente e evitando por pouco me chocar com Frannie, que estava prestes a abrir a porta.

Eu me endireitei e vi o meu pai com uma expressão furiosa, com a minha mãe pálida logo atrás dele.

— Faça as suas malas — ele disse, com as sobrancelhas franzidas. — Vamos embora hoje.

— Oi, papai — eu disse, irônica.

Então Sally apareceu correndo e mordeu a barra da calça dele, rasgando-a com raiva e rosnando, ao mesmo tempo que o meu pai, impassível, tentava se desvencilhar do monstrinho.

— Tirem essa coisa de mim! — ele disse, tentando se livrar da cachorra com a perna que ela não estava segurando.

— Vem cá, Sally — eu disse, segurando-a. Ela soltou a barra da calça ao meu toque, mas rosnou para ele em meus braços.

Nesse momento, Ada apareceu no hall de entrada. Ela olhou o meu pai de cima a baixo e, então, viu Sally em meus braços.

— Ela julga muito bem o caráter das pessoas — Ada murmurou ao passar por mim. — Walter. Rose. Eu gostaria muito que vocês tivessem ligado antes. Estou com clientes agora.

— Vamos embora logo. Estou aqui para pegar a minha filha.

— E se ela não quiser ir?

Eu só tinha visto o rosto do meu pai ficar da cor de um pimentão uma vez, e foi na sinagoga. Ele começou a gaguejar alguma coisa, mas Lillian saiu da sala, avaliou a cena e disse:

— Ai, ai. Vou mandar os Levine para casa e ligar para cancelar o restante dos compromissos de hoje. Todos vocês vão para o escritório e conversem lá. Vou pedir para Frannie levar café e sanduíches.

Então, Lillian tirou Sally dos meus braços e voltou para a sala.

— Depois de vocês — Ada disse, fazendo um gesto para os meus pais.

O meu pai entrou na sala pisando firme, mas a minha mãe parou para abraçar Ada, que retribuiu o gesto. Ada e eu trocamos um olhar, mas ela colocou um dedo nos lábios, indicando que eu deveria deixá-la falar primeiro. Concordei e os segui até a sala.

Os meus pais se sentaram lado a lado no sofá. Ada se sentou numa das poltronas, e eu na outra.

— Não se dê ao trabalho de sentar — o meu pai me disse. — Vá arrumar as suas coisas.

— Com todo o respeito, Walter, mas Marilyn é uma convidada na minha casa. Gostaria que ela se sentasse e que todos nós tivéssemos uma conversa.

— Ela é minha filha.

— E você é casado com a minha sobrinha, se formos de fato analisar a hierarquia geracional.

Se fosse possível eu me enfiar sob a pele de Ada e me tornar ela, teria feito isso. Ada era destemida, feroz e feminina ao mesmo tempo.

Papai acenou para que eu me sentasse, e eu obedeci.

— Agora — Ada continuou. — Devemos discutir o futuro da jovem Marilyn.

— Não há o que discutir. Ela vai voltar para casa.

Ada olhou para ele.

— Você privaria uma idosa da companhia dela em seus anos derradeiros? Marilyn tem sido indispensável neste verão.

— Você já tem companhia — papai afirmou. — Aquela mulher que está fazendo as ligações telefônicas agora. Que espécie de casa você anda administrando se precisa de duas assistentes?

— Um negócio — Ada respondeu. — Marilyn faz anotações das reuniões e avalia clientes em potencial. — Fazia semanas que ela não me deixava chegar perto do negócio. — Sinceramente, acho que não conseguiria continuar fazendo esse trabalho sem ela.

— Então se aposente — o meu pai afirmou. — Sem dúvida, você já tem dinheiro suficiente.

— Receio que não estou pronta para fazer isso.

— Então, contrate outra pessoa. Marilyn vai voltar para casa. Você já encheu a cabeça dela com essa besteira de escrever. Nenhum homem respeitável quer uma mulher com uma carreira.

Eu estava fervendo. Tanto pela insinuação de que eu só servia para casar com alguém quanto pelo insulto a Dan, que havia deixado claro que se eu quisesse escrever, era isso que ele queria que eu fizesse.

— Só porque *você* não quer isso não significa que ninguém mais queira — rebati. — Não estamos mais em 1933. Os tempos mudaram.

— Não mudaram tanto quanto você pensa — ele disse de forma ameaçadora. — E as *pessoas* não mudam. Quer acabar como ela? Sozinha? Implorando para uma sobrinha ficar com você para que alguém possa te encontrar quando você morrer?

— Perdão, não ouvi direito... — Ada começou a falar, mas coloquei a mão em seu braço, silenciando-a.

— Prefiro ser como ela do que como você! Tentando vender a própria filha pelo melhor lance. Eu não sou uma vaca premiada! Estou escrevendo um livro. E é bom. E eu *não* vou voltar para essa sua vida antiquada e sem graça só para definhar como a mamãe!

A minha mãe ficou tensa, enquanto o meu pai voltou a ficar com o rosto da cor de um pimentão.

— A sua mãe está muito contente...

— Até você sabe que isso não é verdade. Não acredito que você comprou mesmo TRÊS fornos só porque a mamãe disse que não teve culpa de o jantar ter queimado. Ela fica com o nariz enfiado num livro o tempo todo enquanto cozinha porque é a única válvula de escape que tem.

— Já chega! — minha mãe disse em voz alta.

— Rose? — O meu pai se virou para encará-la.

A minha mãe me fuzilou com os olhos, e depois se virou para o meu pai.

— Sim, às vezes eu fico lendo enquanto cozinho. Cozinhar fica chato quando a comida já está no forno e, com as crianças crescidas, é uma maneira de me manter ocupada. E, de vez em quando, eu perco a noção do tempo. Mas isso não significa que estou infeliz. — Ela voltou a olhar para mim. — Você está fazendo muitas suposições.

— Tudo bem. Mesmo que você esteja absolutamente feliz, isso não *me* deixa feliz. Será que vocês não conseguem entender isso?

— Não — o meu pai respondeu. — A menos que esteja tentando me dizer que você é alguma espécie de desajustada.

Fiquei boquiaberta.

— Alguma espécie de... *o quê*?

— Ora, veja bem... — Ada disse.

— Não — o meu pai retrucou. — Veja bem *você*. Ela é a minha filha. E ela não vai passar outra noite aqui.

— Já sou adulta — afirmei. — Não tenho mais quinze anos. Você não tem nenhum direito legal de me obrigar a fazer qualquer coisa.

— Você não vai ver mais nenhum centavo meu se ficar aqui — ele advertiu. — Nada de roupas, maquiagem ou supérfluos.

— Eu estou disposta a financiar a carreira dela como escritora — Ada afirmou.

Surpresa, olhei para ela. Nós não tínhamos discutido a questão financeira da minha permanência. E verdade seja dita, não tinha me ocorrido que eu estava trabalhando em troca de um quarto e refeições na casa dela.

Uma expressão triunfante tomou o rosto de meu pai, e meu coração ficou apertado. Eu conhecia bem aquela expressão. Ele tinha acabado de vencer, e sabia disso. Só não sabia como.

— Então, espero que você esteja preparada para ser tanto a mãe quanto o pai dela. Porque se Marilyn ficar, vamos fazer *shivá* por vocês duas.

Essa era a ameaça derradeira de um pai judeu. Além de ser renegado. Os pais sempre poderiam reintegrar um filho renegado. Uma vez que guardassem luto pelo filho, esse filho estaria morto para eles pelo resto da vida.

Olhei para Ada, confiante de que ela neutralizaria isso de alguma forma. Se havia alguém capaz disso, era ela. A sua expressão não tinha mudado, mas o seu rosto havia perdido a cor. Ela não estava olhando para mim; os seus olhos estavam fixos em minha mãe.

Segui seu olhar até mamãe, que parecia pequena e desamparada, como uma criança ferida, ao lado dele. E ao voltar a olhar para Ada, eu entendi o que ela via: uma jovem que tinha vindo até ela em desespero vinte e oito anos atrás. Eu não estava assim quando cheguei ali. Longe disso. Eu estava dominada pela arrogância e me sentia bem segura da minha capacidade de contornar a pessoa que os meus pais tinham escolhido para corrigir os meus maus hábitos. Mas enquanto eu observava, Ada cerrou os dentes e projetou o queixo, e por um momento, me permiti ter esperança. Ninguém jamais tinha levado vantagem sobre Ada Heller. Ela iria desafiar o blefe do meu pai e resolver isso.

Então, Ada se virou para mim.

— Vou pedir para Frannie ajudar você a fazer as malas — ela disse. — Lamento que as coisas tenham chegado a esse ponto.

O mundo virou de cabeça para baixo.

— Ada... não!

Ela segurou o meu braço com firmeza.

— Suba. Já vou te encontrar.

— Eu não vou te deixar!

— Suba — ela repetiu. — Eu já vou.

Fiquei de pé e saí correndo da sala, com as lágrimas rolando antes mesmo de chegar ao primeiro degrau da escada.

52

Em vez de começar a fazer as malas, me joguei na cama. Os meus pais poderiam guardar luto por mim. Eu não ia voltar para a casa deles, não importava o que Ada dissesse.

Não sei por quanto tempo fiquei chorando com o rosto enterrado no travesseiro pelo que estava prestes a perder, mas algum tempo depois, a porta se abriu, e senti a cama se mexer quando Ada se sentou nela, com o cheiro familiar do seu perfume pairando sobre mim enquanto ela acariciava o meu cabelo.

— Quem poderia imaginar todo esse alvoroço — ela disse. — Você nem mesmo queria vir para cá.

— Isso foi antes — afirmei, levantando a cabeça.

— Eu sei. Mas você não é uma flor arrancada que vai murchar e morrer na cidade. Você, minha garota, é uma fênix. E isso pode parecer o fim do mundo, mas você vai renascer das cinzas e ficar ainda mais forte.

— Só se eu incendiar a casa inteira — eu disse, sombria.

— Então faça isso. Metaforicamente, de preferência. Eu não iria querer te visitar na cadeia. Embora a ideia de passar para você uma lima dentro de um bolo seja divertida.

Abri um sorriso triste, mesmo sem querer. Dava para imaginar Ada fazendo exatamente isso.

— Eu não posso simplesmente ficar aqui? Não me importo que eles me reneguem.

— Eu me importo — Ada disse, baixinho. — A sua mãe se importa. E você também se importará, algum dia. — Ela virou a cabeça e encarou algo que eu não conseguia ver. — Os meus pais... bem, na verdade, era o contrário. Papai foi quem me apoiava, mas a minha mãe estava no comando. — Ada pegou a minha mão. — Eu não faria nada diferente, mas eu gostaria de ter tido mais tempo com eles. E se você ficasse comigo, se arrependeria. Você não vai querer viver com esse tipo de arrependimento.

Balancei a cabeça.

— Se eu voltar, a única saída é o casamento. E eu não *quero* isso.

— Você seria feliz ao lado do Dan.
— Essa é a Ada, a casamenteira, ou a Ada, minha tia falando?
Ela estremeceu.
— Você me pegou. Mas não significa que a minha opinião esteja errada.
Suspirei.
— Pode ser que eu queira me casar com ele *algum dia*, mas quero que seja escolha minha.
Ada entendeu.
— É a maldição da nossa família, receio.
— Qual é?
— Essa vontade de liberdade. Uma gaiola dourada ainda é uma gaiola. A maioria das pessoas não enxerga as grades que as prendem. Eu e você enxergamos.
— E a minha mãe?
— A sua mãe... — Ada hesitou e então fez um leve movimento negativo com a cabeça. — Ela entrou na gaiola por vontade própria. Ela viu o mundo lá fora e desistiu dele.
Nunca tinha pensado nisso dessa forma. Mas pode ser que ela não queimasse as refeições porque estava infeliz. Pode ser que ela as queimasse porque estava tão contente que se esquecia de verificar.
Porém, isso não importava agora. Porque eu ainda não tinha outra saída a não ser que Ada permitisse a minha permanência.
— Por favor — implorei. — Não me faça voltar para lá. Eu não quero te deixar.
Por um momento, Ada ficou em silêncio, e eu me permiti ter esperança. Então, ela fez que não com a cabeça.
— Você precisa voltar para casa — ela disse, dando um tapinha em minha mão. — Mas não se preocupe. Ainda tenho algumas cartas na manga. Acha mesmo que vou deixar Walter Kleinman levar a melhor sobre mim? — Ada ficou de pé e foi até o meu guarda-roupa. — Coloque na mala só o que você precisa por enquanto. Vou enviar o resto depois. Duvido que todas as suas coisas caibam no carro do seu pai.
— Ada...
— Chega de lágrimas — ela disse. — Você não sabe que isso é o mais importante? Jamais deixe que eles te vejam chorando. — Ada tirou alguns vestidos e os colocou sobre a cama. — Desça com a cabeça erguida e seja uma filha obediente, na medida do possível, é claro. — Ela fez uma pausa e contemplou a máquina de escrever. — E leve isso, óbvio. Você vai ter bastante tempo para terminar o seu romance lá. E será mais fácil deixá-lo nas mãos certas em Nova York.

— Não sei como terminar. Esse é o pior final possível.

Ada se aproximou de mim e segurou o meu queixo, me forçando a olhar para ela.

— Esse não é o fim de nada além do nosso verão. Está entendendo? Você vai ser uma escritora, e não deixe o seu pai ou qualquer outra pessoa fazer você achar que não pode fazer isso.

Engoli em seco e depois concordei.

— Vou te ver de novo?

— Você vai me ver de novo. E enquanto isso, vamos trocar cartas. — Limpei o nariz com o dorso da mão. — Aqui, meu bem, um lenço. — Ada apontou para a minha mão. — Isso é nojento.

Deixei escapar uma risada soluçante entre as lágrimas.

— Vou sentir saudade de você.

— E eu de você, mesmo você sendo uma encrenqueira.

— Você gosta de encrencas.

— Sei muito bem disso. Você me faz lembrar de mim mesma. — Ada fez uma pequena pausa. — E você sabe *sim* o final do seu livro. — Olhei para ela com uma expressão interrogativa. — Ela pega a estrada sob o pôr do sol para viver exatamente como ela quer.

* * *

Quando desci a escada, carregando apenas a minha valise, uma caixa de chapéu e a minha máquina de escrever, os meus pais se levantaram.

— Onde você conseguiu isso? — o meu pai perguntou, apontando para a máquina de escrever no estojo de viagem.

— Dei para ela — Ada respondeu com calma. — E é falta de educação recusar um presente.

Ele começou a gaguejar, mas a minha mãe pôs a mão no seu braço, murmurando algo que o acalmou.

— Para o carro — ele ordenou, por fim. — Temos uma longa viagem pela frente.

Lillian estava ao lado de Ada, com Sally nos braços, e Frannie estava atrás delas. Deixei a bagagem no chão e fui primeiro até Frannie, abraçando-a. Ela retribuiu, com lágrimas nos olhos. Acenamos com a cabeça uma para a outra antes de eu me dirigir até Lillian.

— Me desculpe por não ter sido mais gentil quando você chegou — eu disse.

— Eu nem percebi — ela mentiu. — Menina querida, escreva para nós, por favor.

— Pode deixar — prometi, abraçando-a com força. Ela me deu um beijo quente no rosto antes de me soltar. Dediquei um tempo para acariciar Sally, que esfregou o focinho em minha mão. Senti um aperto no peito, mas me lembrei da advertência de Ada e respirei fundo para me acalmar.

Então, só restava Ada.

— Obrigada — eu disse. — Por tudo.

— Não faça drama — ela alertou. — Isso não é uma despedida.

Eu não acreditei nela. Se a última vez que Ada esteve em Nova York foi no *bar-mitzvá* do meu irmão, doze anos atrás, eu não a imaginava fazendo a viagem agora. E não havia a mínima chance de meus pais me deixarem visitá-la na Filadélfia novamente. Porém, era uma escolha: acreditar nela e ser capaz de partir, ou permanecer plantada no lugar, criando conflitos na família. Então, escolhi acreditar nela, mesmo que fosse apenas porque era o que ela queria.

Ada me puxou e me deu um abraço breve, mas apertado, e eu me perguntei se ela me disse para não fazer drama para que ela também não chorasse na frente dos meus pais.

— Vou voltar a ver você em breve — sussurrei.

— É bom mesmo.

O meu pai pigarreou e Ada me soltou. Olhei para trás por cima do ombro, na direção dela, uma última vez antes de descer a escada da varanda.

Os meus pais me amavam porque eu era a filha deles. Porém, havia muitas coisas que eles mudariam em mim se pudessem. Ada não tinha nenhuma obrigação de me amar. E, por mais crítica que ela fosse acerca do meu comportamento e maneiras, ela não mudaria nada. Ao deixá-la parecia que eu estava deixando uma parte de mim para trás. Contudo, fiquei mais forte por tê-la conhecido. E mesmo que eu jamais voltasse a vê-la, essa parte dela sempre estaria comigo.

Depois de endireitar os ombros, soprei um beijo para ela e, então, segui os meus pais escada abaixo e me acomodei no banco de trás do sedã preto do meu pai para a longa viagem para casa.

53

O meu quarto de infância parecia menor. O que era ridículo, pois era maior do que o meu quarto em qualquer uma das casas da Ada. Porém, as paredes estavam mais próximas. As janelas, menores. E tudo nele era um lembrete do que eu não queria.

Mas era melhor do que o resto da casa. No meu quarto, eu podia me sentar à escrivaninha onde tinha feito as minhas lições de casa no ensino médio, com a minha máquina de escrever diante de mim; a antiga deixada no fundo do meu armário. Ela nunca produziria um romance. Era uma relíquia da garota que eu costumava ser. E, durante aquelas horas em que escrevia, o quarto retrocedia para segundo plano. A minha personagem não era eu, mas ela vivia nos espaços agora familiares do mundo que eu havia acabado de deixar. E Ada tinha razão: eu sabia como terminava.

Eu aparecia para as refeições só porque o meu pai dizia para a minha mãe, o que eu ouvia através do respiradouro da calefação, que se eu não me juntasse a eles, ela não deveria me trazer comida. E por mais romântica que fosse a ideia de definhar em minha torre para punir o dragão no andar de baixo que me mantinha refém, isso não foi o que me abalou. Porque isso não teria abalado Ada.

Na quinta-feira à noite e na sexta-feira de manhã, escrevi para Ada. Porém, na sexta-feira à tarde, um telegrama de Lillian chegou, me dizendo para escrever para elas no endereço da Filadélfia. Elas haviam encerrado a temporada de verão em Avalon mais cedo. Algo que nunca tinha acontecido antes.

Essa revelação me deixou andando de um lado para o outro pelo quarto e roendo as cutículas até sangrar. Faltava uma semana e meia para o Dia do Trabalho. Voltar para a Filadélfia significava perder quase duas semanas de tentativas para formar pares perfeitos. O que estava passando pela cabeça delas?

Ada havia dito que ainda tinha cartas na manga. Que o meu pai não levaria a melhor sobre ela. Pela primeira vez desde que voltei para casa, as minhas esperanças se avivaram. Se Ada tinha voltado para a Filadélfia, ela devia estar planejando algo.

Se ela tinha voltado, significava que não havia recebido as minhas duas primeiras cartas. Me sentei diante da máquina de escrever, coloquei uma folha de papel nova no cilindro, e comecei a escrever para Ada, juntando o que eu já havia dito em uma única e nova carta.

A minha mãe apareceu junto à porta do meu quarto, querendo conversar sobre o meu verão. Na quinta-feira à noite, eu a tinha ignorado. Porém, agora que sabia que as engrenagens estavam em movimento em Oxford Circle, deixei-a entrar.

Ela se sentou na cama. Eu ainda estava à escrivaninha, com a carta concluída e o capítulo trinta do meu livro diante de mim.

— Esse é o livro que você disse que estava escrevendo? — Confirmei. — Ada disse que está maravilhoso até o momento.

Com isso, me virei para encará-la.

— Com que frequência você escreve para ela?

A minha mãe pareceu surpresa.

— Ora, toda semana.

— Por que você nunca foi visitá-la? — A expressão de culpa dela me deu a resposta. — Eu vi a foto de vocês duas no calçadão em Atlantic City. Ela teria gostado se você tivesse ido vê-la, além de só ir me buscar.

— Eu sei — ela disse, baixinho. — Me arrependo disso.

— Você não precisa fazer o que ele te diz.

Ela balançou a cabeça.

— Não foi por causa do seu pai. — Fiz uma expressão de descrença. — Duvido que ele fosse ficar feliz, sabendo o que ele sabe, mas ele nunca teria me impedido. Eu é que não quis ir.

— Por quê? — perguntei, me lembrando da sua cara naquela foto.

Ela suspirou.

— Tem muitas coisas que estão além da sua compreensão.

— Tente me explicar. — Ela não respondeu. — Sei por que os seus pais te mandaram para ficar com Ada.

Alarmada, a minha mãe levantou os olhos.

— Ada não deveria...

— Tem razão. Ela não deveria. *Você* deveria.

Por um longo momento, ela permaneceu calada.

— Que você tenha a sua própria filha um dia e tenha que justificar cada erro que cometeu.

— Não — eu disse. — Não é um erro quando aprendemos com ele. Mas isso não explica por que você nunca voltou lá.

Ela permaneceu calada novamente, observando as suas mãos no colo.

— Depois... depois. Tomei a decisão de deixar isso para trás. De viver a minha vida como se não tivesse acontecido. Senti saudade da Ada, mas não podia voltar lá. Seria doloroso demais.

— Então você me enviou em seu lugar.

A minha mãe tentou pegar a minha mão, mas eu não deixei.

— Não foi uma punição, ou pelo menos, não foi essa a minha intenção. Ada… foi a melhor coisa que já me aconteceu. Lamento o que me levou até ela, mas ela devolveu a minha vida. Foi por causa dela que eu me casei com o seu pai e o motivo de você estar aqui. Se ela não tivesse me acolhido naquele verão… — Ela se interrompeu, incapaz de concluir o pensamento, balançando a cabeça com tristeza. — Eu esperava que ela tivesse o mesmo efeito sobre você. Mas acho que muita coisa pode mudar em vinte e oito anos.

Eu a encarei.

— Mamãe, ela *fez* isso por mim, mas eu quero uma vida diferente da sua. Isso não significa que está errado.

Ela não entendia, e provavelmente nunca entenderia. Ela enxergava o mundo segundo a sua própria ótica e não sabia como enxergá-lo através da minha. E supus que eu também não conseguia enxergar a vida dela através da dela. Ada havia dito que minha mãe estava feliz com a escolha dela. Eu não entendia como, e ela nunca entenderia como eu poderia ser feliz com uma escolha diferente. O que me entristecia, sabendo que mesmo que ela me aceitasse como eu era, sempre haveria um desacordo crítico nascido de uma falta de compreensão.

Mas então ela me surpreendeu.

— Eu adoraria ler o que você escreveu. Se e quando você estiver pronta.

— Seria ótimo — eu disse, apesar de sentir um frio na barriga. Ela seria uma leitora exigente, lendo tanto quanto lia. E as anotações que ela deixava nas margens das páginas dos livros que eu lia depois dela eram com frequência críticas, mas sempre precisas. — Mas o livro ainda precisa ser revisado.

Ela sorriu, embora fosse um sorriso tingido pela melancolia.

— Não somos tão diferentes quanto você pensa. Já sonhei em ser uma editora antes. — Ela balançou a cabeça. — Mas não era um mundo para mulheres na época.

— Você ainda pode ser.

— Não, mas eu quero ler o seu livro.

Entreguei a pilha de papéis ao meu lado.

— Fiz algumas correções a lápis. Estou terminando o rascunho. Depois volto e faço as mudanças.

— Quer que eu faça anotações se eu encontrar erros? Ou quer que eu apenas leia?

Senti lágrimas começando a brotar nos olhos diante da cortesia da pergunta. Ainda mais porque ela disse *se* em vez de *quando*.

— O que você preferir.

A minha mãe se levantou e se inclinou, beijando a minha testa, e então pegou um lápis da minha escrivaninha antes de se dirigir até a porta.

— Você está indo embora?

Ela se virou, com a pilha de papéis agarrada ao peito.

— Tenho um livro para ler.

54

No sábado, me recusei a ir à sinagoga com os meus pais. O meu pai ficou visivelmente aliviado, enquanto a minha mãe ficou preocupada.

— Não seria melhor... — ela começou a falar.

— Ela já disse que não quer ir — o meu pai a interrompeu, ríspido.

A resposta cáustica "que maravilha você se importar com o que eu quero só AGORA" subiu pela minha garganta, mas me forcei a reprimi-la. Provocá-lo só resultaria em ser arrastada até a sinagoga contra a minha vontade. Eu queria ver o Dan, mas não com toda a congregação observando cada troca de olhar entre nós. O comentário da minha mãe a respeito de não visitar Ada ficou ecoando em minha mente, e dava para entender o ponto de vista dela.

— Não se meta em encrencas — o meu pai advertiu.

— Francamente, papai... — Um olhar duro da minha mãe me interrompeu.

Tenha paciência, uma voz que parecia a de Ada sussurrou em minha mente. Suspirei.

— Vou me comportar.

— Nada de escrever — o meu pai disse. — Hoje é *Shabat*.

Mordi o lábio para evitar explodir com a hipocrisia dele. Além disso, escrever não era *trabalho*; era a minha válvula de escape. E havia muitos sábados em que ele colocava o trabalho em dia no escritório. Ele também não tinha objeções ao fato de a minha mãe cozinhar ou de usar a eletricidade. Mas eu bufei.

— Vou ler um pouco e quem sabe dar uma caminhada.

— Nada de caminhada. Você vai ficar em casa. Vamos dizer para as pessoas que você não está se sentindo bem.

— Tudo bem.

A minha mãe beijou o meu rosto e então sussurrou em meu ouvido:

— Cheguei ao capítulo vinte. Fiquei acordada até tarde lendo. Está maravilhoso, querida.

Assim animada, me despedi com um aceno, observei se afastarem, e então me retirei para o quarto e retomei o trabalho. O livro estava quase terminado.

Eu só tinha datilografado duas linhas quando ouvi um som vindo do andar de baixo. Veio de novo, e enfiei a cabeça para fora da porta do quarto, ouvindo. Alguém estava batendo à porta da frente.

Em geral, Grace cuidaria disso, mas o meu pai achava errado pagar alguém no *Shabat*; então ela não trabalhava aos sábados. Suspirei e desci a escada. Eu não estava com vontade de lidar com algum mal-educado que estava disposto a vender algo no *Shabat* em uma casa com uma *mezuzá*, mas eu não conseguiria me concentrar até o barulho parar. Mesmo com o rádio ligado.

Abri a porta.

— Não estamos interessa... ah!

Dan estava na soleira, com uma garoa fazendo o seu cabelo grudar na cabeça.

Olhei ao redor para ter certeza de que nenhum vizinho curioso estava olhando e então o puxei para dentro, onde ele me beijou contra a porta.

— O que você está fazendo aqui? — perguntei, ofegante quando ele me soltou.

— A minha mãe disse que você estava em casa. Eu disse para o rabino que estava com dor de cabeça e aí vim para cá. Fiquei de olho, esperando os seus pais saírem.

— Você não pode ficar. Se eles te pegarem aqui...

— Eu não vou ficar — Dan disse. — Mas eu precisava te ver. Eu não queria telefonar.

Passei os braços em torno da sua cintura, apoiando o rosto em seu ombro úmido, sentindo o seu cheiro, já tão familiar. Estar com Dan era como estar em casa.

— Está tudo bem? — ele perguntou. — O que aconteceu?

— Agora estou. — Fiz um breve resumo do que tinha acontecido, levando-o para a sala, onde nos sentamos.

Porém, Dan não parecia feliz por eu estar na mesma cidade que ele.

— E quanto a nós?

Meus ombros caíram. Era esse o problema, não era? Os meus pais não confiavam em mim para ir a lugar nenhum. Eles me enviaram para Ada achando que seria ainda mais aprisionador do que em casa. E se contássemos a eles que estávamos nos encontrando, eles confiariam menos em mim, a menos que fosse evidente que um noivado estava próximo de acontecer. O nosso comportamento na sinagoga era prova suficiente de que não poderíamos ficar sozinhos juntos. E eles nunca conseguiriam entender que tudo tinha mudado entre aquela época e o agora.

— Eu não sei.

— Temos que contar para eles, Marilyn. Não tem outro jeito.

Balancei a cabeça.

— Sem um noivado, eles não permitiriam. Os seus pais também não. Toda a congregação acharia que nós estávamos dormindo juntos. Jamais deixariam a gente em paz.

— Então vamos "noivar". — Dan fez aspas no ar ao redor da palavra. — Não vamos nos casar até você se sentir pronta, mas damos o suficiente do que eles querem para a gente poder se ver.

— Não vai funcionar. Eles vão começar a planejar o casamento na hora.

Por um momento, Dan pensou.

— A gente... eu... posso dizer para eles que quero que você termine a faculdade primeiro. Isso vai nos dar dois anos.

— O meu pai só está me mandando de volta para a faculdade para que eu encontre um marido. Ele não vai cair nessa.

Dan olhou para o colo, examinando as mãos por um longo tempo. Quando ergueu a cabeça, algo resoluto se distinguiu em sua expressão.

— Então eu vou para a escola rabínica, como os meus pais querem. Os seus pais não podem se opor a esperar até eu conseguir ganhar dinheiro para sustentar a gente.

— Não.

— Marilyn...

— Não vou deixar você desistir do seu sonho só para que eu possa manter o meu.

— Você é mais importante do que a fotografia. Ainda vou poder tirar fotos.

— Não. Eu não quero ser a mulher de um rabino, tanto quanto você não quer ser um rabino.

Ele pegou a minha mão.

— Eu não tenho que terminar a escola rabínica. Isso só vai dar um tempo para a gente.

Soltei a minha mão.

— E se eu nunca me sentir pronta para casar?

A expressão de Dan partiu o que restava do meu coração. Mas ele prosseguiu mesmo assim.

— Então vamos terminar quando você decidir. E eu posso assumir a culpa com as duas famílias.

— Não. — Ele começou a falar, mas segurei a sua mão, silenciando-o. — Se isso acontecer, eu vou assumir a culpa.

Dan arregalou os olhos.

— Você quer dizer...?

Eu não conseguia vislumbrar um cenário em que ele mudasse tanto a ponto de me pedir para desistir da minha escrita. E a ideia de um longo noivado, embora complicada de gerenciar com as nossas famílias, nos permitiria a liberdade de descobrir como seriam as nossas vidas se seguíssemos em frente.

Mas os cantos da boca de Dan se voltaram para baixo.

— Não. Não se você ficar com essa cara quando disser sim.

Eu me movi até ficar sentada em seu colo.

— Daniel Schwartz, não tem mais ninguém neste mundo com quem eu pensaria em me casar. Agora, me peça em casamento do jeito certo para que a gente possa se ver de verdade e decidir o que queremos fazer.

Dan segurou o meu rosto e me beijou.

— É difícil fazer isso do jeito certo quando você está sentada no meu joelho.

Pela primeira vez desde que os meus pais apareceram em Avalon, dei uma risada.

— Acho que a gente deveria fazer um show para os nossos pais.

— Eu não ligo para eles. Eu me importo com você. — Ele me cutucou e eu fiquei de pé, ao mesmo tempo que ele escorregou para fora do sofá e se ajoelhou na minha frente. — Marilyn Kleinman, você vai fazer de conta que consente em se casar comigo para apaziguar os nossos pais?

Estreitei os olhos.

— Nem somos noivos ainda, e o romantismo já se foi.

Dan se levantou e me abraçou.

— Vai por mim, só estamos começando. — Ele aproximou o rosto do meu.

— Sim — eu disse. — Não posso prometer mais do que isso, mas sim.

55

Naquela noite, tive um sono agitado. Não tinha certeza se estava pronta para anos de fingimento. Porém, o noivado, por mais real ou irreal que fosse, nos daria a oportunidade de nos vermos. E após perder Ada, a ideia de também perder Dan era insuportável demais.

Dan deveria vir na tarde seguinte. Discutimos se ele deveria pedir a aprovação do meu pai primeiro, mas concordamos que ele já havia garantido a aprovação dele uma vez e uma surpresa seria melhor para os nossos propósitos. Perguntei se Dan iria contar aos seus pais antes de vir, mas ele disse que não. Eles insistiriam em vir com ele se contasse.

O café da manhã transcorreu em silêncio, com o meu pai concentrado em seu jornal e a minha mãe tentando puxar conversa e recebendo respostas monossilábicas de nós dois. Em seguida, me retirei para escrever no andar de cima. Na tarde anterior, havia sido repreendida por causa do barulho da máquina de escrever vindo do meu quarto e acabei escrevendo até tarde da noite depois que os meus pais foram dormir, passando na ponta dos pés pelo quarto deles com a máquina até a cozinha no andar de baixo, onde eles não me ouviriam. Talvez faltassem dois ou três capítulos para terminar, mas os meus personagens não estavam se comportando direito e pareciam não querer deixar o mundo do romance para trás.

Pouco antes do almoço, a minha mãe bateu à minha porta.

— Desculpe interromper, mas quero mais — ela disse.

— Você já terminou?

— Terminei. E agora?

Apontei para a pilha dos novos capítulos ao meu lado. Ela devolveu os outros e pegou as novas páginas.

— Vou deixar você trabalhar — ela disse.

Eu me virei para ela.

— Mamãe? — E ela olhou para trás. — O que você achou? Está bom?

— Você nasceu para fazer isso — ela disse, se aproximando para acariciar o meu cabelo. — Estou muito orgulhosa de você.

Eu não consegui responder direito por causa do nó na garganta. E por mais que eu quisesse estar com Ada, entendi que ela tinha razão. Eu me importaria se me afastasse da minha família sem uma maneira de voltar.

* * *

Não consegui me concentrar depois do almoço. Então, fiquei sentada de olho no relógio na mesa de cabeceira, se aproximando cada vez mais do horário da chegada de Dan.

Finalmente, às duas em ponto, ouvi uma batida à porta. *Hora do show*, pensei, deixando o refúgio do meu quarto. Desci a escada, bem quando Grace pediu para Dan entrar. Ele piscou para mim, e respondi com um sorriso tenso.

O meu pai saiu do escritório e olhou de Dan para mim. Deu para perceber a sua mente trabalhando a todo vapor, se lembrando da ausência minha e de Dan na sinagoga no dia anterior.

— O que está acontecendo aqui? — ele perguntou, enquanto a minha mãe vinha da cozinha.

— Não seja mal-educado, papai. Minha nossa, convide-o para entrar.

O meu pai começou a gaguejar, mas a mamãe colocou a mão em seu braço.

— Não quer entrar, Daniel? — Ela fez um gesto em direção à sala. Nós dois nos sentamos no sofá, enquanto os meus pais se sentaram nas poltronas de frente para nós.

— Dr. Kleinman — Dan começou. — Estou aqui hoje para pedir a sua bênção.

Desconfiado, ele olhou para Dan de canto de olho.

— Eu a concedi em junho para você, mas Marilyn recusou.

— Eu voltei para perguntar para ela ontem, e ela disse sim.

Os meus pais ficaram ao mesmo tempo boquiabertos e, por um breve instante, parecendo peixes fora d'água. Quase dava para ouvir Ada dizendo que eles engoliriam moscas assim. Então, se levantaram, abraçaram a nós dois, com o meu pai dando palmadas nas costas de Dan e o chamando de filho.

— O momento não é o ideal — mamãe disse. — Receio que será um noivado longo, até a primavera. Começo da primavera, é claro, para que a cerimônia não comece muito tarde... — Ela parou de falar por um instante e apresentou uma nova ideia. — Ou talvez um casamento no outono seja uma boa opção. Outubro, quem sabe, antes que faça muito frio.

— Não — eu disse, enquanto Dan fazia um gesto negativo com a cabeça.

— Eu decidi ir para a escola rabínica, no fim das contas. Então, teríamos que adiar o casamento por alguns anos. Não posso me casar com Marilyn sem antes poder sustentá-la.

— Claro que pode — o meu pai disse. — Vocês vão morar aqui até você terminar.

Não tínhamos previsto isso.

Dan começou a elaborar uma resposta, mas foi interrompido pelo telefone.

— Grace vai atender — a minha mãe disse.

— Então será em outubro — o meu pai disse.

Fiz que não com a cabeça.

— Será na primavera. Você não pode deixar a sua única filha sem um casamento na primavera.

A minha mãe concordou.

— Marilyn tem razão.

O meu pai jogou as mãos para o alto.

— Mulheres — ele disse para Dan com um ar conspiratório. — É melhor deixarmos esses detalhes com elas.

Grace entrou na sala.

— Champanhe — meu pai disse. — Vamos comemorar.

— Agora mesmo — Grace afirmou. — Mas tem uma ligação para Marilyn.

— Para mim?

— Ela está ocupada — o meu pai disse. — Anote o recado.

— Eu disse isso, mas ela disse que é urgente.

Ada.

— Com licença — pedi, me levantando. — Já volto.

Saí às pressas da sala até o telefone na cozinha.

— Ada? — perguntei assim que atendi.

— É a Lillian — ela disse com a voz embargada. — Ah, Marilyn. Lamento muito. A Ada... a Ada morreu. Hoje de manhã.

56

Caí de joelhos no chão da cozinha, deixando o telefone cair ao meu lado com um baque. A minha mãe veio correndo, mas eu não conseguia falar. Ainda não. Em vez disso, estendi a mão para voltar a atender o telefone e perguntar a Lillian o que tinha acontecido.

— Foi de repente. Ada não sofreu. Ela me pediu para ir buscar bagels. Frannie estava de folga. Eu fui. Quando voltei, eu a encontrei. Disseram que foi o coração dela.

Ada estava sozinha. Ela estava sozinha porque eu não estava lá. Apesar de que sim, teria sido eu a pessoa enviada para buscar os bagels, mas Lillian estaria lá. Ela teria chamado uma ambulância. E talvez Ada ainda estivesse viva. Mas eu não estava lá.

— O que foi? — a minha mãe perguntou, se ajoelhando ao meu lado, mas fiz um gesto para que ela se calasse. Lillian ainda estava falando.

— … Enterro. Ela preferia ser cremada, mas deixou instruções sobre um serviço funerário. — Lillian fez uma pausa. — Ela deixou instruções sobre tudo.

— Vou pegar o trem hoje à noite — eu disse, baixinho. — Pergunte para o Thomas se ele pode me pegar. Caso contrário, posso pegar um táxi na estação.

— Tenho certeza de que Thomas não vai se importar — Lillian respondeu. — Ada ficaria muito zangada se você pegasse um táxi sozinha à noite. — Ela soou desolada.

— Ah, Lillian. Eu não deveria ter ido embora. Eu deveria ter ficado aí… eu…

— Ada disse para você ir. — Ela fungou. — Ninguém conseguia derrotá-la. Exceto o tempo, acho.

— Eu disse para Ada que ela era malvada demais para morrer.

— Ela sabia que era uma brincadeira — Lillian afirmou. — Ela te amava. Você sabe disso, não sabe?

Concordei com a cabeça mesmo que Lillian não pudesse ver.

— Vou fazer as malas. Ligo da estação quando souber a hora que vou chegar à Filadélfia.

A minha mãe estava pálida quando desliguei o telefone.

— Ada? — ela perguntou, baixinho. Concordei e ela fechou os olhos. Minha respiração estava entrecortada, mas ainda não havia caído uma lágrima sequer.

— Preciso ir. Lillian precisa de ajuda para planejar o… serviço funerário.

Fiquei de pé e minha mãe me imitou.

— Vou com você.

— Não. Ligo assim que estiver tudo definido. Você irá com o papai.

— Eu…

Interrompi a minha mãe.

— Eu tenho que fazer isso. Sozinha.

Durante um bom tempo, ela ficou me olhando antes de concordar. Então, a minha mãe me abraçou com força.

— Meus sentimentos — ela sussurrou.

Eu não consegui responder.

Dan queria me levar de carro, mas recusei a oferta. Eu pegaria o trem. Os três iriam alguns dias depois.

— Me ligue, por favor — Dan pediu. Respondi que sim e beijei o seu rosto.

O meu pai não discutiu sobre a minha decisão, mas eu não lhe dirigi uma palavra, mesmo quando ele insistiu em me levar até a estação e me ver entrar no trem.

— Meus sentimentos — ele disse quando o serviço de alto-falante chamou para o embarque.

Finalmente, olhei para ele.

— É mesmo?

Ele pareceu surpreso.

— Claro.

— Foi você quem disse que a Ada só queria que eu ficasse lá para alguém encontrá-la quando morresse. Ela estava sozinha quando aconteceu. Sabia disso?

Ele se sobressaltou e ficou pálido.

— Marilyn…

Balancei a cabeça.

— Não estou a fim de brigar. Mas eu deveria ter estado lá. E não estava por sua causa. — Me virei, peguei a minha valise e a máquina de escrever, e embarquei no trem.

À medida que o trem avançava pelos trilhos na direção da Filadélfia, tentei descansar. Porém, toda vez que fechava os olhos, ouvia Lillian repetindo: "A Ada… a Ada morreu", até que achei que fosse gritar.

Por fim, o trem parou na Estação da 30th Street. Ao desembarcar na plataforma, pensei em como as circunstâncias eram diferentes em relação à primeira vez que estive ali. Nas duas ocasiões, me senti temerosa de ir para a casa de Ada, mas por motivos muito diferentes. Seria estranho estar lá sem ela.

Saí da estação, com o ar noturno ainda quente naquela cidadezinha que tinha crescido tanto em mim, e procurei por Thomas. Porém, avistei Lillian, com Sally nos braços.

Depois de deixar a minha valise no chão, eu a abracei, com Sally se esticando entre nós para lamber o meu queixo.

— Como você está? — perguntei.

— Já passei por dias melhores — ela respondeu. — Ada não ia gostar de saber que eu dirigi o carro dela até aqui.

Quase ri disso, mas acabei deixando escapar um som sufocado. Era verdade. Ada teria ficado furiosa. Mas foi assim que eu soube que era verdade. Se alguma coisa pudesse trazê-la de volta do mundo dos mortos para discutir, seria aquele carro.

— Ela se foi mesmo, não é? — perguntei.

Lillian confirmou, enxugando os olhos com um lenço. Eu estava perigosamente próxima de precisar do meu próprio.

— Como vamos conseguir ficar naquela casa?

Ela balançou a cabeça.

— Não sei. Mas que bom que você está aqui.

* * *

Só quando retornei ao meu quarto, com as roupas que tinha deixado em Avalon encaixotadas no canto, foi que as lágrimas começaram a cair. E assim que começaram, achei que nunca mais iriam parar.

Não sei quando foi que peguei no sono, mas os meus sonhos foram uma mistura entre a Ada viva e a Ada morta. Então, ao acordar, levei algum tempo para me lembrar do que era real e o que não era. E depois disso, não quis sair da cama. Seria muito mais fácil ficar sob o cobertor branco, escolhido por Ada, e deixar a dor me consumir até que eu me juntasse a ela.

Mas então ouvi o choramingo de Sally, e isso me lembrou de que Lillian precisava de mim. Assim, fiquei de pé, fui ao banheiro para lavar o rosto marcado pelas lágrimas e, em seguida, me vesti para descer.

Os dois dias seguintes se confundiram. Nós nos encontramos com o rabino, que procurou nos dissuadir de seguir o pedido de Ada para ser cremada, pois isso ia contra o costume judaico, mas Lillian se manteve firme. Me lembrei de algo que o pai de Dan havia dito no enterro da minha avó, a respeito da tradição dos enlutados jogarem terra sobre o caixão com as próprias mãos.

— É uma *mitzvá* honrar os desejos dela acima dos nossos próprios — eu disse ao rabino, sem saber se isso era de fato uma das seiscentas e treze *mitzvot* ou não. Mas aquela linguagem o tocou, e ele concordou em realizar a cerimônia como Ada havia desejado. Antes de ele partir, marcamos a data e o horário.

O rabino conhecia Ada bem o suficiente para fazer o seu próprio louvor fúnebre, mas perguntou se alguma de nós também queria falar. Lillian fez que não com a cabeça.

— Acho que eu não seria capaz de lidar com isso — ela disse.

— Eu vou querer falar.

Surpreso, o rabino se virou para me encarar.

— Ada era... ela *faz* parte da minha família. — Lillian deu um tapinha na minha perna, e o rabino concordou, se levantando para sair.

Então, tivemos que tomar decisões sobre a *shivá* e comunicar a comunidade e a minha família. Lillian lidou com o crematório, e eu fiz as outras ligações telefônicas. Um arranjo que funcionou para mim. Eu não conseguia falar a respeito de restos mortais assim.

Dan e meus pais chegaram na terça-feira à noite e apareceram na casa para ver no que poderiam ajudar, mas pedi a eles para se hospedarem em um hotel. Eu não queria o meu pai na casa de Ada, e Dan não poderia ficar conosco sem um controle mais rigoroso. Ninguém discutiu comigo; uma situação atípica com os meus pais. O jantar foi solene, preparado por uma Frannie silenciosa e abatida. Em seguida, eles se aprontaram para ir embora.

— Como você está? — Dan perguntou enquanto os meus pais desciam os degraus da frente, com a minha mãe entrelaçando o braço do meu pai. — De verdade.

— Entorpecida — respondi. — Só preciso passar pelo dia de amanhã.

— O que posso fazer?

Abri um sorriso forçado.

— Você já fez. Só esteja ao meu lado.

Dan me deu um abraço e, por um instante, eu me aconcheguei nele, me deixando envolver. Mas eu não podia desmoronar. Precisava terminar o meu discurso fúnebre e descobrir como iria superar a leitura dele pela manhã.

Depois que eles partiram, voltei ao meu quarto e me sentei à penteadeira, olhando para a máquina de escrever que Ada tinha me dado, mas as palavras não vinham.

— Ah, Ada. — Suspirei alto. — Como é que vou conseguir fazer isso sem você?

Me lembrei do primeiro vislumbre dela. Como ela pegou o meu batom. A nossa noite em Atlantic City. A maneira como ela me chamou de idiota depois de Freddy, mas deixou claro o tempo todo que cuidaria de mim, não importava o que acontecesse. Ela me uniu a Dan, enxergando o que eu não conseguia enxergar. *Você sabe sim o final*, ela repetiu em minha mente. E eu comecei a escrever, fazendo pausas só para enxugar as lágrimas.

57

Acordei com o despertador que Ada havia colocado ao lado da minha cama meses antes, com os olhos se abrindo para o dia que eu temia. Contudo, a casa ainda continha a presença dela. Era difícil acreditar que, quando eu descesse a escada, ela não estaria à mesa do café da manhã, com o jornal à frente e um comentário ácido a respeito do meu hábito de dormir até tarde.

Porém, quando desci depois de me vestir, a mesa estava vazia, exceto por um lugar posto para mim.

Eu não estava com vontade de tomar café da manhã, mas me forcei a mordiscar uma torrada, sabendo que precisava estar forte para chegar até o fim do funeral.

A sinagoga ficava a apenas algumas quadras de distância, e Lillian me levou até lá no carro de Ada. Se também tivéssemos que ir ao cemitério, teríamos contratado uma limusine, mas parecia um desperdício, já que depois da sinagoga voltaríamos direto para casa para a *shivá*. A própria *shivá* parecia um desperdício. Quem viria além de nós, dos meus pais e de Dan? Harold nem sequer viria com a mulher para o funeral. Porém, Lillian disse que a *shivá* sempre esteve nos planos de Ada. Ela poderia ter me dito que queria que a sua urna fosse carregada por elefantes, com uma banda de metais tocando *When the Saints Go Marching In*, e eu teria obedecido. Qualquer coisa para aplacar a culpa por não ter estado ao lado dela.

— Está pronta? — Lillian me perguntou enquanto estacionava o carro em frente à sinagoga.

— Não — respondi com sinceridade. — Mas pretendo estar.

Ela tocou de leve em meu braço.

— Você não precisa discursar.

— Sim. Preciso.

Lillian concordou.

— Sei que ela disse que queria isso, mas teria detestado todo esse alvoroço.

Era verdade. Por mais extravagante que Ada fosse, ela preferia ser quem dava as cartas. O que ela tinha feito até o fim, com os planos minuciosos do funeral.

— É por isso que ela decidiu ser cremada. Ela não confiava em mais ninguém para escolher as roupas dela ou fazer a maquiagem.

Lillian sorriu com tristeza.

— Sabe, acho que você tem razão. Que ela fique livre de usar um vestido de liquidação por toda a eternidade.

Quase ri.

— Ou com os sapatos errados.

— Ela assombraria cada uma de nós.

Imaginei Ada como um fantasma, puxando o cobertor da minha cama se eu dormisse até tarde e uivando se eu gritasse de um cômodo para o outro. Eu receberia de braços abertos a assombração se isso significasse vê-la de novo.

— Vou procurar honrá-la hoje.

— Você já fez isso — Lillian disse e abriu a porta do carro. — Vamos lá. Vamos dar a nossa velha amiga o que ela pediu.

— Você com certeza vai ser assombrada por isso.

Lillian sorriu com um pouco mais de alegria.

— Espero que sim. — Ela se virou para me olhar assim que saímos do carro. — Ela ainda está por aqui, você sabe.

Concordei. Ada estaria comigo pelo resto da minha vida, mesmo que não estivesse me assombrando. Eu tinha certeza disso.

* * *

Fomos as primeiras a chegar e fomos levadas a uma sala nos fundos, reservada para a família, com o rabino. Os meus pais e Dan chegaram logo depois, assim como os pais de Dan — uma surpresa desagradável. Mildred, a irmã da minha mãe, também entrou com a sua família. Pedi a todos que me dessem licença enquanto eu revisava o meu discurso em um canto. O meu pai mais uma vez tentou dizer para mim que estava arrependido, mas Dan conseguiu levá-lo para longe com sucesso, fazendo um aceno de cabeça para mim.

Finalmente, o rabino nos disse que era hora e nos conduziu ao salão de orações, onde parei de repente.

Uma multidão se virou para nos olhar. Não havia mais lugares para sentar. As pessoas se aglomeravam de pé nos fundos e junto às paredes laterais, pressionadas umas contra as outras, com apenas as duas primeiras fileiras vazias, reservadas para a família.

— Quem... são essas pessoas? — perguntei a Lillian, sussurrando.

Mas o rabino se virou e respondeu:

— Ada uniu milhares de homens e mulheres ao longo da vida dela. Isso é só uma parte dessas pessoas.

Olhei por cima do ombro para Dan. Ela não tinha sido paga por nós, mas estávamos entre elas. A minha mãe e o meu pai também, de uma maneira menos direta.

Ao nos movermos pelo público, duas pessoas chamaram a minha atenção; em grande medida, porque destoavam do restante da multidão, mas também porque uma delas era praticamente a única pessoa que reconheci além da família. Thomas estava lá, de terno, ao lado de uma mulher idosa, que supus que fosse a esposa de John.

Nós nos aproximamos deles, com algumas pessoas atrás, e abracei Thomas, provocando cochichos e até alguns bufados, que ignorei.

— Você está bem? — perguntei a ele.

Thomas disse que sim.

— Esta é a minha avó. Vovó, está é a sobrinha da srta. Ada, Marilyn.

— Lamento pela sua perda — ela disse, apertando a minha mão.

— Obrigada por ter vindo — disse, pegando a mão dela.

O rabino pigarreou, indicando que estava na hora de prosseguir. Então, a avó de Thomas retirou a mão, usando-a para me dar um tapinha no braço.

Eu não a conhecia, mas, de algum modo, aquela gentileza me deu o impulso necessário para seguir em frente, para onde a urna com as cinzas de Ada repousava sobre uma mesa coberta por uma toalha.

O rabino foi o primeiro a falar, comentando duas passagens da Torá para a congregação antes de proferir o seu próprio discurso.

— Estamos reunidos aqui hoje para lembrar Ada Heller. Muitos de nós fomos abençoados por conhecê-la, embora talvez esta seja a primeira vez que ela põe os pés neste prédio para algo que não seja um casamento.

Houve um desconforto generalizado entre as pessoas, que não sabiam se deveriam rir ou não. O rabino balançou a cabeça ao perceber que a piada não teve graça.

— Ada dedicou a vida a serviço dos outros. Tanto como enfermeira, servindo na Primeira Guerra Mundial, quanto mais tarde como casamenteira, unindo a comunidade judaica da Filadélfia em inúmeros casamentos felizes, o que é uma das maiores *mitzvot* que uma pessoa pode proporcionar.

"Há aqueles que dizem que uma pessoa que dá origem a três casamentos bem-sucedidos ascende automaticamente ao nível mais alto na vida após a morte. Não sei se Ada acreditava nisso, mas sei por que é considerado uma missão tão sagrada. Foi a primeira coisa que o Senhor fez após criar o homem: criar um par para ele. Cada um de nós é apenas metade de uma alma, e quando Ada dava origem a um casamento, ela criava famílias inteiras, tanto os parceiros quanto os filhos que nasciam desses casamentos."

O rabino fez uma pausa e respirou fundo.

— Eu mesmo sou uma dessas crianças, nascido de um casamento arranjado pela Ada Heller. Assim os meus próprios filhos. Quantos aqui podem dizer o mesmo?

O som dos tecidos das roupas se movendo ecoou pelo salão. Eu me virei, observando quantas dezenas de mãos se ergueram.

— Nenhum de nós sabe ao certo se existe uma vida após a morte. Só saberemos quando deixarmos este mundo. Mas o que sei é que vivemos por meio das lembranças que deixamos. E esse é o legado de Ada. Ela continuará viva por meio de todos nós nesta sinagoga. Enquanto nos lembrarmos dela e contarmos aos nossos filhos e aos filhos dos nossos filhos a respeito da mulher que criou as nossas famílias, Ada permanecerá viva para sempre.

O rabino recitou junto com a congregação o *Kadish* pelos enlutados e depois me apresentou. Estremeci quando ele me chamou de sobrinha-neta de Ada, então me levantei e me dirigi até a *bimah* com o meu discurso datilografado apertado na mão.

— A primeira coisa que devemos saber sobre Ada — comecei. Mas então cometi o erro de olhar para o grande público e a minha voz falhou. Eu não ia conseguir fazer isso. Eu não conseguiria seguir adiante.

Respirei fundo, procurando me recompor, e me concentrei em um ponto no fundo do salão. Porém, uma mulher se moveu na frente da porta, e eu me assustei.

Ela usava um lenço de seda turquesa Hermès para cobrir o cabelo e um par de óculos de sol gatinho para ocultar os olhos. Reconheci de imediato o tom de vermelho do batom nos lábios. Ela abaixou os óculos e piscou para mim.

Ela não estava lá de verdade. Eu sabia disso. E quando abaixei os olhos para consultar as minhas anotações e depois os levantei na direção da porta, ela tinha desaparecido. Porém, a sua presença naquele momento, real ou imaginária, me deu a força para continuar.

— A primeira coisa que devemos saber sobre Ada — repeti, com a voz agora mais firme — é que ela teria dado uma bronca em você, não importa quem você fosse, rabino, por me chamar de sobrinha-neta dela. Insinuar que Ada tinha passado dos trinta renderia o desprezo dela. — As pessoas se agitaram. — Podem rir à vontade — disse a elas. — Ada abominava a pieguice e teria vindo aqui na frente e teria mandado todos vocês para casa se fosse para vocês ficarem tristes. Então vamos transformar isso em uma celebração dela em vez de uma despedida. Combinado?

— Combinado — algumas pessoas repetiram.

Olhei para a fileira da frente e vi Dan ao lado da minha mãe. Ele acenou com a cabeça para mim, fazendo um discreto sinal de aprovação com o polegar. Voltei a olhar para a porta, esperando vê-la ali, mas a minha imaginação só conseguiu trazê-la à tona uma vez.

— Ada foi a pessoa mais rabugenta que já conheci na vida. — Me virei para a sua urna. — Pode me ouvir daí? É verdade. — Ouvi algumas risadinhas. — Mas ela também foi a minha melhor amiga. E jamais esperei dizer isso sobre alguém de setenta e... quer dizer, trinta anos.

Mais risadinhas.

— Acredito que aqui na Filadélfia, todo mundo sabe por que eu vim passar o verão com ela. E sinceramente, achei que era um destino pior do que a morte ao chegar aqui. No carro, depois de Ada me pegar na estação, me segurando com todas as forças no banco de trás, isso se alguém aqui já saltou para a calçada para evitar ser vítima da maneira como Ada dirige, Ada confiscou o meu batom. Pelo visto, ele me deixava com uma aparência muito vulgar. O que, com toda a honestidade, era exatamente o visual que eu queria. Nem três minutos depois, ao parar num sinal vermelho, ela já estava passando o meu batom. Ela me disse que ela podia usá-lo.

Voltei a olhar para a plateia. As pessoas estavam sorrindo.

— O batom caía bem nela. Não havia nada que ela não conseguisse parecer fácil, desde o meu batom até a estola de pele em Atlantic City sob um calor escaldante. Se Ada usasse, era moda. Simples assim.

"Ada foi uma hipócrita até o fim. Uma pessoa rígida com as regras que ela mesma nunca seguia. A personificação do ditado 'faça o que eu digo, mas não faça o que eu faço'. Porém, o segredo por trás disso tudo era que ela se deliciava em ser confrontada. Poucas pessoas se atreviam. Eu fui uma delas. E, com todo o direito, ela deveria ter me mandado embora, mas Ada valorizava a sagacidade e a espirituosidade, e a minha família desejava que eu tivesse herdado pouco dessas duas características dela."

Olhei na direção do meu pai.

— Desculpe, papai.

Agora foram risadas genuínas.

— O negócio de Ada era o amor. Sei que quando ouvimos a palavra *casamenteira*, pensamos em casamento, e não em amor. Ou pelo menos eu pensava. Mas apesar de nunca ter se casado, Ada entendia o amor melhor do que qualquer pessoa que eu já conheci.

Olhei para a avó de Thomas, que estava concordando com um movimento de cabeça.

— E é por isso que os arranjos dela funcionavam. Ada buscava aquilo que deixava as pessoas felizes e as ajudava a encontrar mais disso em outra pessoa. Ela me incentivou a escrever, e me forçou a dar uma chance ao rapaz que me fez ser banida para cá. — Pus o dorso da mão ao lado da boca, na pose de um sussurro de brincadeira. — Não tem de quê, papai. — E o público urrou. E embora o meu pai tentasse esconder, vi um sorriso se insinuando no seu rosto. — E quer saber? Ada tinha razão. Sobre tudo.

Voltei a olhar para a porta, fechando os olhos por pouco tempo e vendo Ada em minha mente.

— Ela era vaidosa, e travessa, e altruísta, e gentil, tudo ao mesmo tempo. E se eu viver até os cem anos, duvido que eu vá conhecer alguém como ela. Contudo, o meu desafio para vocês hoje ecoa naquilo que o rabino disse. Lembrem-se dela! Contem as suas melhores histórias sobre Ada para os seus filhos e netos. E mais do que isso, levem a vida do jeito que *vocês* quiserem. Não da maneira que a sociedade ou qualquer outra pessoa diz para vocês. Porque vocês só têm essa chance. Ada entendeu isso melhor do que qualquer um. Ela fez exatamente o que queria. Ela deveria ter sido infeliz. Uma solteirona intrometida com uma péssima atitude. Mas ela não era. Ada era feliz, e livre, e viveu, e amou exatamente como deveria. E acho que não há como desejar muito mais que isso. Então, em vez de ficarem tristes esta noite, bebam uma taça de champanhe e brindem à vida e ao legado de Ada. Porque ela gostaria que vocês celebrassem em vez de lamentar.

Fiz uma pausa.

— Tudo bem, ela gostaria que vocês lamentassem *um pouquinho*. Afinal, ela *era* vaidosa. — Fiz mais uma pausa por conta das risadas. — Mas depois ela gostaria que vocês se reerguessem e fossem felizes. E é isso que todos nós que a amávamos tanto também vamos tentar fazer pelo resto da vida, apesar do vazio que ela deixará para trás. — Olhei para Lillian, depois para a minha mãe e para a minha tia, que estavam enxugando as lágrimas, e para Dan, que estava sorrindo para mim com os olhos brilhando, e procurei Thomas, que estava fazendo o mesmo, com a mão de sua avó na mão dele.

* * *

Lillian e eu recepcionamos a *shivá*, que foi um vaivém constante de membros da comunidade. Porém, conforme aceitávamos as condolências pela enésima vez, comecei a entender que isso era tanto para eles quanto para nós. Eu não queria aquelas pessoas na casa de Ada. Queria um lugar tranquilo para me lembrar dela. Contudo, as histórias que elas compartilharam comigo foram reconfortantes para mim.

Algumas horas depois, o público começou a cochichar. Olhei para a porta e vi Thomas parado, hesitante, com um chapéu nas mãos.

Interrompi a conversa com um dos vizinhos de Ada e fui cumprimentar Thomas com um abraço. Ele me afastou com delicadeza, mas firme.

— Você não vai precisar de mais fofocas — ele disse. — Só queria prestar as minhas condolências…

— Que bom que você veio. Tenho uma coisa aqui para você. Eu ia te ligar essa semana se você não aparecesse.

— Para mim?

— Venha — eu disse, pegando-o pelo braço e o levando na direção do escritório de Ada. Senti olhares sobre nós, então deixei a porta aberta e lhe indiquei um lugar no sofá. Então, me dirigi até a escrivaninha para ir buscar o embrulho, ainda envolto em um lenço e amarrado com uma fita.

— Não sei se a sua avó te contou — falei, de repente me dando conta de que talvez fosse uma surpresa desagradável. — Mas acho... acho que Ada gostaria que você ficasse com isto.

Curioso, Thomas me olhou e desamarrou a fita, então abriu o lenço. A primeira foto era aquela de Ada sorrindo para John. Por um momento, Thomas a observou com atenção, depois passou para a próxima foto, parando e olhando surpreso para mim quando chegou àquela do beijo.

— Então, você não sabia?

Thomas fez um gesto negativo com a cabeça.

— Eu sabia que eles se conheceram na Europa, antes de o meu avô se casar com a minha avó. Ele disse que em outra vida, teria amado ela.

— De acordo com Ada, John a amava. Ela disse... que o mundo adora destruir as coisas que não entende. Que John sabia disso, mas que ela teve que aprender por si mesma.

— Que mulher sábia ela era.

— Como você começou a fazer trabalhos estranhos para ela? Ela nunca me explicou isso, mas sei que ela adorava você.

Como o neto que ela nunca teve, pensei.

Thomas abriu um sorriso irônico, e eu percebi que Ada tinha razão. Ele parecia mesmo com o avô.

— Começou há dois carros e onze anos atrás. Um Cadillac 1946. O carro estava fazendo um barulho, e Ada tinha certeza de que o mecânico a estava enganando pelo fato de ela ser mulher. Então ela ligou para o meu avô e disse que detestava incomodá-lo por algo assim, mas se ele podia dar uma olhada. Ele me levou junto. Eu tinha doze anos e não entendia por que o meu avô estava ajudando aquela senhora branca e rica. Na viagem de bonde até lá, ele explicou. Disse que não importava se alguém fosse negro, branco, verde ou roxo. Se era uma boa pessoa e precisava de ajuda, deveríamos ajudar se pudéssemos. — Ele olhou para mim, e o seu sorriso era totalmente malicioso. — Me pergunte qual era o problema do carro.

Não consegui resistir.

— Qual era o problema do carro?

Ele mal conseguiu falar de tanto rir.

— Havia um ninho de pássaros debaixo do capô.

— Pássaros?

— Um deles voou na direção dela quando o vovô abriu o capô. Primeira e última vez que vi a srta. Ada berrar, juro.

A imagem era simplesmente irresistível, e eu também ri.

— Eu pagaria um bom dinheiro para ter visto isso.

— Ela tentou me dar um dólar por ajudar a tirar os pássaros de lá. Mas, na verdade, disse que era para que ninguém soubesse que ela havia berrado. Só que o meu avô devolveu o dinheiro na hora para ela. Ele disse que não havia nenhuma necessidade e que estávamos felizes em ajudar. — Seu sorriso se tornou nostálgico. — Enquanto o meu avô estava fechando o capô, ela voltou a me passar o dinheiro e me disse para eu visitá-la algum dia.

— E você foi?

— De jeito nenhum. O meu avô me pegou tentando gastar aquele dólar em doces e me levou de volta para a casa da srta. Ada para devolvê-lo. Não me lembro de toda a conversa deles, mas houve muita gesticulação e dedos apontados, e terminou com ela dizendo que eu ia fazer por merecer aquele dólar. — Thomas voltou a olhar para as fotografias em suas mãos. — Ela não precisava de mim e tentou dizer que eu poderia simplesmente ir para casa e contar para o meu avô que eu tinha feito alguma tarefa pequena ou outra bobagem do gênero. Mas eu e o vovô não guardávamos segredos, tirando esse, suponho, então eu disse para ela que seria melhor se eu fizesse mesmo alguma coisa. Ela me olhou como se eu estivesse louco, mas disse: "Vamos lá, então. Vamos encontrar alguma coisa honesta para você fazer". — Ele desviou o olhar das fotos para mim. — Eu gostava dela. Sei que é estranho dizer isso, mas...

— Eu entendo.

— Imagino que sim. Comecei a passar aqui nas tardes de domingo depois da igreja, só para ver se ela precisava de ajuda com alguma coisa. Era só ela e a sra. Lillian nessa casa grande, e eu... queria que o meu avô tivesse orgulho de mim.

Senti lágrimas ameaçando surgir em meus olhos.

— Sei que nunca o conheci, mas sei que ele se orgulha de você. E Ada também.

Enxugando os olhos com o dorso da mão direita, Thomas concordou.

— Espero que sim.

Coloquei a mão em cima da sua mão esquerda, que ainda segurava as fotografias.

— Sei que sim.

Por um longo momento, nenhum de nós falou.

— Obrigado por essas fotos — Thomas afirmou finalmente, mostrando as fotos.

— Imagina. — Hesitei. — Ada disse que o seu avô foi um dos dois amores da vida dela. Ela não me disse quem era o outro. Acho que nunca vou saber agora. — Thomas se mexeu um pouco. — Peraí. Você sabe?

— Não tenho certeza absoluta. Mas acho que o amor é percebido de maneira diferente por cada pessoa. — Thomas inclinou a cabeça para mim. — Se não fosse assim, acho que eu pareceria diferente hoje. — Ele ergueu uma foto e, em seguida, ficou de pé. — Talvez seja hora de você voltar para os convidados. Mais uma vez obrigado.

Eu queria abraçá-lo. Em outra vida, teríamos sido primos. Mas o meu abraço anterior o havia deixado pouco à vontade, e estávamos em um cômodo sozinhos com o meu pai e o meu novo noivo nas proximidades.

— Posso apertar a sua mão? — perguntei no final das contas.

— Sim, srta. Kleinman. Seria ótimo.

Estendi a mão.

— Por favor, me chame apenas de Marilyn.

Thomas sorriu enquanto as nossas mãos se uniam.

— Espero que possamos voltar a nos encontrar em breve, Marilyn.

Eu o observei sair, então respirei fundo e me preparei para voltar aos convidados reunidos.

58

Na sexta-feira, às nove da manhã, o advogado de Ada veio. Lillian queria lidar com o testamento antes que as pessoas aparecessem para o terceiro dia da *shivá*. Decidimos não fazer a semana completa de luto e finalizaríamos com o *Shabat* naquela noite. Estávamos exaustas e, como Ada teria dito, era alvoroço demais.

O sr. Cohen entrou e o levamos até a sala.

— Vou deixar vocês dois a sós — eu disse enquanto eles se sentavam.

— Marilyn — Lillian disse. — Você não entendeu? O sr. Cohen está aqui por sua causa.

— Por minha causa?

O advogado confirmou.

— Ada alterou o testamento dela recentemente, deixando você como a principal beneficiária.

Fiz um gesto negativo com a cabeça.

— Desculpe, os últimos dias têm sido difíceis. Receio não ter ouvido direito.

Lillian levantou a mão e segurou a minha.

— Você ouviu direitinho. Sente-se, por favor.

Eu me sentei no sofá com um suspiro. Enquanto isso, o sr. Cohen tirou um maço de papéis mais encorpado do que o meu livro da sua pasta e os colocou na mesa de centro diante de nós.

— Parece que você é uma jovem bastante rica — ele disse, começando a descrever propriedades, ações e outros bens.

Minha cabeça estava girando.

— Desculpe, só um momento, por favor. Isso não está nada certo, Lillian. Você merece a herança. Não eu.

Ela fez que não com a cabeça.

— Ada já me deu o que estava destinado para mim. E nós duas discutimos isso antes de ela fazer a alteração. — Lillian apertou a minha mão, e eu nem sequer tinha percebido que ela ainda a estava segurando. — Você está livre.

Pisquei rápido, procurando processar as implicações do que eles estavam dizendo. As casas de Avalon. As propriedades na Filadélfia. Um prédio inteiro em Nova York. O carro. As joias. Essa casa.

— Eu não posso — eu disse. — Não sei o que fazer com tudo isso. É muita coisa. Pelo menos divida comigo, Lillian.

Mas Lillian negou com um aceno de cabeça.

— Isso é o que a Ada queria. E eu também. Seja feliz.

— Há algumas condições — o sr. Cohen disse. — Há um fundo em favor de Thomas depois que ele terminar a faculdade de medicina.

— É claro.

— Há também uma conta aberta em nome de... — o advogado consultou as anotações — uma Frances O'Donnell.

— Ótimo. — Claro que Ada não tinha se esquecido de Thomas e Frannie e cuidou deles.

— E Ada queria que Lillian ficasse com Sally.

— Ela nunca gostou de mim mesmo — eu disse. Sally lambeu a minha mão do colo de Lillian como se entendesse e discordasse. Mas então me ocorreu: — Lillian... você vai ficar aqui, não vai?

Ela negou com um gesto de cabeça.

— Não.

— Você tem que ficar. Por favor. É a sua casa.

— Não. A casa era onde Ada estava. E aqui ela não está mais.

— Mas... — comecei a falar, me lembrando de Ada perguntando para onde Lillian deveria ir quando sugeri dispensá-la. — Não. Você tem que ficar.

— Não — ela disse, baixinho. — Vou voltar para Chicago.

— Por favor, não vá.

Lillian abriu um sorriso triste para mim.

— Eu tenho que ir. E você tem uma vida pela frente. Com recursos para fazer o que quiser.

Por um instante, pensei.

— Quero que a casa de Avalon que Frannie usa seja dada para ela — disse ao sr. Cohen, que concordou. — Uma das casas geminadas também. Eu... ainda não sei o que vou fazer, mas... a Ada sempre disse que imóveis eram os melhores investimentos. E ela me deixou muito mais do que eu precisaria.

Lillian voltou a apertar a minha mão, e foi como se eu pudesse sentir a presença de Ada expressando aprovação.

— Um imóvel para Lillian. — Ela começou a protestar, mas eu a calei. — Não me importa o que Ada tenha dado para você. Isso é o que estou dando. E o dinheiro necessário para a sua manutenção. — Ela não discutiu. — E um para Thomas, mas você poderia dizer que foi Ada que deixou para ele, e não eu? Receio que ele recuse se souber que veio de mim.

— Posso distorcer um pouco a verdade. Creio que Ada aprovaria.

— Ótimo. — Posso ter sido parente de Ada, mas Lillian, Frannie e Thomas eram a sua família antes mesmo de eu saber que ela existia. E isso significava muito mais do que qualquer riqueza que eu pudesse acumular.

— Há mais uma condição — o sr. Cohen disse.

— Qual é?

— Segundo o desejo da srta. Ada, ela quer que você espalhe as cinzas dela. — Ele olhou para um dos papéis à sua frente. — Ela foi bastante específica quanto a isso. Você deve ir até o final do quebra-mar na extremidade norte de Avalon. Suponho que você conheça o lugar. Mas tem que ir sozinha. A srta. Ada foi bastante enfática quanto à parte de você ir sozinha. E espalhar as cinzas dela na água, voltada para o mar, e não para o canal. — Ele voltou a levantar os olhos. — Não tenho certeza se entendi a diferença, mas ela me fez incluir isso.

— É onde ela nadava todas as manhãs — eu disse. — Sei onde é.

— Excelente — ele disse. — Há mais algumas coisas para discutirmos, mas Lillian disse que ela queria que eu fosse embora até às dez. — O sr. Cohen me entregou um cartão de visita. — Em algum momento, vamos precisar nos encontrar quando você estiver pronta para discutir investimentos e assinar os documentos para as transferências das propriedades, mas vou iniciar esses trâmites ainda hoje.

— Obrigada, sr. Cohen.

Ele apertou a minha mão.

— Espero que tenhamos uma parceria duradoura, srta. Kleinman.

Lillian o acompanhou até a porta, enquanto eu permaneci no sofá, procurando assimilar o tamanho da minha recente riqueza e o que isso significava para o meu futuro. Eu ainda estava ali quando Lillian retornou.

— As pessoas devem chegar em breve — ela disse.

— Queria que você ficasse.

Ela se aproximou e se sentou ao meu lado.

— Você sempre poderá entrar em contato comigo por telefone ou carta, mas você precisa viver a sua própria vida agora. E eu também. É o que Ada queria para nós duas.

— Eu não sei por onde começar.

— Sabe, sim — Lillian disse, ecoando Ada e causando um aperto em meu peito. A campainha tocou, ressoando pela casa que parecia vazia demais. — Devem ser os seus pais. Por falar em por onde começar. — Ela se levantou, mas eu segurei a sua mão.

— Você sempre terá um lar aqui, se quiser.

Lillian se inclinou e beijou a minha testa.

— Fico muito feliz que você tenha entrado na nossa vida.

Eu a abracei pela cintura.

— Eu também.

Por um momento, Lillian retribuiu o abraço. Então, a campainha voltou a tocar.

— É melhor resolver isso logo — ela disse. Eu a soltei, mas permaneci no sofá. A quantidade de dinheiro e propriedades descritas pelo advogado era simplesmente impressionante. Eu poderia comprar uma *villa* no sul da França.

Mas sem Ada, era uma vitória vazia.

— Eu devolveria tudo por mais dez minutos — sussurrei. Ada nunca teria um exemplar do meu romance finalizado em mãos. O livro que não existiria sem os seus empurrões nada delicados. Se eu cedesse e me casasse com Dan, ela não estaria lá. Agora eu era a dona da casa em Avalon: será que eu poderia voltar lá nos verões sem ela? Ou será que as lembranças seriam muito dolorosas, com toda a costa de Nova Jersey maculada pelo vazio que ela havia deixado para trás?

Uma parte de mim queria doar tudo, mas Ada queria que eu ficasse com isso. O poder de fazer o que eu quisesse.

Quando ela alterou o testamento?, eu me perguntei. Teria que perguntar para Lillian. Foi antes de eu ir embora? Ou depois? Ela fez a oferta para o meu pai, mas conhecendo Ada, isso não significava que já não estivesse feito.

A casa estava começando a ficar cheia de gente, e eu ouvi a minha mãe chamar o meu nome. Por fim, me levantei, me sentindo muito mais velha do que os meus vinte anos. *Você tem uma vida pela frente*, ouvi Lillian repetir em minha mente.

Encontrei a minha mãe na cozinha, procurando por mim.

— Preciso conversar com você e o papai — eu disse. — Vou chamá-lo. Por favor, espere por mim no escritório da Ada.

Dan estava entre os pais enquanto o pai falava com o rabino de Ada. Fiz contato visual com Dan, e ele pediu licença.

— Venha comigo — eu disse.

— Você está bem?

Olhei para ele, e a nossa liberdade se estendia além de nós.

— Nunca estive melhor. Vamos.

O meu pai estava numa saleta, examinando os itens nas prateleiras, que agora eram meus.

— Papai — eu disse. — Preciso falar com você e a mamãe. No escritório da Ada, por favor.

— Sobre o quê? — ele perguntou, notando a mão de Dan e a minha entrelaçadas. — Os Schwartz também devem participar?

— Não.

Ele pareceu confuso, mas nos seguiu até o pequeno escritório, indo se sentar ao lado da minha mãe no sofá encostado na parede. Fiz um gesto para Dan se sentar em uma das cadeiras do outro lado da escrivaninha, enquanto eu me sentava na beirada dela. A minha mãe arregalou os olhos.

— Precisamos antecipar o casamento para o outono, não é?

— Como é?

— É disso que se trata, não é? Você está…? — A minha mãe parou de falar, mas entendi a insinuação dela.

— Não, mamãe! — Horrorizado, o meu pai olhou para a minha mãe e depois para mim. — Não vai haver casamento. Pelo menos não tão cedo.

Dan murchou, e eu mostrei os dedos da minha mão esquerda em um gesto discreto de *espera* para ele.

— O advogado da Ada veio aqui hoje. Acontece que ela refez o testamento em algum momento do verão. E deixou praticamente tudo para mim.

— Formidável — papai disse. — Isso significa que vocês podem se casar enquanto Dan está na escola rabínica. Não há necessidade de adiar o casamento agora, independentemente de… outras circunstâncias.

— Será que dá para parar de insinuar que eu estou grávida? — Todos se encolheram. — Não vai haver escola rabínica, nem casamento. Pelo menos não até eu e o Dan decidirmos que estamos prontos para isso.

O meu pai semicerrou os olhos.

— Explique-se.

— Dan não quer ser rabino. Ele quer ser repórter fotográfico…

— Não tem como ganhar dinheiro com isso — meu pai zombou.

— Essa é a questão, papai. Nós não precisamos de dinheiro agora. Podemos fazer o que quisermos.

— Preste atenção, mocinha… — Ele apontou o dedo para mim, mas eu o interrompi.

— Preste atenção você. Eu tenho casas. Dinheiro. Ações. Até um carro…

— Você nem sabe dirigir!

— Dan me ensinou. E eu vou tirar uma habilitação. Mas o carro é só uma gota no oceano. E agora você não pode usar dinheiro ou faculdade como uma forma de me fazer voltar para casa.

— Eu falei sério. — O meu pai ficou de pé. — Se você ficar aqui…

Abri a boca para falar, mas me lembrei da expressão dele naquela estação de trem. Embora o meu pai possa ter falado sério em Avalon, a ameaça não tinha mais efeito, e eu não tinha receio de contestar até ele mudar de ideia. Porém, a minha mãe se antecipou, colocando a mão no braço dele.

— Walter, chega. Depois da partida de Ada, a única família de sangue que me resta são Mildred, Harold e Marilyn. Não vamos renegar ninguém.

Ele começou a gaguejar, mas a minha mãe não tinha terminado.

— Você não pode forçar a Marilyn a ser quem você quer que ela seja. A nossa filha é diferente. O mundo é diferente. Ela é uma escritora de muito talento, e deve ter tido medo de tentar antes, porque você a cobrava demais. Eu a quero em casa ainda mais do que você, mas ela cresceu. E eu quero que ela seja feliz. Ela não vai ser feliz fazendo o que você quer. — Ela se virou para mim. — Você pelo menos manterá o noivado nominalmente para evitar as fofocas?

Concordei. Era justo.

— Então damos a nossa bênção para vocês.

— Eu... — o meu pai começou, mas a minha mãe não o deixou continuar. Ela se deslocou até ficar de frente para ele.

— Damos a nossa bênção para eles, Walter. E se você não consegue fazer isso, então eu também vou me mudar para a Filadélfia.

Ele ficou boquiaberto. Eu quase fiz o mesmo, mas mantive a boca bem fechada. Jamais tinha visto a minha mãe enfrentá-lo dessa maneira. Ela sempre esperava que ele se acalmasse antes de iniciar as suas campanhas silenciosas. Foi a primeira vez que vi um traço de Ada nela, e me perguntei se foi por estar nessa casa que isso aconteceu.

Por fim, os ombros do meu pai relaxaram, e ele concordou, murmurando algo que pareceu uma bênção.

Eu me virei para Dan, que estava com os olhos arregalados.

— O que acha? Quer continuar noivo e tirar fotos? — Por um longo momento, ele olhou para mim e, de repente, eu estava em seus braços, rodopiando no ar. — Isso significa sim?

— Desde que você me deixe comprar o anel.

Eu sorri.

— Ada tem um que eu quero usar. Era da mãe dela.

— Acho que ela iria gostar disso.

Concordei.

* * *

Pouco a pouco, as pessoas começaram a ir embora conforme a tarde virava noite. Nos dois dias anteriores, a casa ficou cheia até às dez, mas o costume determinava que a *shivá* terminasse ao pôr do sol do *Shabat*, e os visitantes sabiam o suficiente para ir embora antes disso, mesmo que ninguém na casa fosse observante. Os pais de Dan partiram por volta do meio-dia para chegar à cidade a tempo de conduzir os serviços de *Shabat* em nossa sinagoga, mas Dan permaneceu com os meus pais. A minha mãe e Dan me ajudaram, junto com Lillian e Frannie, a limpar a casa enquanto o meu pai lia o jornal *Philadelphia Inquirer* intocado de Ada na saleta.

A minha mãe e eu acabamos ficando sozinhas na sala de jantar.

— Mamãe — eu disse. Ela olhou para mim. — Obrigada.

Ela se inclinou e deu um leve aperto em meu ombro, depois voltou a se ocupar, empilhando sobras de comida em um prato.

— O que você vai fazer agora? — ela perguntou, baixinho.

— Não sei — respondi. — Mas estou pensando em ficar aqui por um tempo.

— E você vai terminar o seu livro, é claro. — Concordei, mas parte de mim não queria. Eu tinha começado o livro com Ada viva. E terminá-lo significaria encerrar ainda mais esse capítulo da minha vida. — Vou repassá-lo para o Paul quando você terminar. — Paul Stein era o amigo editor do meu pai que enviava os livros com antecedência.

— Vai?

— Claro. — Ela pareceu surpresa com a minha pergunta. — Se ele não quiser publicar, mas acho que vai querer, tenho certeza de que vai indicar o nome de outras pessoas para quem podemos mandar o original.

— Nós?

Sua boca formou o primeiro sorriso de verdade desde que o telefone tinha tocado na casa de pedra avermelhada.

— Até vou dispensar a porcentagem habitual que os agentes literários recebem. Ainda que agora você *possa* pagar.

Um som escapou da minha garganta, e demorei um pouco para perceber que era uma risada.

— Ah, mamãe.

Mas os cantos de seus lábios se voltaram para baixo.

— Eu deveria ter enfrentado o seu pai antes. Não deveria ter sido necessário a morte da Ada para você poder viver a vida que queria.

Eu me perguntei se teria sido possível chegar até ali sem que Ada tivesse morrido. Afinal, tinha sido necessário que o noivo de Ada morresse para que os seus pais concordassem que ela permanecesse solteira e frequentasse a escola de enfermagem. Talvez o meu pai estivesse blefando o tempo todo. Porém, com a clareza trazida pelo tempo, agora reconheci o arrependimento em sua expressão quando lhe disse que a morte solitária de Ada havia sido culpa dele.

Me lembrei de como fiquei brava quando me obrigaram a ir para casa. E no meu pai na estação ferroviária.

Tudo isso tinha ficado no passado, substituído por um cansaço doloroso. Eu simplesmente não tinha mais energia para ficar com raiva, nem mesmo do meu pai. Ele era um produto do seu tempo. E nem todos podiam ser como Ada e rejeitar as normas nas quais foram criados. Nem todos queriam. Eu entendia isso agora.

Também passei a entender melhor a minha mãe. Ela havia me surpreendido em Avalon ao admitir que lia porque cozinhar era entediante, e não porque a sua vida fosse. Talvez ela fosse mesmo só uma péssima cozinheira. O que significaria que a minha falta de habilidades culinárias era bastante genuína. Com esse pensamento desleal, senti vontade de rir, mas me contive.

Em vez disso, eu a enlacei e a abracei.

— Às vezes, as coisas se resolvem como deveriam ser resolvidas — eu disse. — Ada entendia disso.

— Com certeza.

— E era isso o que ela queria, que eu conseguisse ser livre sem perder a minha família. — A minha mãe tentou falar, mas eu a interrompi. — Você fez a coisa certa. Não precisa pedir desculpas.

Ela voltou a sorrir com tristeza.

— Quando foi que você ficou tão sábia?

Abri um sorriso largo.

— Em algum momento entre aquele vitral da sinagoga despedaçado e me tornar possivelmente a mulher mais rica da Filadélfia. Tem sido um verão e tanto.

— Tem mesmo. — Ela olhou na direção da cozinha. — Que bom que você e Dan se reencontraram. Ele é bom para você.

Dois meses atrás, esse comentário teria me feito sair correndo. Porém, a ideia do fogão já não me assustava mais. Além disso, eu era uma cozinheira ainda pior do que a minha mãe. Não estava em meus planos cozinhar sob qualquer circunstância.

— É verdade.

Ela ergueu a mão e pôs uma mecha de cabelo atrás da minha orelha.

— É muito difícil deixar o seu bebê partir para o mundo. Mas sei que você está pronta para isso.

— Obrigada, mamãe.

— E não demore muito para terminar esse livro. Espero ver o seu nome na lista dos mais vendidos em breve. — Ela pegou o prato em que tinha juntado os restos e o levou para a cozinha.

Me acomodei em uma das cadeiras da sala de jantar, com o cotovelo sobre a mesa e o queixo apoiado na mão, refletindo o quanto o mundo havia virado de cabeça para baixo nos últimos dias. Ada sempre tinha o hábito de agitar as coisas. *Jamais pense que eu não sei o que estou fazendo*, ela disse em minha mente, assim como em minha primeira noite na Filadélfia, quando ela havia jogado a pedra que me deixou enroscada em um arbusto.

— Obrigada — sussurrei para o cômodo vazio.

E por um breve momento, pude jurar que senti o perfume dela, como se ela tivesse passado por trás de mim, acenando.

59

Lillian partiu no domingo. A nossa despedida foi cheia de lágrimas, mas ela prometeu que eu voltaria a vê-la em breve.

— Você vem nos visitar, não é? — ela perguntou, abraçando Sally com força.

Eu respondi que sim. Nunca tinha estado em Chicago, mas parecia um bom lugar para uma aventura. E agora eu tinha tempo para aventuras. Fiz carinho atrás das orelhas de Sally e beijei o topo de sua cabeça.

— Tchau, monstrinho. De qual raça ela é, afinal?

— Schnauzer — Lillian respondeu.

— Se alguém me dissesse que eu sentiria saudade dessa cachorra...

— Ela ficará feliz em te ver — Lillian prometeu. — Ela julga muito bem o caráter das pessoas.

Concordei.

— É verdade.

Thomas a levaria até a estação ferroviária no carro de Ada, prometendo devolvê-lo após deixá-la.

— Não estou preocupada — disse a ele.

Lillian e eu nos abraçamos mais uma vez, e então ela se foi. Frannie se ofereceu para ficar comigo se eu quisesse companhia até Dan voltar no dia seguinte para irmos juntos para Avalon. Mas eu disse para ela ir para casa e ficar com a família.

Frannie pigarreou.

— Só queria agradecer...

— Não. Obrigada, Frannie. Ada amava muito você. E eu agradeço tudo o que você fez por mim no verão.

— Mas você não...

Sorri para ela.

— O que Ada diria agora?

Frannie abriu um sorriso tímido.

— Aceite o presente, agradeça e pare de falar sobre isso.

Dei uma risadinha.

— É bem o que ela diria.

— Posso voltar de manhã...

— Posso cuidar das torradas e do café. Tire a semana de folga. E assim que eu descobrir o que vou fazer, te aviso.

Frannie me abraçou com força.

— Ada te amava. Mesmo que ela não tenha dito.

Retribuí o abraço.

— Eu sei disso. Agora vá para casa e aproveite a sua família.

E então eu estava sozinha em casa, que, para mim, seria sempre de Ada.

Passei a noite revendo os álbuns que tinha feito para ela. E como era domingo, assisti ao programa de Ed Sullivan, me servi de uma generosa taça de vinho da sua vasta adega e fiz comentários contínuos com a sua poltrona vazia a respeito do "grande espetáculo" daquela noite.

De manhã, abri a porta do quarto de Ada. Meio que esperava vê-la sentada na cama, pronta para me repreender. Mas o quarto estava vazio. Olhei ao redor. Agora era meu. Eu poderia pegar o quarto maior se quisesse.

Balancei a cabeça. Quem sabe um dia. Mas não agora. Então, fui até a penteadeira dela, peguei a caixa de joias e a levei para a cama, onde me sentei com ela. Eu sabia o que estava procurando.

Estava na terceira gaveta. O anel de noivado de safira que tinha sido da mãe de Ada. Aquele que ela havia me deixado usar em Atlantic City. Esse seria o meu anel de noivado com Dan. Eu sabia que deveria esperar por ele, mas o coloquei no dedo anelar esquerdo. Encaixou perfeitamente, como se pertencesse ali.

Ainda havia tempo antes da chegada prevista de Dan, então dei uma olhada no restante das joias antes de seguir para o closet.

O closet de Ada era de tirar o fôlego. Vestidos para todas as ocasiões. Chapéus. Sapatos. Outras joias. Peles. Descobri que havia uma segunda fileira inteira atrás daquela do fundo. Estendi a mão atrás dela, imaginando se haveria uma terceira, mas a minha mão esbarrou em uma moldura de porta.

Curiosa, afastei as roupas, deixando à vista a porta estreita. *Nárnia*, pensei. Alcancei a maçaneta, meio convencida de que estava prestes a encontrar Aslam e a Feiticeira Branca e que, em vez de Ada, era eu quem havia morrido. A outra metade de mim tinha certeza de que a porta estaria trancada, mantendo o que quer que estivesse guardado um mistério.

Porém, a maçaneta girou com facilidade. Espiei a escuridão, então passei para outro closet vazio. Abri a porta e saí no quarto de Lillian.

Decepcionante, pensei, voltando pelo caminho por onde havia entrado no closet de Ada.

Eu estava experimentando um vestido preto Givenchy que era igualzinho ao que Audrey Hepburn usou em *Sabrina* — embora não conseguisse fechar de todo sobre o busto — quando olhei para o relógio e notei que mais de uma hora tinha se passado. Dan chegaria em breve, e nós íamos direto para Avalon para realizar os últimos desejos de Ada.

Após tirar o vestido, voltei a pendurá-lo no closet e recoloquei todas as joias na caixa, exceto o anel de safira.

Porém, bati o dedo do pé em algo que se projetava debaixo da cama. Praguejando, me abaixei para ver o que era e encontrei um álbum de fotos. Não era um dos que eu tinha organizado. Me sentei na cama com ele e logo vi que era um álbum com fotos de Ada e Lillian. Elas estavam em Avalon, e na frente de um cinema, e muitas outras, abrindo largos sorrisos e parecendo muito felizes na companhia uma da outra.

Preciso mandar para Lillian, pensei. Mas por que estava debaixo da cama?

Dei de ombros. Lidaria com isso outra hora. Quando voltássemos de Avalon.

A casa da praia estava fechada, mas estávamos planejando passar a noite lá e depois voltar ali para decidir o que fazer em seguida. Gostei da ideia de ficar na Filadélfia pelo menos por um tempo, e Dan tinha planejado entrar em contato com alguns jornais locais para ver se havia vagas disponíveis. Falei que ele não precisaria trabalhar se não quisesse, mas Dan insistiu. Se fosse algum tipo de comportamento masculino em relação a dinheiro, eu teria ficado irritada, mas ele perguntou se eu ainda iria escrever agora que tinha dinheiro.

Ada havia feito um arranjo melhor do que tinha percebido para nós.

A campainha tocou, e eu desci a escada para deixar Dan entrar.

60

Assim que saímos da Filadélfia, Dan parou o carro.

— O que você está fazendo? — perguntei. Não havia nenhum lugar para comer ou usar banheiro à vista.

— Troque de lugar comigo — ele disse. — Você vai dirigir.

— Eu não consigo dirigir até Avalon!

— Por que não? Nesta época do ano, não tem muitos carros seguindo nessa direção. É a ocasião perfeita para praticar.

Por um instante, olhei para Dan. Então, ele saiu do carro e veio para o lado do passageiro, enquanto eu deslizava para o banco do motorista.

— O carro da Ada é mais potente do que o meu — ele alertou. — Então, vá com calma com o pedal. Se você bater, acho que Ada vai te assombrar.

Sorri.

— Ela voltaria para me matar.

— Então, vamos ficar vivos.

Pus o carro em movimento, e Dan estava sentado perto o suficiente para agarrar o volante em caso de necessidade. Pegamos a Black Horse Pike até alcançarmos à autoestrada Garden State, de onde seguimos para o sul na direção de Avalon.

Quando estávamos na Avalon Boulevard, eu já estava me sentindo à vontade ao volante. Os pântanos cobriam os dois lados do caminho ao chegarmos ao alto da colina e a cidade surgiu no horizonte.

— Estou com saudade dela — eu disse ao entrarmos em Avalon.

— Eu sei. Eu também. E eu não a conheci nem de longe tão bem quanto você.

Estendi a mão e toquei na urna no banco entre nós.

— Acha que ela consegue ouvir a gente?

— Na verdade, eu nunca acreditei em vida após a morte — Dan respondeu. — Mas acho que Ada consegue. Se alguém conseguisse, seria ela.

— Ela adoraria o jeito que a minha mãe enfrentou o meu pai.

— Sem dúvida.

Encostei o carro na frente da casa.

— Vamos entrar por um instante. Preciso usar o banheiro e quero ligar para Lillian em Chicago. Só para avisar que estamos em Avalon.

Dan concordou, e subimos os degraus. Usei uma chave do molho para destrancar a porta. Algo que eu nunca tinha feito. A porta estava um pouco emperrada, mas mexi um pouco, e ela se abriu.

Os móveis estavam cobertos com lençóis para protegê-los do pó. Porém, só íamos ficar uma noite. Não valia a pena abrir tudo só para refazer depois.

Os arranjos para passar a noite seriam mais interessantes. Me dei conta disso enquanto lavava as mãos no lavabo. Dan respeitaria qualquer escolha minha, mas agora poderíamos fazer o que quiséssemos. Olhei o meu reflexo no espelho. Sinceramente, não sabia se estava pronta para isso ainda. Queria que a nossa primeira vez fosse especial, e aquela noite provavelmente seria triste. Não era assim que eu queria começar a nossa vida.

Suspirei e me dirigi ao telefone na cozinha, pegando o número que Lillian tinha deixado em minha agenda.

Disquei para a telefonista e informei o número. O telefone tocou quatro vezes e então uma voz desconhecida atendeu. O que não era inesperado. Lillian havia me dito que iria ficar com a irmã durante algumas semanas antes de arranjar um lugar para si mesma.

— Alô, aqui é Marilyn Kleinman. Estou ligando para Lillian?

— Lillian? — a voz perguntou. — Por que Lillian estaria aqui?

— Desculpe, a telefonista deve ter ligado para o número errado. Estou querendo falar com Lillian Miller.

— Lillian é a minha irmã, mas ela não está aqui.

— Eu... Ela me disse que ficaria um tempo com você.

— Se é esse o caso, então é novidade para mim. Ela não está na Filadélfia?

— Não.

— Hum. Acho que é melhor você me dar o número do seu telefone, e se ela me ligar, digo para entrar em contato com você.

Concordei, dando tanto o número de Avalon como o da Filadélfia.

— O que foi? — Dan perguntou.

Me sentei numa cadeira à mesa da cozinha.

— Lillian não está hospedada na casa da irmã.

— Ela tem mais de uma irmã? — ele perguntou. Fiz que não com a cabeça. — Hum, quem estranho. Quem sabe o trem dela não atrasou?

— Pode ser, mas a irmã dela não estava sabendo que ela ficaria lá. — Meus ombros caíram. — Lillian disse que eu sempre poderia entrar em contato com ela por telefone ou carta. Não estou entendendo.

— Deve ser um mal-entendido — Dan disse, pousando a mão em meu ombro. — Ela logo entrará em contato e dizer onde está.

— Acho que você tem razão.

— E agora?

Suspirei.

— Acho que chegou a hora de nos despedirmos da Ada.

Fomos a pé até o quebra-mar da 8th Street, e eu subi nele. Em seguida, Dan me entregou a urna. Ele também subiu, mas eu pus a mão em seu peito.

— Preciso fazer isso sozinha.

Dan concordou e beijou o meu rosto antes de descer.

— Vou ficar aqui se você precisar de mim.

Avancei com cuidado entre as pedras, segurando a urna debaixo do braço, até chegar ao final.

— Acho que é isso — disse para a urna. — Me desculpa, de verdade, por não ter estado presente, Ada. Mas obrigada. Por tudo.

Desparafusei a tampa e dei uma olhada dentro.

Porém, em vez de cinzas, havia papéis.

Pisquei várias vezes. O crematório tinha cometido um erro. E logo desse tipo. Balancei a cabeça com raiva e peguei os papéis.

Então deixei a urna cair.

Um dos papéis era uma fotografia de Ada e Lillian, de mãos dadas diante de uma casa que eu nunca tinha visto, ladeada por palmeiras. Elas estavam se encarando, olhando nos olhos uma da outra, e se eu não estivesse enganada, poderia ter achado que elas formavam um casal. Havia um endereço no verso.

O segundo papel era um cartão-postal de Key West. Senti um arrepio quando o virei.

Ali, na caligrafia inconfundível de Ada, havia uma mensagem.

> Minha querida Marilyn,
> Viva a vida que você deseja. Ame quem você quiser.
> E não se esqueça de escrever.
> Beijos e abraços,
> Ada

Por alguns instantes, o mundo pareceu girar. *Ame quem você quiser*. A foto. A porta secreta para o quarto de Lillian. O álbum. A recusa em me dizer quem foi o seu segundo grande amor. Dizer que eu não encontraria isso nas outras fotografias. *O mundo adora destruir o que não entende.* A mão de Lillian sobre a de Ada quando ela disse isso.

Fiquei boquiaberta.

Mas...

Não se esqueça de escrever. O meu livro. Ela estava pensando no meu livro. Só que...

A casa em Key West não estava entre os bens mencionados pelo sr. Cohen.

Ada já deu o que estava destinado para mim, Lillian havia dito.

Ainda tenho algumas cartas na manga, Ada havia dito quando eu estava indo embora de Avalon.

Ela ainda está por aqui, Lillian havia dito quando estávamos entrando na sinagoga.

A mulher nos fundos do salão de orações.

Não se esqueça de escrever.

O endereço no verso da fotografia.

Não se esqueça de escrever.

Arregalei os olhos, me dando conta de que, como muitas coisas que Ada dizia e fazia, havia um duplo sentido ali.

* * *

Dan estava me esperando na base do quebra-mar, bem como disse que faria.

— Para onde vamos agora? — ele perguntou.

Abri um sorriso largo.

— Você já esteve em Key West?

Ele fez que não com a cabeça.

— Não, nunca.

— Topa a viagem?

— Vou com você para qualquer lugar.

— Que bom. Vamos. Hoje à noite.

— O que tem em Key West?

— Tudo.

Ada tinha razão. Eu sempre soube como terminaria.

ASSINE NOSSA NEWSLETTER E RECEBA INFORMAÇÕES DE TODOS OS LANÇAMENTOS

www.faroeditorial.com.br

Campanha

Há um grande número de pessoas vivendo com HIV e hepatites virais que não se trata. Gratuito e sigiloso, fazer o teste de HIV e hepatite é mais rápido do que ler um livro.

Faça o teste. Não fique na dúvida!

ESTA OBRA FOI IMPRESSA
EM AGOSTO DE 2024